btb

Beim Trödler in Grasberg 1972

Aus Freude am Lesen

Walter Kempowski

Culpa

Notizen zum «Echolot»

Mit Seitenhieben von Simone Neteler
und einem Nachwort von
Karl Heinz Bittel

btb

FSC
Mix
Produktgruppe aus vorbildlich
bewirtschafteten Wäldern und
anderen kontrollierten Herkünften

Zert.-Nr. GFA-COC-1298
www.fsc.org

Verlagsgruppe Random House FSC-DEU-0100
Das für dieses Buch verwendete FSC-zertifizierte Papier *Munken Premium*
liefert Arctic Paper Munkedals AB, Schweden.

1. Auflage
Genehmigte Taschenbuchausgabe August 2007,
btb Verlag in der Verlagsgruppe Random House GmbH, München

Umschlaggestaltung: Design Team München,
unter Verwendung des Gemäldes «Stop» (Ausschnitt), 1966,
von Juan Genovés
Satz: Filmsatz Schröter, München
Druck und Einband: Kösel, Krugzell
MM · Herstellung: BB
Printed in Germany
ISBN 978-3-442-73662-1

www.btb-verlag.de

Karl Heinz Bittel in Dankbarkeit

1978

14. 3. 1978
Gedanke, ein Archiv für ungedruckte Biographien aufzumachen.

19. 3. 1978
Brief an KF*
Hier habe ich nun eine neue Idee, die ich irgendwann einmal angehen will. Ein Archiv für ungedruckte Lebenserinnerungen. Ungezählte Leute haben ihre Biographie geschrieben, die liegen in den Schränken herum. Man müßte diese auf Büchsen gezogene Erfahrung speichern und der Gesellschaft nutzbar machen. Ich stelle mir das so vor, daß man hier auf unserm Grundstück ein Extragebäude dafür baut und dort die vielen, wahrscheinlich tausende Biographien archiviert. Man kann sie auswerten und Einzelveröffentlichungen starten. Und wenn Ihr keinen Job kriegt, übernehmt Ihr die Sache. Mit Knaus** hab ich das schon durchgesprochen. Finanziert wird die Sache von den Biographieschreibern selbst. Jeder muß 50 Mark bezahlen. Dies ist natürlich ein Hirngespinst, aber ein echter, verwendbarer Kern ist enthalten.

16. 4. 1978
Ich sah heute die Abfall-Fotos durch, die hier so herumliegen, und klebte daraus drei «Bilderbögen». Gerade das Nebeneinander von Fotos, die zeitlich oder inhaltlich nichts miteinander zu tun haben, ist sehr aufregend. Morgen kaufe ich weitere Bristolbögen und stelle andere «Bilderbögen» zusammen. Die sollten in einem speziell dafür angefertigten Kasten liegen. Oder man tapeziert ein Zimmer damit. Das Arbeitszimmer.

* Der Sohn Karl Friedrich.
** Der Verleger Albrecht Knaus.

Chaos wird künstlich hergestellt, damit sich ein Weg in den Ursprung auftut, hier gewinnt man eine neue Ordnung. Dies ist für den nötig, der alles schon so klar vor sich sieht, daß ein Irrtum ausgeschlossen ist.

23. 12. 78
T (Traum): Lesung in Hamburg. Ich warte, daß es endlich anfängt, und die Zuhörer warten auch. Endlich sagte einer: «Geht das nun nicht bald los?» – Es ist schon fünf vor halb, und ich fange an. Da kommt noch Günter Grass, er zieht sich irgendwie die Jacke oder die Hose an und nimmt mir das Buch aus der Hand und liest aus Solidarität statt meiner. Wir sind uns ganz einig. Hinterher besichtige ich einige Ölbilder, die Böll gehören. Sie werden mir jedoch aus der Hand genommen. – Lustiges Gespräch über dessen pingelig-spießbügerlichen Eigenarten.

Vormittag in Zeven noch ein bißchen eingekauft, danach mit Robert* am Saal gewerkelt, der nun doch sehr schön wird. So weiß man doch nun, wofür man gearbeitet hat, d. h., hier schlägt sich der Erfolg faßbar nieder. Kolbe** rief noch an, der sich für die Widmung von «Schöne Aussicht» bedankte.
In Zeven kucken mich die Menschen an, als sei ein Gartenzwerg lebendig geworden.

24. 12. 78
Heute früh weiter den Saal eingerichtet. Gefühl großer Genugtuung, einen geistig gereiften Plan ausgeführt zu sehen, und Dankbarkeit, die sich ins Religiöse steigert. Das Gefühl, von Gunst des Schicksals geradezu total getroffen zu sein, und plötzlich Aberglaube und Angst, sich durch falsches Verhalten diese Gunst zu verscherzen. Neigung zu Opferung. Ein Blick auf meine Manuskripte aber rückt alles wieder zurecht. Man ist fleißig gewesen, dies ist nicht zu leugnen.

* Der Bruder.
** Jürgen Kolbe, Kulturreferent der Landeshauptstadt München.

1980

1. 1. 1980
Gründung des Archivs für unpublizierte Autobiographien

1. 1. 1980
T: Merkwürdiger Traum: Ich sei als junger Pfarrer an eine verlotterte Kirche gekommen und halte die Liturgie auf lateinisch. Nur einige wenige antworten krächzend meiner wohltönenden Stimme: Sursum corda.
Als ich die Epistel verlesen will, fehlt die Bibel.

3. 1. 1980
Film: Syberberg, Hitler. Von der Idee gut, in einigen Passagen genial. Merkwürdig berührten in diesem, auf Vollendung angelegten Werk einige Schnitzer.
Der Gigantismus des Films ist der gigantischen Katastrophe angemessen. Der Stil nur als der eines Deutschen denkbar.

> **Walter Kempowski**
> sucht Fotos und Negative, die herumliegen und nicht mehr gebraucht werden: Schnappschuß, Porträt, Genre (bis 1950). Wer stiftet sie meinem Archiv? Ferner: unveröffentlichte Tagebücher und Autobiographien.
> Walter Kempowski,
> 2730 NARTUM, Haus Kreienhoop

17. 1. 1980
Allerhand Fotos auf die Anzeige hin. Die Betrachtung einzelner Fotos mit und ohne Lupe. Man braucht gar nicht so genau hinzugucken, man erfaßt sofort den ganzen Jammer.

24. 1. 1980
Mit der Post kamen etwa 50 Fotos und ein Album. Alle Fotos werden mir geschenkt, meistens von Fans, es sind jetzt ca. 200 lose. Die Sammlung ist schon jetzt beachtlich, sie bekommt ihren Reiz aus der Anonymität der Abgebildeten.

25. 1. 1980
Aus der Schule herauszukommen: ja, wegen Austrocknung. – Und sei es in Form einer Beurlaubung. Aber die Kinder!

28. 1. 1980
Logische Beendigung meiner Volksschularbeit ist jetzt gegeben: 1980. Nicht nur wegen der glatten 20 Jahre, die ich hinter mich gebracht habe. Ich fühle mich ausgelaugt. Eine Entwicklung ist abgeschlossen. Unerträglich, nach der Publizierung des Schulmeister und der Fibel noch in einem Kollegium sitzen zu müssen, das ja natürlich neidisch. Zunächst Beurlaubung?

30. 1. 1980
Heute mittag kamen wieder Fotos. Diese Beteiligung der Bürger an meiner Arbeit (sie schicken alles kostenlos) ist etwas ganz Neues. Durch allerlei Erfahrungen dachte ich bisher zu negativ von meinen Lesern. Und die Briefe! – Hier liegt ein großes Betätigungsfeld, ich habe große Lust, damit intensiv weiterzumachen.

1. 2. 1980
Erschütternde Briefe, Ankauf eines 1945-Fotoalbums mit Eintragungen.

2. 2. 1980
Gestern beschäftigte ich mich mit Fotos, ungeahnte Funde! oder besser: Geschenke. Zwei komplette Lebensgeschichten gestern zusammengestellt aus einzelnen Fotos.

3. 2. 1980
Die beiden Gastdozenturen in Oldenburg und Kalifornien kommen mir grade recht. Die Einladungen sind Begründungen für eine Beurlaubung.

Auf die Dauer dann die Archive, die rechtzeitig empfangen und geboren wurden. Still kamen sie, und prachtvoll werden sie sich entfalten.

8.2.1980
In Amerika vielleicht über das Thema sprechen: Kurzbiographie und Schnappschuß.

1. Weshalb Fotos?
   Dokumente, wie sie es vordem nicht gab
2. Bildkommentare auf der Rückseite
3. Zusätzliche Briefmitteilungen
4. In Beziehung bringen zur «großen» Geschichte
   Dadurch Zurechtrücken des Geschichtsbildes

Hierfür muß die Bildersammlung noch wesentlich erweitert werden. Kurzbiographien sind fast wichtiger als die dicken «ungedruckten Autobiographien», die für andere Zwecke brauchbar sind. Stilisierung usw.
Was die Schnappschußfotografie anbetrifft, so sind wir da jetzt in der Lage, 100 Jahre objektiv zu dokumentieren. Die Kunstfotografie (auf Rührung aus oder auf das, was man für schön hält) ist für diese Zwecke wertlos.
Das Absuchen von Bildhintergründen. Wo sind diese Leute jetzt alle?

12.2.1980
Wohl stellt sich heraus, daß die Fotosendungen oft mehr Spreu enthalten, als zu vermuten war. Man wird aus jeder Sendung nur einige wenige Stücke archivieren: Aufheben tun wir natürlich alles.
Gestern die «Zeit» angerufen und die Anzeigen-Variante aufgegeben:

W. Kempowski sucht unveröffentlichte
Autobiographien für sein Archiv.

Diese Anzeige wird mit der Fotoanzeige im Wechsel erscheinen. Die Ausbeute wird groß sein.
Rechtliche Frage, was die Auswertung anbetrifft. Hierfür einen Vordruck entwerfen. Knaus sagt: Was wollen Sie damit?

13.2.1980
In der heutigen Sendung war viel Brauchbares. Eine Familie, herrliche Menschen, drei reizende Töchter. Hier gleich wieder die Neugier: Der Mann, ein Schauspieler, verweigerte sich in der Nazizeit und machte eine Hühnerfarm auf. Auch eine Form der inneren Emigration. Hübsche Bilder einer Schule für Gesangstechnik. – Eine andere Senderin hat bereits ihre besten Fotos für mich abfotografiert und die Rechnung beigelegt, für ihre Unkosten, 40 DM. Die Kosten halten sich bisher in Grenzen. Ich glaube nicht, daß ich bisher mehr als 1000 Mark investiert habe. Später wird man sich nur die Rosinen herauspicken. Interpretierte Fotos. Man müßte auf den ersten Blick nichtssagende Bilder abdrucken wie ein Gedicht und sie auf der anderen Seite auf Formales hin untersuchen und auf historischen Gehalt. Sich jetzt schon Gedanken zu machen über die Nützlichkeit des Unternehmens ist sinnlos. Bisher ist es noch immer so gewesen, daß alles, was mich interessierte, eines Tages auch nützlich war.

19.2.1980
Heute mittag fand ich das neue Hörspiel* vor, hörte es mir an und war recht angetan, passagenweise erschüttert. Erstklassige Sprecher, Jacobi, Käthe Haak. Die Lieder – in Jerusalem aufgenommen – sind etwas rasch gesungen, wodurch die Verständlichkeit leidet. – Den Text hätte ich vorher noch einmal durchsprechen sollen.
In der Post wieder Fotos.

20.2.1980
Heute früh fünf Stunden Schule. Eine Stunde Religion («Wer nur den lieben Gott läßt walten»), zweite Stunde über Kamine, dritte Stunde über das Verkleiden von Menschen (lustig – schrecklich).
Die letzten beiden Stunden Exkursion mit der halben Klasse zur soeben saubergemachten St.-Viti-Kirche. Schöne Sonne, kalt.
Das Archiv ist nun tipptopp.

* «Moin Vaddr läbt, Beethovens Fünfte». Tonkassette. Handschriften und Materialien der Hörspiele. Hamburg 1982.

24.2.1980
In der «Welt am Sonntag» ein Bild von Eberhard Fechner + Edda Seippel beim Empfang der Goldenen Kamera. Peter Alexander wird als größter Schauspieler aller Zeiten bezeichnet. Springer hat bestellen lassen, man soll nicht vergessen, daß seit Machtantritt der Kommunisten 66 Millionen Menschen (von ihnen) ermordet wurden. Also nicht 67 Millionen? Oder 65? – Wahr ist, daß darüber viel zuwenig gesprochen wird.

Ende Februar/Anfang März 1980
Reise nach England und Irland

3.3.1980, Manchester
Gestern von Herrn Jolles acht lange Stunden an der nordirischen Küste von Felsen zu Felsen gefahren, mit Gischt und allem Zubehör. Ich dachte die ganze Zeit: O Gott, noch fünf Stunden ... Es wehte stark, aber die Sonne schien. Verfallenes Haus besichtigt, Basaltsäulen, ein winziger Hafen, Schafe mit Lämmern (die hinter ihre Mütter sprangen, und die Mütter guckten, im Kauen innehaltend, was wir da wollen). Keine Fremden, nirgends «Bungalows», dafür Straßensperren und Kontrollen. Besichtigung eines in die Luft gesprengten Hotels. Ich montierte mir einen Messinggriff ab von einer herausgeschleuderten Tür.
Jolles erzählte allerhand von seiner Kindheit unter V1-Beschuß in London. Ich regte ihn an, darüber zu schreiben. Ein angenehmer Mensch, mit dem ein weiteres Gespräch lohnte.

4.3.1980, London
Am Mittag noch schönen Spaziergang durch die Innenstadt, mit Anita Frei.
Mit ihr dann bei Frau Hegewisch, der neuen «Monat»-Herausgeberin, zum «Lunch».
Vielleicht sollte man versuchsweise für ein Jahr eine Fotokolumne in dieser Zeitschrift übernehmen.
Habe auch an ein Buch gedacht, das ein Engländer über den Krieg, eine «Jugend in London», Luftangriffe usw., schreiben müßte (Jolles). Als Ergänzung zum «Tadellöser». Eine Art Partnerunternehmen, auch bei Knaus müßte es erscheinen in ähnlicher Aufmachung.

6. 3. 1980
Liebe Renate*:
Die neue Bilderaktion ist herrlich angelaufen. Es kommen täglich mehrere Sendungen, meistens von Lesern, die mir helfen wollen. Sie denken: bloß schnell dem Kempowski Fotos schicken, sonst kann er keine Bücher mehr schreiben. – Ich habe Kästen angeschafft, in denen stehen sie säuberlich auf weißen Kartonblättern und geordnet. Es sind irrsinnige Fotos dabei und traurige. Manche Leute schenken mir auch ganze Serien von Fotoalben, etwa 50 Stück habe ich schon!

8. 3. 1980
Mit der Post kam ein erstes Vorausexemplar vom «Schulmeister».**
Hatte Tränen, weil es ja doch der Abschied ist.

15. 3. 1980
In der Schule alles sehr friedlich.
Erste Stunde, eine «grüne» Stunde. Die Kinder erzählten von ihren Eltern. Einer, daß der Vater die ganze Nacht mit dem Lkw unterwegs gewesen, ein Mädchen: daß ihr Vater in der Badewanne eingeschlafen, ein anderes Mädchen, daß ihre Mutter neulich so müde gewesen sei, daß sie beim Fernsehen das Bier in den Aschenbecher statt ins Glas gegossen habe.

20. 3. 1980
Soeben den vielleicht letzten Schultag hinter mich gebracht, ohne Rührung und Trara. – Das Fazit wird noch zu ziehen sein.***

22. 3. 1980, München
Bambi-Verleihung**** blöd und wahnsinnig zugleich. Diese enorm kitschigen goldenen Apparate wurden auf winziger Bühne ausgegeben, hinter einem Paravent standen sie in Reih und Glied. Allerlei Promi-

* Die Tochter.
** Michael Neumann: «Kempowski der Schulmeister». Braunschweig 1980.
*** Mit dem Wintersemester 1980 begann eine zehnjährige Lehrtätigkeit an der Universität Oldenburg.
**** Für den Film «Ein Kapitel für sich».

nenz klatschte und pfiff dazu. Fotografen verstellten den Blick. Letztere blitzten keineswegs sämtliche Preisträger, sondern Rudi Carrell («Krawall», dachte ich immer) und eine brasilianische Sängerin. Dazu Rex Gildo, der gar keinen Preis bekam. Bei der Gruppenaufnahme stand ich neben Scholl-Latour, der mit mir einig war, daß dies alles schon ein Stück Untergang des Abendlandes sei. Und neben mir ein österreichischer Sportjournalist: «Ich schäme mich direkt.» – Einziger Lichtblick war die Erneuerung gewisser Beziehungen und die angenehme Unterhaltung mit der Berghoff, die wirklich ein lieber Mensch ist. Hier war auch der Höllenlärm segensreich, denn Dagmar Berghoff war gezwungen, mir ins Ohr zu schreien, wodurch ich in zarteste Berührung mit ihr geriet. Um Mitternacht machten wir uns aus dem Staub.

27.3.1980

Zuvor ein Geständnis: Ich mag Autobahnen. Als ich die langen Lesereisen noch mit meinem alten Audi machte.

Heute ist es üblich, ja geraten, auf den Straßenverkehr zu schimpfen und den Bau neuer Autobahnen zu verhindern (dort, wo sie quasi selbst in Gegenden hineinschlagen, in denen noch Vögel singen).

Nachts höre ich sie, Goethes Lied an den Mond fällt mir zwar nicht ein – «fließe ... ohne Rast und Ruh» –, aber dieses von Arbeit kündende Geräusch hat auch etwas Beruhigendes an sich: wenn sie erst einmal totenstill daliegt ...

Wenn sie einmal nicht mehr «brüllt», wenn Gras auf ihr wächst (wie Arno Schmidt uns das vorgeführt hat), dann wird es aus sein mit uns, dann wird sein Heulen und Zähneklappern. Dann wird es auch keine Gesellschaft mehr geben, die sie denkmalschützerisch erhält. Es wird ein paar Fahrräder geben und ein einsames Pferdefuhrwerk, das sich über das Frankfurter Kreuz quält: Holz hat es geladen.

Wer Gegenwart erkennen will, muß sie als etwas Vergangenes sehen. So wie man Vergangenheit nur dann begreift, wenn man sie sich vergegenwärtigt.

Vergleiche stellen sich ein, zur Chinesischen Mauer etwa – nicht viel Monströses gibt es oder gab es auf der Welt, das sich mit ihr vergleichen läßt. Diese aber, wie man hört, völlig sinnlos, jene aber im höchsten Maße effektiv.

Ich habe immer bedauert, daß es auf deutschen Autobahnen keinen «Einlaß» gibt, wo man fünf Mark bezahlen muß. Zunächst aus vaterländischem Eigensinn, sodann aber, weil sie dort «losginge». Denn anders als andere übermenschliche Bauwerke hat die Autobahn keinen Anfang und kein Ende. Beide sind nicht erfahrbar. Die Pyramiden von Giseh heben sich da ganz anders ab.
Der fehlende Einlaß irritiert mich.

21. 4. 1980
Morgens Arbeit an den Fotos. Mit der Post kam ein Tagebuch aus dem Polenfeldzug mit Fotos. Brennende Strohhütten, ein abgestürzter Stuka. Gespräch mit Architekt über Turm.

25. 4. 1980
Unmäßige Forderung eines Fotoanbieters. Pro Foto will er 50 Mark haben, und für das Recht, es zu veröffentlichen, nochmals 100! (Er will 500 Fotos schicken.) Das geht natürlich nicht.

29. 4. 1980
Besprechung mit dem Architekten. Genauere Planung von Turm und Archivraum. Kurios ist, daß man sich mit dem Bau des Turms quasi sein eigenes Gefängnis baut. Vielleicht sollte man an eine Fluchtklappe denken. – Ich habe angeregt, daß man ihn noch einen halben Meter höher baut. Ansonsten in der ursprünglichen Planung, aber mit Tisch. (Für die kleinen Namensscheiben aus Messing zum Annageln!)

1. 5. 1980
Liebe Renate!
Damit Du mal das neue Briefpapier siehst, schreib' ich Dir darauf. Es hat mir Tausende von Fotos eingebracht, Du kannst es Dir nicht vorstellen. Jeden Tag kommen ganze Stöße. Wenn es so weitergeht, dann muß ich anbauen (der Architekt war schon da). Es sind sogar schon Hitlerbilder eingesandt worden, also originale Schnappschüsse. Auch Fotoalben, jede Menge. Ich glaub', es sind bald 100 Stück. Seit 14 Tagen bin ich nun ohne Schule, Privatmann.

5.5.1980
Die «80» zu schreiben kommt einem immer noch so utopisch vor. Man hätte wieder rückwärts zählen müssen.
Spätestens im Jahre 2000 sollte man es tun. Die schrecklichsten Jahreszahlen, die man dann wieder passierte, würden nicht soviel Schlimmes bringen wie die Zukunft.

7.5.1980
Eine Frau Peiler schickte interessante Fotos vom Arbeitsdienst und BDM. Dazu eine Biographie, sonderbarerweise auf Durchschlagpapier getippt. Die Kosten besseren Papiers hätten dem Anlaß doch entsprochen?

15.5.1980
Hier quellen die Fotos über, das ganze Zimmer ist schon voll. Dazu kommen noch etwa hundert vollständige Fotoalben.
Ich stehe nun mit «GEO» in Verhandlung, will ihnen einen Tageskalender anbieten, auf jeder Seite eines dieser Fotos oder einen Auszug aus den sich nun schon häufenden Biographien, die sich hier ja auch ansammeln. Einen solchen Kalender müßte man dann als Periodikum herausbringen, also nicht nur auf ein Jahr. Das muß im Vertrag gleich festgemacht werden. Ich hätte dann auf Jahre hinaus zu tun.

17.5.1980
Ein Haufen Post, viele Fotos. Allmählich schält sich der «Kalender» heraus, habe gestern ein paar Blätter zusammengestellt. Nur ein Tageskalender interessiert mich. Auf den Blättern eines Wochenkalenders dominiert das Kalendarium. Auch würde durch das lange Aushängen die «Aussage» der Seite entwertet. Über «GEO» wird's vielleicht was.

25.5.1980
Am Nachmittag, nach wundervollem Schlaf, Fotoalben sortiert und katalogisiert. Es sind nun einhundert. Die Anzahl sollte nicht darüber hinwegtäuschen, daß der Gehalt noch ziemlich dürftig ist. Eine genauere Durchsicht wird vielleicht einige Sonderheiten zutage fördern, die sich zur Verwertung anbieten.

8.6.1980
Zu KF neulich: Es wird Zeit, daß du hier wegkommst.
Er: Ich will aber nicht weg.
Bei einiger Phantasie könnte man sich vorstellen, daß er Germanistik und Geschichte studiert und eines Tages die «Fabrik» hier übernimmt, das Archiv mit allem Drum und Dran. Er wäre gerade fertig mit Studium, wenn ich die «Chronik» unter Dach und Fach gebracht habe.

Band 2 bis spätestens 1982
Band 4 (Göttingen) bis 1985
Band «6» (Biographie) bis 1988

1988 bin ich fast 60. Für das Archiv würde zu diesem Zeitpunkt ein wissenschaftlicher Leiter nötig sein. Wichtig sind zwei Punkte:

1. Es darf nicht lockergelassen werden mit der Verwirklichung des Großprojekts.
2. Es muß ein Periodikum geschaffen werden, das sich aus dem Archiv speist: der Kalender.

Großprojekt und Kalender könnten Grundlage seiner Existenz werden. Es ist auch Repräsentation dabei.
In der Tradition der Bauern: da übernimmt auch der älteste Sohn den Hof. An sich doch ganz natürlich.

10.6.1980
Telefonate mit Dierks* und Knaus. Fischer schickte Mitteilung, daß das Lesebuch** im 30. Tausend gedruckt wird. Die französische Ausgabe vom KZ-Buch kam.

14.6.1980
Heute früh stand ich gut gelaunt auf, rasierte mich singend – in Vorfreude auf Würzburg –, da schlug der Zahnschmerz wieder zu. Ich bat Hildegard, in Würzburg abzusagen, was gottlob ging. Betäubt von Gelonida, geisterte ich durchs Haus, schlief, und wurde erst gegen Mit-

* Der Oldenburger Germanist Prof. Dr. Manfred Dierks.
** «Mein Lesebuch». Frankfurt a.M.: Fischer 1980.

WALTER KEMPOWSKI

ALLEMANDS LE SAVIEZ-VOUS?

DES TEMOINS D'HIER PARLENT ENFIN

POSTFACE D'EUGEN KOGON
TRADUIT DE L'ALLEMAND
PAR ALEXANDRE WINOGRADSKY

ENCRE

tag wieder wach von der Post, sehr angenehme Sachen darunter, unter anderem ein Karton mit Glasnegativen und ein Päckchen mit wohl 50 Fotos von einer Haushaltungsschule. Vielleicht sollte man mal in der «Hörzu» annoncieren, die Reaktion auf den Artikel in der «Funkuhr» war großartig.

16.6.1980

Zum ersten Mal Zweifel, ob ein weiterer Roman in der Sisyphos-Reihe* noch möglich ist. Es ist vermutlich nicht mehr möglich. Rechtzeitig umschalten.
Die Zettelfassung des Göttingen-Buches, also nach alter Zählung Band 4, wird tatsächlich eine neue Form begründen.
Eine alte, blau gekleidete Antiquitätenhändlerin mit blauem Hut brachte uns heute einen Mahagoni-Eckschrank und eine Kommode. Der Eckschrank kam ins Frühstückszimmer, Hildegard suchte Gläser zusammen, die «omig» aussehen, wie sie sich ausdrückte. So wird unser Haus allmählich zum Museum.
In der Post drei Umschläge mit Fotos.

17.6.1980

Am Nachmittag kam Herbert Schreiber von «GEO», mit dem ich das Kalenderprojekt besprach. Es wurde wohlwollend aufgenommen, obwohl meine Muster miserabel waren. Ich habe den Tisch noch voll mit andern Sachen, kann mich noch nicht darauf konzentrieren, obwohl dieses Vehikel von größter Wichtigkeit wäre.
Was nützt uns eigentlich das Sammeln von Fotos, wenn wir sie nicht vorzeigen?

18.6.1980

Den ganzen Tag am Kalender gearbeitet und etwa vierzig Seiten zusammengestellt, wobei mir frühere Interviewsammlungen gute Dienste leisten.

* «Deutsche Chronik».

Hitlers Geburtstag, 1889 in Braunau (ausgerechnet!) am Inn. Einen Unterkiefer von ihm gibt es noch, der befindet sich in Moskau in einem Panzerschrank. Auch Denkmäler existieren noch: sie sind sehr klein, für Kinderhand gedacht: Spielzeug. Für 300 Mark werden sie gehandelt, mit Porzellankopf kosten sie noch mehr.

Entwurf des Kalenderblattes zum 20. April

21.6.1980

Die nächsten Schritte sind nun:

1. Den Roman energisch weitertreiben*
2. Die Literaturseminararbeit ernst nehmen
3. Den Kalender durchsetzen

zu 1: Es sollte erst einmal weitergearbeitet werden ohne Rücksicht auf politische Erwägungen, die nötig sind, aber später noch eingefügt werden können. – Gewisse, allzu weit ausholende Passagen können noch gekürzt werden. – In diesem Roman muß ich mein Bestes geben, denn er wird ein Schlußstück sein. Danach vermutlich jahrelang die Biographie.

Zu 2: Sie dient (unter Einschließung des Großprojekts) der Weiterführung des pädagogischen Strangs wie der gesellschaftlichen Etablierung. Letztere ist für die Behausung meines Romanwerkes von nicht zu unterschätzender Bedeutung. Der Autor bürgerlicher Romane, der auch im bürgerlichen Leben «seinen Mann steht».

Zu 3: Diese Arbeit kann mir über Durststrecken hinweghelfen, mit denen ich rechnen muß, und sie kann mein Werk (an das Haus gebunden) über meinen Tod hinwegtragen. – Bei der Vorbereitung sollte man das Kuriose nicht zu sehr in den Vordergrund treten lassen. – Die Idee ist so plausibel, daß sie eigentlich verfangen müßte.

23.6.1980

Vielleicht erwähnenswert, daß der «Monat» nun im Beltz-Verlag erscheint und von mir vierteljährlich einen Bildbeitrag aus dem Archiv bringen will. *Sehr* gut.

Gegen 5 Uhr fuhr ich nach Hamburg, um mit Knaus den Kalender noch einmal durchzusprechen, er gab interessante Hinweise, war aber nicht sehr angetan von der Sache. – Zweifel, ob mein Archiv wirklich schon so leistungsfähig ist. – Ein bißchen bluffen muß man. Das Sammeln der Bilder hat offensichtlich nicht nur den Effekt, daß nun ein Haufen Bilder da ist, sondern auch, daß ich Bilder besser lesen gelernt habe. Ich weiß nun, was ich brauche.

* «Schöne Aussicht».

25.6.1980
Ich fuhr zur Lesung nach Helmstedt. Anschließend in ein Restaurant, wo eine Art Hochzeitstafel für mich aufgebaut war, es gab Spargel. Neben mir der Bürgermeister, ein Fabrikant, der täglich 600 000 Haarnetze herstellt!
Diese Dinger werden in China zum Teil von Hand geknüpft und kosten im Verkauf 1,50. Drei bis vier Stunden arbeitet eine Arbeiterin an einem Netz. Fünf Millionen Chinesen sind allein mit dieser Industrie befaßt. – Es ist unfaßbar. Man soll sich doch nicht einbilden, daß das immer so weitergehen wird. Eines Tages müssen wir die Rechnung bezahlen.
Total erschöpft im Bett von einem Tag, der der Erholung dienen sollte. Die Büchereileiterin in Grasleben hielt mir ihren Euroscheckausweis hin, als sie mir den Scheck gab.

30.6.1980
Heute war ich in Hamburg. Zunächst bei Robert, um die Rostock-Postkarten abzuholen, dann in Buchhandlungen. Dann bei der «GEO»-Redaktion.
Da die Entscheidung über den Kalender in den Händen Nico Neumanns liegt, ist zu vermuten, daß nichts daraus wird.

10.7.1980
Eben rief Knaus an, er habe es sich überlegt, vielleicht sollte man den Kalender doch machen? – Das gibt Luft und läßt Schlüsse auf die anstehende «GEO»-Entscheidung zu.

16.7.1980
Regen. Zum Arbeiten grade das richtige Wetter. In Reutlingen angerufen wegen der Archiveinrichtung. Schreibtische, Karteiwagen. Schon jetzt dürfen nur solche Regale gekauft werden, die später auch in den Archivraum passen. Zwei habe ich bestellt, mal sehen, wie sich das macht.
Die Investitionen für das Archiv übersteigen nach meiner Schätzung schon die 10 000 Mark. Man muß überlegen, ob die Sache zu stoppen ist, wenn der «GEO»-Vertrag nicht zustande kommt.

Gestern abend saßen wir, also Hildegard, Dörthe, KF und ich, im Glaskasten und lasen uns aus einem Tagebuch vor, das mir grade geschickt wurde. Es handelt sich um ein junges Mädchen, das ihren Pfarrer anhimmelt. Sehr gut geschrieben, sprachlich gewandt und ehrlich, so daß man vielleicht ein kleines Buch daraus machen könnte als eine Art Ergänzung zur «Chronik». Man müßte aus dem Bildarchiv passende Fotos heraussuchen und sie dem Text unterschieben.

23.7.1980
Post: Ein Paket mit acht Fotoalben.
Beltz-Verlag hat angerufen, sie wollen den Kalender machen. Montag kommt eine Dame.

3.8.1980
Zu Oldenburg: Die erste Tagung vielleicht «Autor und Geschichte».

I. 1. Direkte Beziehung zur Geschichte
   a) Typ Wallenstein von Golo Mann
   b) der engagierte Roman M. v. d. Grüns

2. Indirekte
   Dies ist mein Fall. Die Story, die ich erzählen will, spielt in der Vergangenheit, also in der Geschichte. Sie steht nicht im Vordergrund, sondern die Schicksale der geschilderten Menschen tun es. Sie sitzen auf einer Zeit-Plattform, die, ohne daß sie es spüren, sie nach dieser oder jener Seite herunterrutschen läßt. Oder besser, Geschichte als Bühnenrundhorizont, vor dem die Menschen agieren. Oder noch besser: alle Menschen sind Marionetten im umgekehrten Sinne. Jede ihrer Bewegungen betätigt oben, im Schnürboden, Mechanismen, die ihrerseits wieder auf andere Menschen (Marionetten) zurückwirken.

3. Indirekte Erwähnung geschichtlicher Tatbestände
   a) Angriffe 1942
   b) «Zusammenbruch»
   c) politische Haft
   d) I. Weltkrieg

Hier sind die großen Ereignisse nicht um ihrer selbst willen behandelt. Sie sollen als Objektiv menschlichen Handelns einerseits und als Auslöser menschlichen Handelns oder dessen Manifestation (Schicksal) begriffen werden.
An dem Roman, den ich jetzt schreibe, fesselt mich der Katarakt von Schicksalsschlägen.

II. 1. Das Fotoarchiv als Träger privater Geschichte. Dias von Einzelbeispielen
2. Objekte und ihre Geschichte
3. Autobiographien und Tagebücher
4. Wie kommt das zusammen? Idee des Kalenders

III. Es bleibt ein Rest: die Jahrhundertereignisse.
a) Haben Sie Hitler gesehen?
b) Haben Sie davon gewußt?
c) Flucht und Vertreibung
d) Wiederaufbau
Diese Themen habe ich mir herausgepickt.

5.8.1980
Morgens unter wieder auflebenden Magenschmerzen am «Monat»-Artikel über Schule gearbeitet. Ein erster Prüfstein für das Archiv. Macht Spaß.

7.8.1980
Gestern in Hamburg. Morgens allerhand Durcheinander, Telefoniererei. Dann kam ein neuerlicher Anruf von Beltz, sie wollen den Kalender machen. Dies ist ja nun eine wunderbare Nachricht, weil sie die Investitionen (bisher 15 000 Mark) für das Bild/Biographienarchiv rechtfertigen. In der Nacht sah ich noch Negative durch.

9.8.1980
Goethe: «Wir kämpfen für die Vollkommenheit des Kunstwerks in und an sich selbst. Jene [die Moralisten] denken an dessen Wirkung nach außen, um welche sich der wahre Künstler gar nicht bekümmert, so

wenig wie die Natur, wenn sie einen Löwen oder einen Kolibri hervorbringt.» – «Allgemeine Begriffe und großer Dünkel sind immer auf dem Wege, entsetzliches Unheil anzurichten.»

11.8.1980

Vom ZDF kam ein Anruf, sie hätten einen Film vor über Flucht und Vertreibung und säßen fest, ob ich da nichts machen könnte. Mein altes Projekt also.

13.8.1980

Heute morgen kamen zwei Herren aus Berlin, die von mir Ideen für ein Flucht/Vertreibungs-TV-Projekt haben wollten. Ich empfahl ihnen Lehndorffs «Ostpreußisches Tagebuch». Sie boten mir einen Beratervertrag an.
Gegen 11 Uhr kam Frau Hegewisch vom «Monat» und holte meine 16 Bildseiten für ihre Zeitschrift ab.
Ich legte mich nach Tisch mit Kopfweh ins Bett.
Am Abend noch Architekt Krauss, mit dem ich den Turm durchsprach.

14.8.1980

Ich ging an einem Haferfeld entlang und streifte ein paar Körner ab. Da erschrak ich mich, ich dachte, ich hätte was kaputtgemacht.

Aus der «Zeit»: «Günter Herburgers Thuja-Trilogie, ein episches Großunternehmen, wie sie heute rar geworden sind, vergleichbar noch mit Uwe Johnsons ‹Jahrestage› und Peter Weiss' ‹Ästhetik des Widerstands›, begann 1977 mit dem zweibändigen Roman ‹Flug ins Herz› ...» – Die Rezension ist von einem gewissen Stephan Reinhardt verfaßt.
In der gleichen Ausgabe wird rühmend erwähnt, daß Radio Bremen u.a. über Willi Bredel, den «Exilschriftsteller», eine Porträtskizze bringt.
Willi Bredel – was hat dieser Lügenbold mit Literatur zu tun?

15.8.1980
Meine Kuh-Freundin kam wieder an den Zaun. Ich ließ sie am Salzstein lecken und gab ihr Löwenzahnblätter. Es handelt sich hier um den seltenen Fall von erwiderter Liebe. Der Hund Ali, den man selbst mit Steinwürfen nicht verscheuchen kann – lachend läuft er in unser Haus hinein und pinkelt überall gegen –, wurde von mir gestern mit Wasser naßgegossen. Das wirkte. Als er jetzt sah, daß ich hineinging, um Wasser zu holen, haute er ab. Schon beim zweiten Mal hat er das gelernt! Ein Fall von nicht erwiderter Liebe.

Fotos für den Kalender sortieren

17.8.1980
Themen für den «Monat»:
1. Deutsches Familienleben
2. Porträts
3. Ostgebiete
4. Der deutsche Bürger und die Kunst

5. Der Deutsche und sein Auto
6. Wohnungen

18.8.1980
Kalender: Erst mal ein[en] Jahrgang herstellen und dann weitersehen. Vielleicht geht mir ja doch die Puste aus.
Knaus rief an, er will den Kalender nicht machen, das sei ein Kempowski zum Wegwerfen, so komme ihm das vor. Schade. Hätte gern alles unter *einem* Dach.

20.8.1980
Gestern kamen Herr Gelberg und Frau Scharioth vom Beltz-Verlag, um über den Kalender zu verhandeln. Ich hatte auch Dierks und Frau Ritzka dazugebeten. Wir aßen nach altem Brauch in der Halle und gingen dann das Archiv ansehen, oben, das ja schon ganz ansehnlich ist. Dann hinüber zu mir, wo es erfreuliche, sehr kreative Gespräche gab. Allseitige Befriedigung und vorteilhafter Abschluß. Einzelheiten wird man dem Vertrag entnehmen können. Ziemlich nützlich war das Telefongespräch, das ich vorher mit Knaus führte. Er teilte mir seine Ablehnung mit, weil so was nicht seriös sei und der Qualität dessen, was ich bisher gemacht habe, nicht entspreche. Ein Kalender sei nach seiner ganzen Anlage ein Wegwerfprodukt. Kempowski als Autor eines Wegwerfprodukts ... das gefalle ihm nicht. Also vielleicht doch Buchform?

21.8.1980
Ein äußerst erfolgreicher Tag. Am Vormittag beschäftigte ich mich mit dem Kalender und klebte zehn Seiten (plus Texte). Eine Arbeit in Gelassenheit, die mir Freude machte. Ich hatte nur etwa 1 ½ Stunden Zeit dafür, da ich lange am Frühstückstisch saß und KF zuhörte, der von Frankreich erzählte.
Auf den Kalenderblättern lassen sich Wort und Bild aus verschiedenen Quellen und Zeiten zusammenbringen.

24.8.1980
Den ganzen Nachmittag pusselte ich am Kalender herum. Morgen wird weitergeschrieben.

Die vielen Lexika kommen mir nun zugute. Und meine unglaublich umfangreichen Vorarbeiten
Mitternacht. Mir fehlt die rechte Lektüre.
Musik: Gregorianik und Stan Kenton.
TV-Sendung über Thomas Mann mit noch nicht gesehenen Filmaufnahmen. Er wirkt eigentümlich devot.

28.8.1980
Den Nachmittag über arbeitete ich am Kalender, es sind jetzt 85 Blätter. Zuviel Personenaufnahmen. Es müßten nun Städteaufnahmen dazukommen.
Am Abend schrieb ich dann noch einige Seiten an «Schöne Aussicht», Kapitel 11, und zwar die Szene, wie der alte K. im Bett liegt und sich eine Hure kommen läßt. Karl und Grethe wollen ihn besuchen, er läßt sie nicht ein.

30.8.1980
Ein wahnsinniger Tag, ohne Ruhepausen ununterbrochen gewerkelt, Post, Fotos, Kalender. Jetzt ist es schon nach Mitternacht. – Ich möchte nur wissen, was mich treibt. Es sind vielleicht immer noch die verlorenen acht Jahre? Die «Suche nach der verlorenen Zeit»? – Es ist etwas anderes, ein unerklärlicher Drang, das Werk zu vollenden, aufzurichten, dessen Konturen sich jetzt deutlich abzeichnen. Und vielleicht die Sorge, es nicht zu schaffen, wenn ich nicht schnell mache.
Kinder lieb, Frau lieb, ich bin auch lieb.

31.8.1980
«Also, dein Kalender – das wird was», sagte mein Sohn heute zu mir. – So was hört man gern.
Den ganzen Tag am Kalender herumgefummelt und Berge von Post. Morgen wieder an «Schöne Aussicht». Das Erker-Kapitel muß noch einmal drangenommen werden. – Mit den Zetteln arbeite ich im Augenblick überhaupt nicht mehr. Das war eine Arbeitsform, die aus Angst geboren war.

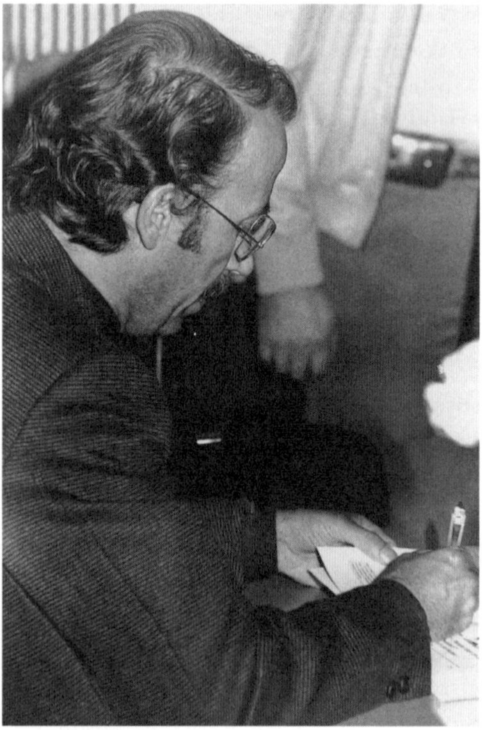

Beim Signieren

15.9.1980
Zu Hause fand ich die Belegexemplare für das 38.–45. Tsd. des Schulbuchs vor.* Erstaunlich, daß doch noch so viel davon verkauft wird; mißglückt ist es nicht durch meine Schuld. Den Titel wollte ich nicht, und die Bilder darin gehen an dem, was ich mitteilen wollte, vorbei.

18.9.1980, im Zug nach Köln
«Lieber die Russen in Heilbronn als Franz-Josef Strauß in Bonn.» Dieses Plakat der Jusos kennzeichnet auf eindringliche Art die Verfassung der jungen Generation, die in Bonn eines Tages regieren wird.

* «Immer so durchgemogelt». München 1974.

23.9.1980, Marburg
Herfahrt bequem, ich konnte mit dem 14. Kapitel beginnen, eine allgemeine Beschreibung der St.-Georg-Schule. Morgen mit Lehrer Jonas weiter. Das wird vielleicht ein bißchen ein Selbstporträt. Ein seriöser Böckelmann.*
Allgemein müssen die Nazisachen sehr im Hintergrund bleiben. Das Biographisch-Einmalige der K's muß Hauptthema sein. Die Beschreibung einer Familienkonstellation-Variante des Allgemeinen, eine Spielart so-und-nicht-anders. Eine Gleichung. Danach den Lehrer-Dorf-Roman als zeitgenössisches Thema. Womit ich es dann mit allen Lehrern verdorben haben werde.
Becker schrieb heute im «Spiegel», anläßlich einer Kritik von Erinnerungsbüchern: «Aber auch ein literarischer Spezialfall mag da anregend gewirkt haben: Walter Kempowski hat ja mit beträchtlichem Erfolg gezeigt, was sich aus der eigenen Familiengeschichte aus banal-bürgerlicher Privatheit an zeitgeschichtlicher Signifikanz herausholen läßt; daß ‹Tadellöser & Wolff› einmal Schule machen würde, konnte nicht ausbleiben. ... Behütet ... von einer Mutter, die denn doch recht auffällig kempowskisch daherschnackt. (Nein, ist das schön, sagte meine Mutter.)»
Das Schlimme ist, daß ich mit meiner weit ausgebreiteten Geschichte nun mein eigner Nachahmer zu werden scheine.

26.9.1980, Hameln
Bei einem Trödler waren sehr schöne Daguerreotypien zu besichtigen. Ich kaufte vier. Einige solcher Stücke werden dem Archiv eine neue Qualität verleihen.
Es waren auch noch ein paar Fotos da.

30.9.1980
Am Morgen fleißig gewesen, das Schwarzenpfost-Kapitel durchgesehen und für recht befunden.
Dann arbeitete ich noch etwas am Kalender, fünf oder sechs Blätter. Gegen 12 Uhr überfiel mich plötzlich rasende Müdigkeit, ich schlief eine Stunde.

* Anspielung auf: «Unser Herr Böckelmann». Hamburg 1979.

Danach kam eine Fotografin von der «FAZ», Frau Klemm, sympathischer Mensch. Sie erlebte mit, wie hier drei Busladungen mit Senioren durch das Haus trabten. Eine richtige «Führung».
Sehr viel mehr ärgerte mich das Goldmann-Taschenbuch von «Aus großer Zeit», das ich plötzlich entdeckte. Abgesehen davon, daß es recht früh kommt, ist es eine grobe Taktlosigkeit, die Bände auszuliefern, bevor ich sie gesehen habe. Ich sah mir das Buch näher an und entdeckte folgende Schlimmheiten:

1. Das Umschlagbild ist unmöglich, der Turm gekappt.
2. Die alte Vita mit: «... kehrte in die Ostzone zurück», ist wieder verwendet worden,
3. die Korrekturen wurden nicht berücksichtigt.

3. 10. 1980, Berlin
Kalender von Städten: was nach dem Krieg vernichtet und was liebevoll restauriert wurde.

4. 10. 1980
Den Rest des Nachmittags brachte ich mit dem «Monat»-Beitrag zu, der nun fast fertig ist. Ich werde ihn liegen lassen und Mitte Oktober fertigmachen. Der nächste Beitrag sollte vielleicht heißen:

Deutsche Schönheit

oder:

Deutsche Jahreszeiten.

Langes Abendessen mit Gulasch und guten Gesprächen.

7. 10. 1980, Mettmann
Köln: Im Klo: Welcha Junga Last sich Ficken?
darunter: Lern erstmal richtig Deutsch!

9. 10. 1980
Heißenbüttel habe gesagt, Kempowski sei ein deutliches Beispiel dafür, wie ein Autor vom Fernsehen verdorben werden kann.

17. 10. 1980, von Hof nach Kronach

Nach der Lesung (340 Leute, insgesamt also auf dieser Lesetour 5160 Menschen, was mir völlig unbegreiflich ist, nach allem, was ich bisher erlebt habe) noch länger zusammengesessen und plötzlich über das Glück monologisiert – spät ins Bett. Morgen letzte Station.

20. 10. 1980

Der Veranstalter in Kulmbach erzählte, Johnson habe nur vierzig Minuten gelesen und sei dann gebückt hinausgegangen. Unten habe er dann gesessen und geweint.

23. 10. 1980

Heute verschiedene Anrufe. Der «Stern» will im November Reportage über das Archiv machen.

Dierks brachte die erlösende Nachricht von der «vorläufigen Abordnung» an die Universität, einer schwierigen Konstruktion, die ich nicht recht durchschaue. Das ist wirklich außerordentlich angenehm. Dadurch läuft nun das Gehalt weiter und die Pension auch. Für zwei Jahre Luft!

24. 10. 1980, Clausthal-Zellerfeld

Abends 23 Uhr. (Auch heute war es voll, 250 Leute, also insgesamt 6090 Menschen.)

29. 10. 1980, Nürnberg

Das Antiquariat Kistler in gotischem Bürgerhaus, mit geschnitzten Balustraden im Innenhof. Während ich die Regale durchging, stand ständig eine Frau neben mir und sah mir auf die Finger. Später sagte man mir, es wäre unbeschreiblich, was da geklaut wird. Ein Pfarrer habe sich die Unterhosen an den Beinen zugebunden und habe die Bücher hineinfallen lassen. Eine Wagenladung Bücher habe man bei ihm gefunden. – Das, was sie früher durch Diebstahl eingebüßt haben, geht ihnen jetzt dadurch verloren, daß die Kunden nicht kaufen mögen, wenn sie beobachtet werden.

1. 11. 1980
Sehr beschäftigt es die Zuhörer, was ich nach der Beendigung der «Chronik» machen werde. So etwas wie Fürsorge spricht daraus. Sie haben irgendwie Angst um mich.
Schluß! – Hier lag eine Kiste Tagebücher, die mir jemand von sich geschickt hat. Ein Tagebuchwerk in Permanenz, denn er schreibt weiter und will mir die Fortsetzung auch schicken.

8. 11. 1980
Neulich wurde ich gefragt, ob ich mit Thomas Mann verkehrt habe.

14. 11. 1980
In den Nachrichten der Papstbesuch. Ich bekam eine Eintrittskarte zur Papstaudienz in München. Fahre aber nicht hin.

23. 11. 1980
Gestern war die große Fibelfeier, im «Stil des neuen Hauses». Erst im letzten Moment ist die Fibel* fertig geworden, man hat sie in der Handbinderei fertiggestellt. «Fragen Sie mich nicht, was das gekostet hat.»

24. 11. 1980
Die Post kommt wieder in Gang. Ich bekam vom Beltz-Verlag das Kalendermanuskript zurück (es sieht so aus, als ob keiner hineingesehen hat). Ein Anschreiben fehlte.

26. 11. 1980
Mittags mit der Katze gespielt, dann nach Eckernförde gerast, wo ich eine Lesung vor ausverkauftem Haus hatte. 260 Leute dort (nachzuholen sind 250 in Zeven) = 510, insgesamt nunmehr bis jetzt 12 190 Zuhörer in diesem Jahr.

27. 11. 1980
Große Mengen Post, Fotos, Biographien. Alles läuft.

* «Kempowskis einfache Fibel». Braunschweig 1980.

22. 12. 1980
Am Nachmittag herumgesessen, ausgebrannt. – Am Abend nach Hamburg, wo ich mit Knaus und anderen zu Abend aß. Darunter Lenz, der heute freundlicher wirkte.
Lenz: «Da ging ich doch neulich mit Kohout ...» – «Der Bundeskanzler sagte zu mir: ‹Mensch, Sigi ...›»

Projektierung der Befragungsbücher, Demonstration

27. 12. 1980
Was den USA-Vortrag angeht, so sollte ich ihn in der Tat dreiteilen.

1. Kurzer Bericht über meine Arbeit (10 Min.)
2. Das Archiv der Biographien (Aussagen). Hier einige Passagen lesen (20 Min.)
3. Das Fotoarchiv. Dias, wobei ich auf die (dann) drei Artikel im «Monat» zurückgreife (20 Min.)

29.12.1980
Syberberg, «Tristan». Großartig.

30.12.1980
Gestern abend war im Fernsehen die Mao-Witwe zu sehen, wie sie sich vor Gericht die Beschuldigungen anhört, die im Antrag auf die Todesstrafe münden, mit zuckenden Mundwinkeln ab und zu wütend aufbrausend. Eindrucksvoll, genauso wie die Reaktion des geladenen/ausgewählten Publikums, das darüber breit lachte. – Das Porträt von Dutschke, das zwei Stunden später gezeigt wurde, war in gewisser Weise eine Ergänzung hierzu. Das Demagogische kam gut heraus. Tragisch seine Rehabilitationsbemühungen an einer Schulfibel, unverständlich sein Auftritt am Grab von Holger Meins (und kitschig), und lächerlich sein Protest inmitten von lauter Chinesen, der dem Kanzler galt, der sich an einem Tisch mit dem chinesischen Außenminister fotografieren ließ.
«Die Mikrofone waren nicht auf ihn [Dutschke] gerichtet», sagt der Kommentator, «er konnte sich kein Gehör verschaffen.»

31.12.1980
Habe heute wieder Biographien durchgesehen, aber nur wenig Brauchbares finden können. Ich schwanke zwischen triumphalen Gefühlen: du hast es geschafft, und dem Gefühl: du müßtest noch mehr geben.

1981

1. 1. 1981
Vormittag herumgesessen. Erst nach Tisch vorm Schlafen kam ich etwas in Gang, sah mir den USA-Vortragsentwurf an und fand ihn gar nicht so schlecht. Die Panik ist verflogen.
Mitternacht. Eben beschlossen, den Turmbau abzublasen. Die heutigen Kontoauszüge geben den Ausschlag. Einschränken. Mehr ins Archiv investieren als beim Turm. Der Turm wird gar nicht gebraucht, wäre Luxus. Die Archivinvestitionen dagegen sind später abzubauender Bodenschatz.

8. 1. 1981
In der «Zeit» heute ein Aufsatz: «Haben Sie den Kaiser gesehen?», ohne einen Hinweis auf meine Arbeit.

12. 1. 1981
Wundervoll, dies Bewußtsein, das fünfte Buch der «Chronik» fertig zu haben. Die Lücke ist geschlossen. Das zweifache «Aus» in «*Aus* großer Zeit» und «Schöne *Aus*sicht» betont die Zusammengehörigkeit beider Romane.

14. 1. 1981
Heute in Oldenburg gewesen. Dort habe ich mich als Gastdozent auf zwei Jahre dem Fachbereichsrat vorgestellt, was folgendermaßen vor sich ging. Eine Tür wurde mir geöffnet, darin acht Herren und eine Dame mit dem Rücken zu mir, die sich ein wenig zu mir drehten. Aha! Das ist also der Kempowski … Ein paar Worte hin und her, wobei ich sozusagen gefilmt wurde von automatischen Kameras. Nach fünf Minuten wurde mir bedeutet, es sei nun genug, worauf ich mich tatsächlich stehenden Fußes entfernte.
Dann stellte ich mein nächstes Seminar, in einem andern Raum,

einigen sehr netten Studenten vor, was stoisch entgegengenommen wurde.

19. 1. 1981

Entwurf eines genormten Anwortschreibens:
DAS KEMPOWSKI-ARCHIV umfaßt drei Abteilungen. In der ersten Abteilung werden die Manuskripte aufbewahrt, die dem Romanwerk des Autors Kempowski zugrunde liegen. In der zweiten Abteilung befinden sich Fotos, die dazu dienen können, soziologische und historische Aspekte der bürgerlichen Gesellschaft zu erhellen. Demselben Aspekt dient auch die dritte, umfangreichste Abteilung. In ihr finden unveröffentlichte Autobiographien Aufnahme. Es erschien sinnvoll, Selbstzeugnisse jeder Art zu sammeln, um sie der Forschung, wenn nicht sofort, so doch später zugänglich zu machen.
Da die Auswertung der Objekte große Kosten verursacht, ist das Archiv nicht in der Lage, Ankäufe zu tätigen. Es ist auf kostenlose Abgabe angewiesen. Die auf Wunsch anonym bekundeten bzw. behandelten Stücke können, wenn nichts dagegen spricht, möglicherweise eines Tages auch veröffentlicht werden.
Um einen extrem hohen Auswertungseffekt zu erzielen, ist daran gedacht, das private Archiv eines Tages in den Besitz der Universität Oldenburg oder anderer Institute zu überführen.

11. 2. 1981

In Bonn zur Verleihung des Jakob-Kaiser-Preises, ein verräuchertes Zimmer, die Journalisten redeten, während der Minister seine Ansprache ablas.
Hin- und Rückfahrt mit Fechner, sehr amüsant. Vielleicht ist das neue (letzte) Projekt* ja doch noch zu schaffen.
Er erzählte auch noch einige haarsträubende Sachen von der Produktion der letzten K-Filme. Er sagte, daß die Einschaltquote beim ersten Mal 21%, beim zweiten Mal 24% betragen habe.

* Die Verfilmung von «Aus großer Zeit», sie kam nicht zustande.

18.2.1981
Abflug nach Amerika. Das Gefühl des Außerordentlichen ist geblieben. Schlechten Gewissens habe ich 1.-Klasse-Billet gekauft.

18.2.–14.4.1981
Lesetour durch die Vereinigten Staaten von Amerika

22.3.1981, Houston
Jochen Kleppers Tagebuch lese ich grade, 1932–1942. Schrecklich die Unentschlossenheit der Menschen unter dem starren Blick der Schlange. Man möchte ihnen zuschrein: Los, haut doch ab! Aber: «Wir sind froh, daß die beiden Töchter noch nicht hinausgekommen sind.»
Merkwürdig das Weltraumcenter hier, das zu nichts mehr gebraucht wird, alle Gebäude leer, Kantinen, die Bibliothek, leer und doch beheizt, saubergemacht. Seit 3 Jahren warten sie darauf, daß wenigstens der Weltraumgleiter gestartet werden kann ...
Klepper hatte eben das Unglück, nicht nur aus christlicher Welt- und Lebensanschauung am Handeln gehindert zu sein, sondern auch noch aus Liebe zu Deutschland. Schließlich spielten wohl auch sein «kerzenschimmernder Renaissancetisch» und der «Barockschreibtisch» eine Rolle. Die gerettete oder bewahrte Bürgerwelt hat unter diesen Umständen etwas Groteskes an sich. Interessant ist in diesem Zusammenhang auch seine Olympiade-Begeisterung 1936, die Fahnen und so weiter.

19.4.1981
TV: Gespräch zwischen Grass und Lenz. Grass z.T. sehr originell und auch überzeugend (seine Bemerkung über die Zukunftslosigkeit, derentwillen er sich heute schon zu akuten Fragen äußert – bei mir genau gegensätzliche Reaktion). Z.T. sehr einseitig und pauschal (über die Beamten). Sieht sich selbst schon ganz historisch. Sehr merkwürdig der große silberne Ring, den er trägt, neben einem goldenen, wohl Ehering. Auch merkwürdig ein Zurückwerfen der Haartolle, was wohl jugendlich wirken soll.
Lenz recht geschickt das Gespräch weitertreibend, immer auf hohem Niveau haltend.

30.4.1981, München
In München traf ich auf Knaus, Bieler und Dr. Mohler von der Siemensstiftung, der schon gedacht hatte, ich komm nicht mehr.
Knaus nahm, von mir glückselig dargeboten, freudig die korrigierten Bogen von «Schöne Aussicht» in Empfang. Zeigte mir den Umschlagsentwurf. «Das haben wir selber gemacht.»
Dann fuhr ich zu Kolbe mit der Taxe, in der auch Mohler saß. Dieser war früher Privatsekretär von Ernst Jünger gewesen und erzählte, Jünger habe sich früher immer das Haar färben lassen. Die Berge fahre er mit dem Rad immer genauso schnell hinauf wie hinunter. Mit Büchern über Schiffbrüche könne man ihm die größte Freude machen. Wenn er von Autoren Bücher geschickt bekommen habe, dann habe er sie durchgeblättert und von einer x-beliebigen Stelle geschrieben: Das hat mir gefallen.
Im Anschluß fuhr ich zu Bieler in seine aufgeräumte Wohnung, in der seine Frau saß und telefonierte. Bieler hatte allerhand Besorgniserregendes zu erzählen. Er teilt die gleichen Befürchtungen, die auch mich quälen. Mit Asmodi, der früher, «vor der Kipphard-Zeit», ganz passable Boulevard-Komödien geschrieben habe, sitzt er ab und zu zusammen, sonst kein Kontakt. Hermann Lenz komme gelegentlich und rede mit heiserer Stimme seltsam verschrobene Dinge daher.

Todmüde ins Bett. Am nächsten Morgen Interview mit der Zeitschrift «Photo» über mein Archiv. Dann zur Auer Dult, wo ich 2 Fotoalben kaufte für je 10,– Mark. Interessante Preisvergleiche waren möglich. Der Blechbahnhof, der mich vor 10 Jahren 50 Mark kostete, wurde hier für 1700,– feilgeboten. – Alles einigermaßen Interessante und Schöne unerschwinglich teuer.

1.5.1981
In der Nacht wachte ich von einem sehr unangenehmen Traum auf, sozusagen datumsgerecht, denn in dieser Nacht vor 36 Jahren besetzten die Russen Rostock. – Es war die Stunde 0 im Traum, ich befand mich auf einem Schiff, das steuerlos in einem Hafen herumtrieb. Schließlich hatte ich die Möglichkeit, an Land etwas zu plündern, und nahm Aufschnitt aus einer Vitrine. – Da hörte ich Getrappel! Ich sage: Nun sind

sie da. Aber es sind nicht die Russen, wie an den deutschen Stahlhelmen zu erkennen ist. Kapitulationswillige deutsche Truppen sind es, sie werden nach Norden geschafft. Andere, fanatische, übernehmen den Schutz der Stadt. Ich eile mit andern auf das Schiff zurück, laufe in meine Kabine, da sehe ich einen Offizier mit verzerrtem Gesicht auf mich zulaufen, die Pistole in der Hand, er will mich töten. Schnell das Licht ausmachen, damit er mich nicht sieht. – Hiervon wachte ich auf: $^{1}/_{2}$ 2 Uhr.
Am Abend hatte ich mich mit Fotos beschäftigt aus dem Krieg und vor dem Einschlafen Kästners «Notabene 45» gelesen.
Am Nachmittag Beschäftigung mit den Biographien und Tagebüchern des Archivs, katalogisieren bis Nummer 90. Ich schätze, daß wir nun schon über 100 Positionen haben. Für ein Jahr des Sammelns sehr erfreulich. Es sind sehr interessante Stücke darunter.

Im Halbwachen einen Prosaentwurf skizziert:

In Augschia, der Stadt der Pyramiden und heulenden Hunde …
Energie wird aus Zeitverschiebung gewonnen. Zeitverschiebungsarbeiter, ihnen brechen jedoch die Adern, das Gewebe wird brüchig.
Zeitverschiebungsmaschinen.
Überfluß an Energie, deshalb Lichtspiele.
Einerseits sind alle Städte zusammengewachsen, andererseits Wüstenzonen, die mittels Kunststoff fruchtbar.
Zeitverschiebungsenergie hat man entdeckt, weil die Flugkapitäne der Rund-um-die-Erde-Flüge älter.
Nur die nötigsten Reparaturen werden ausgeführt.
Alles verfällt.
Der Sonntag ist Arbeitstag, die Wochentage sind frei, weil Nichtstun als schwere Arbeit empfunden wird.
Zeit herumbringen.
Wasserstoffverfestiger.
Salz.
Eisen aus Erdinnerem mittels Sonden.
Er arbeitete an einer Erdsonde.
Obwohl die Abnahme der Wärme des Planeten nur $^{1}/_{1000}°$ pro Jahr ausmacht, allgemeine Melancholie.

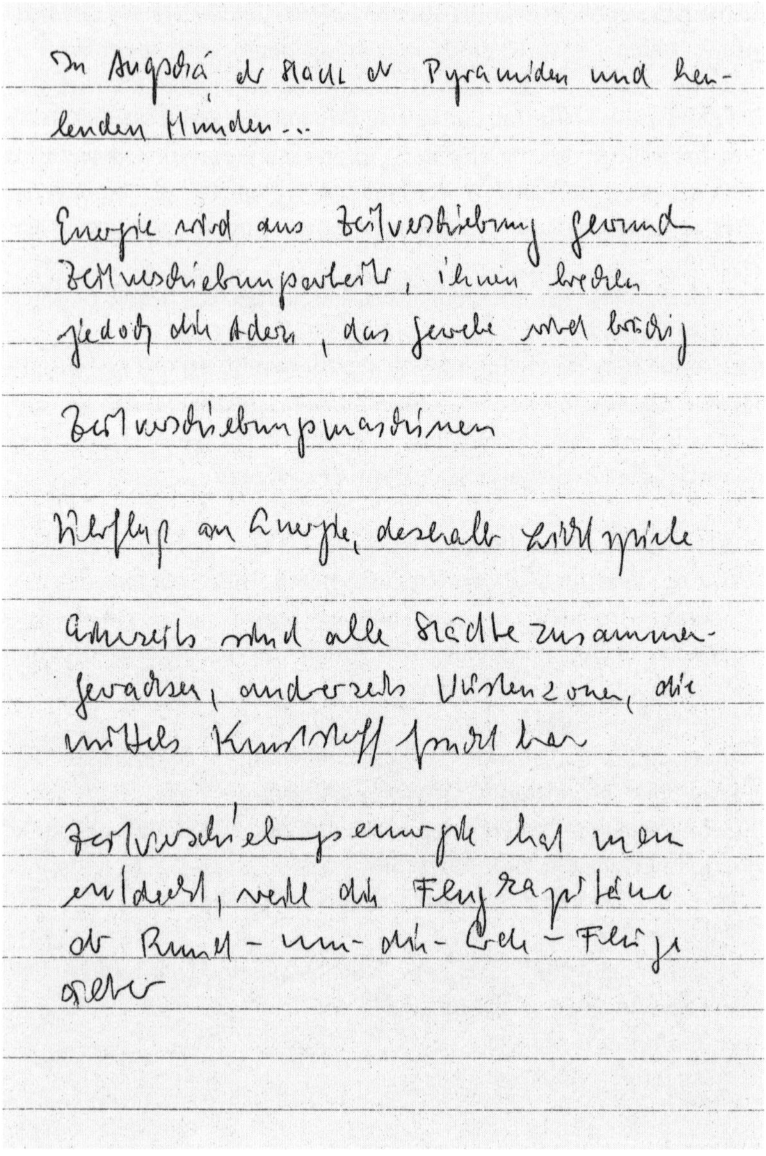
Im Angesicht der Stadt der Pyramiden und heulenden Hunden …

Energie wird aus Zeitverschiebung gewonnen
Zeitverschiebungsarbeiter, ihnen brechen jedoch die Adern, das Gewebe wird brüchig

Zeitverschiebungsmaschinen

Überfluß an Energie, deshalb Lichtspiele

Einerseits sind alle Städte zusammengewachsen, andererseits Wüstenzonen, die mittels Kunststoff fruchtbar

Zeitverschiebungsenergie hat man entdeckt, weil die Flugkapitäne der Rund-um-die-Welt-Flüge älter

Aus dem Tagebuch

Die Hauptperson arbeitet im Institut für Biographische Forschung.

Eingabe Verarbeitung Ausgabe

In der Eingabe werden die Biographien aufgenommen, in der Verarbeitung umgesetzt, d.h. kommunikationsfähig gemacht, in der Ausgabe Kindern und Erwachsenen zugänglich gemacht, in Form von Unterhaltung und Belehrung.
Geschichte Hauptfach.
Kirchen werden zu Erinnerungshäusern. So wie früher Evangelienlesung, so werden jetzt Lesungen aus Biographien abgehalten, Fehlentwicklungen studiert. Fehler auch, «Unglück», nie wiederholen sich die Lern- oder Betrachtungsstoffe. Unerschöpflicher Reichtum.
Spurensicherungsmuseum.
Zukunft ist klar, deshalb beschäftigt man sich endlich nur noch mit der Vergangenheit.
Jeder Mensch bekommt bei der Taufe einen Zweitnamen, der einem Toten abgenommen. Sein Leben verbringt er damit, sich dessen Leben zu vergegenwärtigen.
Zwei junge Leute beschäftigen sich mit dem Leben eines Dorfschulmeisters, der auch Schriftsteller war.
Erfinder der Biographieforschung wird verehrt in Tempel. Beschriebene Lebensläufe werden mit den tatsächlichen verglichen wie zwei Bärte von Schlüsseln. Da, wo sie deckungsgleich, leuchten sie auf, wo sie divergieren, schnarrt's. Harmonie. Lustgewinn durch Kongruenz.
Unerschöpfliche Energien im Erdinnern. Wärmesonden und Rohstoffsonden. Abfall wird hineingeworfen in Bohrlöcher und vom glühenden Erdkern eingeschmolzen. Dies ergibt neuartigen Rohstoff, der für Teppiche Verwendung findet.
Nur einmal im Leben kann ein Mensch gewisse Museen betreten, die früher leerstanden, weil die Menschen mit Zukunft beschäftigt waren.
Gefängnisse sind voll von Spurendieben, Menschen, die das Heiligste für sich wollten: Tempelfiguren abgeschlagen für eigene Wohnung.

Umgekehrt: alle privaten Schätze aus dem Tourismus-Zeitalter – wieder zurückgebracht.
Alles wieder heilmachen. Restaurieren.
Cluny.
Rohstoffteilungsmaschinen.
Wissenszuwachs über Vergangenes durch systematische Computerverarbeitung aller Daten. Die Mormonen hatten damit angefangen.
Mit Ägyptologen sprechen u. a. Wissenschaftlern, welche interessanten Bio-Details tradiert wurden.
Tötungsforschungsabteilung.
Die Altersheime voll von Wissenschaftlern, die Lebensläufe aufnehmen. Allerdings werden sie uninteressanter, da alle Menschen seit der Bewußtwerdung dieser Forschungen auf Reinheit des Lebenslaufs hinlebten.
Der Lebenslauf als Kunst: wie die Spuren des Eiskunstläufers auf dem Eise.
Glück: weil Lebensinhalt, weil keine Angst vor Zukunft, weil Heldentum wieder möglich durch Vergeistigung von Leid.
Modeerscheinung, daß Menschen auf der Straße stehenbleiben und versonnen gucken.
Konflikt des Helden? Das ist die Schwierigkeit.
Lebenslaufspieler. Menschen, die extravagant leben, um interessanten Lebenslauf abzugeben.
Uninteressante Neu-Lebensläufe, da man gezwungen ist, täglich Tagebuch zu sprechen. Immer dasselbe.
Die Sache könnte damit enden, daß eine Flut von Lebensbetrachtungen alles überwuchert.

3. 5. 1981

Den ganzen Tag im Archiv gearbeitet. Bisher nahezu 200 Autobiographien. Alles wunderbar, wird jetzt geordnet und in ein Verzeichnis aufgenommen. Mit KF auch schon Verzettelung begonnen.
Aus einer Autobiographie: «Ich sehe uns noch im tiefen Schnee neben unseren Gefechtswagen, die mit Pferden bespannt waren, einherstapfen. Es war bitter kalt ...» (8. Februar 1945). Der Autor hat in dem ganzen Krieg keinen Schuß abgegeben.

7. 5. 1981
In geradezu manischer Hast arbeite ich Stunde um Stunde, in dem alten, mir so vertrauten ständigen Wechsel. Ein Theaterstück habe ich skizziert, ein Hörspiel geschrieben, zwanzig oder dreißig Bilder getextet, Biographien verzettelt, Gartenarbeit gemacht, gelesen und Briefe geschrieben.

9. 5. 1981
Heute früh mit Philipp Rosenthal ein öffentliches Gespräch in Bremen, das er ausgerechnet mit einem Dollarzeichen einleitete. Er demonstrierte daran die «wirkliche Normalität». Die Schlangenlinien seien die Auswüchse und Abweichungen; die beiden vertikalen Striche symbolisierten den mutigen Gegen-den-Strom-Schwimmer, also ihn.

12. 5. 1981
Arbeit im (am) Archiv. Allmählich mehren sich die Anfragen, eine Verzettelung wird notwendig. Auch das Kalenderprojekt rührt sich wieder.
Am Vormittag Arbeit am Kalender, nachmittags Biographien verzettelt mit Hilfe einer jungen Dame. Bis zur Nr. 65 bin ich bereits mit der Verzettelung gekommen.

14. 5. 1981
Sichtung des gewaltigen, sehr ordentlich aufgearbeiteten Nachlasses eines mit 25 Jahren gefallenen deutschen Offiziers: dies alles am Vormittag.
Den Nachmittag mit Zetteldiktat hingebracht (Bio-Archiv), dann im Archiv die eigenen Fotos endlich geordnet, Porträts usw., dann den Vortrag für Oldenburg überarbeitet.

20. 5. 1981
Auch Arbeit am Archiv, dessen Wachsen, Blühen und Gedeihen ich gestern dem Universitätsverein in Oldenburg zu melden hatte, einem Publikum, das zur Hälfte hinter Glaskästen saß, in dem Zinnfiguren ausgestellt waren.

21. 5. 1981, Freiburg
ZDF-Tagung. Unglaublicher Provinzialismus, das merke sogar ich. Es ist wahnsinnig interessant, wie dumm, volksschülerhaft, ja kindisch diese Leute argumentieren, die doch allein bei sich, zu Haus, ganz Vernünftiges leisten. Schülerhaft benehmen sie sich.
Eine einzige Frau ist dabei, und das ist die Dümmste von allen.
Nachdem ich meine Vorschläge gemacht hatte, um die ich gebeten worden war, erlebte ich etwas Sonderbares: Die Leute sprachen über alles mögliche in der Diskussion, nur nicht über meine Vorschläge. Es war wie in einem Horrorfilm. Ich war Luft.
Herr Stelting, oberster Kulturmensch im ZDF.
Die Redakteure bezeichnen sich als «Seilschaft». Ein Herr, irgendein ganz wichtiger Herr, steht plötzlich auf, geht um die ganze Versammlung herum und liefert seinen Reisekostenantrag bei der Sekretärin ab. Geht ernst wieder zurück.

In der Nacht wachte ich plötzlich von Atemnot auf und Angstgefühlen. Die Luft in dem Zimmer war dumpf und schwül. Ich stand auf und stellte mich ans offne Fenster. Große Not! Machte mir dann kalte Umschläge.

26. 5. 1981
Gestern nach Bonn gefahren, Kriegsblindenpreis, und abends mit den Kriegsblinden gegessen, im Hotel Königshof. Traurig, interessant und natürlich nervend.
Heute früh dann zur Verleihung des Preises, einer äußerst feierlichen Zeremonie im Haus des Bundesrates, die ich nur überstand, weil ich vorher eine Pille genommen hatte. Angesichts der vielen Kriegsblinden hätte mich die Rührung übermannt.
Ich hielt denn auch meine Rede wie im Traum. Mit Würdenträgern aßen wir dann zu Mittag, die Blinden bekamen ihr Essen von den Frauen auf die Gabel geschoben.

28.5.1981
Morgens Familie, nachmittags Korrekturen. Abends Fotos.

Oldenburg, Seminar III
1. Tag Fotos
2. Tag Biographien

1. «T/W»-Fotos, Texte machen, was alles in Fotos steckt, Aufbau von Fotoalben,
   Gesetzmäßigkeiten. Soldatenfilm, Objekte, Buster Keaton. Mit Fotos lügen, Gruppenarbeit, Gegens. Vorstellung. Kontrastvergleich, 2 Bilder erzählen 1 Geschichte. Bildgröße, Film – Bild – Dia. Meine Pläne. Organisatorisches.
2. Biographien, allgemein: Idee, Kategorien, Umfeld: Datenbank, Naives Erzählen (v. Sem. II),
   Anfänge von Bio, Anteil von Autobio. an meinem Roman, Beispiel *Harz* (oder Knastanfang?) Klausur: Biogr. beurteilen.
   Die Frage der Diskretion. Zugabe: ein fremder Autor.

Das Leseexemplar von «Schöne Aussicht» kam. Ich stellte es in die Reihe. Die Lücke ist geschlossen. Nun sind es acht Bücher.

3.6.1981
Innerlich zerfahren, labil, auch leichten Kopfschmerz. Machte morgens Post mit Herrn Borowski*, sehr tiefer Mittagsschlaf, bis 3 Uhr, dann Korrekturen und in alten Tagebüchern gelesen. – Arbeit mit Fotos.

TV: Erregte Debatten mit genüßlichen Beleidigungen, Schmidt nun schon weißhaarig, sichtlich «angeschlagen», Kohl höhnisch-triumphierend, Strauß unsichtbar. – Eine grinsende Nachrichtensprecherin verlas die größten Hiobsmeldungen. Die Russen knurren vor Wut, die Amerikaner sind auf einem Psycho-Trip, die Juden beginnen, die Speere in ihr Herz zu ziehen. – Hier in Nartum streichen die Maler den Zaun weiß.

* Maximilian Borowski, ein Mitarbeiter Kempowskis in Sachen Texterfassung.

14. 6. 1981

T: Ich stieg in den Petrikirchturm, der auf einer Bühne steht. «Der Arme, von da oben soll er lesen?» Der Turm ist von innen erleuchtet, und ich steige die Schiffsleiter hinauf, mit meinen neuen glatten Schuhen. Bis in die äußerste Spitze soll ich klettern, aber das wird mir erlassen. Es genügt, wenn ich eben in den Helm hinaufsteige.

21. 6. 1981

Gestern zunächst Fibelpropaganda vor 50 Lehrern in Worpswede. Die Zuhörer wurden dominiert von zwei Lehrerinnen, die unausgesetzt moserten, um sich zu profilieren. Dieser unangenehme Typ, den man sich nur in Deutschland vorstellen kann. Ich war nicht ganz auf der Höhe, im Bilde, weil ich mir die Fibel seit undenklichen Zeiten nicht mehr angeguckt hatte, lavierte mich so durch.
Auch ein paar freundliche Menschen ergriffen schließlich das Wort. Die Fachleute waren wieder mal contra eingestellt, sie schwiegen aber vorsichtig.
Von Worpswede raste ich nach Hamburg, wo auf dem Kirchentag ein sinnloser Auftritt zu absolvieren war. Die Menschenmassen, viele Jugendliche, alle anders sich gebend als sonst im Leben, betont frei: Wir schaffen das schon, wir halten zusammen. Ein Mißverhältnis war zu konstatieren von Aufwand und Ergebnis. Die 4000 Menschen in unserer Halle lungerten da herum, wir Diskutanten saßen verloren und eng auf der riesigen Bühne, sollten Minutenstatements abgeben über Schule, keine Zeit, keine Zeit! «Hat noch jemand was zu sagen?» Aber bitte schnell.
Ich zog mein Thema ab von den Tante-Emma-Läden zu den Discountshops der Erziehung, wofür ich natürlich Beifall bekam, der jedoch nichts einbringt. Ein Auftritt ohne Wirkung.
Schrecklich.
Danach Hardebeck, bei Robert gesessen in seiner Dachkammer, die mit Antiquitäten angefüllt. Sehr gemütlich die Stunde, bei leider nur oberflächlichen Gesprächen.

24.6.1981
Mit dem Hörspiel geht's voran, sehr anstrengend.
Abends Filmverhandlungen mit dem Presseamt wegen eines Deutschlandfilms.
In Frankreich vier Kommunisten in der Regierung, was «unbedeutend» sei, wird hier gesagt. Das Verhältnis der Atomgranaten zwischen Ost und West: 8:1. – Daß sie uns so überlegen sind, wußte ich nicht.

8.7.1981
Gestern nachmittag habe ich im Archiv gearbeitet, zahlreiche Biographien eingeordnet, die liegengeblieben waren. Es sind nun bald 300. Bei 3000 ist dieses Archiv verwendungsfähig. Eine Dame schickt mir die Erinnerungen ihres Vaters, weil sie niemand in der Familie hat, der sich dafür interessiert. Er ist 1878 geboren. «Vielleicht können Sie etwas damit anfangen?» (Archivnummer 183)

14.7.1981
In Hamburg saß ich lange beim Buchhändler Jud, wo ich mir alle möglichen Tagebücher und Briefsammlungen heraussuchen ließ. Während der junge Mann sehr eifrig mit mir beschäftigt war und einen Haufen Bücher vor mir auftürmte, erscholl plötzlich unten im Laden die Stentorstimme des achtzigjährigen Jud: «Ist denn hier keiner im Laden, Herrgott noch mal?» – Klepper, Klaus Mann, Tucholsky wurden erworben, die kräftigen Aufzeichnungen von Musil stellte ich zurück, weil mir 460 Mark doch ein bißchen happig erschienen.

14.7.1981
Ein Anruf kam von «Time Life», ob ich Fotos habe für ein Buch über die Heimatfront in Deutschland während des letzten Krieges.

15.7.1981
Am Nachmittag im Archiv gearbeitet. Abends im Archiv die Zettel des letzten Bandes sortiert. Mir wird schwach, wenn ich an die ganze Arbeit denke. Auch eine gewisse Erzählmüdigkeit stellt sich ein, ein Ausgelabert-Sein. Ganz verzagt.

August 1981:
1. Literaturseminar in Nartum

26. 8. 1981
Gestern kam das 1. Exemplar von «Schöne Aussicht». Ich begann gleich zu lesen und bin zufrieden.
Aus München die Nachricht, daß schon 25 000 verkauft sind.

27. 8. 1981
Noch bis weit nach Mitternacht im Buch von Dierks gelesen. Ein wunderbares Buch, mich bewegend wegen der Intuition, Genauigkeit und wegen der Konfrontation mit den eignen Bemühungen.*

3. 9. 1981
Ein sich verstärkender Ekel vor dem Rostock-Kempowski-Komplex. Darüber hinaus macht sich jedoch ein ganz allgemeiner Schreibekel bemerkbar, der sich von dem bereits früher festgestellten unterscheidet. Früher war das wie die Oberflächenspannung des Wassers, heute ist das eine Eisschicht. Es ist so, als sollte man in diesen Bereich nicht vorstoßen, weil es sich um die letzte Zuflucht handelt.
Schön wäre es, wenn sich eine Möglichkeit ergäbe, zur Filmproduktion eine Brücke zu bauen. Hier sollte jeder Auftrag, auch «mit Verlust», angenommen, ja gesucht werden. Die Hörspiele sind Vorübungen dazu. Nach den «Führungen» vielleicht die «Bildbeschreibung».
Daß das Deutschlandfilm-Projekt platzte, ist gut so, ich bin ja noch längst nicht so weit. Ich könnte mir denken, daß ein großer oder größerer Film mein ganzes Werk eines Tages abschließt.

13. 9.–3. 12. 1981
Lesereise

* Manfred Dierks: «Autor, Text, Leser.» Walter Kempowski. Künstlerische Produktivität und Leserreaktionen am Beispiel «Tadellöser & Wolff». München 1981.

23. 9. 1981, Gifhorn
In der Bibliothek von Wolfenbüttel:

«Ist Herr Raabe zu sprechen?»
«Sie meinen Herrn Professor Raabe?»
«Ja.»
«Nein, der ist in irgendeinem Haus hier auf dem Gelände.»
«Können Sie nicht feststellen, wo er sich befindet?»
«Nein.»
«Dann grüßen Sie ihn bitte von mir, mein Name ist Kempowski.»
«Wie?»
«Kem-pow-ski.»
«Wie?»
«Kem-pow-ski!!!»
«Mit i oder ypsilon?»

4. 10. 1981
Gestern im TV Gulda nackend mit seiner Freundin, die auch nackend war und Schlagzeug spielte, hysterisch-abstoßend. Gulda selbst beeindruckend, faunhaft, mit einem Krummhorn.
Was diese Leute sich erlauben können, unsereiner darf noch nicht mal husten, das wird nicht verziehen.

15. 10. 1981, Frankfurt a. M.
Buchmesse. Für mein Poesiealbum konnte ich beim kargen Knaus-Empfang etliche wertvolle und originelle Eintragungen ergattern. Die meisten, die ich darum bitte, fühlen sich geehrt.

18. 12. 1981
Das Hörspiel «Führungen»*, Schlußbericht.
Die Beschreibung eines nicht existierenden Schlosses. Ursprünglich hatte ich vor, selbst Tonaufnahmen zu machen bei Burgführungen, eine Führung in Nürnberg hatte mich darauf gebracht. Der Fremdenführer ließ einen Stein in den Burgbrunnen fallen. – Ich hatte die Idee,

* «Führungen». Ein deutsches Denkmal. Hessischer Rundfunk 1983.

aus vielen Einzelangaben, Maßen, Gewichten – «der Saal ist soundso lang und soundso breit ...» – und aus gehäuften Kuriositäten ein akustisches Denkmal aufzubauen, das es realiter nicht gibt, das eben nur akustisch vorhanden ist. Hostnig vom NDR, dem ich es anbot, lehnte ab. Er sagte, das sei hinsichtlich des Beethoven-Hörspiels eine reine Doppelung. Vermutlich hatte er auch die Nase voll von mir, denn ich hatte damals die Zeit ja so sehr überzogen.

Fotowand im Saal (Ausschnitt)

Dann wandte ich mich an Buggert*, der mir erzählte, ein solches Material gäbe es bereits, und er schickte es mir: 70 Tonbänder, die ich erst mal liegen ließ, da ich anderes zu tun hatte.
In diesem Jahr nun sollte ich in Bremen das Material ordnen, ich hatte Zeit, aber rätselhafterweise gab es keine Termine in Bremen für mich. Fest zugesagte verflüchtigten sich.
Im Spätsommer wurde das Material geordnet, hier in Nartum, und

* Christoph Buggert, Leiter der Hörspielabteilung des Hessischen Rundfunks.

dann hatte ich sehr schnell einen Überblick, welche Tonbänder ich gebrauchen konnte und welche nicht. Die Folterkeller-Beschreibung schien am brauchbarsten, von hier aus baute ich das Hörspiel neu auf. Wichtig war die Trennung in Ober- und Unterwelt, Luxus und Leiden, letzteres gewann immer mehr Übergewicht. Die parallelen Lesungen, aus der Apokalypse von einem Kind vorgetragen, sollten das Bild konturieren.
Das Ergebnis war recht befriedigend, zumal das Kind, das die apokalyptischen Texte auf meinen Wunsch hin las, ganz gut war.

26. 12. 1981
Das Gefühl, in einem Kontinuum zu leben, das in den Materialschlachten des I. Weltkrieges begonnen hat.

1982

20. 1. 1982
Heute kam die schöne Nachricht, daß ich tatsächlich per 1. Februar an die Universität Oldenburg abgeordnet bin. Ich müßte dort am 20. April, also zum Sommer-Semester, anfangen. Es wird nicht ganz einfach sein, die ersten Sitzungen so schnell auszuarbeiten

30. 1. 1982
Triumphaler Erfolg gestern in Freiburg beim Kongreß der Psychopathologen. Der Saal war überfüllt und der Applaus gewaltig. Ich sprach von der unbewußten Entdeckung einer vorgegebenen Form.

29. 3. 1982
Es ist nicht abzuleugnen, daß ich mich in einer Krise befinde. Das Paradox: ich fühle mich wohl, erleichtert, vergnügt. Das große Werk ist abgeschlossen, das schafft Erleichterung, aber was nun?
Allerhand Kleinkram als Überbrückung: der Schriftsteller-Film (der nicht von der Stelle kommt), das Lexikon (was anschwillt, aber höchst problematisch ist), Böckelmann II und tastende Versuche, den 6. Roman betreffend (Göttingen)*. In den letzten Tagen schien sich eine Möglichkeit zu öffnen, die Hamburg-Erfahrungen bei meiner Ankunft im Westen in Art eines Monologs (Einzelhaft!) anzugehen.
Viel Post, meistens das Archiv betreffend.

27. 4. 1982
Seit einigen Tagen gute Fortschritte mit dem Gö-Roman, habe jetzt etwa 10 Druckseiten beisammen. Zunächst werde ich mich mit Hamburg beschäftigen und mich inhaltlich und stilistisch am Einzelhaft-Kapitel des Bautzen-Buches orientieren.

* Das spätere «Herzlich willkommen». München 1984.

19. 5. 1982
Hier unverdrossen am Gö-Buch weiter und nachmittags das Lexikon. Heute veränderte ich einige Tempi in Gö, kühlte den Text ein wenig. Das sieht schon ganz gut aus. – Für das Lexikon kopiere ich etliche Lieder aus «Fröhlicher Gesell».

10. 9. 1982, im Zug nach Eschwege
Hörspiel: Geschichten der Welt, in der Art von Ideen – im O-Ton Geschichten erzählen lassen.
Von Wondratschek erzählte der Herr Krall in Ludwigshafen wahre Horrorgeschichten. Er müsse sich jetzt erst noch mit ein paar Zuhältern treffen, habe er gesagt. Das übliche Theater dann, er tritt nicht auf, wenn er nicht sofort das Geld bekommt, vorher, das müsse er nämlich den Zuhältern geben etc. Die Lesung selbst sei übrigens ein Erfolg gewesen.
Auch von Heym war allerhand zu hören. Er hasse Lesungen und sei auch dieser Einladung nur mit Widerwillen gefolgt. Die Fragen seien allesamt blöd, und die Zuschauer seien es auch.
Von Jens: Er habe oben in seinem Arbeitszimmer einen Schaukelstuhl stehen. Wenn Fernsehleute kämen, dann sage er zu ihnen: Gehen Sie man schon hoch, stellen Sie den Schaukelstuhl so und so vor die Bücherwand, das ist die beste Perspektive.

17. 9. 1982
Seit einigen Tagen wieder hier, habe das Hörspiel «Alles umsonst» fertiggestellt und arbeite an dem Essay «Das Ruderboot».

19. 9. 1982
Arbeit an verschiedenen Projekten

1. Roman, der noch immer bei «Hatzte» stehengeblieben ist und neuerdings gestrafft wird (Frucht der Lesetour).
2. «Das Ruderboot», ein mich selbst überraschender Text, den ich nun fast fertig habe. Er wird als eiserne Reserve für Vortragseinladungen (Oldenburg) gelten.
3. Das Hörspiel «Alles umsonst», das nun fast fertig ist und in der nächsten Woche abgeht nach Frankfurt.

4. Die Oldenburg-Vorlesungen. Das Material ist beisammen, bei nächster Gelegenheit wird es geordnet und ausgeführt.
5. Das Seminar (Herbst). Im wesentlichen Organisationsfragen, Inhaltliches liegt alles vor. Diesmal habe ich Beate Jensen engagiert für die szenische Hans-Sachs-Lesung.
6. Der Dichterfilm, den ich vielleicht ab November angehe, das Material ist nun nahezu beisammen.

Am Schreibtisch

7. Allerhand Archivarbeit. Für die «Photo-Revue» war etwas herauszusuchen und für eine Ausstellung.
8. Das Lexikon. Es wurde zurückgestellt.

Ein neues Hörspiel kündigt sich außerdem an: «Lebensgeschichte», ein fiktiver Lebenslauf aus einhundert anderen.

12. 10. 1982
Ablenkende Arbeit mit Fotos. Ein wenig auch am Lexikon. Untergründige Angst vor den vielen Projekten.

17. 10. 1982
Heute früh Fotos geordnet, Negative eingetascht, eine unangenehme Arbeit. Gelegentlich müßte mal eine gute Fotografin kommen, die einzelne Fotos «von Hand» vergrößert. Die weiter zurückliegenden haben einen größeren Zauber, das ist klar. Sich dazu erziehen, schon in der Gegenwart das Bleibende auszumachen.

1983

29. 1. 1983

Nach längerer Pause mal wieder ein Eintrag. Das Wintersemester liegt hinter mir mit seinen Reisen und Seminaren. Der Terminkalender ist, was die nächsten Wochen angeht, blütenweiß.
Die letzten Tage benutzte ich dazu, im Archiv Ordnung zu schaffen. Das Bio-Archiv ist unproblematisch und nicht arbeitsaufwendig. Die Einsendungen werden gelesen und dann mit Nummern versehen und abgelegt. Der eine oder andere muß ermuntert werden. An eine Verzettelung ist nicht zu denken.
Das Bildarchiv hingegen muß gepflegt werden. Bisher taten wir die Einsendung in braune Tüten, das war aber auch alles. Nun habe ich die vielen Tüten durchgesehen, Bild für Bild. Die Sachkartei hat sich erheblich erweitert. Die Jahrgangskartei macht den Eindruck eines riesigen Fotoalbums, alles verschmilzt zu einem großen Ganzen, zu dem Familienalbum der Deutschen. Das nächste muß nun die Verzettelung der Fotoalben sein. – Die Einsender von Fotos wollen oft Geld (ziemlich viel), die Verfasser von Autobiographien nie.

30. 1. 1983

Heute konnte ich wieder mit dem «Neuling»* beginnen, ich schrieb den Lübeck-Besuch und das Durchschnüffeln der Wohnung. Die nächsten Monate werden ganz im Zeichen dieses Buches stehen.
Ein Fotoalbum kam, «in letzter Minute vom Sperrmüll des Nachbarn gerettet».
Während der letzten Monate schrieb bzw. entwarf ich mehrere Essays, die sich mit meinen eigenen Büchern befassen: 1. Das Ruderboot; 2. Die Einzelhaft; 3. Nicht für die Schule lernen wir; 4. Das Fädchen. Ein fünfter Essay wird sich mit dem K-Universum befassen.

* Das spätere «Herzlich willkommen». München 1984.

1.2.1983
Nachmittag: Archivarbeit, immer noch Fotos. Bald fertig. Beginne mit den Fotoalben, sie zu verzetteln.
Spät dann noch mal ins Archiv, und nun aufseufzend ins Bett. Sonderbar, wie das alles gekommen ist.
TV: Nachdem der 30. Januar als Medienblase nun vorübergezogen ist, kommt Stalingrad an die Reihe. Schreckliche, traurige Aufnahmen, und ich sitze hier und halte die Beine in warmem Wasser.
Für Oldenburg:
Einleitung: Was unter Collage zu verstehen. Montage die Tätigkeit, Collage das Ergebnis

1. Schon in der Vorform zum «Block» versucht
2. «Deutsche Chronik», eine Collage von Romanen und Sachbüchern
3. In der «Zeit» und im «Kapitel» als Erzählerwechsel
4. Pfingstmarktkapitel-Prinzip
5. T/W-Prinzip der Schnappschüsse
6. Später wird die Collage in Anthologie und im Lexikon den Abschluß meines Werks bilden

2.3.1983
Gedanken an ein END-Buch, zentrifugal die Welt beschreiben als ein Auseinanderstrebendes.

11.4.1983
Arbeit im Archiv, das Jahr 1929. Nur Babys herausgesucht.
An sich eine lächerliche Sache. Aber man muß viel mit Bildern hantieren, bevor sie zu sprechen beginnen. – So habe ich erst heute entdeckt, daß Straßenfotografen-Bilder reizvoll sind. Die meisten Fotos, die ich hier habe, sind von allgemeinem Inhalt. Eins auf 1000 ist brauchbar.
Aufladung durch Emotionen. Manche Fotos, die man beiseite legt, «wachsen».

14.4.1983
Archivarbeit, ziemlich sinnlos, aber Energien ableitend.

8.5.1983
Ein Karton mit Fotos kam und Briefen, die hat ein Student auf der Straße gefunden. Sie wären schon verstreut gewesen, er habe sie wieder eingesammelt.

20.5.1983
Einweihung des Turms

15.–17.9.1983
Literatur in Kreienhoop, Schriftstellertreffen

1984

23. 1. 1984
Archiv: Für Hannover das persönliche Archiv, für Oldenburg die Biographien- und Fotoarchive. Letztere müßten ans Haus gebunden bleiben.

27. 1. 1984
Das zweitägige Seminar über Biographien, wieder mit Ekel begonnen und angeregt beendet.
Beim Durchsehen der nun schon auf über 700 Positionen angewachsenen Biographiesammlung so manche Kostbarkeit entdeckt. Das Material kann schon jetzt als bedeutend eingestuft werden. Es wird sicher noch anwachsen. Auf 2000 Stück wird es wohl zu bringen sein, drei Jahre existiert es erst. 1980 hob ich es aus der Taufe.

Aus dem Archivverzeichnis, Nr. 700:
«Meine liebe Agathe!
Da Du doch so gerne paar Federn haben willst, muß ich Dir ja schikken, was ich übrig habe, es wird nicht genug sein, es sind einige Gänsefedern, die ich noch hatte. Daß Baby einen Zahn hat, freut mich sehr. Nun kann er auch Fleisch beißen und schicke ihm deshalb einen jungen Hahn, kannst ihn braten oder auch ein Frikassee machen, etwas Butter und Speck erfolgt dabei, es muß ja auch das Schicken werth sein ...»

28. 1. 1984
Einige Bildsendungen und eine sehr gut geschriebene Biographie eines Bankdirektors.
Ich sah nochmals «HW» durch, besonders den 3. Teil, und fand, daß dieses Buch nun beendet werden sollte. Ich habe gestern und heute noch viel daran getan. Wenn ich richtig sehe, wird noch im Januar das Buch «stehen». Was dann noch kommt, wird Fitzelarbeit sein.

Ich schrieb auch am Sommerroman, ich konnte es nicht lassen. Er wird eine neue Periode meiner Arbeit einleiten und gleichzeitig deren Höhepunkt sein.

*Simone:** Heute war Walter Kempowski bei mir zu Hause! Er kam um 3 und blieb bis 7! Nahm meine Einladung also tatsächlich an. Das hätte ich nicht im Traum gedacht! Kempowski saß in meinem Zimmer im Schaukelstuhl, umringt von neugierigen Schülern, dazu die Lehrer, die – wegen Platzmangel – auf dem Bett unter der Schräge gebückt aneinanderkippten! Wir lauschten alle gespannt, als der Dichter uns aus seinen Büchern vorlas.
Nach der Lesung unterhielten wir uns. Kempowski meinte, daß er in Nartum ein Archiv habe für unveröffentlichte Biographien, mittlerweile ca. 1500 Einsendungen. Außerdem Zehntausende von Fotos. Dann fragte er uns, was wir nach dem Abitur machen wollten, welche Berufe uns vorschwebten? – Er habe früher immer «Archiv» werden wollen. Und das sei ihm dann ja auch geglückt ... Er *sammle* nicht, sondern bewahre.

Außerdem: Nicht Tagebuch zu führen, sei eine Sünde!
Kempowski schrieb auch ins Gästebuch, das ich extra für diesen Anlaß besorgt hatte:
«Im Schaukelstuhl gesessen!
4 Stunden lang!
Tee + Kuchen gekriegt!»
Und Sand aus Rostock hatte er mir mitgebracht – für meine Sandsammlung.
Beim Vorgespräch am Telefon war ich ganz zittrig gewesen: Das hätte ich wohl nicht gedacht, daß er mich anriefe, was? Er werde bezahlt wie ein Maurer! Was weiß ich, was ein Maurer für einen Stundenlohn hat. Machte mir tagelang wüste Gedanken. Nachher ließ er sich nur das Spritgeld erstatten.
Als er dann schließlich aufbrach, lud er mich für den Sommer ein. Da fände bei ihm zu Hause der Sommerclub statt, lauter junge Leute

* Dies ist der erste «Seitenhieb» von Simone Neteler.

Sommerclub

wohnten dann bei ihm, das sei doch entzückend, oder wie? – Klar, daß ich hinfahre.

14.4.1984
Gestern war Knaus da. Ich übergab ihm das Manuskript.* Wir kamen überein, mit diesem Buch die «Chronik» zu beenden. Begleitet waren die letzten Tage mit Angstzuständen, nächtlichem Hochschrecken und so weiter. Wahr ist, daß eigentlich noch ein siebter Roman folgen müßte. Die einschränkende Ich-Perspektive machte mir schon jetzt sehr zu schaffen.

Simone: Mein erster Sommerclub im Hause Kempowski! Ich kam an, und niemand war da – außer KF. Wir zwei saßen im großen Saal (links eine lange Fensterfront mit Blick in die Wiesen) und guckten Fernsehen: «Warten auf Godot». Endlos. Rührte mich nicht vom Fleck, weil ich mir nicht sicher war, den Fernsehplatz wiederzufinden (das Haus ist groß und relativ unübersichtlich). Mitten in der Nacht kamen Walter und die anderen zurück: Großes Hallo! Jeder kriegte

* Das spätere «Herzlich willkommen».

einen Spitznamen: «Die Patiencenlegerin am offenen Fenster» gefällt mir gut, mein eigener ist allerdings auch nicht von schlechten Eltern: «das singende springende Löwenheckerchen».

31.7.1984
Heute früh kam ein Paket mit Fotos und ein Päckchen mit Erinnerungen einer Bäuerin aus Mecklenburg, Flucht usw. Sehr wertvoll.

15.8.1984
Eine Dame schickte mir einen Brief vom 2. Juli 1933. Wie sich damals die Schüler um politische Aussagen herumdrücken mußten, geht daraus hervor:
«Mit dem Wetter ist das überhaupt so eine Sache. Das hängt mit meinem Hausaufsatz zusammen ... Unter vielem Gedruckse hatte ich schließlich etwas zu dem Thema ‹Der Staat und der einzelne› aus mir herausgequetscht. Über dergleichen in dieser Zeit zu schreiben, ist bei meinen Ansichten jedoch nicht so ganz ‹ohne›, da die Aufsätze beim Abitur vorgelegt werden und man nie wissen kann ...»

7.9.1984
Am 4. September hatte ich eine sehr gut besuchte Lesung in Kiel, bei Cordes*. Es waren etwa 350 Leute gekommen. «Fundamental», wie Robert gesagt hätte. Ich hielt zum ersten Mal «Herzlich willkommen» in Händen. Der Applaus war «frenetisch», ich ging den Mittelgang runter, und nicht endendes Klatschen. Als ob der Badenweiler intoniert worden wäre.

9.9.1984
Knaus sagte, daß bereits 15 000 verkauft sind, von «Herzlich willkommen».

10.9.1984
Hinsichtlich des Archivs auf die Idee gekommen, daß man die Landesbibliothek veranlassen kann, die einzelnen Positionen nachein-

* Buchhändler Eckart Cordes.

Albrecht Knaus, Jürgen Kolbe, W. K., Karl Lieffen (v. l.)

ander zu erwerben. Dadurch erhielte man eine Art Monatsgehalt, das für Hilfskräfte verwendet werden könnte. 500 Positionen sind es etwa, wenn die Bibliothek jeden Monat eine erwirbt, reicht das 40 Jahre lang! Und wir hätten die Mittel, den Betrieb in Gang zu halten.

13.9.1984

Gestern abend war im Bayerischen Hof in München die Abschlußfeier der «Chronik». Die Gästeliste war imposant. Kollegen waren nicht erschienen, Peter Hamm als einziger, sonst viel Presse, etwa 150 Personen.
Der Verleger hätte beinahe von «Jakob» Kempowski gesprochen, statt Robert. Dann Kolbe sehr nett und schließlich ich. Ich las ein Stück aus Mutters Biographie, die Stelle von Tegernsee. Sehr gefreut habe ich mich über Edda Seippel und Karl Lieffen, die Vizeeltern also. Es war ein Glück, daß ich die beiden damals vorschlug.
Edda Seippel sagte, daß sie Fechner abgeraten habe von weiteren Kem-

powski-Verfilmungen, was mich nicht gerade begeisterte. Sie konnte noch lange Passagen aus dem «Tadellöser» auswendig, «das war natürlich wieder alles falsch».

13.–15.9.1984
Literatur in Kreienhoop, Schriftstellertreffen

1.10.1984
Es fragt sich, ob die Weggabe des biographischen Archivs wirklich eine gute Idee ist. Man nimmt Nartum das Herzblut. Besser wäre es, wenn jetzt mein Manuskripte-Archiv nach Hannover geht, später aber, nach meinem Tode, hier ins Haus zurückkehrt und dann hier betreut wird. Auf die Groß-Lösung wird zu dringen sein.

2.10.1984
Heute morgen war ich ganz phlegmatisch, ich saß herum und guckte ins Leere. Gegen Mittag spielte ich Klavier, und dann ging ich ins Archiv, mich zu behandeln: ein interessantes Weltkrieg-I-Tagebuch, vollständig, vom ersten bis zum letzten Tag, sehr gut leserlich. Insbesondere der Rückzug interessierte mich.

5.10.1984, Frankfurt
Der junge Unseld vertraute mir im Beisein von sechs oder sieben Umstehenden «unter dem Siegel der Verschwiegenheit» an, daß sie Johnsons Nachlaß nach Frankfurt geholt hätten. In der Wohnung habe es furchtbar ausgesehen. An dem Fleck auf dem Fußboden habe man sehen können, wo er gelegen hat. «Ich hätte ihn nicht finden mögen.» Sie hätten erst mal alles eingeschweißt, und die Universität Frankfurt habe zwei Zimmer dafür zur Verfügung gestellt.

20.11.1984
Die Verhandlungen mit Hannover werden sich wohl festfahren. Auch von daher ist keine Rettung zu erwarten. Bleibe ich denn auf meinen schönen Manuskripten sitzen?

10. 12. 1984
Lit.: Zweig-Tagebücher, sehr interessant. Zunächst das Herumtändeln, dann plötzlich der Weltkrieg, wie der einbricht in die Wiener Melange, und dann die Erregung, mit der Zweig das Geschehen verfolgt. Die Beschreibung der österreichischen Schlamperei, das Zutrauen zu den Deutschen, deren Hereingerissenwerden in den Krieg er beklagt. Allerhand Hellseherisches auch, erstaunlich.

24. 12. 1984
Tagsüber arbeitete ich im Archiv. Dann tranken wir Kaffee im Turm. Dummerweise las ich unterm Tannenbaum was aus «Aus großer Zeit» vor, und zwar Weihnachtssachen, die mir sehr langweilig vorkamen. War entsprechend deprimiert. Sollten die Romane I+II tatsächlich mißglückt sein? Wo liegt der Irrtum?

1985

30. 1. 1985
Zettel nachgesehen für das «7. Buch», mußte mehrmals laut lachen. Ansonsten Archivarbeit und Post. KF brachte das neue Archiv-Regal, und ich räumte es bis in die Nacht um ½1 Uhr ein.

20. 2. 1985
Die Tage vergehen in ununterbrochener Arbeit. Heute früh habe ich z. B. zwei Kapitel «Sowtschick»* geschrieben (die Sache mit dem Inder), von 9 Uhr bis ½12 Uhr. Dann kam Herr Borowski, dem ich das Ms. gab. Sodann ging ich hinauf, arbeitete eine Biographie durch und ging ins Bett. Schlaf bis 2 Uhr, dann Tee und mit Sohn gesprochen bis ½4. Dann weiter: Ich richtete eine Anschauungstafel für «Herzlich willkommen» wieder her, die ich schon in den frühen 70er Jahren hergestellt hatte. Dann nach Zeven, um Material hierfür zu kaufen, und zum Essen. Danach Klavier gespielt, ein Buch für die Jury-Sitzung durchgearbeitet.
Jetzt um Mitternacht ins Bett gegangen mit einer weiteren Biographie, die ich noch durchsehen will. Also nahezu 12 Stunden Arbeit, und so geht das schon seit Tagen.

7. 3. 1985
Hannover wird das Manuskripte-Archiv wohl nicht erwerben, wie's jetzt aussieht. Nächstes Jahr Ausbau der Garage, dort wird dann alles eingelagert. Regale im Gang werden rausgerissen, über die ärgere ich mich nun schon zu lange.
Lit.: Kuby, «Mein Krieg» und Autobiographien aus meiner Sammlung, die ich verzettelte.

* Der spätere Roman «Hundstage». München 1988.

Ende März 1985
Reise nach Paris

25.3.1985, Paris
Paris, das ich bisher nur aus Filmen mit Gabin kenne oder von Truffaut, jetzt also in Natur. Vorgestern nachmittag kamen wir an, wurden von Schröders abgeholt und in ein kleines Lokal ausgeführt, wo nun also die fabelhafte französische Küche genossen werden sollte. Ein zähes Stück Fleisch mit wohlschmeckender Sauce.
Gestern machten wir einen Spaziergang, zum Trokadero hinüber. Neger ließen dort Blechvögel fliegen. Am Nachmittag das kolossale Versailles, von außen. In seiner Anlage den Pyramiden vergleichbar. So etwas hervorzubringen gab es Menschen, aber am Geist, es auszufüllen, mangelt es. Am Abend dann wieder mit den rührenden Schröders zu Vorbrüggen, wo es eine schwere Leberpastete und harten Kalbsbraten gab. Spät ins Bett, fast gelähmt vor Anstrengung. Heute früh mit einem eifrigen Jüngling auf einem großen Flohmarkt, wo ich Tagebücher oder Memoiren zu finden hoffte. Nichts.

7.4.1985
Ich rase mal wieder, bringe das Archiv auf Hochglanz, unverdrossen. An «Sowtschick» konnte ich noch nichts tun, das beginnt nächste Woche wieder. Mal sehen, wie er sich präsentiert. 80 Druckseiten liegen vor, die 100 wird bald übersprungen sein.

10.4.1985
Heute kam vom Steuerberater die Nachricht, daß wir für das Archiv bisher fast 300 000 DM ausgegeben haben.

14.4.1985
Heute kam eine Frau aus Berlin ins Archiv, die erste, für zehn Tage. Im Frühjahr will Knaus die Irene herausbringen*, ich habe vorgeschlagen, die drei jüdischen Biographien gemeinsam in einem zweiten Band.

* Irene Zacharias: «Meine sieben Kinder und der Lauf der Welt». Mit einem Nachwort von Walter Kempowski. München/Hamburg 1986.

16.4.1985
Gleich heute früh arbeitete ich die nächste Vorlesung für Oldenburg aus, da war mir schon wohler. Dann aß ich Frühstück und beschäftigte mich mit dem Archiv und versuchte eine Stunde lang vergeblich die Telefonauskunft zu erreichen. Erst am Nachmittag konnte ich das Max-Planck-Institut in Göttingen anrufen, der Herr dort will mich am 25. empfangen. Mal sehen, was daraus wird. Man muß sich seine Hilfstruppen zusammensuchen.

19.4.1985
Die Tante aus Berlin ist wieder abgefahren. Ich habe bis zum Schluß nicht herausbekommen, was sie im Archiv eigentlich suchte.

25.4.1985, im Zug nach Kassel
Heute früh fuhr ich zunächst nach Göttingen. Dort traf ich mich mit Dr. Medick vom Max-Planck-Institut. Er machte mir Mut, was ja auch was wert ist.

4.5.1985
Komme mit «Sowtschick» weiter, obwohl ich von einer Art Lähmung befallen bin. Schon seit längerer Zeit, ich vermute seit Paris, lungere, hänge ich herum. Die Arbeit im Archiv hat mich kurzzeitig aus der Lethargie reißen können, aber während ich oben arbeitete, beschlich mich dauernd das Gefühl: alles umsonst.

5.5.1985
Nachmittags zu Haus, im Archiv gearbeitet. Eine Frau kam und brachte eine Erinnerung an die Flucht vor 40 Jahren. Ihre unausgelüfteten Kleider stanken.

15.5.1985
In Hannover angerufen wegen des Manuskripte-Archivs, ob sie es ankaufen. Die Sache läuft, heißt es, liege beim Minister. Bat aus Testgründen um Rücksendung eines Ordners. Eigentlich ganz froh, daß die Sachen dort sind.

16.5.1985
Heute brachte mir ein Arzt aus Münster eine mehrbändige, sehr reichhaltige Familiengeschichte, worüber ich mich sehr freute. Eigenhändige Göring-Unterschrift.*

22.5.1985
Archivarbeiten. Wir sind nun bei Nr. 1077, in viereinhalb Jahren! Unschwer läßt sich vorhersagen, daß wir sehr viel schneller die angepeilten 2000 erreicht haben werden. Bis zu 5000 Stücke kann ich hier lagern.

Aus dem Archivverzeichnis, Nr. 1077:
«Zwischen Seine und Don». Eines Arztes Odyssee im Zweiten Weltkrieg. Erlebnisbericht, 191 Seiten, Maschinenschrift.
Aus dem Begleitbrief: «Unter Bezugnahme auf unser Telefongespräch sende ich Ihnen mein fast ‹dokumentarisches Werk› von der Tätigkeit eines Arztes im Zweiten Weltkrieg mit Tatsachenberichten und einigen dazugehörenden politischen und sonstigen Betrachtungen. Ich könnte mir vorstellen, daß die Arbeit nach gründlicher Überholung, Weglassen von unnötigen Längen, Wiederholungen, schlecht reproduzierten Fotos und einigen Ergänzungen eine gewisse Leserschicht nicht nur in der Jugend ansprechen könnte. Vierzig Jahre nach Ende des Krieges besteht Bedarf nach sachlichen, relativ neutralen, informierenden Berichten.»

2.6.1985
Eine Biographie verzettelt. Gestern acht Leute hier, sechs Professoren aus Hagen, zwei Damen aus Berlin, wegen des biographischen Archivs. Sie waren verblüfft, so viel und so gutes Material vorzufinden. Wir verabredeten:
1. Halbjährliches Kolloquium
2. Ab und zu ein Präsentseminar
3. Abstellen einer Hilfskraft

* Kempowski: Vier Jahre später erbat er sie sich wieder zurück, seine Söhne hätten ihm Vorwürfe gemacht.

7.6.1985
Alternative Besprechung mit Havekost* wegen des Archivs. Klingt alles ganz vernünftig.

14.6.1985, Gütersloh
Beim Frühstück kam die juwelenbetupfte, glückstrahlende Frau Stolz angerauscht, Frau des Operettenkönigs.
Sie beklagte sich darüber, daß sie niemandem das Archiv ihres Mannes anvertrauen kann, in Österreich vergammle «sofas». Der Nachlaß Musils z.B. verrotte in Säcken. Österreich habe eben zuviel von diesen Dingen. Dann zählte sie auf, in welchen Städten es Robert-Stolz-Plätze und -Straßen gibt und wo die jeweils liegen: stellte Zuckerpott hin: «Dies iist des Theater – diies (Kaffeekanne) ist das Parlament und dazwischehn der Robert-Stolz-Platz.» – Ich ließ sie ins Poesie-Album einschreiben und machte, daß ich fortkam.

20.6.1985
Allerhand Biographien. Wir nähern uns bereits den 1100.

Aus dem Archivverzeichnis, Nr. 1098:
«Die andere Seite der Geschichte. 1940–1947. Tagebücher und Briefe».
Brief an die Eltern, 4.8.1941
«Meine guten Eltern, dies ist kein einfacher Brief, den ich Euch schreibe. Ich möchte Euch, besonders Dir, meine liebe Mutter, allen Schmerz ersparen. Als Tröstlichstes jedoch kann ich Euch sagen, daß ich gänzlich ohne Sorge und Traurigkeit bin.
Wir werden abgestellt. Heute oder morgen. Wohin, das weiß noch keiner. Vielleicht zum Osten, vielleicht nach Norwegen, vielleicht auch nach Frankreich. Es heißt, in Düsseldorf werde das Marschbataillon zusammengestellt.
Im übrigen kann ich Euch sagen, daß wir alle in sehr guter und froher Stimmung sind. *Wir alle!* Seht: immer habe ich gesagt, daß der Soldat im Kriege ins Feld gehört. Nun ist es soweit. Mir ergeht es nicht anders

* Leiter der Universitätsbibliothek Oldenburg; Kempowski: «Seifenschaum: es wurde nichts draus.»

als Millionen anderen. Denkt an Rudi, an Arthur. Fragt Heinz: Auch er wird Euch sagen, daß der Soldat im Ersatzheer immer ein ungutes Gefühl hat, wenn er an die Kameraden, an die Jugend im Feld denkt. Mit welchem Recht müssen die einen in der Gefahr, dürfen die anderen in relativer Sicherheit leben?
Nun haben wir das Glück, auch hinauszukommen. Seid stolz mit mir! Und laßt dieses Empfinden des Stolzes stärker sein in Euch als die Sorge. Mir wird nichts geschehen! Ihr werdet beten, und ich will versuchen, jenes guten Sterns würdig zu bleiben, der bislang seinen Schein über meinen Weg warf.
Ein Wort Carossas lautet: Weihe dich einer Gefahr ...
Ja, es ist eine Weihe. Und sie wird mich nicht ohne Segnung und tiefes Reif-geworden-Sein entlassen!
Genug des feierlichen Tons! Für jetzt geb ich Euch froh wie immer und voll guter Zuversicht die Hand
Euer Jung»

22.6.1985
Eine Frau aus der Schweiz schickte wertvolle, vermutlich orientalische Schriften auf Holz (Papyrus?). Ohne nähere Angaben.

26.6.1985
Soweit ich sehen kann, sollten noch drei Projekte realisiert werden:

1. «Sowtschick»
2. Dorfroman (vielleicht im vorigen Jahrhundert spielend?)*
3. Wiederaufbau**

Nr. 3 sollte jetzt bereits vorbereitet werden. Grob geschätzt bin ich dann 62 Jahre alt. Die Cholera-Story*** wäre reizvoll, und eventuell zwei oder drei Filme (Autobahn und Schulmeister). Aber kein großer

* Der spätere Roman «Heile Welt». München 1998.
** Als Befragungsbuch geplant.
*** Gemeint ist eine literarische Bearbeitung eines Tagebuchs von Kempowskis Vorfahren mütterlicherseits, die 1892 bei der Cholera-Epidemie in Hamburg ums Leben kamen.

Roman mehr. Eine Geschichte über Konzentrationslager? Oder ein groß angelegtes biographisches Sammelwerk, etwa Zolas Romanwerk «Die Rougon-Macquart» vergleichbar, aber nicht von einer Familie ausgehend, sondern eine Zeit belegend und viele verschiedene Zeugnisse aus der Zeit.

Lexikon
Chronik
Archiv-Ausgaben

Das «Lexikon» erklärt und vertieft die Chronik und die Archiv-Ausgaben, die Archivausgaben korrespondieren mit den Befragungsbüchern.
In die Gesamtausgabe sollten

1. Die Chronik und Befragungsbücher
2. Die Archivausgaben*
3. Das Lexikon

kommen. Indem *ich* die Archivausgaben auswähle, mache ich sie zum Bestandteil der Chronik.
Die Archivreihe ist nach hinten offen, 12–15 Bände genügten. Themen nach Möglichkeit alles abdeckend. Wozu natürlich auch Ausländer gehören. Jolles über London 1940.
Die Chronik selbst ist bis auf «Dorfroman» und Wiederaufbau abgeschlossen.
Das Lexikon kann nie fertig werden, ist evtl. von jemand anderem zu Ende zu bringen.
Der «Block» könnte evtl. als Studienausgabe dem «Kapitel» vor- oder nachgestellt werden.
Von der Sache her ist der Titel «Entfesslungskunst» der richtige.

2.7.1985
Zwei Praktikanten sind im Haus, sie machen sich im Archiv zu schaffen. Dies fällt unter «Soziales», denn die Arbeit, die sie da jetzt ma-

* Texte aus dem Archiv für unpublizierte Autobiographien.

chen, muß ohnehin noch einmal gemacht werden, von irgendwelchen Fachleuten.
«Sowtschick»: Von Januar bis jetzt habe ich 87 Seiten zustande gebracht, das sind pro Monat gute 14 Seiten, nicht sehr viel. Bei einer entsprechenden Hochrechnung komme ich auf +90 Seiten für dieses Jahr noch. Wenn es gut geht. Manchmal denke ich, es könnte in dem Buch auch zu einem Mord kommen: der Sozialfall liegt im Entwässerungsgraben. Sowtschick gerät in Verdacht, weil er das Mädchen früher schon mal im Keller eingesperrt hat.

6.7.1985
Vielleicht ist es ganz gut, wenn Hannover meine Manuskripte nicht nimmt. Die Geldkalamitäten sind erledigt, ich brauche nicht zu verkaufen. Der Ausbau der Garage kann nicht soviel kosten, wenn der Innenhof abgezahlt ist, dann kommt der Archivraum an die Reihe.

13.7.1985
Heute habe ich die zweite Hälfte der «Hundstage» skizziert. Vielleicht wird es doch nur ein kleines Buch.

30.7.1985
Hannover hat den Erwerb meiner Manuskripte abgelehnt, als Leihgabe wollen sie sie behalten. So geht es nicht. Ich werde das alles zurückfordern.

9.8.1985
«Sowtschick» jetzt 152 Druckseiten.

7.9.1985
Am Nachmittag räumte ich im Archiv auf. KF brachte ein neues Regal an.
Ein schöner Brief kam aus Hagen, von der Fernuniversität, sie erwärmen sich dort für uns. Vielleicht kommt von dorten «Hülfe».

12.–14.9.1985
Literatur in Kreienhoop, Schriftstellertreffen

24.9.1985, Ansbach

Gestern hier in Ansbach etwa 300 Leute, sehr guter Applaus. – Am Tisch hinterher unterhielten sie sich ganz ungeniert über mich. Ich würde natürlich nur von den 50jährigen gelesen, die Jugend lese mich nur, wenn sie muß. – Das kann ja sein, zu fragen ist nur, was die Jugend denn überhaupt liest, und «50» ist etwas übertrieben. Es gibt viele ab 30. – Dies zu meiner Beruhigung. Getroffen hat es mich denn doch sehr. Ich machte Reklame fürs biographische Archiv. Wie schon in Nürnberg, neulich.

30.9.1985

Auch mein biographisches Archiv interessiert vermutlich niemanden. Hier hat einer was angesammelt, um sich in seiner Einsamkeit entdeckenswert zu machen.

3.10.1985, Bad Godesberg

Gespräch mit Gutzen*, die Hoffnungen auf Geld für das biographische Archiv zerrinnen, was bleibt, ist die Ehre. Nun wird mir auch klar, wieso es auf diesem Gebiet so viele Schenkungen gibt: Keine Institution gibt in Deutschland für so etwas Geld aus. Meine enormen Vorleistungen (280 000 Mark) sind wohl in den Wind zu schreiben.

* Professor Dr. Dieter Gutzen, Germanist an der Fernuniversität Hagen.

1986

8. 1. 1986
In der Post jede Menge Biographien, wir haben die 1300 bereits überschritten.

Aus dem Archivverzeichnis, Nr. 1316:
«Biographie meines Urgroßvaters, des Uhrmachers Friedrich Wilhelm, geb. am 6. Dezember 1814 in Kleinhoff, geschrieben von seinem Urenkel Bert in den Jahren 1970 bis 1987 als Teil einer Gesamtbiographie der Familie».

17. 1. 1986
Nachdem gestern wieder einmal ein Seminar zu Ende ging, erschien hier eine ehemalige Ärztin, 79 Jahre, und erzählte mir weinend ihr Leben. Sie hat es alles aufgeschrieben und schlug, während sie redete, rhythmisch mit der flachen Hand auf das Manuskript. Sie hatte auch Fotos dabei, Eltern Gutsbesitzer, Mann Offizier, im Krieg gefallen, sie dann geflohen aus Schlesien, Examen gemacht und sich und die vier Kinder durchgebracht, alle vier Kinder sind inzwischen Ärzte. Um mich auch ja zu erreichen, hatte sie sich Schlafzeug mitgebracht und war vorher im Gasthaus gewesen.

13. 2. 1986
Das Buch der Zacharias kam vor einigen Tagen, auch hier also einen Schritt weiter. Knaus hat sie besucht. Ihr Sohn hat ihn in Hagen mit dem Mercedes abgeholt. Er hat schön zu essen gekriegt, zweierlei Fleisch, wie er sagte, und sie hat ihm Komplimente gemacht, er sähe ja so jugendlich aus usw. Im Gespräch kam heraus, daß sie auch mal einen Einakter geschrieben hat: «Der besoffene Ehemann». Alles sehr originell.

17.2.1986

Es ist schon sehr komisch. Seit 15 Jahren rede ich davon, daß ich die Reihe meiner Romane «Sisyphos» nennen möchte. Krüger, Kolbe, Richter, Knaus, alle haben sie gesagt: Das ist unmöglich. Statt dessen haben sie mir – wer war es eigentlich? – den Ausdruck «Deutsche Chronik» aufgehängt. Nun kommt Grass und spricht von seinem Sisyphos, und alle nehmen es wie selbstverständlich hin.

19.2.1986

Niemand kapiert, daß auch die «Sieben Kinder» von Frau Zacharias zu meiner Chronik gehört. Es ist sonderbar und kränkend, daß Knaus nicht einmal die «Sachbücher» dazu zählt, Hitler, Schule und KZ.

4.3.1986

Gestern war also die gloriose Buchvorstellung der Frau Zacharias. Eine Menge Leute waren gekommen, z.T. Volksschullehrer aus der Nachbarschaft, fast keine Presse, weder HH noch Bremen, noch Hannover. Drei oder vier Buchhändler. Dierks hielt eine Einführung.

Es sind so viele Projekte offen:

1. «Sowtschick». Läuft ganz gut, wie Entengrütze bedeckt das Material meinen See. Wie es aussieht, entwickelt sich das Buch zum Großprojekt. Es ist eine Bilanz meines Lebens. Ehe, Politik, Erziehung werden ausgelotet. Und ich bin eigentlich noch gar nicht soweit. – Nun, wir schreiben das Buch ja nicht an einem einzigen Tag.
2. «Stau». Hoffnungsvolle Ansätze, die jetzt weiterverfolgt werden müssen.
3. «Autobahnkreuze». Der Filmentwurf liegt irgendwo in Mainz fest. Er sei zu teuer, sagen die Leute.
4. «HW»-Verfilmung. Hark Bohm hat einen Drehbuchentwurf gemacht, den ich noch nicht gesehen habe. Er will Göttingen streichen. Mit Hatzfeld scheint er sein Thema gefunden zu haben.
5. Archiv-Produktionen. Da gibt's mehrere Favoriten: Fuchs mit Rußland, die Frau Schneider mit der Ostarbeitersache, Herr Glück mit Brasilien: das sind die Autoren, die ganz obenan stehen. Knaus

hat gegen alle was. Er ist zu sehr im mittelständischen Bildungsbegriff verknotet, da kapiert er nicht, was ich will.

6. Archivneuzugänge. Sehr erfreulich. Heute kam eine holländische Sache. Mein Lieblingsthema: Wie haben Ausländer meines Jahrgangs den Krieg erlebt? Auch das gehört ja zur deutschen Chronik. Mir fehlt hier ein Zulieferer. Gesamtzahl bisher 1364. Ich nehme an, daß die Anzahl und zwangsläufig auch die Anzahl der hochwertigen Einsendungen zunimmt.
7. Biographienarchiv. Wohin damit? Hier gibt es mehrere Abnehmer:
   a) Oldenburg. Sie würden es sofort nehmen, aber ich habe nichts davon, wir brauchen hier Geld für Hilfskräfte.
   b) Hannover. Auch sie würden es nehmen, aber die zahlen ja noch nicht einmal etwas für meine eigenen Manuskripte.
   c) Stiftung Niedersachsen. Ist angelaufen, vorläufig aber noch nichts Definitives. Sie neigen der Großlösung zu, wollen also alles nehmen.
   d) Hagen. Von hier kommt einiges Interesse. Sie würden die Biographien auch auswerten.
   e) Ich selbst. Neuerdings neige ich wieder dazu, die Sachen zu behalten. Falls Knaus mit den Archivveröffentlichungen weitermacht, könnten wir hier auch finanziell irgendwann auf unsere Kosten kommen. Wenn nun alle halbe Jahr ein Titel dazukommt, dann handelt es sich um das berühmte Kleinvieh.
   f) Bertelsmann. Ich habe nochmals einen Vorstoß gemacht. Vielleicht beißen sie ja doch an.
8. Seminare. Hier scheint das Interesse nachzulassen. Vielleicht sollte ich auf zwei pro Jahr reduzieren.
9. Literatur im Kreienhoop. Wir haben in diesem Jahr schon das 4. Treffen, und zwar mit Presse. So was rastet ein. Unbedingt beizubehalten.
10. Oldenburg. Noch zwei Semester, dann könnte ich aufhören. Gegenüber früher ist hier auch eine Verbesserung eingetreten. Ich habe das entscheidende Thema gefunden, das auch angenommen wird.
11. Sommerclub. Reiner Zuschußbetrieb, der mich erfreut/erfrischt.

12\. Hospitationen. Für diesen Sommer haben sich schon jetzt genügend Aspiranten angemeldet, dies muß auch weitergemacht werden.

6. 3. 1986
Große Freude, daß die Zacharias so umfassend gewürdigt wurde im TV, durch Zilligen*. Es rieselte mir den Rücken herunter.

Aus dem Archivverzeichnis, Nr. 1364:
Heinrich Keim, «Gefangener der Wälder». Erlebnisbericht. Stuttgart 1983: Ein deutscher Kriegsgefangener in der Sowjetunion flieht und lebt mehr als zehn Jahre in Estland versteckt, zuerst im Wald, dann bei einer Ärztin. Erst im April 1957 konnte er zu Frau und Tochter nach Deutschland zurückkehren.

7. 3. 1986
Ein Titel wie «Sold» wird natürlich abgelehnt. Knaus will das Fuchs-Ms.** jungen Leuten geben, was die dazu sagen. Das wird den Ausschlag geben. Junge Leute? Mein Instinkt, meine seit Jahren überdachte Planung zählt nicht. Wo kriegt er bloß die «jungen Leute» her? Er meint wohl seinen Sohn.

10. 3. 1986
Ich sah dann noch lange fern, den Shoah-Film von Lanzmann, der äußerst aufklärend wirkte, was Einzelheiten anging, peinlich die Zudringlichkeit, mit der die Zeugen befragt wurden. Das hat Fechner besser gemacht.
Merkwürdig der Gedanke, daß ich auf dem Höhepunkt der Judenvernichtung zur Klavierstunde ging und den «Fröhlichen Landmann» spielte. 1942 war aber auch das Jahr, in dem Rostock zerstört wurde. Und das muß vielleicht symbolisch verstanden werden.

* Dieter Zilligen, Redaktionsleiter Literatur beim NDR.
** Fuchs, Helmut: «Wer spricht von Siegen?» München 1987.

13.3.1986
TV: Beim Umschalten [Zappen] zwischendurch den ganzen Jammer erlebt. Hier die Eisenbahnwaggons mit den KZlern, dort die schnulzenden, treppensteigenden Schlagersänger. Und Wissenschaftler, die uns den Ursprung des Lebens erklären.

23.3.1986
In der Post fand ich einen sehr spannenden, gut geschriebenen Fluchtbericht 1944. Diese Art Erinnerungen stoßen an ein Tabu. Es wird noch lange dauern, bis die Leser solche Berichte als Literatur akzeptieren. Die Zacharias geht anscheinend in der Flut der Frauenbios unter. Schade.

Das Ehepaar Kempowski mit Renate und KF

30. 3. 1986
In der Nacht las ich mich noch fest in Büchern über das Kriegsende, die ich mir neulich schicken ließ. Die Bombardierung der Flüchtlingsschiffe bei Lübeck durch die Engländer. Unverständlich. Mit Raketen machten sie das.
Es wundert mich, daß ich damals bei Kriegsende die Katastrophen nicht mit dem «Auge des Chronisten» angesehen habe. Die Trecks, die ich sah, das war Zufall. Flüchtlinge in den Straßen. Immerhin, ich führte ein Tagebuch.
Man wollte das nicht hören und nicht sehen, vielleicht weil man dachte: Morgen sind wir dran. Es war auch zuviel:
Die Angst, noch eingezogen zu werden,
Fliegerangriffe,
Katastrophale Zeitungsnachrichten,
Trecks.
Auch meine Erlebnisse in Berlin. Die Granaten schlugen ein, Frischverwundete humpelten vorüber, und die Hausfrauen standen in der Tür und erzählten sich was.

Simone: Mit Walter und Rebecca quer durch Frankreich in sieben Tagen – Recherchearbeiten für die «Hundstage», weil Ehefrau Marianne in Frankreich Urlaub macht, während Sowtschick mit den Mädchen verlottert.
Abends im Restaurant schlug Walter ein lustiges Spiel vor – wir malten zu dritt ein irrwitziges Autobahn-Spektakel von oben. Ich habe es in das Büchlein gesteckt, das Walter mir gestern zum Geburtstag schenkte – ein (noch leeres) Büchlein über unsere Frankreichtour, das nun in den nächsten Tagen von uns dreien gemeinsam gefüllt werden soll.

Simone: Ich merke es zwischendurch deutlich: Rebecca ist not amused über meine Anwesenheit. Trotzdem haben wir viel Spaß zu dritt. Walter: Ich hätte Ähnlichkeit mit dem David von Donatello – das hat mir nun doch gefallen. Ansonsten eine Schloßbesichtigung nach der andern, Walter läßt nicht locker.

Simone Neteler in Frankreich

11.4.1986

Am Nachmittag ging ich nochmals das Fuchs-Ms. durch. Es ist gegen den Schluß zu doch sehr lakonisch. Will man dem Mann zum Vorwurf machen, daß er sich beherrscht? – Und wenn sie sagen: Das kennen wir doch schon alles, dann muß man sagen: *So* haben wir das aber selten gelesen. Im übrigen ist diese Biographie eine Art Exposé für andere Teilberichte, die noch folgen werden: Danzig, Flucht, Gefangenschaft. Usw.

> ***Simone:*** Walter schickte mir heute Fotos von der Frankreichtour. Er schreibt, ich solle mein Leben genießen.

1.5.1986

Ich stoppe nun erst einmal die Anzeigen für das Bio-Archiv. Ob wir nun 1000 oder 2000 haben, macht keinen Unterschied. Dies will erst einmal verdaut sein.

Am Abend wollte ich die Hühner in ihren Nachtkäfig bringen, da waren sie schon selbst hineingegangen. Sie haben sich die Hundehütte für den Tag ausgesucht.

23. 5. 1986
Vorgestern raste ich mit 160 km/h nach Lingen, um an der Verleihung des Niedersachsen-Preises teilzunehmen. Ich saß mit dem Museumsdirektor von Cloppenburg zusammen, der mir wertvolle Tips gab und mich vor dem Datenschutz warnte, der sich natürlich in eine Idiotenbehörde verwandelt hat. Das Archiv hier ist praktisch gar nicht zu verwenden, wenn man es ernst nimmt. Meine Kartei ist schon ein Verstoß gegen das Gesetz.
Ich setzte das Postmachen fort und beendete es, fand bei der Gelegenheit ein wundervolles Brasilien-Tagebuch, das sich zur Veröffentlichung eignet. Ich werde es morgen in der Eisenbahn lesen.

29. 5.–1. 6. 1986
Reise nach London

30. 5. 1986, London
Kurzer Ausflug in ein Trödelgeschäft, wo ich, von Neugierigen umstanden, ein Hifthorn samt Troddel erstand, für 100. – Es stammt aus dem 1. Weltkrieg. Ich blies ein schmetterndes Signal. «Oh! Blitzkrieg!» riefen sie, «Hitlerjugend?» Anscheinend gutmütig frotzelnd gemeint.

31. 5. 1986, London
Endloses Signieren und ein Stehempfang beendeten den Tag, und ich konnte noch um ein paar Biographien barmen, die mir auch tatsächlich offeriert wurden.

13. 6. 1986, Nartum
In meinen alten Tagebüchern gelesen, 1960–67, sonderbar, wie kitschig, wie unsicher ich war, z. T. unerträglich. Wenn man das einmal veröffentlichen will, wird man enorm ausholzen müssen.

26.6.1986
Wenn ich Herrn Kersten* richtig verstanden habe, wollen sie hier kein Hermannsdenkmal für Kempowski errichten, sondern ein «Kulturzentrum» unter der Schirmherrschaft von Kempowski. Meine Manuskripte sollen nach Hannover (Kersten war ärgerlich, daß ich mit Totok gesprochen habe), das Biographienarchiv soll hier bleiben.

20.7.1986
Die Volkswagen-Stiftung hat eine Förderung meines Archivs abgelehnt. Automatisch getippter Formbrief. Das hat mich eher erheitert.

11.8.1986
Knaus hat inzwischen abgedankt, dies wurde mir auf einem Formblatt mitgeteilt, sonderbare Sitten. Ich kann's verstehen, daß er die Nase voll hat. Traurig. Wir haben gut miteinander gearbeitet.

13.8.1986
Als Titel für den Fuchs wäre vorzuschlagen: «Wer spricht von Siegen?»

27.8.1986
Regen: Wunderbares Wetter zum Arbeiten. Karen S. bringt das ganze Archiv auf Vordermann. Sie hat sich erst mal warmes Seifenwasser geholt und reinigt die Regale. Auf die Idee ist in all den Jahren noch niemand gekommen.
Die Nacht über wurde ich gequält von der Suche nach einem Gedicht von Angelus Silesius. Gegen Mittag fand ich es endlich.

12.–14.9.1986
Literatur in Kreienhoop, Schriftstellertreffen

6.10.1986
Gestern rief Knaus an. Er hat mit Kopelew gesprochen, und der will das Nachwort zu Fuchs machen. Sehr schön! Mein Titel ist auch akzep-

* Rechtsanwalt Joachim Kersten aus Hamburg.

tiert worden: «Wer spricht von Siegen?» Als Umschlagbild soll ein Dix genommen werden.

13. 10. 1986, München
Das war dann der Knaus-Tag. Ich fuhr in den Verlag und lieferte den Herrn «Sowtschick» ab. Er wird kopiert und an Drews* und Fröhlich** zum Lektorieren geschickt. Ich beschwerte mich wegen des Kalenderprojektes, das von ihm damals abgelehnt wurde. Harenberg macht es inzwischen in einer Riesenauflage. Der Herr Fuchs wurde abgesegnet. Der neue Verleger, Herr Neunzig, nahm teil an der Besprechung. Zu dritt aßen wir bei Käfer einigermaßen herrlich.

22. 10.–25. 11. 1986
Amerikareise

22. 10. 1986, Provo/Utah
Keele*** in Provo, Arbeit an einer Konkordanz der «Deutschen Chronik»:
1. Version Hard Copy
   Veröffentlichung möglich
2. Version: Fiche, 4, 5 Stück: Alles!
3. Version: Kontext

Bibliothek fragen, ob eine Bomberpilot-Sache vorhanden.

7. 11. 1986, Provo/Utah
Liebe Hildegard!****
Heute morgen habe ich mich auch mit dem Computer beschäftigt, mit Keele zusammen. Jeden Tag erklärt er mir alles, und immer vergesse

* Prof. Dr. Jörg Drews, Literaturwissenschaftler und Kritiker.
** Der Autor Hans J. Fröhlich.
*** Prof. Dr. Alan Keele, Germanist an der Brigham-Young-University in Provo, der mit Hilfe eines Computerprogramms die Wortkonkordanz zur «Deutschen Chronik» herstellte.
**** Brief an Hildegard Kempowski.

ich es. Wenn man dann selbst mal drauf schreibt, ist alles viel einfacher. Hier steht in jedem Zimmer so ein Automat, ohne den geht es überhaupt nicht mehr. Ich werde mir von Knaus einen besorgen lassen. Die Dinger sind nicht nur praktisch, sondern auch arbeitserleichternd. Wenn Herr Borowski mal ausfällt, dann kann ich meine «Produktion» ganz auf Computer abstellen.

Maximilian Borowski

18.11.1986, Flug nach Washington, D.C.

Auswertung der Konkordanz:

1. Kleinbiographien in der «Chronik»
2. Auffindung von Archetypen, deren Erscheinungsformen und Verquickungen (Fenster)
3. Motiv-Verknüpfungen
4. Die beweisbare, die «Chronik» zusammenhaltende Struktur
5. Abweichungen der einzelnen Bücher voneinander
6. Zusammenstellung eines «Gesangbuches», d.h. aller eingerückten Verse usw.

All das könnte man auch ohne die Konkordanz herausfinden. Mit ihr geht es jedoch wesentlich schneller, und eben die Schnelligkeit ist Verführung, sich mit der «Chronik» überhaupt zu befassen. Wo etwas ist, da kommen die Leute hin.

Der Einkauf von Biographien muß beschleunigt werden. Hier in Amerika habe ich auch einiges in Universitätsveröffentlichungen gefunden. Aber nicht publizierte sind wichtiger. Die fünf Geschworenen rissen die Augenbrauen hoch, als ich davon sprach.

Es war sehr gut, daß ich noch einmal nach Provo zurückfuhr.

23.11.1986, Flug nach Chicago

Gestern waren wir in der Frühe bei drei Bomberpiloten bzw. Fightern, bei einem Luftwaffenoberst, dessen Frau jede Menge Schnitten gemacht hatte. Nahezu sofort erzählten sie Kriegsstorys, die ich auf Tonband nahm.

Zwei waren General. Eigenartig, wie das Gehabe der Leute ihrem früheren Beruf entsprach. Der Fighter ein fixer Kerl, die Bomberleute eher behäbig.

Sie genossen es zu erzählen, wollten aber nichts hören. Behandelten einander mit Nachsicht. Einer von ihnen hat 35 Einsätze über Deutschland geflogen, was ein Rekord sei. Tote, meinten sie, wären etwa 5% gewesen, Verluste 30%. Es wäre ihnen kein Fall bekannt von Mißhandlung durch die Zivilbevölkerung. Interessant zu beobachten, wie sie alles lachend erzählten. Das Erinnerungslachen.

1. 12. 1986
Die Reihe der ergänzenden Biographien*
1. Zacharias: Frauenleid, Russen
2. Fuchs: Krieg im Osten und russische Gefangenschaft
3. Kupfer: Emigration und Naziterror
4. Matheny: Bombenkrieg und deutsche Gefangenschaft
5. Schulz: Segelschiffsache
6. Kunze: Halbjüdin
7. Alltag War II, Amerika (+ Internierung von Japanern)

Knaus bezeichnet die Pabel-Erlebnisse als entflohener Gefangener in USA als «sehr weit weg». Ich stelle mir die Bio-Reihe als ein Menschengekribbel vor. Beginn: Kaiser Wilhelm: Weltgeltung, Kolonialismus. Das Jahr 1884 ist als entferntester Fixpunkt anzunehmen. Von da aus baut sich alles auf. Die Gründung der deutschen Kolonien. Im Grunde beginnt damit ja auch meine Chronik «Neu-Mecklenburg», die Briefmarkenbetrachtungen in «Aus großer Zeit». Hierüber an Herrn Knaus einen Brief schreiben.

Lieber Herr Knaus!
Im Zug nach Paderborn (wo ich eine Lesung habe) sitze ich, und mir fällt ein, daß ich Ihnen vielleicht doch noch etwas zu der Grenzziehung der Bio-Reihe sagen sollte. Meine Chronik beginnt aus gutem Grund mit dem Jahre 1900, wobei ich in zahlreichen Textpassagen noch auf die Erwerbung der Kolonien 1884 zurückgreife, sowie auf die verhängnisvolle Etablierung der «Weltgeltung» durch Marinerüstung, die sich aus der Gründung der Kolonien herleitete (etwa 1884). Aus diesem Grunde habe ich den Herrn Lehmann in «Aus großer Zeit», S. 127f., S. 131f. u. a., längere Ausführungen über die deutsche Kriegsflotte machen lassen. Es hat ja keinen Sinn, nicht vorhandene Biogra-

* Erschienen sind die Lebenserinnerungen: Irene Zacharias: «Meine sieben Kinder und der Lauf der Welt». Mit einem Nachwort von Walter Kempowski. München/Hamburg 1986; Helmut Fuchs: «Wer spricht von Siegen?». Der Bericht über unfreiwillige Jahre in Rußland. Geleitwort von Lew Kopelew. München/Hamburg 1987; Ray T. Matheny: «Die Feuerreiter». Gefangen in Fliegenden Festungen. München/Hamburg 1988.

phien in unsere Reihe einzupassen, wir müssen nehmen, was kommt. Aber Ihre Feststellung: «Das ist doch schon sehr weit weg» (Pabel und Segelschiffsache) müßten Sie bitte von daher noch einmal überdenken. In der Segelschiffsbiographie wird der Stolz auf die Weltgeltung deutlich, der Traum von Deutschland als Imperium, anachronistisch geträumt und wahnsinnig in seinen Auswirkungen. Der Herr Schulz, der unbedingt zur See fahren will, als Frankfurter, bietet in seiner Biographie zweierlei, das für uns von Interesse sein kann bzw. muß. Einmal (und das verbindet ihn mit der Frau Zacharias und vielleicht auch mit den SU-Gefangenschaftsimpressionen des Herrn Fuchs) zeigt er die Grenzen körperlicher Leistungsfähigkeit auf, ein zeitloses Thema. Zweitens schimmert an allen Ecken und Enden der Stolz auf Deutschland als Seefahrernation hervor. Er begegnet auf allen Weltmeeren der deutschen Fahne (und das ist in Verbindung zu setzen mit dem Beruf der Kempowskis und mit den Gedanken des Wilhelm de Bonsac, der in Afrika war). Tüchtigkeit, Ordnung, Pflichtbewußtsein als vielleicht grundsätzlich positive Merkmale der Deutschen, auch das sind seine Themen, Ehrgeiz, Hartnäckigkeit. «Den Deutschen», sagt Thomas Mann, «schlägt ihr Bestes zum Schlechten aus» (so ungefähr).

Wie will man in der Folge unserer Biogr. die Leidensfähigkeit der Deutschen und (andererseits) ihre Brutalität erklären? Ich denke mir die Bio-Reihe wie eine Matte von Feldern, auf denen immer Grundsätzliches mit Speziellem abwechselnd oder einander bedingend sich darstellt.

Die Pabel-Erinnerungen sind ja absolut unverständlich, wenn man nicht dieses Pflichtbewußtsein (siehe oben) in ihm als volksgebundene Charaktereigenschaft erkennt. Sie illustriert nicht nur (die Flucht und Illegalität meine ich), sie schafft darüber hinaus noch Parallelen und Verbindungen zu der Gefangenschaft von Fuchs und in die «Chronik» hinein zu Bautzen. Ich meine, es ist nicht damit getan, daß ich einen geschichtlichen Vollständigkeitskatalog als Grundlage zu unserer Bio-Reihe annehme, es muß auch auf den Dialog der Bücher untereinander und allerdings auch auf deren Spannungs- bzw. Erlebnisgehalt geachtet werden.

Die Berichte, die wir in die Bio-Reihe aufnehmen, müssen bei aller Individualität exemplarischen Charakter haben. So liebäugle ich seit lan-

gem mit den Erlebnissen einer Unternehmer-»Gattin«, die (ausgerechnet!) von den Russen in Frankfurt/Oder als Bürgermeisterin eingesetzt wird (Emanzipation verknüpfend mit Russenchaos), ausgerechnet sie auch noch eine Baltin mit Schlitten-Klingel-Erinnerungen an den I. Weltkrieg und Zonenflucht im II. – Wir müßten eben auch eine reine Friedensbiographie haben, so ein Glücksbuch mit heiterem Frieden. Andererseits ist der SS-Mann, der als Saxophonspieler in einer SS-Tanzkapelle eingesetzt wird, unser Interesse wert und die Halbjüdin, die sich durch den Krieg durchwurschtelt.
Genug – vielleicht sollten wir darüber mal in Ruhe sprechen. Und vielleicht könnten Sie sich doch noch für die Segelschiffsgeschichte begeistern (das ist übrigens ein typisches Weihnachtsbuch).*
Herzliche Grüße
Ihr
Walter Kempowski

3. 12. 1986
Textentwurf für ein Prospekt
Das K-Archiv für unveröffentlichte Biographien besteht seit 1980. Seine Gründung leitet sich her aus den Recherchen zu meinen Romanen. Die zahlreichen Gespräche und Interviews, die ich während der Vorbereitungszeit auf meine «Chronik» führte, brachten mich auf die Idee, die Suche nach geschichtlichem Rohmaterial zu verselbständigen. Um an das im Volk schlummernde narrative Potential heranzukommen, annoncierte ich in der «ZEIT» (Cloumarkt), die Reaktion hielt sich in Grenzen. Bis heute sind fast 2000 Positionen eingesandt worden. Ganz von selbst ergaben sich die Aufnahmekriterien. Briefkonvolute wurden in der Regel zurückgewiesen, angenommen wurden Autobiographien jeder Art (auch gedruckte, sofern es sich um kleine Verlage handelt), Tagebücher und Papiere, die zeitgeschichtliche Rückschlüsse auf unterster zivilisatorischer Ebene ermöglichen: einzelne Speisekarten etwa (Velociped-Club 1901, Luftschiff Hindenburg), Firmengeschichten, Tonbandmitschnitte von Dichterlesungen wegen der per-

* Es erschien dann 1998 im Kabel Verlag: Oscar Schulz, «Im Strom der Gezeiten».

sönlichen Auskünfte der Autoren, einzelne Objekte u.a. Die Veröffentlichungsrechte liegen bei den Einsendern. Jede Art der Auswertung bedarf der Genehmigung.
Dem Biographienarchiv angegliedert ist eine Sammlung von ca. 150 000 Fotos. Es handelt sich dabei um etwa 600 Fotoalben (z.T. beschriftet) sowie Konvolute unterschiedlichsten Umfangs. Der Wert der Einsendungen ist oft gering. Bedeutung erhalten die Fotos durch ihren repräsentativen Charakter und die in der Masse der Schnappschüsse sich zufällig anfindenden demaskierenden oder geschichtliche Ereignisse erhellenden Stücke. Einzelne Fotos sind von künstlerischem Wert. Die große Masse der Fotos konnte bisher nur flüchtig gesichtet werden.

4. 12. 1986
Ich machte mich gleich an das Biographienarchiv, um ein Verzeichnis herzustellen, das mittlerweile unerläßlich ist. Es ist eigenartig, die frühen Erwerbungen durchzusehen, ihnen wiederzubegegnen.

7. 12. 1986
Ich würde mich jetzt lieber mit meinem Bio-Archiv beschäftigen! Herstellung des Katalogs.

11. 12. 1986
Ganzen Tag im Bio-Archiv, jetzt habe ich 200 Positionen *beschrieben.* Morgen nehme ich das Verzeichnis mit und lasse es fotokopieren.

12. 12. 1986
Ich war den ganzen Tag in Hannover und räumte mit KFs und Marions Hilfe meine Manuskripte dort auf, um ein Verzeichnis machen zu können.

14. 12. 1986
Zwei Tage lang an den Verzeichnissen gearbeitet. Was ich alles in meinem Ms.-Archiv zusammengerafft habe! Morgen werde ich noch die Tonbänder, Videobänder und die Sekundärliteratur hinzunehmen.

15. 12. 1986
Arbeit an meinem Ms.-Archiv. Ich ordne nun die noch nicht numerierte Sekundärliteratur ein. Da ist allerhand. Morgen kommen auch noch die Tonbänder an die Reihe. Alles mögliche taucht wieder auf. «Skripte», die ich 1975 dort hingelegt habe. Morgen in Hamburg werde ich das Verzeichnis ausdrucken lassen.

19. 12. 1986
Meine Unternehmungen überdehnen sich. *Eine* Hängepartie läßt man sich gefallen, aber doch nicht so viele: Hannover, Hagen, Provo, «Hundstage», Oldenburg, die Verzeichnisse.

22. 12. 1986
Vormittags war ich in Rotenburg wegen des Verzeichnisses des Ms.-Archivs. Es muß dort gedruckt und gebunden werden. Ich fuhr mit Renate.
Nachmittags rumgegammelt, ein paar Briefe.
Abends ganz guter Film über Marlene Dietrich.

25. 12. 1986
Ich wundere mich manchmal darüber, daß sich so gar keiner für meine Arbeit interessiert. Dierks und Keele sind die einzigen, und Dierks ist davongegangen.
Auch heute machte ich noch Post, morgen werde ich vielleicht fertig, dann kann ich zum Ende des Jahres mit dem Archiv fertig werden.

26. 12. 1986
Heute hatte ich einen guten Tag. Fröhlich gestimmt (weil Weihnachten vorbei) machte ich den elenden Rest der Post und ging dann ins Archiv und begann dort Ordnung zu schaffen. Ich höre beim Einsortieren die Menschen später reden: «Warum hat er denn dies hier aufgenommen?»

27. 12. 1986
Heute habe ich den ganzen Tag im Archiv gesessen. Bei Nr. 1578 bin ich angekommen. Es ist noch ein ganzer Schwung da.

Briefe von 1984/85 sortiert. Wie viele Menschen sind schon hinabgesunken, ich kann sie nicht halten. Wie macht man das, Menschen halten? Ich müßte dauernd schreiben, jede Woche.

28. 12. 1986

Heute war ich ganz verstockt vor Ärger und Gram. Das Archiv war meine Zuflucht. Dort kam ich mit der Aufnahme bis 1603. Ich fand die Biographie einer Jüdin, sehr eindrucksvoll. Ein dicker Brocken ist die Hinterlassenschaft von einer Frau Beck: drei Kartons voller Tagebücher, Briefe, Fotos u. a.
Ich wühlte auch in alten Briefen. Das ist alles schon so weit weg. 1984 … Es ist eine Ewigkeit her.

Aus dem Archivverzeichnis, Nr. 1603:
75 Tagebücher 1960–1980 (Hefte), handschriftlich.
Aus dem Brief des Einsenders: «Warum ich Ihnen diese Hefte schicke?! Vielleicht, weil ich es selbst interessant finde, ein Konvolut zu bekommen, Material, und es zu behauen wie ein Bildhauer oder wie ein Schnitzer zu bearbeiten … Neugierde, was Sie daraus machen.»

30. 12. 1986

Arbeit im Archiv. Die herrlichsten Entdeckungen. Das Gedächtnis reicht nicht aus, die guten Sachen ständig gegenwärtig zu haben. Man muß immer wieder hinabsteigen.

1987

4.1.1987
Lit.: Tagebuch eines deutschen Soldaten von 70/71.

0.00 Uhr.
Nun ist Adolf in den Himmel eingegangen. Der Film von Joachim Fest. Das Fernsehvolk wird nasse Augen bekommen haben. Ich bekam auch nasse Augen. Irgendwie dachte ich an das Verhängnishafte. Diese historisch zu belegende Verhängniskette von Folgerichtigkeiten, die auf ein Vakuum hindeutete, aus dem Hitler erwuchs. Er war da, und er zerschlug alles. Viele Leute, die er traf, waren auch nicht besser als er.
Der Film hätte länger sein müssen, neben langen, wirkungsvollen Einstellungen kam es immer wieder zu Hast.
Ein Stück Heimat ist auch immer dabei, Vaterhaus, wie man sagen könnte, Vaterhaus 1937, Warnemünde.
Mit Fliegerkappe – verbumfeit, dann aber (in Farbe!) auf dem Berghof staatsmännisch. Diese häßlichen Hosen.
Als Kontrast lief im Dritten Hamms* [Robert-]Walser-Verehrung. Kolossal, fast lächerlich. Und außerdem taktlos: das Gesicht des nach Luft schnappenden Toten zu zeigen. No.

5.1.1987
Gestern nacht hatte sich eine eindrucksvolle Schneedecke über unsere Landschaft gelegt, heute regnet es. Eigentlich reichte es doch, wenn es taute, oder? Nur der Gedanke an die milde Heizungsrechnung hält uns noch aufrecht.
Im Hitler-Film gestern: Wie er den zudringlichen Streicher wegstößt. – Man weiß auch immer schon, wer dann später gehenkt wird.

* Der Literaturkritiker Peter Hamm.

6. 1. 1987

In der Post waren heute drei Biographien.
Ich selbst gab heute zehn Anzeigen für die «Zeit» auf, in denen ich mich an einzelne Volksgruppen wende.
Der Hitler-Film wirkt noch immer nach. Schwer zu sagen, was man empfindet. Erbarmen ist immer dabei. Auch das Mitleid um Seelen ist unteilbar.

8. 1. 1987

Viel Post erledigt, darunter etliche Bios. Hildegard hat eine ganz interessante, ja bewegende von einer Frau Lipscher* aus der Schweiz gelesen. Die wollen wir Knaus vorschlagen. Eine Jüdin aus Böhmen, mit knapper Not überlebt.

9. 1. 1987, Göttingen/Nartum

Gehöfte im Schnee.
Ich habe jetzt die Archivinserate spezialisiert. Wende mich also an Schlesier! Dann an Pommern! Usw. Ich vermute, daß sich die jeweilige Volksgruppe eher angesprochen fühlt. «Kempowski kümmert sich um uns.»
Göttingen. Ich schmökerte etwas in den Antiquariaten. Traurige Gefühle.
Gegen 2 Uhr kam ich hier an, habe eine Stunde geschlafen und dann bis 23.00 Uhr im Archiv gearbeitet.

11. 1. 1987

Biographien, das ist meine große Leidenschaft. Wenn ich alt bin, werde ich mich nur noch mit dem Archiv beschäftigen.

14. 1. 1987

Interessant, in der Biographie über Hans Henny Jahnn Menschen erwähnt zu finden, deren Autobiographien man auch schon gelesen hat. Ein Reigen seliger Geister.

* Die Biographie von Magdalena Lipscher ist unter dem Titel «Simon der Gerechte». Ein jüdisches Familienschicksal, 1989 in Gerlingen erschienen.

Auch das quicke Leben dieser Leute, die jetzt alle tot sind, geschildert zu finden. Künstlerbälle!

18. 1. 1987

13.00 Uhr.

Es ist verkehrt, daß ich mich nicht mehr um meine Freunde kümmere. Außerdem müßte ich allerhand Kontakte pflegen. Vielleicht sollte ich mir eine Liste anlegen von Menschen, die sich wohlwollend über meine Arbeiten äußern. Man könnte sie regelmäßig anschreiben und sie bei Lesereisen besuchen und immer schön nett und freundlich sein. Im Augenblick habe ich wegen meiner vielen Aktivitäten keine Zeit dazu. Ich möchte es tun, und wenn ich mich daran erinnere, sind zwei Jahre vergangen.

1. «Sowtschick»
2. Hochschularbeit
3. Archivarbeit

Das sind schon drei Hauptberufe. Hinzu kommen die «Nebensachen».

4. Buch für Verden*
5. Talk-Show
6. Vorbereitung des «Dorfromans»
7. Amerika

und schließlich doch auch noch die Familie. Ehrlicherweise muß ich aber zugeben, daß ich seit Jahren (mindestens seit 1979) ein äußerst gleichmäßiges und geordnetes Leben führe und immer auch viel Zeit für mich habe.

20. 1. 1987

Nicht aus dem Kopf geht mir eine Sequenz aus dem Hitler-Film von Fest: Wie die Reiterkapelle der Wehrmacht vor Hitler aufgaloppiert, Kesselpauker und Hörner (statt einer regulären Kapelle). Das war urtümlich-erschreckend. Die wehenden Deckchen an den Kesselpauken, die langen Pausen zwischen dem gepaukten Auftakten und dem Antworten der Hörner. Sehr archaisch.

* «Der Landkreis Verden». Ein Porträt. Verden 1987.

21.1.1987
In der Post Briefe von 1942, Leningrad, ein Pionieroffizier beschreibt, wie er bei einem Popen (in rotem Mantel) gegen Tabak Ikonen eintauscht. Wo die jetzt wohl sind? Interessant für den, der Solschenizyn gelesen hat.

21.1.1987
Der Vormittag ging durch allerhand Störungen verloren, bis ich ins Archiv stieg, da kam ich dann wieder zu mir.
Dann langes Telefongespräch mit Herrn Kersten über Hagen, die Schwierigkeiten sind doch größer als angenommen.

28.1.1987, Hagen
9.00 Uhr.
Gestern fuhr ich hierher, nach Hagen, um mir die Fernuniversität anzusehen. Es gab allerlei Begrüßungen und zwei Vorträge, alle sehr aufgekratzt und interessiert. Anders wie in Oldenburg, wo sich nach meinem schönen Archiv bisher niemand umgeschaut hat. Hier ist Interesse und Kompetenz, und wenn die Amerikaner nicht mit Sensationen aufwarten, dann kriegen die den Zuschlag.

29.1.1987
In der Post zwei schöne Biographien.
Wie Bienek prahlte! Er besitze 22 Originaltagebücher! Was da alles drin steht, seine ganzen homosexuellen Sachen, er sei ja so irrsinnig katholisch, habe Blut und Wasser geschwitzt, aber seit zehn Jahren sei er ganz offen in dieser Hinsicht, habe alle Gewissensbisse verloren. Das stehe da alles drin, sein ganzer Kampf. Das dürfe natürlich erst nach seinem Tode veröffentlicht werden. – Seine Manuskripte, die Ms. seiner vier großen Romane, alle da, samt Krügers Streichungen. Die seien ja zur Hälfte von Krüger geschrieben, sozusagen, der habe ihm immer die ganzen Bilder rausgeworfen aus den Texten, alles gestrichen, dabei gehörten die doch zu seinem oberschlesischen Wesen. Das gehe da alles draus hervor.
Schon wie er sich am Telefon meldete: «Bienek», schlicht und einfach: «Na, was sagste nu?» So ungefähr.

31.1.1987

Heute früh fuhr ich nach Bremen zum Sammlermarkt. Ich guckte mir die Leute an, meist Mittelstand, schweigende Mehrheit. Auch Ehefrauen vom Mann infiziert. Briefmarken, Münzen, Ansichtskarten. Bei letzteren stehen die Heimatlosen: Preußisch Eylau, Hirschberg verlangen die. Und ich gehörte zu ihnen und kaufte wieder einmal Rostock, man sollt's nicht für möglich halten.

7.2.1987

Ich komme mit «Sowtschick» weiter und arbeite viel im Archiv, oben. Der Tisch ist wieder einmal leer.

Das Buch von Fuchs kam. Ein bißchen ärmlich wirkt es. Ich rief ihn an, um ihm zu gratulieren. Er wußte gar nicht, was das soll, gratulieren. Merkwürdige Menschen gibt es.

9.2.1987

Ich arbeitete heute im Archiv, las verschiedene Biographien, ließ Lebensläufe bis zum Schmerz durch mich hindurchgehen, die Nr. 51, das Tagebuch eines Vaters, der seinen einzigen Sohn verliert. Diese Sammlung ist wirklich großartig, sie konserviert alles.

Aus dem Archivverzeichnis, Nr. 51:

Tagebuch 1943–44, ein unbekannter Mann verfolgt die Kriegsereignisse und das Schicksal seines Sohnes, der sich nicht mehr meldet. Antinazi. 58 Seiten handschriftlich mit eingeklebten Zeitungsartikeln. Auf Flohmarkt gekauft.

Aus dem Tagebuch:

29.2.1944. Ob Egon an dem Gegenstoß beteiligt war? Heute kam ein Brief von Leutnant Lorenz aus Bielefeld an, wonach Egon am 26.12.1943 verwundet worden ist. Nähere Angaben über Art der Verwundung, Ort usw. kann er nicht angeben. Warum erhalten wir keine Nachricht von der Einheit bzw. einem Lazarett? Wo bleibt unsere gesamte Post, etwa 20 Briefe? Alles ungeklärte Rätsel. Heini will heute nacht im Nachtdienst nochmals Verbindung mit der Ostfront suchen.

3.3.1944. Heute ist der schrecklichste Tag unseres Lebens, wir bekamen die restlichen Eigensachen von Egon als «Verwundetem» von der

Einheit übersandt. Den Weltverbrechern ist also ein weiteres blühendes Menschenleben zum Opfer gefallen. Alle vorstehenden Eintragungen, über die ich mit meinem Jungen später erinnerungsweise plaudern wollte, sind nun hinfällig geworden. Aufrecht kann mich nur halten die Hoffnung, daß ich

1. tausendfältige Vergeltung an den braunen Verbrechern noch erlebe,
2. die schwache Hoffnung, daß Egon doch noch in russische Gefangenschaft geraten ist und dereinst zurückkommt.

In der Früh schämte ich mich nicht, Radio Luxemburg ein Interview von 5 Minuten zu geben! (Sie sind dort wegen der dpa-Meldung über das Archiv auf mich aufmerksam geworden.)

11.2.1987

Ich lese gerade im «Spiegel» die Befragung der Nazikinder. Schade, daß ich nicht auf die Idee gekommen bin!

14.2.1987

Den Abend verbrachten KF und ich vor dem 2. Teil von Fechners «Prozeß». Gegenüber dem lyrischen, fast mädchenhaften Damenstift eine titanenhaft klotzige Collage von ungeheurer Spannung. Ein Meisterwerk. KF empfand ganz deutlich die Fairneß der Betrachtungsweise Fechners.

15.2.1987

Fechner-Film: Eine Zeugin erzählte, sie hätten beim Transport einem deutschen Soldaten 80 Golddollar gegeben nur für ein bißchen Wasser. Er habe das genommen und kein Wasser gebracht.

Schlimme Gedächtnissache. Knaus sagte am Telefon, er habe Frau Hartlaub* den ersten Band von diesem Balten da – «Krückstock» oder wie er heiße – das Ms. aus meiner Sammlung geschickt, und sie habe sofort die andern beiden Bände angefordert. – Ich konnte mich überhaupt nicht erinnern an dieses Ms. und auch nicht, daß ich es ihm ge-

* Geno Hartlaub, Schriftstellerin und freie Lektorin von «Schöne Aussicht».

schickt habe! Noch jetzt habe ich keine Erinnerung an die Sache. – Als ich gestern ins Archiv ging, um in dem Verzeichnis die guten Texte durch Kreuze zu markieren, stellte ich fest, daß ich mich an die Texte, die ich doch vor ein paar Wochen begonnen habe zu registrieren, überhaupt nicht mehr erinnern kann. Titel ja, Verfasser manchmal, äußere Form schon eher, aber nicht Inhalt.
Am Abend sahen wir noch die 3. Kassette des Majdanekfilms – ein Meisterwerk. Hinterher noch längeres Gespräch mit KF. Ein Wunderwerk! Aufklärerisch, menschlich nach allen Seiten.
Ich habe damals immer gewußt, daß etwas Schreckliches in Deutschland vor sich ging, von Vernichtungsanlagen natürlich nichts. Es war die Existenz der Hölle, die allezeit im Bewußtsein war. Eine Jüdin mit Stern begegnete mir einmal, vielleicht 1942, in der St.-Georg-Straße. Der Jude Hirsch natürlich, der Synagogendiener, d. h. sein Sohn. Und dann wurde von diesem oder jenem gemunkelt: «Der ist Halbjude» oder: «Sie ist Jüdin» usw.
In Oranienburg sah ich 1945 einen Trupp KZler, die aber einen kräftigen Eindruck machten. Sie gingen offensichtlich zur Arbeit, sie marschierten in Kolonne, vielleicht 60 Mann. Und dann im April 1945 in Kiel, das hab ich in «Tadellöser & Wolff» geschildert. Das war entsetzlich. Sonst erinnere ich mich an nichts.
Nach so einem Film kommt einem die edle 3.-Programm-Musik direkt pervers vor.

19. 2. 1987
Bei meiner monatelangen Mattigkeit kommt mir der Gedanke, ob der Körper vielleicht merkt, daß der Plan erfüllt ist? Etliches ist doch pflückreif, die beiden Archive, die Chronik fast fertig, Provo nicht zu vergessen. Deshalb auch die Unlust (sie kam von heut auf morgen), mit den Nartumer Aktivitäten immer und immer noch weiterzumachen.

25. 2. 1987
Post: Eine Bio, die ich sofort las. Eine Frau flüchtet, bleibt aber beim Bauern, weil es da so gemütlich ist, und da sind die Russen auch schon! – Sehr sachlich, einfache Frau, spannend.

In den Biographien werden Fakten, Gesinnungen, Gefühle überliefert, die heute absolut indiskutabel sind. Hier ist ein Tabu wirksam geworden, das uns die Linke verordnet hat.

4.3.1987

Nachmittags Archiv, abends uralte Kurzaussagen über verschiedene Themen abgetippt. Ganz interessant.

Der Verlag will die Bio-Reihe einstellen. Einfach so! Und ohne es mit mir zu erörtern.

Es war schon makaber: Als ich 1977 zu Knaus ging, habe ich ihm eine Übersicht über die Chronik zusammengeklebt, eingerahmt und geschenkt. Das Ding hat er sich sogar über den Schreibtisch gehängt. Und nun fragt er, ob wir nicht bald eine Kassette der Chronik machen können ohne die Befragungsbücher. Also, das versteht man nicht. Ich habe es ihm immer wieder erklärt: Die Befragungsbücher gehören dazu!

10.3.1987

Ablehnung aus Provo, sie wollen das Archiv nicht kaufen.

Alle Zeitungen landauf, landab bringen die dpa-Meldung von meinem Archiv. Sogar die «Frankfurter Rundschau». Dementsprechend ist der Posteingang. Aber die Offiziellen rühren sich nicht. Eine irgendwie geartete Hilfe gibt es von keiner Seite.

26.3.1987

Ich schrieb den ganzen Tag an einem Brief an Knaus, Großreinemachen. Es geht um die Bio-Reihe. Ich muß es auf jeden Fall durchsetzen, daß sie fortgesetzt wird.

29.3.1987

Parallellektüre von Fluchtberichten 1945 und Thomas Manns Tagebuch. Seine mangelnde Demut.

30.3.1987

Morgens arbeite ich an «Sowtschick», nachmittags an meinem Vortrag, abends im Archiv.

Da schafft man allerhand.
Am Mittag wurde ich zunächst durch einen Herrn gestört, der mir drei Biographien brachte.

6.4.1987, München
Am Nachmittag traf ich mich im Café Toujours mit Knaus und Kreuzhage, dem neuen Verleger. Ich hatte zwei große Fotos mitgebracht, auf denen meine Planung übersichtlich zu betrachten war. Das machte auf Kreuzhage Eindruck, und es gelang, ihn dazu zu bewegen, der weiteren Veröffentlichung von Biographien zuzustimmen. Nebenbei erfuhr ich, daß von Fuchs immerhin schon fast 2000 verkauft sind. Soviel habe ich bei Rowohlt mit dem «Block» nie erreicht. Selbiger Fuchs hat offensichtlich Phobien, er hat mich wegen einer Stelle in seinem Buch schon zweimal angerufen, ob ihn jemand verklagen wird? Nun ist er nach München gereist zu Knaus und hat dem seine Ängste geschildert. Er habe immer noch weitere 20 Minuten dranhängen wollen, erzählte Knaus.
Am nächsten Morgen fuhr ich in den Verlag und ging mit Knaus alles noch einmal durch. Nun zeigte er sich befriedigt, daß ich die Biographienreihe doch noch durchgesetzt hatte.
Zur Veröffentlichung könnten kommen:

Bomberpilot Matheny
Emigrant Kupfer
Jüdin Lipscher
Schulz, der Segelschiffer
Pabel, der PoW (Prisoner of War), der in den USA blieb
Hübner, kirchlicher Widerstand (Mormonen)
Paetzsch, Bürgermeisterin von Frankfurt/Oder.

12.4.1987
Gestern kam ich schon um 9.30 Uhr in Bremen an, war um 10.00 Uhr zu Hause und setzte mich sofort an die Post, mit der ich am Nachmittag noch immer nicht fertig war. Viel Biographisches, jeder muß individuell behandelt werden. Kurz, aber ein wärmendes Wort. Wunderlich ist es, daß Flucht und Vertreibung in der Öffentlichkeit kein

Thema sind, und dabei ist das doch das Jahrhundertereignis. Man wird sich nach meinen Berichten eines Tages die Finger lecken. Im Volke schlummern wahrscheinlich noch Schätze, ich habe ja erst den berühmten Zipfel erwischt. Die Sammlung ließe sich leicht auf 10000 erweitern. Der einzelne Einsender erfährt eine späte Genugtuung, er weiß, daß sein Leiden wenigstens statistisch zu Buche schlägt. Sein Name ist im Himmel geschrieben.
An Emigrantenberichte ist schwer heranzukommen. Hier müßte sich irgendwo eine Tür auftun, wie bei den Bomberpiloten.
Nach meiner Schätzung habe ich jetzt 1850 Biographien. Täglich treffen noch welche ein. Ich möchte (wegen der Zahl 2000, die ich einmal genannt habe) nicht gern als Lügner dastehen. Anrührend ist es, daß mancher Einsender sich mit Haut und Haaren gibt. Andere stellen recht kleinliche Fragen. Wieder andere vermuten, daß ich mich bereichern will. Einer schrieb: Ich will das gar nicht veröffentlichen, weil ich mich nämlich nicht gerne kritisieren lasse. – Die Unordentlichen, die Unsauberen, die Niedlichen, die Pedanten. Damen verzieren ihre Manuskripte gern mit Wollfäden oder Zeichnungen. Es gibt Herren, die ihren Bericht vom Computer ausdrucken lassen. Manche Biographien riechen nach Zigarre, andere nach Puder.
Vielleicht ist diese Sammelei von Schicksalen mit dem Verwalten eines Zuchthauses zu vergleichen, oder mit einem Zoo. Ich halte die Leute zur Verfügung. Es ist auch ein wenig Selbstbeweinung dabei, «als Deutscher», schließlich Verlängerung des Lebens in die Tiefe der Zeit und über den Tod hinaus. Ich treibe die Herde über den Deich.
Der Sommerclub und das Archiv, das sind zwei gleich wichtige Ideen meines Herbstes gewesen. Oldenburg ist eher ein zweiter linker Arm, das baumelt so an mir runter.

24.4.1987

Ein interessanter Tag. Am Vormittag kam ein WDR-Team und drehte einen Bericht über das Archiv (ganze 6 Sendeminuten wurden dem Jahrhundertunternehmen zugebilligt). Bei der Gelegenheit kriegte ich heraus, daß Hagen mit der Stadt in Unterhandlung liegt, sie wollen für das Archiv eine alte Schule mieten. Metallschränke sind offensichtlich schon eingekauft worden. Erfreulicherweise läßt der Zustrom von

Biographien immer noch nicht nach, die Zahl 1806 habe ich erreicht. Wenn ich die Fotoalben dazurechne, dann bin ich längst über 2000 Positionen hinweg, wer hätte das gedacht.

Aus dem Archivverzeichnis, Nr. 1806:
«Meine Lebensgeschichte 1926–1975». 107 Seiten. Maschinenschrift.
1. Kapitel: Erinnerung
In einem kalt und dunkel wirkenden «Berliner Zimmer» steht ein etwa dreißigjähriger Mann und weint, ein kleiner 3 Jahre alter Junge steht vor ihm und fragt: «Warum weinst du, Papa?» Darauf der Mann: «Weil ich mich gestoßen habe.» Der Mann war mein Vater, der kleine Junge war ich, und es ist sowohl die erste Erinnerung aus meinem Leben überhaupt als auch die erste Erinnerung von sehr wenigen an meinen Vater.
Ich wurde am 3. Dezember 1919, vormittags um 11.00 Uhr als Sohn des Hauptmann a. D. Walter und seiner Ehefrau Helene in Berlin-Wilmersdorf geboren. Meine Eltern hatten 1917 geheiratet, als mein Vater schwerverwundet aus dem 1. Weltkrieg zurückkam und wegen seiner Verwundung vorzeitig pensioniert wurde. Die oben geschilderte Begegnung hat in der Hildegardstraße stattgefunden, und zwar im Jahre 1923.
Mein Großvater war Kaufmann in Hamburg. Er hatte damals auch schon Telefon. Da wir damals ständig Hausmädchen aus Thüringen hatten (damals noch tiefste Provinz), entsinne ich mich noch immer der Prozedur, wenn ein neues Mädchen kam und in die «Geheimnisse» des Telefons eingewiesen wurde. Sie sollten sich bemühen, nur hochdeutsch zu sprechen, sich richtig zu melden, die Zahlen richtig auszusprechen und z. B. «zwo» statt «zwei» zu sagen. Das letzte Hausmädchen, «Paula», hat später in Hamburg geheiratet, und in den 30er Jahren habe ich sie noch mal dort besucht …

26.4.1987
Ich preßte dem Tag noch zwei Archivstunden ab. Bin nun bei Nr. 1820 angelangt. Beginne jetzt mit dem Sammeln von Fluchtberichten für Anthologie.

1.5.1987

Eine Frau Schneider rief an, deren Bio ich Knaus vorgeschlagen hatte, sie nähme es mir nicht übel, daß aus der Sache nichts geworden sei! Ich sag: «Das wäre ja auch noch schöner.»
Hamelberg* brachte einen Schreibcomputer von Olivetti (ETV 260), er ist etwas störrisch, oder vielleicht bin ich auch etwas begriffsstutzig?

10.5.1987

Aus Provo kam die Konkordanz. Acht Bände! Über 7000 Seiten. Ungeheuerlich. Niemand wird sie je benutzen.

12.5.1987

Dittrich und Hagenau aus Hannover waren da, wegen meines Ms.-Archivs. Immer denke ich: Jetzt kommt es endlich in Gang, jetzt packen sie's an, und dann entweicht doch bloß warme Luft.

13.5.1987

Herr Hagenau erzählte, er sei in der Hannoverschen Universität gewesen, um sich nach Bücherwünschen zu erkundigen. Da habe man ihm gesagt: Brecht und viel DDR.
Es ist grauenhaft. Für K. interessiere sich niemand.
Die Ostpreußensachen stehen im Vordergrund.** Schlesien verblaßt dagegen. – Wie man in Rostock gelebt hat in den Nachkriegsjahren, ohne einen Schimmer gehabt zu haben von dieser Hölle!
Heute kam grünes Licht für die Bomber-Sache.*** Sehr schön. Sie gehört zum «Tadellöser», während das Ostpreußenbuch zu «Gold» gehört.
Das Ostpreußenbuch. Den Stoff einteilen in:
1. gesicherte Daten
2. allgemeine Stationen
   z. B. «Vorboten», «Bahnhof», «auf der Straße» u. a.

* Büromaschinenfirma in Rotenburg/Wümme.

** Die Idee einer Collage von Fluchtberichten aus dem Januar 1945, schon ein Vorläufer von «Echolot».

*** Ray T. Matheny: «Die Feuerreiter». Gefangen in Fliegenden Festungen. München/Hamburg 1988.

3. große Themen (eventuell mehrmals)
   z. B. Königsberg, Danzig, Pillau
4. Flucht über See
5. Ankunft und Aufnahme der Flüchtlinge im Westen
6. Die Rück- und Umkehrer

16. 5. 1987

5.40 Uhr: Suchdienst abgehört.*
«Aus Schneidemühl werden die Geschwister von Marion Malizewski gesucht. Sie sollen in der DDR leben.»
Edgar Lahnstein 1946 beim Grenzübertritt durch Russen verhaftet.
Erich Reichelt aus Flöa, keine Angaben.
«K. H. Weidemann wohnte 1957 in Frankfurt.»
Ein in Australien lebender Mensch sucht seinen Bruder in Hamburg.
Ein Georg Ehrenreich, der aus westlichem Gewahrsam in die BRD entlassen wurde, von seinem Bruder in Rumänien.
Ob das einer vernimmt?
«Kamerad, wo bist du?» – diese Suchmeldungen nach dem Ersten Weltkrieg, bis in die 30er Jahre hinein waren sie zu hören.

20. 5. 1987

Heute nach dem Mittagsschlaf hatte ich wieder mal den gleißenden Fleck im Auge, erst nach einer Stunde löste er sich allmählich auf.

30. 5. 1987

Gestern kam die Meldung über den Flieger, der auf dem Roten Platz gelandet ist. Merkwürdig die Humorlosigkeit einiger Berichterstatter und Befragten. Gerd Ruge verstieg sich sogar zu der Bemerkung, der junge Mann habe einen Vogel!

5. 6. 1987

Die ganze Woche habe ich die Berichte verfolgt über den Flieger Rust. Eine unglaubliche Geschichte.

* Suchdienst des Deutschen Roten Kreuzes, Rundfunksendung.

10.6.1987
Heute kam ein Anruf aus Oregon. Ich fahre also tatsächlich im Juli nach Amerika. Was tut man nicht alles für die Vita.

13.6.1987
Der Papst in der miefigen Wohnung von Walesa, von Kindern und Ehefrau angestarrt. Das ist so ein bißchen wie das Bild von Uhde.*
Ein Amerikaner in Mexico City, der seit 50 Jahren seine unspielbaren Klavierkompositionen in Papier stanzt, damit sie von einem automatischen Instrument gespielt werden. Es war auch einiges zu hören, sehr sonderbar, laufgeil und trommelartig. Das ist auch so ein Mensch, der seinem Affen Zucker gab, wie man es ausdrückt. Wie ich!

17.6.1987
Die Sache mit dem Roten-Platz-Flieger ist so unerhört, daß ich das immer wieder lesen möchte. Unglaublich! Sensationell. So wie der Mann, der in das Schlafzimmer der englischen Königin wanderte, noch besser, noch großartiger.

18.6.1987
Ein Ehepaar war da, er Amerikaner, sie Assistentin eines deutsch-amerikanischen Professors, der irgendeine sozio-historische Untersuchung über Ingenieure und Lehrer anstellt und kein Material finden kann. Bei mir war er, d. h. seine Assistentin, genau richtig: Das Ehepaar (der Mann ist auch ein Historiker) wühlte zwei Tage lang und kopierte allerhand. Die Sachen liegen nun, bereits fertig couvertiert, auf meinem Schreibtisch. Sobald ich die Genehmigung der Autoren habe, gehen sie ab.
Ich lese grade Tagebuchauszüge von Alfred Bock (1859–1932), einem «Erfolgsschriftsteller» aus den Zwanzigern. Fatal, diese Betriebsamkeit und Geschwätzigkeit. Ein bißchen erinnerten mich seine Aufzeichnungen an meine! – Die Aufzählung «großartiger, vortrefflicher» Schriftsteller, die niemand mehr kennt.

* Das Gemälde «Lasset die Kindlein zu mir kommen» (1884) des Malers Fritz von Uhde.

Er habe den Unterrichtsminister gebeten, ihr, einer jungen Lehrerin, mehr Urlaub zu geben. – Er berichtet von jemandem, der Marianne von Willemer noch gesehen hat, als 80jährige, sie habe strahlende Augen gehabt. C'est tout. – Er gibt von allen Autoren, die er trifft, das Alter an und teilt mit, daß sie vortrefflich aussehen. – Zeitbezüge, politischer Art, sind immer noch am interessantesten (besonders weil man weiß, wie's ausgegangen ist). Da beraten die versammelten Autoren in Darmstadt, ob ein Ehrenmal auf dem Ehrenbreitstein zu errichten sei oder nicht, 1928!

19.6.1987
Lit.: Thomas Mann: Briefe.

26.6.1987
Mit dem «Sowtschick» komme ich Schritt für Schritt weiter, die Ostpreußen-Arbeit stockt (aus Überdruß).

29.6.1987
Die unglaubliche Dummheit intelligenter Menschen: die Vulgärmarxisten mit ihrem Gleichheitsfimmel von Geburt an.

7.7.1987
Ich lese grade die «Dokumentation der Vertreibung».* Es ist ja nicht so, daß sich hier bei uns der Volkszorn ausgetobt hätte über die Behandlung der Unglücklichen durch die Russen, Polen, Jugoslawen. Schade auch, daß es nie ein Wort des Bedauerns gegeben hat von Seiten der da drüben, eine Art Niederlegung des Kranzes.

28.7.1987
Sommerclub: Die Unordnung ist phantastisch. Die Mädchen lassen alles stehen und liegen.

* Dokumentation der Vertreibung der Deutschen aus Ost-Mitteleuropa. Bd. I. 1: «Die Vertreibung der deutschen Bevölkerung aus den Gebieten östlich der Oder-Neiße». Bearb. von Theodor Schieder u. a. Hg. vom Bundesministerium für Vertriebene. Druck: Groß-Denkte/Wolfenbüttel o. J.

Gestern nacht haben sie bis 5.00 Uhr früh Hosen gegenseitig anprobiert. Auch wollten sie Fußball sehen.

14.8.1987

Titel für das Bomberbuch: «Feuerreiter» oder «Feuerzauber».

Ärger über die beiden Praktikanten. Ich bat sie, für einen Vortrag aus dem Archiv alle Biographietitel herauszusuchen, die auf Bildungsgut oder Metaphernseligkeit schließen lassen. Dies wurde nicht getan, dann nicht verstanden, dann mißverstanden und schließlich kritisiert: Was das soll. Simone ist mehr weg als hier.
Angstzustände wechseln mit Ekel ab. Was ist es, was mich beunruhigt? Der Schwebezustand, die Sache mit den Archiven, Angst, irgendwas falsch zu machen, dritte Korrektur des «Block», schrecklich, und Geldsachen! Zuviel ausgegeben. Dieses Kurshalten kostet viel Kraft.
Die Fordwerke wollen mich nach Polen schicken, Ende August.

19.8.1987

Diskussion über Heß' Tod, Hochhuth, Heym und Stürmer. Heym wie ein Irrer. Man brauche nur zu kratzen, und schon komme bei den Deutschen das Braune wieder zum Vorschein, sagte er, und das nur, weil 50 Leute in Spandau demonstriert haben. Das ist doch lächerlich. Hochhuth und Stürmer haben ihn denn auch zurechtgewiesen. Mangelnde Aufklärung der deutschen Jugend? Alle Buchläden sind voll von Büchern über die NS-Zeit, und das Fernsehen zeigt dauernd die entsprechenden Filme. (Fechner!)

25.8.1987

Langes Telefongespräch mit Bienek gestern. Ach, er hat doch soviel geschrieben, allein beim Hanser Verlag stehen mehrere Kisten, und nun kommt doch der Dr. Dittrich aus Hannover, will alles fürs Archiv haben. Was soll er machen? Ihm alles zeigen oder hinterm Berge halten? Allein das ganze Material über Schlesien, das sind ja Berge, und die Bibliothek. Geld will er nicht, was soll er damit, aber verschenken will er es auch nicht, und nun verkauft er doch sein Haus und zieht nach München in eine kleine Zweizimmerwohnung, und was soll er mit all den Briefen, das sind ja Berge, Böll zum Beispiel, den ganzen Briefwechsel hat er doch noch, und nun hat sich der Dr. Dittrich angesagt, will extra nach München kommen seinetwegen, und nun hat er schon überlegt, die Leute in Marbach wollen ja alles geschenkt, das sieht er auch nicht ein. Neulich hat er Gregor-Dellin gesehen, deshalb kommt er überhaupt darauf, der hat ja ein Karzinom im Dickdarm gehabt, öffnet ihm die Tür, nichtsahnend, und kommt ihm entgegengeschlurft, ein alter-alter Mann. Na ja, vier Wochen künstlich ernährt, das kann man sich ja denken. In Lindau neulich noch frisch und fröhlich, und nun auf einmal völ-lich kaputt! So schnell kann das gehen. Und da hat er eben gedacht, weg mit dem ganzen Kram, wo soll er denn hin damit, das sind ja Berge! Er hat doch so furchtbar viel geschrieben ... So in diesem Stil etwa eine halbe Stunde. Mir kann das nur recht sein, daß er nach Hannover geht. Die Tatsache, daß Dittrich sich um ihn jetzt bemüht, zeigt den Optimismus.

31.8.–6.9.1987
Reise nach Polen

1.9.1987, Sensburg/Masuren
Ich muß ständig an die Flüchtlinge denken. Die schmalen Allee-Chausseen, mit ihren Treckwagen. Kein Dorf hier in der Gegend, in dem die Russen nicht Leute ermordet hätten. Die ganze Gegend ist so unverwechselbar deutsch, in allen Dörfern noch die (meist ziemlich bescheidenen) Häuser von damals.

2.9.1987, Sensburg/Masuren
Während der Polentour ist mir die Idee zu einem neuen Buch* gekommen.

1. Die Rallye-Vorbereitung als einleitender, allmählich in den Hintergrund tretender Haupterzählstrang
2. Das Flüchtlingselend parallel zur Route als zweiten Erzählstrang. Allmählich zunehmend
3. Der Wunsch, das Grab des Vaters zu suchen, allmählich verstärkt

* Der spätere Roman «Mark und Bein». Eine Episode. München 1992.

4. Das KZ Stutthof und die übers Haff auf die Nehrung strömenden Flüchtlinge. Das Grab des Vaters (als Lösung)

Interessant die Gegenbewegungen: Rallye-Leute und Flüchtlinge. Grausamkeiten der Russen und Polen – Stutthof.

Simone: Habe ein zehnwöchiges Praktikum bei Walter absolviert (erfüllte damit eine Bedingung für mein Publizistikstudium). Arbeitete im Archiv – mittlerweile sind es ca. 2000 Einsendungen und 150 000 Fotos. Einfach wahnsinnig. Ich las eigentlich rund um die Uhr! In Briefen, Tagebüchern, Lebenserinnerungen. Spannend! Später erledigte ich auch die Archivpost und nahm die einzelnen Einsendungen auf. Die eingesandten Texte werden mit einer Nummer versehen, in Ordnern ordentlich abgeheftet, dann im Schlagwortregister entsprechend «verzettelt».
Ich sollte auch die Titel und Mottos zusammenstellen, die die einzelnen Verfasser gewählt bzw. ihren Arbeiten vorangestellt haben. Ergebnis: Häufig sind es Zitate aus der Bibel ...
In Kriegs- oder Krisenzeiten gibt es tatsächlich regelrechte Biographieschübe: Während über den WK I meistens Männer schreiben, sind es beim WK II häufig die Frauen, die ihre Erlebnisse zu Papier bringen.
Walter sagt, er könne manchmal nachts nicht schlafen, weil er all die im Archiv versammelten Stimmen gleichzeitig vor sich hinflüstern höre – ein nicht enden wollendes Gemurmel ...
Unheimliche Vorstellung.

9.9.1987, Nartum

Frau Breuel, die Ministerin, hat sich angesagt, sie will das Haus besichtigen für die Stiftung Niedersachsen.

10.9.1987

Honecker-Besuch in Bonn.
Wie sie ihn nun alle hofieren! Ohne Übertreibung kann man ihn doch für einen Verbrecher halten. Krüger und Ulla Hahn durften ihm die Flosse drücken. Ein Altkommunist erzählt vor dem Saarbrücker Rathaus Döntjes aus der gemeinsamen Kampfzeit, der Wind habe beim

Flugblattwerfen günstig gestanden. Er erzählte es den Reportern, als ob nun erst alles ausgestanden sei, als ob nun alle seiner Meinung sind. Dann hat es sich also doch gelohnt.
Kleine Beobachtung: Die Hose von Honecker schlecht geschneidert, beim Präsentiermarsch wollte er nicht so, wie Kohl wohl wollte.

13.9.1987
Die Polenfahrt hat mich auf eine gute Idee gebracht: Fahrt mit dem Rennsportlern kombinieren mit Fluchtbeschreibungen und Suche nach Vaters Grab.

17.9.1987
Der Ford-Mensch, für den ich den Polenbericht gemacht habe, rief mich an, meine Darstellung der Masuren sei ihm zu negativ. Da sei ja nichts Positives drin, nur deutsche Eichen, und alles, was die Polen gemacht haben, ist Mist.
Ich: «Waren Sie schon mal da?»
Er: «Ja.»
Ich: «Dann schlagen Sie mir vor, was ich schreiben soll.»
Er: «Nun, wir sind in einem Laden gewesen und haben Brot und Butter gekauft.»
Ich: «Gut, das sind drei Zeilen. Und weiter? Soll ich vielleicht die Orbis-Hotels für die Parteiprominenz und die Kapitalisten erwähnen?»
Er: «Da hab ich auch Polen gesehen.»
Ich: «Ja, Funktionäre, normale Polen können sich das nicht leisten.»
Ich soll es alles umschreiben, und das geht ja natürlich nicht. Was für ein Ereignis. Der Reklamechef der Fordwerke beugt sich dem Tabu. Mich wundert an der Sache, daß an so einer Stelle in den Ford-Werken offensichtlich ein Verherrlicher der volksdemokratischen Verhältnisse sitzt. Das ist kurios. Wahrscheinlich hat er selbst sich die Propagandafahrt nach Polen ausgedacht, eine wahre Schnapsidee. Von Lehndorff hatte er auch noch nichts gehört.

Gestern eine Frau, ja, sie stamme auch aus Masuren, und sie habe auch eine Reise dorthin gemacht, und dann habe sie den Trümmerhaufen des elterlichen Schlosses gesehen, und da sei sie richtig froh gewesen,

die Sache sei erledigt, aus, vorbei. Ob ich nicht auch meinte, daß Rostock in den letzten Jahren sehr gewonnen habe? Sie habe dort nach Flucht und so weiter Theologie studiert, das nur nebenbei … Alle Häuser frisch angestrichen und überall kleine Lokale, richtig allerliebst.
Ja, sag ich, gewonnen mag sein, gegenüber 1946, St.-Jakobi-Kirche, Stadtmauer, Marktplatz, Petritor – alles in die Luft gesprengt: das ist die andere Seite.
Selbige Dame hatte schon meinen Unwillen erregt, weil sie mich gefragt hatte, wo ich aufgewachsen bin.

18.9.1987, Limburg
Mir werfen sie jetzt vor, ich publizierte in demselben Verlag wie Leni Riefenstahl. Hoffmann und Campe gibt die Tagebücher Goebbels' heraus. Ob sie Lenz auch Vorwürfe machen?
Im übrigen: Wer heute in die ehemals deutschen Ostgebiete fährt, tut gut daran, seine Geschichtskenntnisse zu Hause zu lassen. Wer das nicht tut, wird an jeder Ecke denken müssen: Was haben wir diesem Volk angetan, was haben die Polen den unsrigen angetan. Er wird in jedem Dorf Spuren der alten Zeit suchen: dieses Haus dort stammt noch aus der deutschen Zeit, jene Allee haben «wir» noch angepflanzt.

5.10.1987
Heute kam Dr. Hagenau aus Hannover, und holte wieder ein Auto voll mit meinen Manuskripten. Er sprach von dem Gutachten Prof. Kruses aus Düsseldorf, drei Seiten, er wollte nichts weiter verraten. Immerhin so viel, daß es günstig sei. Eine Kopie des Gutachtens sei jetzt an den Wissenschaftsminister und an die Finanzministerin gegangen. Nun, das klingt alles sehr günstig. Vielleicht kaufen sie ja doch. Das Geld brauchen wir dringend.
Der neue «Block»* ist angekommen.

12.–14.10.1987
Zweite Polenreise

* «Im Block». Ein Haftbericht. Mit 32 Bildnotizen des Verfassers. München 1987.

Der Führerbunker bei Rastenburg

13. 10. 1987, bei Rastenburg
Der Hitlerbunker: 6 m Beton, 2 m Kies, 6 m Beton, damit sich die Spannungen nicht übertragen. Von Rastenburg nach Karolewo. Durch Czerniki noch durch, dann auf der linken Seite.

Hitler darin in diesem Betonbackenzahn wie ein kleines weißes Nervchen.

Das Fundament der Attentatsbaracke, alles andere natürlich weggeblasen. Sehr klein. Überreste eines Kasinos, alles aus Beton. Die Bahngeleise, auf denen der Beton herangekarrt wurde. Informationsbaracke mit Kino. Keine Devotionalien.
Bettler am Eingang und auch überall im Areal.

29. 10. 1987
Ein zweiter Teil der Matheny-Übersetzung kam.
Knaus hat zugestimmt, den Lipscher-Text schon im nächsten Herbst zu machen.

1. 11. 1987
Ich las, daß große Teile des Broch'schen Nachlasses in Yale liegen und noch nicht veröffentlicht sind. Erinnerte mich an die hochnäsige Art, mit der mein Archiv dort zurückgewiesen wurde.
Lit.: Matheny.

17. 11. 1987
Ich habe das Matheny-Manuskript noch einmal gelesen: großartig.
Das nächste Jahr wird ein «besonderes». Im Februar gebe ich «Sowtschick» ab, im Juni/Juli geht's nach Amerika, im Herbst (letzte) Riesenlesereise. Dann Kiellegung des Polenbuches, das noch auf sehr wackligen Füßen steht. Die Recherchen werden eine Menge Geld kosten.
Die Archiv-Fragen werden 1988 wohl gelöst sein.

22. 11. 1987
Ununterbrochen Arbeit an «Sowtschick». Es ist unglaublich, was das für eine Mühe kostet und was für Stoffmassen in dem Roman verschwinden.

24. 11. 1987
Allerhand Biographien gelesen. Eine gute ist dabei, sogenannte Fremdarbeiterin aus Polen. Leider wohl zu kurz für die biographische Reihe.

7. 12. 1987
Frau Dingwort-Nusseck, Präsidentin der Landeszentralbank in Hannover, erzählte, daß eine Reinemachefrau ihre gesamten persönlichen Akten, weil sie auf dem Fußboden lagen, Tagebücher, Briefe, in den Reißwolf gegeben habe.
Einstein hat immer alles weggeschmissen – demgegenüber kommt mir meine Aufbewahrerei recht kleinlich vor.

11. 12. 1987
Ein Herr Horn brachte zwei Kisten mit dem Nachlaß einer unbekannten Schriftstellerin.

23. 12. 1987
Immer noch Post machen, es ist zum Kotzen. Folgende Aktivitäten sind ständig im Auge zu behalten:

1. «Sowtschick»
2. Westermann-Vorwort
3. Masurenbuch
4. Dorfbuch (als Alternative)
5. Post
6. Bau (Innenhof)
7. Amerikavorbereitung
8. Filmvorbereitung
9. Hannover-Archiv
10. Hagen-Archiv
11. Hausverkauf
12. Schwiegermutterprobleme
13. Oldenburg-Vorlesungen
14. Sommerclub
15. Sommerseminar
16. nächste Bio-Veröffentlichung

1988

5. 1. 1988
Lit.: Kantorowicz, Tagebuch.

Simone: Walter hat mich gefragt, ob ich die Redaktion für die Morgenstern-Anthologie* übernehmen will (Piper-Verlag). Ich sagte sofort zu. Morgenstern kenne ich seit meinem ersten Sommerclub im Kreienhoop. Nachts rezitierten wir die «Galgenlieder» rauf und runter. Und bei «Sophie, mein Henkersmädel, komm küsse mir den Schädel» gruselten wir uns alle ganz nah aneinander ...
Ich soll mich um die Autoren kümmern und die Abwicklung mit dem Verlag machen. «Freust du dich?» fragte Walter. – Und wie!

17. 2. 1988
Guntram Vesper sprach heute am Telefon von meinem Buch. Ob ich wisse, daß ich flach liege mit meinem Buch, flach auf dem Boden? Die Leute würden Sowtschicks Einfältigkeit auf mich beziehen. Manches sei zu sehr Karikatur. Außerdem fehlten jede Menge Kommas.
Im Archiv jetzt 2100 Biographien.

Aus dem Archivverzeichnis, Nr. 2100:
«Lagerzeit». Erinnerungsbericht einer Frau an die Kinderlandverschikkung, 137 Seiten, Maschinenschrift:
«Für mich damals Acht- bis Zehnjährige war es während des Krieges ein Glück, daß mein Vater zu den Lehrern gehörte, die auf Anordnung des Führers mit ihren Schülern in nicht bombengefährdete Gebiete

* «Ein Knie geht einsam durch die Welt». Mein liebstes Morgenstern-Gedicht. München/Zürich 1989.

des Reiches geschickt wurden. ‹Die Lehrkräfte der Heimatschulen werden zu einem erheblichen Teil bei der Unterbringungsaktion mit eingesetzt und sorgen für eine Aufnahme des Schulunterrichts in ausreichendem Maße in dem Unterbringungsort›, heißt es in der Anordnung, und diese Lehrer durften ihre Familien mitnehmen.»

29.2.1988
Soeben «Sowtschick» beendet. – Am Abend dann jubelnde Abschlußfete für «Sowtschick»: Zuerst wartete ich, dann verbrachte ich den Abend allein, trank einen Rum auf einem Stück Schokolade.

4.3.1988
«Sowtschick»-Korrekturen. Nebenher Archivarbeit.

7.3.1988
Die ganze Nacht wegen meines Ms.-Archivs überlegt, ob ich es in Hannover lasse oder nach Oldenburg gebe.

17.3.1988
Kiellegung des «Dorfromans». Stimmung ist diesmal sehr wichtig: nachdenklich, traurig. Gliederung im groben festgelegt.
Lit.: II. WK, Churchill, Colville. – Auch allerhand über Norwegen.

30.3.1988
Lit.: John Colville, Downing Street-Tagebücher. Wirkt so, als ob da alles mögliche rausgestrichen ist.

5.4.1988
25. Literaturseminar, 53 Teilnehmer.

13.4.1988
Im «Spiegel», daß die Satellitendaten, die seit Jahren ständig auf die Erde gefunkt werden, in irgendwelchen Kellern unauffindbar verrotten. Kein Mensch wertet das aus.
An der Vervielfältigung des alphabetischen Archivverzeichnisses gearbeitet. Das wird später in einen Computer einzuspeisen sein, wegen

der Ergänzungen. Ich muß den Leuten mein Archiv aufbereiten, sonst geht's mir damit wie den Satellitendaten.

19. 4. 1988
Hamelberg brachte einen neuen Computer, einen Olivetti M 200, mit dem ich mich heute den ganzen Nachmittag beschäftigt habe.

25. 4. 1988
Ununterbrochenes Arbeiten. Morgens an «Sozusagen Sowtschick»*, nachmittags am Computer, der mir manchmal, wenn ich irgendwo drankomme, sonderbare Reisen ins Nichts beschert.

5. 5. 1988
Arbeit am Computer sehr komisch.

10. 5. 1988
Heute nachmittag kam Leseexemplar von den «Hundstagen». Bin ganz versöhnt, sieht gut aus. Rief den Verleger an, um Knaus Genugtuung zu geben, was ihn erfreute.
Seit Tagen gebe ich Material in den Computer für das Masurenbuch.

15. 5. 1988
Völlig erschöpft von der Schufterei. Seit Tagen beschäftige ich mich nur mit dem Computer.

17. 5. 1988
Den ganzen Tag am Computer gesessen.

22. 5. 1988
Ich saß den ganzen Tag vorm Bildschirm.

20. 6.–27. 7. 1988
Amerikareise

* Das spätere «Hundstage».

10.7.1988, Portland (Oregon)
Habe hier an einem Macintosh-Computer zu arbeiten versucht, sehr viel unpraktischer als mein Olivetti.

17.7.1988, Portland
Prof. B. über das Kriegsende: «Am unangenehmsten war die Zeit davor, die ewigen Luftangriffe und der Artilleriebeschuß. Ich war bei meiner Großmutter, das Haus lag etwas abseits, da hatten wir sogar Hühner, die brauchte man zum Überleben. Das war in dem Mosel-Bogen, der wurde da noch sehr verteidigt. Schließlich stießen die Amerikaner durch, und dann brach der Widerstand auch sofort zusammen. Und da kamen dann zitternd und bebend zwei amerikanische Soldaten da an, bei meiner Großmutter, die waren wohl ausgeschickt worden links und rechts, um zu sehen, ob da noch deutsche Soldaten waren, das hätt ich auch nicht gern gemacht! Die zitterten am ganzen Leibe, Maschinenpistole hatten sie, und meine Großmutter, die hatte Abitur gemacht, konnte etwas Englisch, und die sagte zu ihnen: ‹Good evening!› Die reagierten aber gar nicht darauf – anstatt froh zu sein, daß ihnen da was Bekanntes entgegenschlägt –, sondern sagten da immer was von Festung, ob da 'ne Festung wär. Meine Großmutter sagte, nein, hier ist keine Festung, hier bin ich und der Junge, sonst ist hier nichts. Und da schossen die mit ihren schweren Dingern in die Luft, und die Spannung löste sich. Das brauchten die wohl, um sich Luft zu machen. – Später sah ich dann, wie die Amerikaner zehn, zwölf Deutsche zusammentrieben, die hatten sie gefangengenommen, Waffen weg und so weiter, und den[en] nahmen sie die Armbanduhren weg. Das fand ich, als 10jähriger Junge, nicht ganz in Ordnung. Eine Armbanduhr ist doch etwas Persönliches, das kann man doch nicht einfach wegnehmen.»

22.7.1988, Portland
Wundervolle Tage; sehr warm. Ich arbeite an meinem Tagebuch 1983*, allmählich rundet sich die Sache.
Vorgestern machten wir einen kurzen Ausflug in die Antiquitäten-

* Das spätere «Sirius». Eine Art Tagebuch. München 1990.

läden der Gegend. Hildegard kaufte allerhand Schmuck. Ich fand einige Fotos, die 10 Dollar das Stück kosten sollten.
Ich: Ich möchte aber alle haben.
Da sagt er: Gut, 20 Dollar, und schob mir den Karton rüber. War wohl froh, sie los zu sein.

25.7.1988, Portland
Material in Antiquariaten herausgesucht, leider in fliegender Eile, da man vor der Tür auf mich wartete.

8.8.1988, Nartum
Gestern hörte ich mir den Ausschnitt der Hitlerrede an, in der er davon spricht, daß er Stalingrad nicht mit einer Armee, sondern mit Stoßtrupps nehmen will.
Ich habe errechnet, daß das von mir geplante Tagebuchvorhaben etwa 5000 Seiten umfassen müßte, also gar nicht zu realisieren ist. Allein die Korrekturvorgänge würden unlösbare Probleme aufwerfen.

9.8.1988
In dem neuen Computer haben sich leider die Masureneingaben verflüchtigt. Ich kann mir das überhaupt nicht erklären. Da ich sie nicht ausgedruckt habe, ist zwei Monate Arbeit vergebens gewesen. Heute kommt Thieß von der Fa. Hamelberg, vielleicht findet er ja doch noch etwas?

13.8.1988
Zweifel, ob Tagebucharbeit Sinn hat. Die Erinnerung zu bemühen, hat eigentlich nur Zweck, wenn sich daraus etwas Konstruktives ergibt.

17.8.1988
163 000 vermißte deutsche Soldaten noch im Osten.

28.8.1988

Dialoge*

1. 1943 + 1983	Stalingrad
2. 1944 + 1984	Luftangriffe
3. 1945 + 1985	Kriegsende
4. 1946 + 1986	Hamstern, Gefangenschaft
5. 1947 + 1987	Zonensachen
6. 1948 + 1988	Gefängnis

Mit dem Computer geht's jetzt sehr flink. Ohne ihn wäre das Projekt nicht zu realisieren.

17.9.1988

Ganzen Tag Computer. Die Ehlers, Backfischsache. Eingefädelt in den Jahrgang 1944. Es laufen jetzt parallel mein Tagebuch 1983–1988 und die Biographie-Tagebücher 1943-1948.
Genug zu tun für die nächsten Jahre.
Dierks meint: Biographien, das sei für Germanisten ganz uninteressant. Nun – ich weiß, daß ich wie die Grimms weitersammeln werde, ob's bei den Germanisten «in» ist oder nicht.

> ***Simone:*** Walter schrieb, ich solle jetzt doch kein Ms. von der Morgenstern-Anthologie anfertigen:
> «Ein Manuskript können sie dann im Verlag herstellen, die sollen froh sein, daß wir ihnen alles so mundgerecht servieren.» Er sei nachts wach geworden von dem Gedanken, daß ich das alles abtippe.

2.10.1988

Angst, daß der neue Olivetti-Kauf eine Fehlsache war.

* Plan eines Tagebuchprojekts, das von 1943 bis 1948 reichen und parallel durch das eigene Tagebuch 40 Jahre später ergänzt werden sollte. Die Idee wurde zehn Jahre danach bei Versuchen für ein multimediales kollektives Tagebuch, genannt «Ortslinien», wiederaufgenommen.

9. 10. 1988, München
Lesereise. Im Hotel, an Husten laborierend und Kehlkopfreizung.
Tagebuch 80 abschließen, Band 83 als Probeband*
Biographien
Chronik
Tagebuch und Lexikon**
Echolot, ein kollektives Tagebuch***

12. 10. 1988, Engen bei Radolfzell
1989 Echolot (daran arbeiten)
1990 Beginn mit der Masurensache?
Eventuell kann dies, wenn sich die Arbeit am Echolot eingespielt hat, parallel dazu geschehen.

Taxifahrer:****
1947 bin ich geflohen, ich wollte nach Deutschland. Quer durch ganz Polen bin ich gelaufen bis an die Oder. Und da habe ich mir meine Sachen als Bündel auf den Kopf gehalten und bin rübergeschwommen. Drüben war dann Morast, da bin ich bis zur Hüfte eingesackt, und dann mußte ich noch mal durch einen toten Arm der Oder schwimmen, und drüben waren dann Kinder, die deutsch sprachen. Ich meldete mich bei der Volkspolizei, die haben mich verhört und haben mich an den Russen ausgeliefert, und die Russen haben mich dann wieder nach Polen geschickt. Und da wurde ich zu zwei Jahren Gefängnis verurteilt. 1949 bin ich dann entlassen worden.

19. 10. 1988, im Zug nach Nürnberg

Echolot Ein kollektives Tagebuch 1943–1948

* Das spätere «Sirius».
** Entwurf einer Autobiographie in Form eines Lexikons.
*** Erste Erwähnung des Titels.
**** Befragungen eines Zeitzeugen während der Taxifahrt.

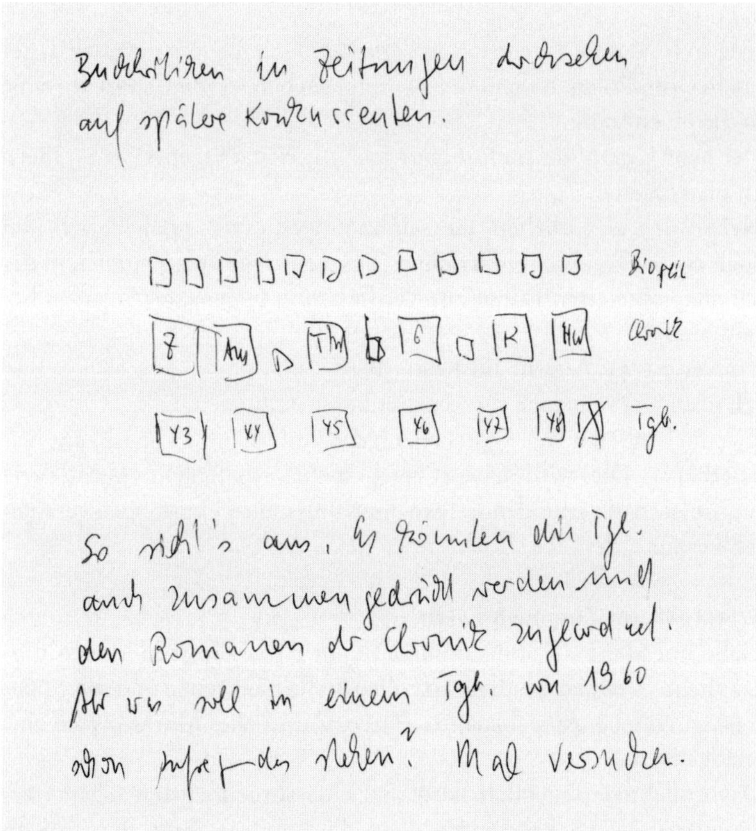

22. 10. 1988, im Zug nach Freiburg

Als ich sagte, ich sammelte Aufzeichnungen über Ostpreußen, sagte eine Dame: «Meine Kusine war damals drei Jahre alt und mein Vetter fünf. Die haben sie neben den erschossenen Eltern gefunden.»

Beim Durchsehen der Biographien kommt mir mein «Blick» zugute. Auswahl in Sekundenschnelle und stets das Gefühl, das Richtige zu tun. Und immer den Tränen nahe.

2.11.1988

Jede freie Minute arbeite ich an dem Tagebuch. Es müssen noch Tagebücher von Polen, Italienern usw. aufgetrieben werden, sonst wird die Sache zu einseitig.

Der neue Computer funktioniert sehr gut. Seine Eigenart ist es, Ideen zu provozieren.

Neben den eigentlichen Tageseintragungen (17.2.44) habe ich nun auch ein Sachregister eingerichtet (Lex 44) sowie eine Zeittafel, in der ich alle gesicherten Daten zur Verifizierung ungenauer Angaben bereithalte.

27. August '44: Angriff auf Königsberg.

Ich plündere nun auch die Masurenbereitstellungen.*

Zweifel bleiben weiter bestehen, ob das Unternehmen überhaupt realisierbar ist. Dies wird sich erst herausstellen, wenn mehr «Masse» verfügbar ist. Auf verbindende Texte muß unter allen Umständen verzichtet werden.

8.11.1988, im Zug nach Essen

Habe mir allerhand mitgenommen zum Arbeiten. Jede Menge Biographien, in denen ich die wertvollen Stellen ankreuze und mit Stichworten versehe. Ausschlachten, retten. Oft ist alles Murks bis auf eine einzige Seite.

Das kollektive Tagebuch wird die widersprüchlichsten Charaktere vereinigen. Den bekehrten SS-Mann, die Antinazi-Tante, die gar nicht weiß, daß sie «faschistisch» ist. Merkwürdig der geigespielende BASF-Funktionär in Oslo, die Krankenschwester, der es gelang, aus Heiligenbeil zu flüchten, die dann nach 6 Wochen (!) nochmal rüberfuhr, um zu sehen, wie's dort zugeht. Alles sehr merkwürdig. Vielleicht ist diese Sache absolut unverkäuflich. Man muß die Arbeit trotzdem tun. Befriedigend, so große Stoffmassen in den Griff zu kriegen. Das sind meine «Wanderungen».*

* Gemeint sind die unter dem 13.5.1987 erwähnten thematischen Sammlungen.

10. 11. 1988, nach Köln

Ich lese grade das Tagebuch eines Münchners von 45/46, der seine Kinogänge (täglich) referiert, und was in der Zeitung steht, im Radio gespielt wird. Als durchgehender Strang für das neue Vorhaben sehr geeignet. Gleich auf den ersten Seiten teilt er emotionslos mit, daß man ihn (aus Pg-Gründen) entlassen hat.

3. 12. 1988

Für das kollektive Tagebuch trage ich jetzt das Rohmaterial zusammen, das ich dann wie einen Berg Ton bearbeiten muß.
Im Moment entziffere ich Briefe, die eine Flüchtlingsfrau 1946 aus Jütland nach Sachsen geschrieben hat. Ihr Mann saß noch bis in die 50er Jahre in Polen, die Ausreise wurde ihm verweigert.

24. 12. 1988

Ein wahnsinniges Jahr geht zu Ende. Das Frühjahr war zerrissen, im Sommer Amerika (Taos) und dann die riesige Idiotentour (Lesetour). «Hundstage» abgeliefert, «Echolot» begonnen und schon ziemlich weit vorgetrieben. Jetzt kommt das Erinnerungsjahr.**

* Anspielung auf Theodor Fontanes «Wanderungen durch die Mark Brandenburg».

** Erinnerungsjahr – bezieht sich auf den 50. Jahrestag des Kriegsausbruchs.

1989

7. 1. 1989
Das neue Buch (M/B)* entfaltet sich wie ein Fächer. Es ist spannend und angstmachend zugleich.

27. 1. 1989
Hauptarbeit das «Echolot». Die Sache rundet sich. Ohne «offizielle», also bereits veröffentlichte Texte werde ich nicht auskommen. Den publizierten KZ-Zeugnissen stelle ich die anonymen Zeugnisse aus dem Archiv gegenüber, das Raunen. «Das Raunen» wäre auch ein guter Titel. Es wird in 5 Teile gegliedert:

1. Talfahrt 1943/44
Stalingrad · Militärisches · KZ · Bomben · Invasion · Die Weiße Rose · 20. Juli
Allerhand gerettete Idyllen
Jugendzeit · Urlaub

2. Chaos 1945/1
Flucht · Bomben

3. Chaos 1945/2
Besinnung, man findet sich wieder

4. Leiden/Aufstieg/Buße 1946/47
Hunger · Gefangenschaft

5. Plateau 1948
Währungsreform · Blockade · Schluß: Gründung der beiden Republiken

* «Mark und Bein».

Zentrum des «Echolot» muß sein das Jahr 1945, der Schlund des Trichters, auf den alles zudringt!

8.2.1989
Heute war Simone Neteler da, die mich sehr entlastete, weil sie «Echolot»-Texte eingab. Ich konnte mich, obwohl «hinfällig», den Fotoalben zuwenden, von denen ich ganze Seiten für das «Echolot» heraussuche.

Süßer Friede, komm,
ach komm, in meine Brust.

Das «Echolot» wächst sich zu einem gigantischen Monstrum aus. Es hat nur Aussicht auf Erfolg, wenn es gestützt wird durch allerhand Nebenunternehmungen: Lesungen, Hörspiele, Vorabdrucke. Seine Wirkung wird in der Ausführlichkeit liegen.
Heute szenische Lesung für Göttingen erwogen.

11.2.1989
Mit «Echolot» weiter. – Unter dem Titel «Sommertage» werde ich ein Hörspiel über 6. Juni bis 20. Juli 1944 abspalten. Habe schon mit Buggert gesprochen.

26.2.1989
Semesterferien im Friedensjahr. Von der Ruhe, die wir uns erhofften, kann keine Rede sein. Fast jeden Tag ist was anderes, auch das Kommen und Gehen der Hilfskräfte «nervt».
Unter ständigen Leibschmerzen arbeite ich am «Echolot». Habe mich nun entschlossen, auch bereits erschienene Biographien einzuarbeiten, auf KZs bezogene, dann Himmler-Briefe, Morell*-Eintragungen. Dazu eine Zeitleiste. Dieses Gerüst, zu dem auch die «Meldungen aus dem Reich»** gehören, beschäftigt mich im Augenblick. Dann geht's mit den Biographien und Tagebüchern weiter.

* Dr. Theodor Morell, Leibarzt von Adolf Hitler.
** «Meldungen aus dem Reich 1938–1945». Die geheimen Lageberichte des Sicherheitsdienstes der SS. Hg. von Heinz Boberach. 17 Bde. Herrsching 1984.

Kolbe will die Bio-Reihe einstellen, anstatt mit aller Kraft in die Offensive zu gehen. Für das «Echolot» setzt er sich immerhin ein, und er bezahlt auch was.

> ***Simone:*** Walter teilt mit, daß Kolbe das «Echolot» voll genehmigt und ihm auch Geld für zwei Helfer zugesagt hat. «Das bedeutet also, daß sich deine Einnahmen, falls du schön fleißig bist, um 400,– DM pro Monat erhöhen. Sei so nett und laß dich bald wieder sehen.» – Das ist einfach wunderbar! Denn jetzt brauche ich neben meinem Studium endlich keine Schuhkartons mehr von links nach rechts stapeln, um mir ein paar Kröten dazuzuverdienen.

10. 3. 1989

Krank, Leibschneiden. Liege im Bett und dämmere vor mich hin.
Kolbe hat abgedankt, nach acht Monaten.
Paeschke* ist an seine Stelle getreten. Das ist der 5. Verlagsleiter innerhalb von zwei Jahren. Paeschke ist doch kein Mann, der von Literatur eine Ahnung hat!
«Echolot» macht gute Fortschritte. Wenn ich was Schönes gefunden habe im Archiv, irgendein tolles Tagebuch oder einen Brief, laufe ich herum und reibe mir die Hände. Lustgewinn durch Sammeln.

12. 3. 1989

«Echolot», ein Faß ohne Boden, aber sehr interessant zu lesen. Gestern erste Proben. Einen Sinn fürs Tickhafte haben. Man liest übrigens das Datum nicht mit. Die Fotos sind sehr nötig. Sie vermenschlichen alles.

13. 3. 1989

«Echolot», die Sache rundet sich.
Heute den Herrn Mrongovius** eingegeben, der Gott dankt für das Wunder der Errettung Hitlers vom Attentat. Er schreibt dazu: «Damals sah ich es so.»

* Olaf Paeschke, Bereichsleiter Verlagsgruppe Bertelsmann.
** Mrongovius, Arthur 1905–1992. Hauptmann; Anfang 1945 im deutschen Ver-

Ich sagte zu Paeschke: «Sie sind der fünfte Verleger in zwei Jahren.» Da sagte er: «Ich bin immer der erste.»

27. 3. 1989
Ostermontag.
Gestern und heute zwei phantastische Arbeitstage. Morgen auch noch, so Gott will.
Zweifel, ob Arbeitskraft ausreicht fürs «Echolot». Als ob ich mit Gießkanne ein Schwimmbad fülle. Im Augenblick geben wir die Tagebücher von Mrongovius ein. – Ostvölkersachen. Ein Geschenk des Himmels, und diese Tagebücher haben unbeachtet zwei Jahre in meinem Archiv gestanden! Interessant im Inhalt und erstklassig geschrieben. Ich schrieb ihm, lobte ihn und bat um ein Foto.

28. 3. 1989
Vielleicht habe ich mich mit dem «Echolot» doch übernommen? Acht Mio. Bites habe ich bereits eingegeben. Das bedeutet, daß ich etwa 30 000 Bites pro Tag eingebe! Das sind ziemlich exakt zehn Schreibmaschinenseiten täglich. Sagenhaft.

29. 3. 1989
Den ganzen Tag am «Echolot». Die Erinnerungen von Janine Lucasse, eine Französin, die in Rostock 1942 wegen Plünderns zum Tode verurteilt wurde und durch die Anstaltsleiterin gerettet wird. Ich dachte, die wären viel umfangreicher.
Schöne Sonne, saß ein Stündchen draußen.

30. 3. 1989
Wieder ein Tag rum, dem Tode näher. Diesmal brauche ich mich nicht zu schämen. Herrliche Ruhe, kein Telefon, keine Störungen. Ich beschäftigte mich mit der Biographie einer «Halbjüdin», Wien. Ganz interessanter Einstieg, sie kommt in den ersten Januartagen '43 nach Wien.

bindungsstab der Wlassow-Armee, geriet an der Moldau in amerikanische Kriegsgefangenschaft und wurde Ende Mai an die sowjetischen Truppen ausgeliefert, kehrte Ende 1955 aus der Sowjetunion zurück.

Leider muß die ganze Kindheit wegbleiben, weil sie außer der Zeit ist. Vielleicht in einem Sammelband später mal. «Kindheiten».
Ich telefonierte mit ihr.
Die Sache kommt in Gang. Es ist immer noch zu wenig da, um eine Aussage über die Endwirkung zu machen.
Wir brauchen noch ein paar richtige Nazis.

1.4.1989
Arbeit an dem «Echolot» (ich verspreche mich dauernd, sag immer «Episkop»). Frau K., die «Halbjüdin», bis ins Jahr '44 durchgezogen. Sehr wertvoll für das Ganze. Wunderbar, daß sie ihre Biographie bis in die Nachkriegszeit verlängert hat.
Habe jetzt so reiche Tagebuchbestände, daß ich aus dem vollen wirtschaften kann. Herzzerreißendes. Konzentriere mich auf 1943/44. Werde mir auch mal einen Bomberpiloten vornehmen. Auf englisch abdrucken! – Da muß auch irgendwo noch eine weitere Französin stecken.

4.4.1989
Schöner Erfolg gestern in Hamburg, «Literalia» nannte sich das Unternehmen, ich hatte ziemlich Bammel davor, sollte über meinen «Anfang» sprechen.
Vorher bei Eckart Kleßmann*. – Wir verabredeten eine längere Sitzung für das «Echolot». Er kann ja so gut erzählen.
Es wird schwierig werden, für das «Echolot» die rechte Balance zu finden. Am besten stückweise vornehmen. Heute hab ich errechnet, daß pro Jahr mindestens 1800 Eintragungen zu erwarten sind. Das sind sicher 1000 Seiten. Wie soll ich die unter Kontrolle bringen? Ich mach erst mal weiter.
Es häufen sich seelsorgerliche Gespräche mit Einsendern. Was haben diese Menschen die ganze Zeit über gemacht? Jetzt drängt ihr Schicksal ans Licht der Sonne.

* Schriftsteller.

Simone: Die Morgenstern-Anthologie nimmt konkrete Formen an – ich habe auch selbst einen Beitrag verfaßt über den «Sündfloh». Walter will mir den kleinen Olivetti nach Münster mitgeben, damit ich hier vor Ort Texte für das «Echolot» eingeben kann. Ich habe die Ärmel schon hochgekrempelt, meinetwegen kann die Arbeit gleich losgehen.

5.4.1989
Den ganzen Tag am «Echolot». Starke Zweifel, ob die Arbeit überhaupt zu schaffen ist.

8.4.1989
«Echolot» – – – unheimlich der Umfang, angstmachend.

12.4.1989
Das Tagebuch der Sophia kam, es ist die vierte Biographie aus unserm Archiv. Nicht sehr beeindruckend, leider Orthographie geändert. Der Charme des Buches ist futsch.*

21.4.1989
Arbeit am «Echolot», amerikanische Berichte ganz snobistisch auf englisch eingegeben. Gibt Farbe. – Langer Bericht einer einfachen Frau über Dresden. – Alles rasend interessant.

26.4.1989
Heute abend war Walter Hirche hier, der Wirtschaftsminister, brachte ein Straßenschild: «Augustenstraße 18», leider mit falscher Hausnummer. Wir wohnten in Nr. 90, nicht Nr. 18.
Er ist in einem deutsch-polnischen Verein, vielleicht gelingt es, auf diesem Wege ein polnisches Tagebuch zu erwerben. Das fehlt uns noch.
«Echolot» macht gute Fortschritte, aber sichtbar sind sie nicht. Gestern und vorgestern hatte ich einen Schwächezustand, konnte nicht

* «Im Träumen war ich immer wach». Das Leben des Dienstmädchens Sophia, von ihr selbst erzählt. Hg. von Gunilla-Friederike Budde. Bonn 1989.

arbeiten, saß nur herum. Heute fing ich wieder an, wurde aber dauernd durchs Telefon gestört. Alles nette Leute, aber leider nervend.

30.4.1989
Man muß nur alt genug werden.
Die Geburtstagsfeierlichkeiten in Lübeck gerieten vielleicht etwas zu kolossal. Mir hat's trotzdem wohlgetan, mit Heiterkeit durchstand ich es. Am 28. die Lesung in Hamburg. Robert war auch da! Sehr gut besucht, die Veranstalter waren hinterher verschwunden, sehr sonderbar. Dafür mit Paeschke und Familie im alten Rathaus sehr schön gegessen und die Geschäfte besprochen:
Vorschuß «M/B»
Vorschuß «Echo»
2 Schreibhilfen zusätzlich
1 Computer

2.5.1989
Völlig abgewirtschaftet. Matt und kraftlos und auch ohne Mut, mich der Probleme anzunehmen. Überall in der Wohnung Posthaufen, das «Echolot», der «Sirius», «Mark und Bein». Es ist alles zuviel. Warum mache ich das? Ich werde getrieben.

4.5.1989
Traum: Im Keller einer Universität wird uns der hier verborgen liegende Ansatz eines großen, mit dicken Terrakotta-Wülsten verzierten Tunnels gezeigt. Hier sind die Schmuckwülste noch wie neu, nicht von Autoabgasen angegriffen.
Zwei Eindrücke kombinieren sich zu diesem Traum. Im «Spiegel» sah ich ein Foto von einer Straße, an deren Ende die riesigen Ständer einer Brücke stehen, im TV brachten sie einen Bericht über Stukkaturen allerfeinster Art, an einer Wand, die gerade freigelegt werden. (Der Restaurator!*)

* Erster Romanversuch, unpubliziert.

1. dick auftragen
2. das verborgene Riesenwerk
3. Brücke – Tunnel – Schloß
4. Das Restaurieren

Alles auf «Echolot» bezogen.
Ein herrlicher, goldener Frühlingstag. Ich arbeitete, nach zwei Tagen der Schlaffheit, wieder mal wie ein Verrückter.

11.5.1989
Arbeit am «Episkop» geht munter weiter. Der Apparat ist sehr robust. Aber, so schnell er auch arbeitet, das Warten beim «Sichern» dauert doch recht lange. Nun verstehe ich auch, weshalb Keele so ungern aus dem Programm rausging.
Viel Zeit geht verloren mit dem Anfertigen von Verzeichnissen, «Lex» genannt. Die sind aber nötig, sonst kenne ich mich nicht aus. Da die große Speicherplatte inzwischen zur Hälfte belegt ist, beginne ich nun mit dem Abspeichern auf Disketten. Die «Sowtschick»-Tagebücher* eignen sich dazu. Später werde ich die einzelnen Jahre auch auf Disketten abgeben müssen. Ein virtuoses Arbeiten.
Mrongovius kriegt wegen einiger radikaler Äußerungen in seinen Tagebüchern nun doch Bedenken. Er denke heute ganz anders, sagt er, und ob ich da nicht eine Bemerkung machen kann. Dies wird geschehen.
Die Decke des Stoffes ist immer noch zu dünn, um etwas auszusagen über die endgültige Form des Ganzen. Ich denke, daß ich mit den Fotos noch allerhand machen kann. In Oldenburg gibt es ein Spezialgeschäft, das großartige Verkleinerungen und Vergrößerungen vornimmt. Ein Foto der «Gustloff», völlig uninteressant, konnte durch partielles Vergrößern ins Bedrohliche gesteigert werden. Die ID-Fotos** müssen sehr verkleinert werden, fast wie Pünktchen, daß sie den Text nicht dominieren. Rolf Dieter Brinkman geht mit seinen Collagen zu weit. Ich denke, ich werde einige wenige Kontraste anbieten, das «Gust

* Tagebuch des Jahres 1983, später «Sirius».
** Kleines Porträtfoto der Autoren zu Beginn ihres Textes.

loff»-Foto z.B., aber auch, vielleicht, Hitler-Darsteller Degen* als Hitler: Dadurch kann der Hitler-in-uns zitiert werden. – Fremdsprachige Texte, englische und französische zum mindesten, sollten fremdsprachig bleiben, nicht aus Snobismus, sondern weil dadurch auf den ersten Blick deutlich würde, daß das auch die Fremden angeht.

«Es ist dem Verfasser zu danken, daß er dem Abdruck seiner Tagebücher zustimmte, obwohl er sich von den damaligen idealistischen Notaten inzwischen distanziert.»

Alle diese Zeugen haben es darauf angelegt, vorteilhaft auszusehen, wenn sie durch das Tor der Geschichte schreiten. Das ist ja verständlich.

13. 5. 1989, Pfingstsonnabend
Als Kopfleiste im Nachkriegsteil eventuell: Die jeweilige Entdeckung von Naziverbrechen? Überhaupt Naziaussagen, Tribunal? Aus Zeitungen.

14. 5. 1989, Pfingstsonntag
Sie werden mich wieder als Sammler bezeichnen.
Das Besondere und Neue am «Echolot» ist, daß ich auch nationale Schöngeister und sogar kleine Nazis zu Wort kommen lassen kann.
Die originelle Unterschätzung meiner «Chronik».
Ein Volksschriftsteller zu sein, hat was Tragisches an sich.

15. 5. 1989
Ich arbeitete wie rasend den ganzen Tag. Heute an allen drei Projekten gleichzeitig:
«Sirius»: bis einschließlich Mai korrigiert
«Echolot»: englische Texte gelesen
«M/B»: 1. Kapitel korrigiert und erweitert, jetzt 24 Seiten; 2. Kapitel auf vier Seiten.

* Michael Degen.

16.5.1989
Am «Echolot» und «M+B». (29 Seiten!)
In der Nacht Hitchcocks «Frenzy», zum fünften Mal, ein herrlicher Film. Die Sache mit den Weintrauben, die er zermatscht.
Allerhand Französisches gelesen.

25.5.1989
Unsere amerikanische Studentin, Kimberley, die seit 14 Tagen hier ist, schreibt mir die englischen Texte in den Computer, sehr fix, ich würde Wochen dazu brauchen. Außerdem hört sie meine «Sowtschick»-Tonbänder, als Deutschstudium.
Gute Ami-Texte kamen aus Provo. Ich lasse sie auf Englisch. Französisch geht nicht. Ist zu weit weg für deutsche Leser.

M+B: 32 Seiten. Ich arbeite gleichzeitig an einer kommentierten, amplifizierten Fassung.

Dann kam der Computermann und brachte das Taschengerät.* Auf den ersten Blick sehr einfach. Das Gerät habe die Firma «nachgeschoben», Olivetti also.
Wir knobelten auch noch andere Tricks auf der großen Maschine aus. Sehr praktische Spaltensache, die für meine Arbeit an Ma/2** gut zu gebrauchen ist. Der kommentierte Roman. Das Wunder Gottes. Was alles so dahintersteckt.

> ***Simone:*** Walter rief wütend an: Der Piper-Verlag hat sich für einen anderen Titel entschieden: Nix «Kräuterschaum» – statt dessen «Ein Knie geht einsam durch die Welt». Ich finde den neuen Titel auch nicht schlecht, aber Walter geht es wahrscheinlich auch und vor allem um die Art und Weise: Einfach entscheiden, ohne ihn zu fragen oder vorab zu informieren. Das ist ja auch nicht die feine Münchner'sche Art …

* Laptop.
** «Mark und Bein», kommentierte Fassung.

28. 5. 1989
Es ist unverändert warm, ich kämpfe mit der mir aufgehalsten Arbeitslast. Es ist entschieden zuviel. Bin schon fast in Panik. Immerhin, vom Roman steht der Anfang bis ins 3. Kapitel, vom «Echolot» ist auch schon der Grund bedeckt, das «Sowtschick»-Tagebuch-Vorhaben «Sirius» entwickelt sich, aber alles andere bleibt liegen. Getrost sein, daß alles so reich auf mich herabkommt.

1. 6. 1989
Ständig Schwierigkeiten mit dem Drucker, vorgestern und gestern verschwanden zwei Texte, weil der Drucker nicht funktionierte und ich noch nicht gespeichert hatte. Bin ganz außer mir. Der Drucker kommt mir jetzt schon vor wie eine Maschine aus dem vorigen Jahrhundert.
Leibschneiden.
Das Bundesarchiv in Koblenz schickte das Material für die Goebbels-Sache schon vorgestern.* Das nenne ich flott! Habe mich sofort darüber gemacht.

2. 6. 1989
Eigenartig dies abwechselnde Arbeiten an den verschiedenen Projekten. Gestern saß ich ganz intensiv am Roman, vorgestern habe ich mich mit dem «Sirius» beschäftigt, heute übertrug ich die englischen Texte vom «Sammelbahnhof» auf die jeweiligen Tage im «Echolot». Auch die Presseanweisungen von Goebbels haben mich zwischendurch beschäftigt. Es ist ein ständiges Hinübergleiten.

> ***Simone:*** Heute nachmittag in Nartum. Walter war guter Dinge. Er hat das Vorwort für das Morgenstern-Buch geschrieben. Sehr nett: Retlaw Ikswopmek und Enomis. Da merkt man gleich: Auch rückwärts gelesen sind wir ein gutes Team!

* «Vertrauliche Informationen des Reichsministeriums für Volksaufklärung und Propaganda für die Presse».

13.6.1989
Exler*, der mir den Entwurf des Pressebuchs (Goebbels) zeigte. Er hat seinen Computer darauf einrichten lassen. Nicht zu fassen, daß dieses Material noch nicht veröffentlicht worden ist. Vielleicht ist in Koblenz noch mehr zu entdecken.
Vormittags am «Echolot», nachmittags für «Sirius» den Juli '83 übertragen, mit allen Korrekturen.

27.6.1989
Ich arbeite mit Volldampf am «Echolot». Jeden Tag 10 bis 12 Seiten, und doch ist der Boden noch immer nicht bedeckt.

7.7.1989
Der «Sirius» ist nun bei November angelangt, mit dem «Echolot» pausiere ich etwas.
Die Hitze macht mir zu schaffen.

13.7.1989
Das Projekt «Sirius» wird zum «Echolot» in eine dialogische Beziehung treten. Gestaltung und Ergänzung sind weitere Antriebe und halten mich bei der Stange.
Lit.: Die Biographie von John Lennon.

21.7.1989
Stölzl** war hier, sehr erfreuliches Gespräch über «Echolot». Vielleicht wird aus der Zusammenarbeit mit dem Deutschen Historischen Museum etwas.
Er bezeichnete die «Hundstage» als ein Buch, das «abgerutscht» sei.
Er meint, ich sollte auch Thomas Mann und Benn und andere Quellen mit ins «Echolot» aufnehmen.
Nur ein Mensch wie ich, der ein wenig naiv ist, kann sich an ein solches Riesenprojekt wagen, wie es das «Echolot» ist.
Benn spricht von endogenen Bildern?

* Mitarbeiter Georg Exler.
** Christoph Stölzl, Direktor des Deutschen Historischen Museums in Berlin.

Viel Zeitgeist war in unserm Gespräch.
Die Schreibmaschine Hitlers, auf der «Mein Kampf» geschrieben wurde, hat Stölzl für sein Museum ergattern können.
Wir wollen auf den Mai 1995 zielen, 50 Jahre Krieg vorbei, 50 Jahre Frieden in Europa.

24.7.1989
Traum: Kriegsende. Die kitzlige Situation der letzten Kriegstage, man will nicht mehr draufgehen, doch gerade das ist gefährlich. Ausgelöst durch meine Arbeit am «Echolot». Und dann rief vor ein paar Tagen ein Klassenkamerad an, der 1945 von den Russen erwischt wurde und nach Workuta geschafft. Erst 1952 wurde er entlassen! Wenn ich damals einen Tag eher aus Berlin zurückgekommen wäre, hätte mir dasselbe geblüht! – Aber erwischt haben sie mich dann ja doch noch.

30.7.1989
«Echolot» wächst. Ich fange an, Thomas Mann und Hesse usw. einzugeben.

2.8.1989
Ich arbeitete am «Echolot», habe mir den 20. April 1945 vorgenommen, präpariere ihn heraus, um dem Verlag und anderen das Prinzip vorführen zu können. Sie haben alle keine Phantasie.
Es ist ungeheuer, wie viele Texte ich für den 20. April finde. Es sind jetzt fast 30 Seiten. Das könnte eine erste Vorauspublikation werden. Möglich wäre auch ein mitgeliefertes Tonband oder eine Videokassette, etwa die Wochenschauen der betreffenden Woche.

23.8.1989
Gestern waren Paeschke und Frau hier. Wir saßen in der Laube und tranken Kaffee mit kleinen Kuchen, die sie aus Hamburg mitbrachten. «Echolot» kein Problem. Aber: «Wer soll das lesen?» Die Frage werde ich noch oft zu hören kriegen.
Heute den ganzen Tag am «Echolot» gesessen, dann gegen Abend Gäste. Alle redeten gleichzeitig.

25.8.1989
Hildegard hilft mir beim «Echolot».
(Schostakowitsch).
Gestern schrieb ich den Vortrag übers «Echolot» für Berlin.

29.8.1989
Das Gedenkdatum, 1. September 1989 – vor 50 Jahren Kriegsausbruch, hat viele Menschen dazu angeregt, zu diesem Tag Artikel, Betrachtungen, Zusammenfassungen, Dokumentationen zu publizieren. Ich mache es umgekehrt, ich nehme dieses Jahr, 1989, zum Anlaß, diese Zeit noch einmal auferstehen zu lassen, indem ich das Geraune der Menschen … Vielleicht ist erst jetzt die Zeit dafür gekommen, die technischen Möglichkeiten, die wir heute haben, gab es vor ein paar Jahren noch nicht.

Simone: Die Morgenstern-Anthologie kam. Auch wenn sie nicht «Kräuterschaum» heißt, bin ich sehr glücklich. Ein kleines Büchlein, ja! Klein, aber fein.
Für Walter ist so eine Veröffentlichung natürlich «Bonsai» – aber für mich ist es wirklich eine große Sache!

1.9.1989
Gestern war ich in Hamburg bei Freunden, einen neuen Computer (Siemens) angucken.
Mir wird etwas schwummerig, es ist, als ob ich mich an Linksverkehr gewöhnen müßte. Ich muß ihn anschaffen (10 000 Mark!), weil im Olivetti die Speicherkapazität nicht ausreicht. Außerdem ist mein Gerät nicht kompatibel. Unglaublich, daß man mir das damals nicht gesagt hat!
Was hab ich bloß für Blödsinn angestellt in meinem Leben.
Morgens an der Berlin-Rede gesessen (über das «Echolot»), nachmittags lange geschlafen und dann am «Echolot».

3.9.1989, Berlin
Gestern flogen wir zu dritt nach Berlin, Renate, Hildegard und ich. Sollte im Historischen Museum mein «Echolot» vorstellen (in provi-

sorischen Räumen). Als es soweit war, legte ich meinen ausgearbeiteten Vortrag zur Seite und sprach frei, was sehr günstig war, denn ich konnte mich besser auf die Zuhörer einstellen. Es war voll, zum Teil standen die Leute, und ich sprach und diskutierte etwa zwei Stunden. Im Publikum u. a. Hans Brecht, bei dem ich mich für damals bedankte. Erich Kuby hinterher war auch zu kontaktieren.

Natürlich stellt er sich in seinem Buch eitel heraus. Das ist sein gutes Recht. In der Neubearbeitung seines «Mein Krieg» hat er das Faktische arg zurückgeschnitten. Und das eben machte ja den großen Reiz des Buches und seinen Wert aus. Ich konnte ihm auswendig sagen, was er am 14. 3. 1943 gemacht hat, weil ich diesen Tag zufällig gerade bearbeitet hatte. Das verblüffte ihn nicht im geringsten.

Auch Günter de Bruyn war da. Ich winkte ihm zu und hatte gedacht, hinterher mit ihm noch ein wenig zu reden, aber er war verschwunden. Na ja, er hat eben Angst.

Die Diskussion des «Echolot» brachte die Einwände, die ich selbst dem Projekt entgegenbringe oder -brachte. Nur Prominenz sei nicht gut, nur Anonyme auch nicht. Eben. Das Amorphe sei durch Strukturierung konsumierbar zu machen. Ja. Einer meinte, es müsse ein riesiger Fußnotenapparat dem Werk beigefügt werden. Nein. Ich hatte auch ein paar Fotos mitgebracht, Dias, die sofort von den anwesenden ehemaligen PK-Männern* kritisiert wurden. Die Filzstiefel der Gefallenen auf dem Bild. Die Schwierigkeiten der Datierung. Das Publikum war im übrigen handverlesen.

Die Erweiterung per «Tonträger» war hinterher zu diskutieren mit einem Fachmann, dessen Namen ich nicht verstanden habe. Er hat ein Geräusch-Hör-Bild über die Nazizeit gemacht. So etwas wäre für das «Echolot» sehr brauchbar. Er plädierte für CD, was ich nicht gut finde, weil sich der Leser dann immer neben das Gerät setzen muß. Ein kleines Tonbandgerät kann er neben den Sessel stellen. Nur das Zählwerk müßte genormt sein. Kommt noch hinzu, daß wohl jeder Mensch einen Kassettenrecorder hat. CD-Spieler sind bestimmt nicht so verbreitet. – Die Ausstellung im Keller war anregend. Alle Exponate waren mir aus der Nazizeit selbst unbekannt, außer den Spielsoldaten und dem so-

* PK = Propagandakompanie.

Karl Heinz Bittel

genannten «Führer-Mercedes». Eine Wand mit Naziausweisen: Faustkämpfer-Ausweis. Ich sagte zu Stölzl, daß ein größeres Ausstellungsstück gefehlt hätte, eine Bombe vielleicht oder eine Nazi-Skulptur. So ging man von Plakat zu Plakat. Stölzl hinterher, aufgeräumt und heiter, ganz zuversichtlich hinsichtlich unserer Zusammenarbeit. Ich werde ihm in der nächsten Woche umfangreiche Unterlagen schikken, die dann auch an Paeschke gehen. Stölzl erzählte, daß auch einer von der Bundesregierung dagewesen sei, der von meinem (Bomben-) Vortrag und Projekt sehr beeindruckt wäre. Wir saßen noch lange beisammen, mit den Kindern und ich, beim Italiener, was 320 Mark kostete.

7.9.1989

Inzwischen war Bittel* hier. Wir sprachen am ersten Tag über das «Echolot», das bei ihm und auch dem sonst etwas sonderbaren Herrn

* Karl Heinz Bittel, Lektor des Albrecht Knaus Verlags.

Dede* Begeisterung auslöst. Ich zeigte ihm am Apparat, wie ich arbeite. Wir stellten eine Akte zusammen, damit Außenstehende (Geldgeber) nicht dauernd wieder neu bedient werden müssen. Hierfür leistet auch der Vortrag von Berlin gute Dienste.
In Hamburger Antiquariaten besorgte ich Unmengen von Büchern für das «Echolot». Es ist aber noch nicht ganz das Richtige. Ein sehr interessantes Buch von Rowohlt: Das Kalendarium von Auschwitz.** Ich bekam es billiger, weil es wohl schon lange dort lag.

15.9.1989
«Echolot» steht wie eine drohende Mauer vor mir, die Investitionen lähmen mich. Am Masurenroman Lust verloren. Mein Tagebuch ist immer interessant, aber die gedrosselte Begeisterung im Verlag regt mich auch nicht gerade an. Heute hat Volker Hage*** kritisch vom Jahrhundert der Ich-Literatur, der Brief- und Tagebuch-Editionen gesprochen, so, als sei es nun genug.

20.9.1989
Heute war ich in Hamburg, hatte mich gottlob nur leicht angezogen, es war sommerlich warm. Im Bücherkabinett fand ich geeignete Literatur für das «Echolot». Ich dachte immer, daß es viel mehr Tagebuchveröffentlichungen gäbe. Das ist doch eigentlich sehr sonderbar, man sieht kaum etwas. Bücher, wie das von der Kardorff****, sind Mangelware. Nun müssen wir wohl in die Bibliotheken steigen, eine unangenehme Sache. Obwohl ich doch nach Hannover gute Beziehungen habe, bin ich voll Hemmungen. Auch schlechte Erfahrungen mit Bibliotheken sind zu verbuchen. Lange Bücherlisten eingereicht, und nie wieder was davon gehört. München!

* Ewald Dede, Cheflektor, später Verleger C. Bertelsmann Verlag und Albrecht Knaus Verlag.

** Danuta Czech: «Kalendarium der Ereignisse im Konzentrationslager Auschwitz-Birkenau 1939–1945». Mit einem Vorw. v. Walter Laqueur. Reinbek 1989.

*** Literaturredakteur des «Spiegel».

**** Ursula von Kardorff: «Berliner Aufzeichnungen aus den Jahren 1942–1945». München 1962.

Das «Echolot» wächst, ich arbeite im Augenblick publizierte Texte in den Januar 1943 ein. Das Auschwitz-Kalendarium ist eine Sensation. Einen Tag, bevor ich es entdeckte, dachte ich: So etwas müßte es geben!

29.9.1989
Die KZ-Sachen an den Schluß jeden Tages stellen. Das hatte ich schon vorgehabt, es war mir entfallen.

4.10.1989, London
Schweren Herzens trennte ich mich von den Nachrichten über unsere Landsleute im Osten, die wie eine Springflut herüberschwappen, und fuhr mit Hildegard nach London, um hier nach Literatur für das «Echolot» zu suchen. – Dies «Echolot» ist eine ziemlich fragwürdige Sache. Alle werden sagen: Das hätte er man lieber lassen sollen. Oder: Das hätten die Historiker besser gemacht. Hätten sie eben nicht! Die kommen dann mit Anmerkungen und Quellen und Verweisen. Wir wollen ein besseres Buch «machen» (muß man hier schon sagen).

8.10.1989
In London war es angenehm. Wir sind durch die Straßen gerannt. Ich kaufte sehr viele Bücher für das «Echolot». Die autobiographische Literatur ist in England reichhaltiger als bei uns.
Habe nun angefangen, den Januar 1943 aufzubereiten. Hildegard arbeitet mir zu.
Was mir noch Kopfschmerzen macht: die Anordnung der Beiträge im Tag. Soll sie dialogisch erfolgen oder einfach geographisch? Ich neige dem ersteren zu. Im Grunde ist der Beginn mit Hitler und der Schluß mit Auschwitz jeden Tag schon der Anfang einer dialogischen Gestaltung.

11.10.1989, Kiel
Wanderte noch durch Apenrade und fand einen guten Antiquar, bei dem ich dänische Kriegsliteratur kaufte. Dadurch wird wieder eine Lücke geschlossen. Vielleicht übersetzt Ulla* das eine oder andere. Manches kann ich auch selbst rauskriegen, mein Dänisch ist ja ganz gut.

* Die Schwester Ursula in Dänemark.

14. 10. 1989
Heute habe ich viel geschafft, herangeschafft für das «Echolot» wie schon in den letzten Tagen, und doch bin ich zeitweise verzagt. Es sind ja nur Tropfen. – Hildegard diktierte mir sehr schöne Kreuder-Briefe aus Erlangen, die Studentin muß Sport treiben und regt sich über ihre schlackernden Brüste auf. Ich selbst fand bei Robert eine knappe Beschreibung seiner Jazzer-Zeit. Beides sind «Anti»-Zeugnisse privater Art. – Dann fand ich in einer englischen Zeitschrift die Beschreibung einer Flugzeugkatastrophe 1943. Eine Liberator landet in der Sahara. Die Leichen der neun Piloten werden erst nach 16 Jahren gefunden. Einer der Piloten war schon beim Absprung umgekommen. Man fand ihn noch in die Seile des Fallschirms verwickelt.
Jeden Tag solche Funde – dann lebten wir nicht phantomatisch dahin.

16. 10. 1989
Am Abend tippten Hildegard und ich noch sehr Gegensätzliches ein. Das Fletschern der Erlanger Studentin, die Stalingraderinnerungen des Fürsten Dohna und die Verblasenheiten des Herrn Hausenstein.*
Mich ärgert es, wenn die Leute zum «Echolot» sagen: «Daß Sie sich da man nicht verlieren ...» Das ist ja meine Sache. Warum soll ich mich nicht mal ein bißchen verlieren? Besser ist es, auf Zusammenstoßungen zu hoffen. Was schadet es, wenn große Flecken weiß blieben?

20. 10. 1989
Gestern rief der ehemalige Wohnungsbauminister Schneider an, ob ich in Bonn nicht einen Vortrag halten kann. Ich bot ihm den «Echolot»-Vortrag an und erwähnte Stölzl. Bei der Gelegenheit stellte sich heraus, daß Schneider anscheinend im Aufsichtsrat des Museums sitzt.
Habe im «Echolot» jetzt mit dem Februar '43 begonnen. Der Januar ist nun schon dialogisch aufgebaut. Es fehlen immer noch anonyme Biographien. Die bereits publizierten sind in der Überzahl.

* Alexander Fürst zu Dohna-Schlobitten: «Erinnerungen eines alten Ostpreußen». Berlin 1989; Wilhelm Hausenstein: «Licht unter dem Horizont». Tagebücher von 1942–1946. München 1967.

22. 10. 1989
Heute viel eingegeben. Schreckliche Sachen über Stalingrad. – Die Briefe der Frau Kreuder erweisen sich als wahre Goldgrube. Hildegard bereitet sie vor und diktiert sie mir dann. Die Autorin hat genau gewußt, was sie mir da vermachte: Sie füllen die Lücken aus, die die Großen mit ihren Trompetenstößen lassen. Der Bildungsbetrieb in Erlangen mitten im Krieg – wunderbar. Ihr blühender Stil.

26. 10. 1989
Am Nachmittag «Echolot», Januar, auch schon ganz wohlgenährt. Es geht jetzt darum, die Unbekannten einzuarbeiten und Tag für Tag einen Dialog herzustellen.

3. 11. 1989
Mit Paeschke gesprochen über «Echolot» und darüber, daß in der Taschenbuchausgabe von «Haben Sie Hitler gesehen?» meine Chronik wieder nicht korrekt angezeigt wird.

5. 11. 1989
Ich arbeitete am Computer. Hatte Probleme mit dem Kopieren von Disketten, es funktionierte nicht.

9. 11. 1989
Mauerfall.

10. 11. 1989
Bittel war hier. Nicht ganz einfach.
Auch die fleißige Simone war da. Wir bereiteten das «Echolot»-Dossier vor, und Exler zeigte Bittel das *sehr* leckere Goebbels-Manuskript.

TV: Mauerfall. Simone, die ich wecken wollte, verharrte im Tiefschlaf.

> ***Simone:*** Habe gestern nacht die Stunde der Wahrheit verschlafen! Walter sagt, er hätte sonst was angestellt, um mich zu wecken – aber es sei nichts zu machen gewesen, ich hätte geschlafen wie ein Stein. Und in Berlin ist die Mauer gefallen!

12. 11. 1989
Mit dem März '43 beschäftigt. Die Tage füllen sich. Es ist schon eine Menge da. Nach meinem Gefühl müßten die Biographien der Unbekannten überwiegen. Die «Großleute» könnten Leitfunktionen übernehmen.

21. 11. 1989
Arbeit am «Echolot», den ganzen Tag.

> *Simone:* Bei meinem letzten Nartum-Besuch im November hat mir Walter eine Festanstellung angeboten. Ab 1. 1. 1990, drei Tage in der Woche, hauptsächlich am «Echolot». Ich habe zugesagt. Wenn das keine positiven persönlichen Zukunftsperspektiven sind!

17. 12. 1989
«Echolot»: Die Erinnerungen von Froben Schulz, passen gut in den Januar, fehlten mir noch. Ein SS-Mann; ganz normal.
Vielleicht überschätze ich die Arbeit ja auch.

20. 12. 1989
Morgens am «Echolot», abends am «Sirius».

24. 12. 1989
Am Vormittag «Echolot», eine schon gelöschte Sequenz aus der Diskette doch noch gerettet. Dann langer Spaziergang unter dem ständig gesungenen Ohrwurm «Innsbruck, ich muß dich lassen».
23 Uhr. Den Heiligabend gereizt überstanden. Ich kann nichts mehr ab. Bekam von Paeschke sehr ausgesuchte Geschenke, das «Echolot» betreffend. Ansonsten kriege ich vom Verlag, wohl aus praktischen Erwägungen, vorwiegend Bertelsmann-Erzeugnisse.

1990

Simone: Jetzt ist meine Festanstellung bei Walter schon drei Tage alt – und ich fühle mich immer noch wohl.

Simone: Walter nannte mich heute «Sklavin», er habe mir schon eine Matratze in den Keller, den Karzer, werfen lassen und eine Kerze.
Nachdem ich dann auch noch das Archiv aufgeräumt hatte, sagte er, er ließe mir nun noch einen Schemel hinunterstellen ... Eine Art von Humor, die ich Gott sei Dank verstehe! Ebenso, wenn ich beim Abendbrot sage: «Walter, gibst du mir noch eine Scheibe Brot?», und er mir den Kampen zuwirft.

18. 1. 1990, Rostock
Erster Besuch in der Heimatstadt. Es ist alles noch genauso wie früher und doch ganz anders. 12 Uhr, Café Herbst.
Ausgeleert, angewidert, beschämt, traurig.
Der Wunsch, endlich mit Rostock Schluß zu machen.
Die Arbeit an dem Augustenstraße-Abschnitt des Films liegt wie ein düsterer, dreckiger Alp auf mir. Es war gut, daß ich mich dem noch einmal aussetzte. Nun ist ein für allemal Schluß. Schluß. Schluß. Schluß. Abschließend ist zu sagen, daß meine gesamte Arbeit unnötig war und mißglückt. Von Herzen gern möchte ich alles ungeschehen machen. Da bleibt nur noch das «Echolot» als einziger Trost. Ohne das «Echolot» würde meine «Chronik» noch sinnloser sein.

Simone: Seit 16. 1. mit Walter und dem Filmteam von Schmidt Productions in Rostock. Gestern Dreh in der Augustenstraße: Walter hatte für einen kurzen Augenblick Tränen in den Augen. Verloren stand er oben in der Mansarde, saß dann gedankenversunken an einem dort stehenden Tischchen, auf dem – wie vergessen – zwei leere

Bierflaschen und ein voller Aschenbecher standen. Auf dem Fußboden ausgetretene Zigarettenkippen. Traurig.
Heute sank die Stimmung absolut unter den Gefrierpunkt. Das Team ließ uns am ehemaligen Geschäftshaus am Hafen warten, weil es Rostock unbedingt noch «von oben» filmen wollte. (Walter: «Für dieses idiotische Hochhaus wurde die Alte Post abgerissen!») Wir standen im Nieselregen ohne Schirm, vom Wasser wehte ein eiskalter Wind. Das Haus, eine Ruine. – Walter stieg durch eine schmale Öffnung in den ansonsten verbarrikadierten Fensterhöhlen ins Innere. Dort stürzte er dann fast in ein Kellerloch, das nur notdürftig mit Brettern abgedeckt war. Ich – wie immer falsch angezogen – zitterte vor Kälte, Walter schimpfte vor sich hin. Als die Filmleute endlich kamen, waren wir naß bis auf die Knochen, Walter entsprechend auf 200! Zu Hause warte die Arbeit, und hier lasse man uns im Regen stehen. Unerhört! Nach kurzem, aber heftigem Wortwechsel, wo er der «Dame Ter-jung» die Meinung sagte, zogen wir ab ins Hotel. Die sei «ziemlich obenhin», meinte er immer noch wütend, und benutze dämlicherweise auch noch ein Deodorant!

20. 1. 1990, Rostock
Noch etwas brauchbare Literatur für das «Echolot» gekauft, aber was ich sonst «rausschleppen» sollte aus der DDR, ist mir ein Rätsel.

25. 1. 1990, Bonn
Gestern Vortrag über das «Echolot» in der bayerischen Vertretung, etwas zu privat vielleicht. Die Zuhörer – etwa 200, meist Herren vom Bundestag – zeigten sich jedoch durchaus gönnerhaft.
Schwilk* hat mein Redemanuskript mitgenommen, er will das veröffentlichen. Ob das richtig ist?
Im Antiquariat noch Bücher für das «Echolot» gekauft. Einiges Brauchbare darunter.
Ich komme mir vor wie ein taumelnder Weltraumsatellit.

* Heimo Schwilk, Redakteur beim «Rheinischen Merkur».

Simone Neteler in Rostock

3. 2. 1990

Die Leibschmerzen, die ich bekam, als wir Rostock verließen, die Mattigkeit, die geistige Leere, die sich danach einstellte, zeigen mir, daß der Körper es auch sehr gut begriffen hat: Schluß! Was bleibt? Das «Echolot» weitertreiben als Steckenpferd, «Mark und Bein» fragmentarisch abschließen und dann irgendwann den kleinen Dorfroman schreiben. Augenblickliche Stimmung: blasiert, leer, angeekelt.

2. 3. 1990
«Sirius», Januar nun wohl fertig. Enorm viel Arbeit. – Es kamen aus Freiburg* großartige Stalingradakten, Gedichte und ein dümmlicher Buchentwurf.

10. 3. 1990
Mein Plan:

Bis 1. Mai	«Sirius»
Sommer über	«Mark und Bein»
Gleichzeitig	«Echolot»
Herbst	«Sirius II»

10. 4. 1990
Wenn alle Stränge reißen, werde ich das «Echolot» selbst herausgeben. Monat für Monat.

19. 5. 1990
In München mit Paeschke gesprochen:
«Echolot»-Projekt wird bandweise veröffentlicht. Erst mal zwei Bände, Frühjahr 1943.
Enzensberger hat ähnliches Projekt wie ich in Arbeit.**

Simone: Hucky macht viel Freude. Ich nehme ihn jeden Tag zur Arbeit mit. Walter spielt mit ihm im Archiv, während ich am Computer sitze, Post mache und Texte eingebe. Walter hat eine kleine Kordel an einer leeren Margarine-Dose befestigt, die er dem Hund vor der Nase herzieht. Das schule das tierische Denkvermögen, meint Walter.

Simone: Heute morgen auf dem Weg zu Walter sah ich den Lkw einer Möbelfirma, auf seiner Plane stand dick und fett: «Wir machen Möbel für Menschen.» Für wen sonst, ist man geneigt zu fragen. Doch im gleichen Moment der Gedanke: *Wir* machen Bücher für Leser.

* Bundesarchiv Militärarchiv Freiburg i. Br.
** Hans Magnus Enzensberger (Hg.): «Europa in Trümmern». Augenzeugenberichte aus den Jahren 1944–1948. Frankfurt a. M. 1990.

Simone: Arbeite mich gegen Nachmittag meistens in einen Rausch: Briefe, Texte, Telefon.

7.6.1990

Am «Echolot». – «Sirius» hat Pause. Im Verlag beschweren sie sich über den Umfang. 560 Seiten. Als ob sie es noch nie mit einem dicken Buch zu tun gehabt hätten.

Simone: Am Anfang meiner Arbeitswoche waren Walter und ich essen! Die Bedienung (junges Mädchen) hatte es Walter angetan. Bei ihm könne ich noch einiges lernen.
«Echolot»: Wir füllen mit der Gießkanne ein Schwimmbecken, der Boden ist mehr als bedeckt. Walter nennt das Spardosen-Effekt, wenn ich ihm sage, daß ich gerne Texte eingebe.

24.7.1990

Als nächstes das Masurenbuch. Dann «Echolot». Dann ein Buch über Kanada, die Amerika-Touren usw.* Dann der Dorfroman, und dann ist wohl Schluß.

Simone: In der letzten Woche Karol Schneeweiß in Nartum, Regisseur, sehr nett. Eventuell für die Verfilmung der «Hundstage». Kam in einem ziemlich verrosteten Fiat angefahren, Turnschuhe, gelber Strickpullover mit halbem Ärmel, 33 Jahre alt. Der große Durchbruch sei ihm noch nicht gelungen ...
Archivarbeit. Die Einsendungen stapeln sich.

Simone: Einen absoluten Streßtag hinter mir!
Bei Walter gab es Unmengen zu tun!
Zu allem Überfluß sollte ich für das Jugendseminar** eine PR-Aktion starten (Walter: «Wenn mich das schon 4000 DM kostet, dann muß das auch in die Presse!»). Entsprechend konnte ich mit halbfertigem Programm und unzureichenden Adressenangaben anfan-

* Später «Letzte Grüße». München 2003.
** Zusammenführung von Jugend aus Ost und West im Haus Kreienhoop.

gen, rumzutelefonieren: Vom NDR bis zur «Nordsee-Zeitung» in Bremerhaven! Ich mag so was nicht – wäre auch keine erfolgreiche Bauchladenverkäuferin im Kino (null Verkaufstalent).

Simone: Sehr heiß, Walter maß 32 °C im Schatten.
Meine Füße tun mir verteufelt weh, mein Kopf ist zum Zerspringen, die Nerven freigelegt aus ihren feinen Hüllen, fein geädert, zartrosa Fleisch, müde Sinne – das ist mein Gehirn heute abend. Einen schönen, aber anstrengenden Arbeitstag bei Walter verbracht.

Simone: Heute machte ich das x-te Mal eine Zusammenstellung der Quellennachweise zum «Sirius». Schrieb Brief an Bittel und Schellenberg*, daß ich mir weiteres zu den Quellen nur noch aus den Rippen schneiden könnte und daß sie das doch hoffentlich nicht wollten ...
Walter meint, es sei eine Art Rache der betreffenden Leute, weil man sie einmal nicht nett gegrüßt habe. Ich denke eher, es ist eine lausige Arbeit, die gemacht werden muß. Walter hat für das «Echolot» schon vor einiger Zeit eine Quellenübersicht angelegt – aber ob die wirklich vollständig ist?
Augen zu und durch!
Außerdem Archiv- und «Echolot»-Post, zum Schluß letzte Vorbereitungen für das Jugendseminar! Werde auch einen Kurs leiten und mit meinen «Mannen» eine Erinnerungsschrift erstellen. Ich freue mich schon, die Pädagogin in mir rauszujagen!
Nachmittags: Walter machte mir ein Kompliment (!?): Wenn er den Hund Robby und mich nähme, dann bekäme ich – da könnte ich sicher sein – im letzten Falle doch den Zuschlag!
Bin endlich zu Hause. Komplett erledigt.

Simone: Mies und kalt!
Die Golfkrise verschärft sich mehr und mehr; im Radio permanent Berichte; nur schade, daß es immer Wiederholungen sind: «Die

* Monika Schellenberg, Sekretärin des Albrecht Knaus Verlags.

boys aus den USA ...» Verniedlichend – Walter, dem ich das sagte, meinte, das sei eine Beobachtung fürs Tagebuch ... Na gut!
Heute anstrengender Tag bei Walter: Bis 16.30 Uhr am Computer, Texte verschoben, Baustein nach Baustein, und trotzdem nicht einmal eine halbe Diskette geschafft.
Meine Faszination für Helmuth James v. Moltke wächst allmählich ins Unermeßliche! Walter hat mir ein Bild versprochen! Ein toller Mann: Habe seine Briefe an Freya gelesen, «Dein Ehewirt» – die letzten Worte, die wären was zum Auswendiglernen.
«Ich höre auf, denn es ist nichts weiter zu sagen. [...] Alle unsere lieben Sprüche sind in meinem Herzen und in Deinem Herzen.»
Aber das mit dem Auswendiglernen mache ich dann, wenn das «Echolot» fertig ist ...
Walter heute morgen: «Ich bin auf 180!»
Es wird panisch mit dem «Sirius», Walter hat Sorge, daß er bis zum Seminarbeginn (17. 8.) nicht fertig wird.
«Sirius», ja, ein Teufelswerk!
Walter korrigiert jetzt den Umbruch, heute hat er alles bis Juni (einschließlich) weggeschickt ... Nachher war er dann in Faulenzerstimmung: Hat Fotos aufgeklebt, Straßenszenen, Mode ...
Außerdem: Es waren Packer da von einer Möbelspedition, die für Hildegards Schwester in Australien Sachen abholten ... Walter schrie absichtlich, so als wäre er irre, und trommelte mit den Fäusten an die Tür. Ich möchte nicht wissen, was diese «normalen» Menschen gedacht haben ... Hildegards Kommentar, abgesehen, daß wir uns alle vor Lachen schüttelten: «Ich finde, wir spielen jetzt mal was anderes: ein Frauen-Schrei-Spiel. Dazu hätte ich wirklich mal Lust!»
Heute abend völlig abgespannt. Abschalten mit neuem Escher-Puzzle: «Belvedere», 1500 Teile. Schwarzweiß mit optischer Täuschung. Daß sich diese Teilchen mal zu einem Ganzen fügen ...

10. 9. 1990

Vom «Echolot» den 1. Januar 1943 probeweise geordnet. Ich werde allerhand streichen und dann, so ähnlich wie im «Sirius», kommentierende Fotos dazusetzen, Karten, Wohnungseinrichtung, Gebrauchsgegenstände.

Eigene Erinnerungen an das Jahr 1943:
Januar letzter Familientag in Hamburg
Besuch in Stettin bei Robert und in Breslau bei Tante Mieke April 1943
Pfingsten – Gut Wenthof («Germitz»)
Juli Großangriff auf Hamburg

18.9.1990
Literatur: Die Scholl-Probst-Tragödie (fürs «Echolot»).
Der erste Band von «Echolot» beginnt mit Stalingrad und endet mit der Weißen Rose.

22.9.1990
Am «Echolot», den 1. Januar bearbeitet. Mit einem Einsender, dem Apotheker Pröbstle, telefoniert, der im Januar 1945 noch nach Ostpreußen geschickt wurde und im April noch heil herauskam.

23.9.1990
Ich faulenzte zunächst, las über Hitler, daß er aus dem Mund gerochen habe.
Gegen Abend ging ich dann aber doch noch ans «Echolot», voll Sorge, ob ich der großen Aufgabe gewachsen sein werde. Vorlesen ist gut, da spürt man die Längen besser. Werde den alten Tonbandtrick anwenden.

24.9.1990
Ich las und arbeitete am «Echolot». Ängste, daß die Aufgabe zu groß.

29.9.1990
Las gestern abend Hildegard aus Testgründen etwas aus «Echolot» vor. Problematisch! Es sei ja immer dasselbe, hieß es.

30.9.1990
Werde bis Weihnachten am «Echolot» arbeiten und dann versuchen, das Masurenbuch fertigzukriegen. Gestern kam der «Sirius» vom Verlag.

Simone: Gestern anläßlich der Wiedervereinigung mit Walter zu einer TV-Sendung in Weimar. Walters «Auftritt» dauerte nur zwei, drei Minuten, die Menschenmenge war mehr an «Purple Schulz» interessiert. Walter war auf 200! Die hätten ihn ausgepfiffen – was nicht stimmte.
Außerdem in Weimar Klaus Lage leibhaftig gesehen. Ich zu Walter: «Guck mal, das ist Klaus Lage! Von dem hast du doch in den ‹Hundstagen› das ‹Out out› verwendet!» – Er: «Das hättest du mir doch eher sagen müssen, Mensch!» Sofort robbten wir uns an Klaus Lage ran, Walter sein Poesiealbum unterm Arm: «Herr Lage, mein Name ist Kem-pow-ski. Ich bin Schriftsteller und habe einen Text von Ihnen in meinem letzten Buch verwendet.» – «Wer?» – «Kem-pow-ski! Ich habe eine kleine Macke, ich führe ein Poesiealbum. Würden Sie sich dort bitte eintragen?» Daß Berühmtsein wohl nicht so einfach sei, fragte ich Lage, als er in das Album schrieb, unterm Arm Stapel von Autogrammkarten. Doch er versicherte mir, es gäbe Schlimmeres!
Abends dann kein Hotelzimmer, das war irrtümlich storniert worden. Walter stand kurz vor der Explosion. Ich trieb noch zwei Zimmer im «Elephanten» auf, für Walter die Suite …
Heute morgen mit dem in HH «geleasten» Mietwagen (BMW 520) weiter nach Frankfurt: Buchmesse!
Zum ersten Mal traf ich Bittel, Frau Sommer und Frau Pasquai*, die kannte ich bisher ja nur vom Telefon. – So ein Verlag ist schon eine interessante Gesellschaft!
Abendessen im «Hessischen Hof» – nobel, nobel – mit Paeschke, seiner Frau und Utta Danella. Auch Bittel, Pasquai und Petra Sommer. Utta Danella trank Champagner als Aperitif, Bittel trockenen Sherry, ich bestellte mir einen Martini. Der Ober – Livree mit goldenen Ringen am Handgelenk – brachte ihn mit den Worten: «Für die Dame den Wermut!» Peinlich, peinlich!
Paeschke hatte Walter und mich vom Hotel abgeholt: Alle möglichen Leute quetschten sich in das Firmenauto, nur Paeschke und

* Petra Sommer und Anja Pasquai, Mitarbeiterinnen der Verlagsgruppe Bertelsmann.

ich (!) allein in einem Taxi. Schon komisch, wie er mich von Walter abdrängte und in den wartenden Wagen schob. Wir fuhren los, und nach kurzem Vorspiel kam er schnell zur Sache: Was Walter jetzt machen will, wie es um das «Echolot» steht, der Masuren-Roman? Besonders entsetzte ihn das «Echolot», das war deutlich zu merken ...
Berichtete Walter später natürlich alles brühwarm: So etwas muß der einsame Kämpfer wissen, wenn er in die Schlacht zieht ...
Der Taxifahrer, als ich nachts allein zu meiner Schlafstatt fuhr: Was er schon alles erlebt habe, Sex, Drugs & Rock 'n' Roll – darüber könne er wirklich ein Buch schreiben ... Ich hörte ihm zu und fragte mich, wie viele Leute genau das in Frankfurt zu Zeiten der Buchmesse wohl von sich und ihrem Leben denken.

Simone: Auf dem Mohn-Empfang. Das kalte Buffet meterlang. Walter: «Wenn hier 'ne Bombe reinfällt, kann die «FAZ» drei Monate lang nur Todesanzeigen drucken!» Unten habe Verfassungsschutz gestanden, ob ich das mitgekriegt hätte! Den gerade stehenden Joachim Fest gesehen. Ihn sehen und an Hitler denken.
Außerdem Ephraim Kishon und die beste Ehefrau von allen, Konsalik und natürlich Utta Danella, die mich als «Simonn» ansprach und eine nach der anderen von meinen Zigaretten rauchte.
Danach noch in der Lobby des «Frankfurter Hofs» gesessen ... Immer mehr Leute kamen an unseren Tisch und blieben! Unter anderem Knaus und ein jüdisches Emigrantenehepaar (sie: Joan Davis?), arbeiten als Literaturagenten in New York. Walter und ich erzählten vom «Echolot» – staunende Gesichter, nur Knaus nickte wissend.
Von Reinhold Messner, der am Nebentisch mit Ketten um den Hals hockte, noch eine Eintragung ins Poesiealbum besorgt, womit ich mir 20 Mark bei Walter verdiente.

Simone: Seit dem 6.10. bin ich mit Sig. in Nartum, wir hüten das Haus. Walter ist Gast bei dem Lesebogen-Projekt von Herrn Denk, Hildegard wollte ihn begleiten durch Bayern und Thüringen.
Hier gibt es viel Arbeit. Außerdem Handwerker: Die Renovierung

Mit Simone Neteler auf der Buchmesse

der Archivräume, entsprechendes Chaos ... Walter rief schon mehrmals an wegen der Farbmischungen, auch wegen Regalen, die unbedingt weiß gestrichen werden sollen, und man kann nicht kapieren, warum! Die schönen Holzregale! Die letzte Woche arbeitete ich jeden Tag.

2. 11. 1990, Flug nach Frankfurt

Zur Talk-Show mit Rezzori.
Zeitung: Warschauer Pakt wird aufgelöst.
Heute früh gab ich Brecht-Texte ein. Das mulmige Gefühl, mit «Echolot» auf dem Holzweg zu sein. Es fehlt «das Auge des Zyklons», ein Gedanke, der die einzelnen Konvolute zentriert. Reine Addition kommt nicht in Frage, Dialogisierung ist problematisch, zu bastlerartig. Auf alle Fälle ist der Umfang zu reduzieren. Deshalb muß aber erst mal «Umfang» da sein.
Konzentration auf Januar/Februar 1943.
«Echolot» darf nicht lehrhaft wirken, lehrerhaft schon gar nicht.

Habe schon wieder an Collage gedacht. Der Vergleich mit Kluge trifft zu und gefällt mir.

Simone: Mit Walter zu einer dieser «frierenden Fernsehsachen», wie er es nennt, in Rostock. Übernachtet im «Neptun», dem Nobelhotel direkt an der Küste in Warnemünde. Mit Bar im 19. Stock und einer «Hallenbar», einer etwas merkwürdigen Einrichtung mitten in der Empfangshalle. Walter und ich tranken Cocktails.
Besprachen locker die Planung für 1991: ein «Echolot»-Jahr. Wir werden toben vor Arbeit

19. 12. 1990
Gestern längeres Telefongespräch mit Paeschke. Ich berichtete ihm vom Stand der Dinge:

1. «Echolot», Januar und Februar schon weit gediehen
2. «Mark und Bein», Beginn 1. Januar '91
3. «Aus-großer-Zeit»-Filmverhandlungen

Der Besuch im Rostocker Stadtarchiv war deprimierend. Der junge Mann dort konnte oder wollte uns buchstäblich nicht das geringste zeigen. Keine Biographie, kein Tagebuch, keine Akten, keine Fotos. Nein, er hat nichts. Schließlich nahm er ein Bild von der Wand, einen «Rollmops», eine dreifache Ansichtskarte, die zusammengerollt verschickt wurde. – Fürs «Echolot» nichts, keine Kuriosität, wie sie doch eigentlich jeder Archivmensch auf Lager hat. Nichts.
Die interessanteren Unterlagen fürs «Echolot» liegen im Parteiarchiv der SED in Berlin. Vielleicht sollte ich Simone mal hinschicken? Von all den vielen Ostleuten, Polen, Russen, die ich um Hilfe bat, hat sich niemand vernehmen lassen. Diese Indolenz scheint dort auf allen Gebieten vorzuherrschen. Und deshalb wird alles zusammenkrachen. Gestern erschütternder Film über russische Soldaten. Ich machte Notizen.

1991

1. 1. 1991
Beginn mit «Alkor»* und Vorantreiben des «Echolot».

Simone: Sitze in der Lotterecke: 34. Literaturseminar mit vornehmlich jungen Leuten! Das Seminar ist «pluschig», stellte ich gerade Tanja gegenüber fest. So lau und ohne Power. Walter geht mir auf die Nerven, hat immerfort was zu meckern.
Oben wartet die Arbeit («Echolot»-Texte, randvoller Postkorb), und ich sitz hier rum mit grimmigem Gesicht. Walter soll merken, daß ich sauer bin.

18. 1. 1991
Bittel kam, wir sprachen die ganze Latte durch.
Per Post ein altes Fotoalbum und Liebigs Fleischextrakt-Sammelbilder, Album und Tagebuch.

Simone: Wieder viel Nerv bei Walter! Immer wird irgend etwas kurzfristig entschieden oder umgelegt. Man tut so, als wäre ich für jede neue Entscheidung automatisch zu haben, so als müsse das so sein, als könne ich gar nicht anders! Es wird mir alles zuviel!
Fährt Walter jetzt nach Brüssel (23. 1.) oder fährt er nicht (Golfkrieg)? Hildegard soll entscheiden, Walter will nicht!
Die beiden diskutierten hin und her. Ich ging nach oben und gab Texte ein.
Abends gepuzzelt zur Entspannung.
Am Freitag Karl Heinz Bittel: freundlicher Mann. Erzählte von einer Zeit im Verlag mit Podak**, sie wären schon morgens immer in

* Das Tagebuch 1989–1991.
** Klaus Podak, Journalist.

die Kneipe gegangen. Der Verlag habe das hingenommen, schließlich hätten sie die Arbeit am Wochenende erledigt. Podak sei es auch gewesen, der für Paeschke den Spitznamen «Oil of Olaf» erfand.
Ich denke daran, wie mich Paeschke sacht, aber bestimmt in das bereitstehende Taxi schob – und dann Tür zu.

22. 1. 1991
Simone fing heute wieder mit dem «Echolot» an. Früher hat sie mal gedacht, ich hätte gewiß nicht genug zu tun für sie.

18. 2. 1991
Auch ein bißchen fürs «Echolot» getan. Es war mit den Disketten einiges *wrong*. Man darf sie nicht so vollknallen. Der Feldpostbrief eines deutschen Offiziers aus Rußland: Was seine liebe kleine Frau für Geschichtsstudien treiben soll, schreibt er ihr aus dem Graben. – Dubletten gibt es eigentlich nicht, jedes Zeugnis ist anders.
Morgens an M/B, das 5. Kapitel.
Nachmittags am «Echolot», eine schlimme Stalingradsache (Tjaden). Ich rief den Bruder des Stalingradsoldaten an, nein, sie haben nie wieder etwas von ihm gehört.

22. 2. 1991
Ich tippte morgens «Echolot»-Texte; nach langem Mittagsschlaf schrieb ich dann am 6. Kapitel von M/B: Joe bereitet sich auf die Reise nach Danzig vor und besucht Chopin-Abend.

23. 2. 1991
Immerhin noch am 6. Kapitel gearbeitet: die Chopin-Sache. Und Geschwister-Scholl-Texte für «Echolot» eingegeben.
Institut für Zeitgeschichte, Kontakt aufnehmen.

25. 2. 1991
Ich arbeitete heute früh an den «Hörzu»-Texten, danach am «Echolot», was im Augenblick etwas schwierig ist, da ich Willi Graf bearbeitete und dabei immer die Fußnoten mit einbauen muß.
Am Mittag machte ich Fotos fürs «Echolot», und nach dem Schlaf

arbeitete ich am M/B, Kapitel 6, das nun sehr proper aussieht. Morgen muß ich noch einmal ran, und dann kommt die Ostsee an die Reihe. Danach Danzig.

27.2.1991
Gestern habe ich damit angefangen, von der schulmeisterlichen Aneinanderreihung wegzukommen («Echolot») und statt dessen die Texte vorsichtig auseinanderzunehmen und neu zu collagieren (hörspielartig). Es wird Tage geben mit nur einem einzigen Text und andere, die besonders lang sind. Auch Zwischentexte möglich, zwischen den Tagen. Die Fotos müssen der Collage entsprechen.

3.3.1991
«Echolot»; immer noch am 1. Januar, der nun fertig ist. Hildegard las ihn mir heute abend vor, und ich war ganz zufrieden. Das wird auf die Leser so wirken, als ob *ich* überhaupt nichts daran gemacht hätte.
Endloser Mittagsschlaf in absoluter Erschöpfung, danach allein Kaffee, weil Hildegard noch mit den Corgies unterwegs war. Im «Spiegel» war zu lesen, daß Seife schädlich ist, auch wenn es sich um unschädliche Seife handelt.
Danach dann wieder am «Echolot» und das 6. Kapitel von M/B ausgebessert.

9.3.1991
«Echolot»: 2. Januar 1943 bearbeitet. Da überwiegt das Schöngeistige, Hausenstein ist da unentbehrlich.

10.3.1991
Früh 2. Januar fertig. – Fotos abfotografiert.

> ***Simone:*** Schon seit gestern in der Wasserburg Rüdern, Lesereise mit Walter. Chaos schon vor unserer Abfahrt. Walter rief mich am Sonntagnachmittag zu Hause an: Ob ich wüßte, wie idiotisch die Tour sei! Cleve, Bonn, Paderborn, wo das liegt, ich sollte es mir mal auf der Karte anschauen, am besten allein auf dem Klo, damit niemand sonst von dem Irrsinn erführe …

Nun seit Montagmittag unterwegs und alles wieder gut. Wir verstehen uns eben.
Heute allein bei Frau Kü. in Bonn. Sie will die Briefe ihres Mannes für das «Echolot» bereitstellen, wollte sie aber aus Sicherheitsgründen nicht schicken. Also bin ich hingefahren, wo wir gerade sowieso in der Gegend sind.
Bei Kaffee und Kuchen ihr ganzes Schicksal. Traurig! Ich bringe es nicht fertig, das abzublocken. Ihr Mann ist vor vielen Jahren bei einer Dienstfahrt (Bundespresseamt) ums Leben gekommen – und sie liebt ihn immer noch, leidet bis heute unter dem Verlust.
Ich war ganz fertig, als ich mich endlich loseisen konnte und draußen auf der Straße stand. Die Briefe jedenfalls sind «Echo»-tauglich.
Am Nachmittag dann in Röhndorf, quasi bei Adenauer zu Hause. Der Verantwortliche im Adenauer-Haus heißt Dr. Mensing. Ich hatte mit ihm auf Walters Wunsch hin schon vor einiger Zeit Kontakt aufgenommen wegen Materials für das «Echolot». Doch bevor es zum Gespräch darüber kam, wurde mir erst mal alles gezeigt: hier das Fenster auf den Garten, wo Adenauer seine Rosen betrachtete, hier Adenauers Badewanne, Adenauers Nachttisch, Adenauers dies, Adenauers das. Aber das von innen beleuchtete Stopfei, das Adenauer erfand, imponierte mir nun doch. Später kamen wir dann auf das «Echolot» – Dr. Mensing will uns unterstützen und Material aus den Monaten Januar/Februar 1943 schicken.

13. 3. 1991, Wasserburg Rüdern

Simone war gestern in Bonn und knüpfte Kontakte mit den Adenauer-Leuten*. Am Abend eine erste Lesung aus «Echolot», der 1. Januar 1943, Studenten mit verteilten Rollen. Etwas zu lang, wurde aber gut aufgenommen. Langes Gespräch hinterher, in kleinstem Kreis. Von all den Leuten, die doch wußten, daß ich kommen würde, hatte niemand etwas von mir gelesen.

Simone: Nachts. Fragen und Statements der Teilnehmer in Cleve, mit denen ich ab dem zweiten Tag «warm» wurde:

* Stiftung Bundeskanzler-Adenauer-Haus.

«Wie machst du das psychologisch mit ihm?»
«Ist er nicht ein schwieriger Typ?»
«Ich kann mir denken, daß er schwierig ist!»
«Was braucht man denn für eine Ausbildung, um so einen Job zu machen?»
«Du bist wohl auch sein ‹Groupie› und ‹Roadie›!»
«Du bist doch wohl eine Person seines Vertrauens!»
«Der große Meister!»
«Der Klombowski!» (die Bayern)
«Ich brauchte tatsächlich anderthalb Tage, um überhaupt zu kapieren, was sein Humor ist!» – Wer dafür anderthalb Tage braucht, kann einpacken. Das ist Walters großes Glück: daß ich seinen Humor verstehe. Aber es ist – weiß Gott – auch mein Glück.

Simone: Nachts. Heute mit Walter zurück, zur Lesung nach Paderborn.
Walter hat in Xanten ein Gemälde gekauft. Er freute sich, 2000 Mark runtergehandelt zu haben. Der Ladenbesitzer war mir äußerst unangenehm – hatte eine merkwürdige Art zu sprechen! Es ist ein Seestück: großes Schiff in wilder See, daneben kleine Jolle, in der Seeleute sitzen. Einer von denen trägt ein rotes Tuch um den Kopf. Das leuchtet zwischen den grauen Wogen …
Sehr schön, aber auch 'ne Menge Piepen, die Walter dafür hinblättern mußte.

Simone: Zurück in Nartum. Hildegard ist außer sich wegen des Bildes. – Ich ging nach oben und gab einen langen Text über die Belagerung von Leningrad ein, 1941, erschütternd.

24.3.1991
Ängste!
«Echolot»
München-Rede
«M/B»
Oldenburg
Zerrissen von Zeitmangel

25.3.1991
Der Tag begann katastrophal. Der Handwerker kam, und ich mußte Möbel schleppen. Im Laufe des Vormittags fing ich mich, und am Nachmittag konnte ich noch gut arbeiten. Tippte das 8. Kapitel von M/B, das nun noch angereichert werden muß mit Notizen von damals. Wir gehen jetzt die Quellenangaben in meiner «Echolot»-Literatur durch, wollen mal sehen, ob wir noch was finden.

26.3.1991
Am Nachmittag konnte ich dann doch noch arbeiten und schaffte mein Pensum, M/B, das 8. Kapitel, jetzt sehr schön, Notizen eingearbeitet. Am Abend dann noch für «Echolot» den 7. Januar in Reinschrift. Also im ganzen voll befriedigend.

28.3.1991
Der schöne Erfolg von gestern wirkte noch nach und versetzte mich in fröhliche Stimmung. Ich arbeitete am «Echolot». Bis zum 9. Januar bin ich vorgedrungen. Entdeckte neulich ein Buch über die Pressekonferenzen von Goebbels. Jede Entdeckung füllt eine Lücke, weil jeder Mensch anderes zu berichten weiß. Nur die Stalingradbriefe der Mütter sind alle gleich …

30.3.1991
Am Vormittag intensiv am 10. Januar gearbeitet, war problematisch, da sehr viel Material. Am Abend brachte ich in den Anhang probeweise OKW-Bericht und Exlers Arbeit (Pressemeldungen) ein. Problematisch, dadurch wird das Sammlerische zu stark betont.

1.4.1991
Am Nachmittag allein im Haus. Ich trank gemütlich Kaffee, sah Fotoalben an und bearbeitete den 11. Januar 1943, eine schwierige Sache, weil keine eindeutige Tendenz.

2.4.1991
Das war heute ein rechter Idiotentag. Der 12. Januar war sehr schwierig zu ordnen, auch zeitaufwendig, weil zu lang.

3.4.1991
Am Abend saß ich am «Echolot» und brachte Mrongovius ein. Rief ihn auch an, er hat Depressionen, sagt er.

5.4.1991
Den ganzen Tag fürs «Echolot» Mrongovius-Texte eingegeben (Zwischentexte!). Paßt genau.
Die Zwischentexte sind Rückblenden (wie alles so gekommen ist) und Vorgriffe zugleich. Sie geben Erklärungen für das Gesamtgeschehen, die von den Statements nicht geleistet werden können.

9.4.1991
Mit dem «Echolot» bin ich inzwischen im Rohbau bis zum 17. Januar vorgedrungen. Macht Spaß, wenn man das so sagen darf.

10.4.1991
Der 16. Januar ist fertig.

11.4.1991
«Echolot» blüht und gedeiht. Bin bis zum 17. Januar gekommen.

12.4.1991, Augsburg
Vorgestern hatte ich eine Lesung in Gräfelfing, wie schon vor acht Jahren war sie auch diesmal schlecht besucht, etwa 60 Leute. Hinterher mit Bittel allerhand durchgesprochen, spät ins Bett. – Im Postkartengeschäft im Münchner Hauptbahnhof allerhand für das «Echolot» ergattert. Darunter eine Farbkarikatur aus «Life», die ich nur ausgeliehen habe, weil sie 2000 Mark kosten sollte! Werde sie kopieren und zurückschicken.

13.4.1991
Heute früh arbeitete ich am 18. Januar, dann schlief ich lange.

Simone: Die Kü.-Briefe kopiert. Am Kopierer stehend geheult, weil das echte Liebesbriefe sind! All das überlebt – und dann Jahre später mit dem Auto tödlich verunglückt. Als sie es mir erzählte, hatte sie tatsächlich Tränen in den Augen. Sie wußte noch jede Einzelheit – was sie gemacht hatte an dem Tag, wie sie gewartet hatte mit dem Abendbrot ...

14.4.1991
Als Zwischentexte: Mrongovius, der unerschöpfliche, Leningrad, Sonja, den Bomberpiloten Westhorpe, den ich in Provo interviewte.

17.4.1991, Aalen
In Tübingen kaufte ich einiges für das «Echolot». – Die ganze Stadt vollgeschmiert mit Parolen gegen Amerika – gegen Saddam Hussein kein Wort.
Im Hotel noch den 19. und 20. Januar geordnet, so komme ich doch nicht mit leeren Händen nach Haus. Den Januar möchte ich sehr gerne im April abgeben.

18.4.1991
«Echolot» nun 20. Januar auch sortiert. Den Tag habe ich mosaikartig angeordnet, also alles durcheinander, mehr auf Gesamtwirkung bedacht: auf einen Blick. Das Material war geeignet, da Stalingradsachen fehlten.
Literatur: Carossa-Briefe.*

Simone: Heute kam die Ausbeute des nicht enden wollenden Nachmittags im Adenauer-Haus: *Ein* einziger Brief! Aber die wollen wohl das Pulver nicht verschießen – Dr. Mensing plant ja selbst verschiedene Publikationen.

1.5.1991
Mit «Echolot» bin ich nun zum 28. Januar vorgedrungen, habe auch schon Fotos bereitgestellt. M/B muß warten.

* Hans Carossa: «Briefe». Bd. 3: 1937–1956. Hg. v. Eva Kampmann-Carossa. Frankfurt a. M. 1981.

8. 5. 1991
Simone ist in Marbach*. Der Handschriftenmann gibt nur zögernd Sachen heraus. Wir sollten das man lassen mit dem «Echolot», hat er gesagt.

9. 5. 1991
Gestern am «Echolot» gearbeitet, ich bin nun durch mit dem Januar. Stalingrad ist «erledigt». Fange wieder von vorn an: das alte Lied, der zweite Durchgang.
Simone ist noch immer in Marbach. Inzwischen scheint sie sich dort durchgesetzt zu haben. Ich gab ihr ja auch ein paar Manuskriptseiten mit, als Geschenk für den Herrn dort.

10. 5. 1991
Simone kam. Ich hatte mir vorher überlegt, daß ich sie mit den Worten empfangen würde: «Du bist sichtlich reifer geworden.» Das hatte nicht viel Erfolg. – Sie hatte in Marbach ziemliche Schwierigkeiten, das scheint ja ein doller Verein zu sein. Am Telefon, vorher, alles zugesagt, und dann: Denkste. Das wird mir eine Lehre sein.
Die erste Ausbeute ist aber doch sehr beachtlich. Einige Hans-Grimm-Sachen, die unentbehrlich.
43er Fotos herausgesucht, nicht sehr reichhaltig. Erwäge spezielle Anzeigen.
Großartige Post, der gesamte Nachlaß eines Kriegsreporters. Bilder von Katyn.

16. 5. 1991
Auf der Hinfahrt nach Hamburg Kolonnenfahrt auf vier bzw. sechs Spuren! So etwas habe ich noch nicht erlebt.
Als ich da so am Steuer saß und im Radio einen Vortrag über Pfitzner hörte, fiel mir eine wichtige Änderung für das «Echolot» ein. Ich werde Fotos aus früheren oder späteren Zeiten heraussuchen und dazwischenschieben.

* Deutsches Literaturarchiv.

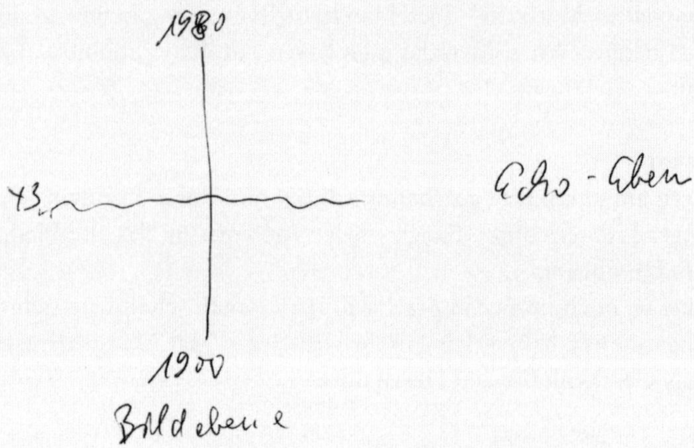

Wenn ich Fotos nur von '43 nehme, würde ich konsequenterweise bei Zentner landen, diesem III.-Reich-Zeitschriftenmann.* Ich kriege nun durch das Vor und Zurück eine größere Schärfe in die Sache, spanne den kurzen, aber inhaltsreichen Zeitausschnitt in ein Zeitkreuz. Gefahr des Feuilletonismus.

19. 5. 1991

Arbeit am «Echolot», Fotos einbauen. Anregend.
Sorge, daß mir wesentliche Zeitzeugen nicht über den Weg laufen. Mit jedem Prominenten, den ich finde, schließe ich eine Lücke, deren Vorhandensein ich vorher nicht bemerkt hatte.
Bebilderung des «Echolot» problematisch. Es dürfen nur einzelne Fotos sein, wenige. Deutsche! Und: Texte nicht illustrieren wollen.
In der Nacht wundervolles Streichquartett von Beethoven gehört und a-Moll-Sonate von Mozart.

* Christian Zentner (Hg.): «Lexikon des Zweiten Weltkriegs». Daten, Fakten, Dokumente. Herrsching 1977.

20. 5. 1991
Für «Echolot» die ersten drei Januartage kopiert, um sie morgen – sparsamer – versuchsweise mit Bildern zu kontrastieren.
Literatur: Ralf Georg Reuth, «Goebbels». Schlecht, weil zu viel Anführungsstriche, jedes dritte Wort. Dazu schreibt er S. S. oder N. S. D. A. P., das stört auch. Auch sonderbar eckige Schrifttypen. Schreibweise ᛋᛋ wird im «Echolot» nicht durchzusetzen sein.
Aber hilfreiche Quellenangaben. Und im ganzen natürlich «wahnsinnig».

22. 5. 1991
Habe ich mich mit dem «Echolot» übernommen? Reduzieren heißt die Devise.
Carla* rief gestern in New York das Leo Baeck Institute an (die Telefonnummer hatte ich in wenigen Minuten über die Auskunft): Der Katalog der Bestände ist 1990 erschienen! Man kann dort ohne weiteres Kopien bestellen.

24. 5. 1991
Mit der Endfassung des «Echolot», dem zweiten Durchgang des Januar, besser gesagt, bin ich nun bis zum 6. Januar vorgedrungen, schaffe, wenn es gutgeht, drei Tage pro Tag. Bis zum 1. Juni – wie versprochen – werde ich aber nicht fertig werden, das läßt sich ja leicht ausrechnen. Probleme habe ich mit den Fotos, die Variationsbreite ist nicht sehr groß. Hin und wieder glückt es, eine groteske Wirkung zu erzielen, ob das die Leser merken, ist fraglich.
Je umfangreicher die Sammlung wird, desto deutlicher klaffen die Lücken.
Die Stücke aus Marbach werfen natürlich die Frage auf: Wenn so viele Schriftsteller ins «Echolot» aufgenommen werden, wo bleiben dann die Musiker und Maler? Wirtschaftler habe ich so gut wie gar keine und Mariner auch nicht. Die Wirtschaftsmenschen haben naturgemäß kein Tagebuch geschrieben. Aber ich denke, daß sich diese Lücken noch im nächsten Jahr schließen lassen.

* Carla Damiano, eine amerikanische Germanistikstudentin.

Im Fotoarchiv

28. 5. 1991
Mit Sundermann* sprach ich über das «Echolot», mir wurde die Notwendigkeit einer Gegenbewegung recht deutlich. Dies könnte eben doch mit alten und älteren Fotos bewirkt werden: zu den Zwischentexten käme dann ein «Zeitsprung».

29. 5. 1991
Sundermann, der sich von mir launig in «das Handwerk des Schreibens» einführen ließ. Ich interpretierte ihm ein Präludium aus dem «Wohltemperierten Klavier», um seinen Sinn für «Form» zu wecken. Es waren einige kluge Äußerungen von ihm zu hören über das «Echolot», und möglicherweise schickt er uns auch noch pfarramtliches Material für den Moloch.
Mir ist eine Lösung für die Erzielung von Zeittiefe eingefallen: Ich

* Ein Theologiestudent, der ein Praktikum im Archiv absolvierte.

werde Fotos aus den 20er und 30er Jahren thematisch und zyklisch als Einlagen zwischen die Texte fügen. Die 43er Fotos hingegen werden in die Texte integriert. Die Foto-«Abteilungen» werden den Titel «Zeitsprung» erhalten.
Ein anderer Autor würde am «Echolot» zehn Jahre arbeiten, und in der Tat, jede Lücke, die ich schließe, weist auf Katakombengänge hin, von deren Existenz ich keine Ahnung hatte. Unbedingt vermeiden muß ich es, Nazi-Material zu verwenden. Immer lauschen wir von 1991 aus, und was da an Hitler-Bildern, Plakaten und Propagandamaterial an uns andringt, darf höchstens vom Leser zufällig und im Hintergrund wahrgenommen werden.

31.5.1991
In der Nacht habe ich noch drei Themen für den Foto-Zeitsprung angerissen, das fast Automatische der Ideenankunft und -realisation langweilt mich. Ein wirklich großer Gedanke fehlt. Alles ist noch auf dem «Niveau du Barbier» angesiedelt. Man müßte, wenn alles fertig ist, die ganze Geschichte durch eine Art Reißwolf jagen, der nach ständig wechselnden Prinzipien die einzelnen Sätze austauschen würde. Das Ganze wäre dann zwar unlesbar, käme dem jedoch, was ich beabsichtige, näher.

3.6.1991
«Echolot», 1.–15. Januar des zweiten Durchgangs abgeschickt. Das habe ich erst mal vom Hals.
Aus Marbach kamen gute Sachen. Habe sofort darin gelesen. Gott, ist das lange her, Vater und Mutter sind auch darin, in der Diktion mancher Briefe.
Briefe von Margarete Hauptmann und Karola Bloch.

10.6.1991, Oldenburg – Universität
Sie sei müde gewesen, das habe sie ganz schön angestrengt, sagt eines der vier Mädchen, die am Sonntag «Echolot» mit vorgetragen hat. Kinder sind es, das vergessen wir.

12.6.1991
Ich wachte heute um 5 Uhr auf und rasierte mich und begann sofort zu arbeiten, konnte noch den 22. Januar hinter mich bringen. Aber es schleicht sich Routine ein, gegen die ich mich wehren muß. Weniger Fotos! Überhaupt eine Reduzierung. Vielleicht sollte ich mich an «Sirius» orientieren: auch das Layout.
Die Foto-Zeitsprünge nicht nur aus alten Bildern bestreiten, sondern auch Beispiele aus der jüngeren Vergangenheit: Wiederaufbau usw.?
Vergebliche Versuche, mit dem Document Center (Berlin) in Verbindung zu kommen. Man müßte hinfahren.

15.6.1991
Morgens einen Tag «Echolot» (23. Januar 1943), nachmittags M/B: das Marienburg-Kapitel begonnen. Ganz gut.
Beim Kaffee fand ich eine Lösung, wie ich das «Echolot», ohne das Gesicht zu verlieren, zu einem guten Ende bringen kann, wir teilen es in drei Lieferungen

1. «Echolot»: Jan./Feb. 1943
2. Jan.–Mai 1945
3. Dez. '48/Jan. '49

Durch das Überspringen schaffe ich Spannungsbögen, durch das Weglassen Konsumierbarkeit.
Falls dann noch Zeit, könnte ein Band «20. Juli und Invasion» zwischen «Echolot» '43 und '45 geschoben werden.

23.6.1991
Abends
Arbeite mich durch den Kaftan-Nachlaß aus Göttingen: «Tagebuch. Bitte vorläufig nicht öffnen!» stand auf dem Tagebuch von Hans Henning Teich. '45 ist er noch gefallen.

28.6.1991
Neues Register gemacht für «Echolot».
Nachmittags Fotos sortiert, neue Alben aufgenommen.

30.6.1991
Simone hat in Berlin offensichtlich Akten von Geisteskranken aufgetan.

9.7.1991
Jetzt bleiben noch ein paar große Brocken nach:
«Mark und Bein»
«Echolot 1943»
Dorfroman
«Alkor»
Das wird mich bis zum Ende des Jahrzehnts beschäftigen. Danach vielleicht ein weiterer «Echolot»-Band, Juni und Juli 1944.
1999 werde ich 70.

11.7.1991
Heute kamen zwei Biographien, eine von Egon Tschirch, Rostock 1939–1945, sehr interessant, ich las das Tagebuch im Garten auf einen Rutsch. Manchmal leider auf Wirkung hin geschrieben, aber wenn's ihm ernst war, sehr knapp und sachlich. 1943 fehlt, und den Russeneinmarsch hat er ausgelassen, hatte wohl Angst.

Tschirch 1889-1948, Rostock: «Sausender Schneesturm, dunkler Himmel, Schneeschanzen – Warschau gefallen! – Noch stockt einem der Atem. – Atemberaubend ist dieser russische Einbruch, Vormarsch, Aufbruch, dieser Sturm aus Ostland, diese Lawine, die da alles zerschmetternd aufrollt, unaufhaltsam, gigantisch.»
Die andere Biographie, ein Berliner Mädchen im Krieg. Sehr schön und stimmungsvoll.

14.7.1991
Letzte Briefe aus dem Feld eingegeben ins «Echolot». Die Sprache war der Situation in der Regel nicht gewachsen. Einfache Leute konnten es meistens besser: «Liebe Cläre, wenn Du einen andern findest, wünsche ich Dir alles Gute ...!»
Die Bürger bergen ihre Gefühle und Ansichten zum Teil unter enormem Schwulst, fast wie unter Drogen erzeugt.

Steht uns nicht zu, darüber zu urteilen.
Carla rief aus Idaho an, daß Leo-Baeck-Leute Schwierigkeiten machen. Typische Archivsituation. Die Leute sitzen auf ihren Beständen. Abgesehen von der Endlosigkeit des Antichambrierens irgendwelche Ängste, etwas Verbotenes zu tun? Totenruhe? Datenschutz?

16.7.1991

Am Nachmittag langes Gespräch mit Bittel, der inzwischen den Januar gelesen hat und «überzeugt ist» von dem Vorhaben, wie er sagt. Es wären hübsche Geschichten drin.
Bittel sagt, die Frau von Adorno* sei «steinalt» geworden. Früher sei sie mal eine Schönheit gewesen.
An den Nachlaß von Richard Strauss sei nicht heranzukommen, da säßen die Nachkommen drauf, hielten das zusammen, ließen niemanden ran.
Der «Echolot»-Text habe eine ziemliche Sogwirkung.

22.7.1991

«Echolot»: wächst und wächst. Gestern kam das Bücherpaket aus Hamburg, es ist allerhand Lückenschließendes dabei. Aus Berlin ist die Genehmigung zur Einsicht der Krankenunterlagen** gekommen. So rundet sich das Bild.
Gestern habe ich ein «Schluß»-Kapitel angelegt. Die Zwischentexte, die zwischen die Wochen zu setzen sind, um Tagesübergreifendes zu bieten, sind fragwürdig.
Gestern suchte ich das Benimm-dich-Büchlein heraus, das die Marine ihren Offiziersanwärtern verordnet hat, noch im Jahre 1943!
Schon jetzt ist klar, daß ich den Termin 1992 halten kann.
Im Archiv noch viel gefunden, das beim ersten Durchgang übersehen wurde. Eine sonderbare Frau, die die Seiten römisch paginiert hat. Gutsbesitzerstochter, die sich in ihrer Biographie dafür bedankt, daß die Polen das Schloß abgebrannt und alles kassiert haben (1985).

* Gretel Adorno (1899–1984).
** Akten aus der Nazizeit in der Karl-Bonhoeffer-Nervenklinik in Berlin.

26.7.1991
M/B – im August abgeben.
«Echolot» – Mai 1992 abgeben.
«Alkor» – vielleicht 1993 im Herbst? Ich werde damit noch im August beginnen.
Dann Dorfroman und «Echolot 1945».*

1.8.1991
Simone ist wieder da. Sie hat aus Berlin interessantes Material mitgebracht, Euthanasistisches, das sich aber nur schwer ins «Echolot» einordnen lassen wird.
Die Briefe, an die ich dachte, von Angehörigen vielleicht, oder schriftliche Zeugnisse der Kranken fehlen.

2.8.1991
Ich habe Mrongovius die Rußlandkarten geschickt, zur Identifizierung der russischen Städtenamen im «Echolot».
Der 85jährige rief in der Nacht an, Hildegard war dran. Ob er mich sprechen könnte? – «Nein, der schläft.» – «Ah, in einer Besprechung ist er also.»

6.8.1991, Rostock
Ich versuchte, Herrn Renne zu treffen, Intendant des Volkstheaters, da war aber alles zu, und Herr Renne auf Urlaub. Es wäre doch schön, wenn wir im Winter 92/93 gleichzeitig in Lübeck und Rostock ein Stück «Echolot» präsentierten. Ich stelle mir das als Podiumslesung vor mit Musik und Lichtbildern, die mit den Texten kontrastieren. Nun, das einzufädeln haben wir noch viel Zeit.

> *Simone:* Mein Frustpegel stieg heute am Tage bedrohlich.
> Walter rast – und ich rase mit.
> Wenn ich ihn nicht mögen würde, wäre das alles gar nicht möglich.

* Anfangs noch geplant für den Zeitraum Januar bis Mai 1945.

Simone: Abends. Walter kam eben zurück von seiner Rostocktour, obwohl er sich, als er abfuhr, ja nicht festlegen wollte, wie lange er bleibt: vielleicht eine Woche, vielleicht auch ein halbes Jahr ...
Er war guter Dinge, die Reise war wohl ein Erfolg. Ein K.-Haus wollen sie dort gründen, seine Manuskripte – jetzt noch in der Landesbibliothek Hannover – sollen dann dorthin. Er brachte auch eine Gefängnistür aus einem Rostocker Gefängnis mit, seine Mutter war dort kurzzeitig inhaftiert.
Walter: «Was macht das ‹Echolot›?» – Ich: «Es wächst und gedeiht!»

11.8.1991
Mit dem Verlag gibt es Ärger. Kolbe hatte mir damals Geld zur Verfügung gestellt für Recherchen. Die Hilfskräfte hatten ihre Forderungen immer direkt an den Verlag geschickt. Und nun heißt es plötzlich, ich soll das alles versteuern! Ziemlich undurchschaubar.
Da wirft man sich wieder mal im Bett herum.
Auch muß ich, und das erfahre ich erst jetzt, für die gelegentlichen 400 Mark, die ich Studenten zu verdienen gebe, 70 Mark Steuern zahlen. Das wird nun natürlich sofort eingestellt.

14.8.1991
Morgens an M/B, dann «Echolot». Mittagsschlaf durch wahnsinnige Bellerei der Hunde unterbrochen.
Ich bin seit einigen Wochen dabei, das Archiv nach Resten durchzusehen für das «Echolot», und finde Unmengen. Vieles erfrischend Natürliche ist dabei, aber auch Verblasenes. «Die Findeisen-Sippe» heißt ein Rundschreiben. Da soll man wohl stolz sein, dazuzugehören. Eine Frau schreibt: «Lebenserinnerungen. Begonnen im großen zweiten Weltkrieg». Das ist fürs nächste Jahrtausend berechnet. Oft steht die kümmerliche Aufmachung im Gegensatz zum Anspruch, der erhoben wird, schlechtes Papier, miserabel getippt, klecksender Kugelschreiber.
Hildegard sitzt unter der Lampe, von Motten umschwirrt auf der Terrasse und entziffert Wilhelm Lehmann.
Heute rief ich einen Einsender an, der Erinnerungen an seine Zeit auf der «Emden» geschrieben hat. Ich wollte ihn um Briefe aus der Zeit bitten, weil es mit Marinesachen bei uns noch schlecht bestellt ist. Es

klingelte einige Male, bis er ranging: «Sie müssen schon entschuldigen, ich habe gerade einen Schlaganfall gehabt, bei mir geht jetzt alles ein bißchen langsamer.» Morgen kommt er in die Reha-Klinik nach Bad Segeberg. Er will mir Briefe heraussuchen. Nachmittags rief er dann nochmals an, Hildegard war am Apparat: Ich würde mich wundern, was er mir alles schickt! Dann ist er also trotz der Krankheit noch ans Schapp gegangen. Die Unsterblichkeit ist es, die er dadurch zu gewinnen hofft. Oder ganz einfach natürliche Freundlichkeit.
Ich ließ Mottos zusammenstellen und interpretierende Titel von Autobiographien. Eine recht sonderbare Liste entstand, 1. Kor. 13 natürlich. Viel Goethe und Bibel:
«Die Erinnerung ist das einzige Paradies, aus dem man nicht vertrieben werden kann.»
«Und wie es kam, ich hab's erkannt, am Ende war es gut.»

Simone: Arbeite seit einiger Zeit zusammen mit Monika Frohriep oben im Archiv am «Echolot»: Sie sitzt an dem kleinen Computer, Blick auf die Tannen, ich am großen Computer, Blick auf Tür und die Wand. Sie erstellt das Register – und fängt vorsichtshalber schon einmal damit an. Wer weiß, wie lange das dauert.
Walter trat heute im Haus in Hühnerkacke. Er nahm es ganz gelassen – soweit er was gelassen nehmen kann.
In Gegenwart von Monika, die wirklich nett ist, wenn auch ganz anders als ich, erwähnte er heute unsere Frankreichtour, damals 1986: «Er war nicht ohne», würde ich später in Interviews sagen, «wenn ich da an unsere gemeinsame Frankreichtour denke!»
Gestern abend hat er zu mir «Gute Nacht, Tochter» gesagt – eine ernstgemeinte Auszeichnung!?

Simone: Heute ist der Putsch gegen Gorbatschow zu Ende gegangen: Kurz und schmerzlos! Diese zwei Worte hätte man – wenn auch wehmütig – wahrscheinlich genauso hingeschrieben, wenn es anders ausgegangen wäre, nämlich gegen die Demokratie, gegen Gorbi.
Walter schrieb heute die ganze Zeit, vorm TV sitzend, Notizen in sein Tagebuch! Was die Moderatoren sagen und die Interviewgäste.
Heute wieder Rußlandbriefe eingegeben, Gott sei Dank mehr oder

minder fürs erste abgeschlossen. Es nimmt mich doch sehr mit, all die lieben Worte an die im Dreck steckenden Söhne, Männer, vielleicht schon tot! Und umgekehrt die hoffenden und teilweise nur Hoffnung verbreiten wollenden Zeilen der Verdammten! Besonders schrecklich: Keine Seite hat die an sie adressierten Zeilen je zu lesen gekriegt. – Denn die Briefe kamen ja nie an.
Walter heute den Tag über sehr nett! Aber beim gemeinsamen TV – Hildegard und ich sprachen über irgendwas – schrie er, eine Zacke zu laut: «Ruhe!» Er schien es selbst zu merken und fragte mehr oder weniger einlenkend: «Oder hat einer von euch gehört, was der da jetzt gesagt hat?!» – Ich konnte nicht anders, es passierte ganz automatisch, ich streckte ihm die Zunge raus. Ob er's gesehen hat? – Keine Ahnung. [ja]
Helmke von Schmidt Productions (Rostockfilm) rief an: daß Micha und sie zwischendurch immer wieder an mich dächten. Und dann: «Du Arme, daß du immer noch *da* arbeitest!»

Simone: Heute Post, viele Briefe, die ich versuche so zu beantworten, daß sich die Empfänger freuen.
Las heute bei Marie Wassiltschikow, wie sie durch Berlins zerbombte Straßen kraxelt, um einen in Auftrag gegebenen Hut bei einem Hutmacher abzuholen. Schade, nicht Januar/Februar 1943, aber vielleicht für einen Folgeband …
Im Haus ist eine Flohplage ausgebrochen, mich juckt's überall.

Simone: Heute in Hannover, dieser Dr. Dittrich ist ein komischer Kauz, so hektisch und so nervös! Wollte sogar die im Auto liegenden Hundekauknochen mit in die Sammlung nehmen: «Man weiß ja nie! Wo wir ja auch ein Kommißbrot haben!»
Nach der Ablieferung sofort zurückgefahren – ohne Essen, ohne Pause – und hier gleich wieder im Archiv nach «Echolot»-Texten gestöbert. Dann Post gemacht.

Simone: «Echolot»: Walter hat recht: Wir füllen mit einer Gießkanne ein Schwimmbecken – aber mittlerweile kann man schon leidlich drin schwimmen …!

Simone: Ein Wochenende bei meinen Eltern.
Heute abend fahre ich direkt von hier aus zu Walter – denn es gibt viel zu tun. Meine Oma: «Ißt du auch genug?!» – Ich nicke und denke: «1. September – Kriegsausbruch!» = Völlig WK-II-infiziert.

Simone: Walter hat heute M/B abgeschlossen.
Vielleicht hat er ja das Glück, daß er demnächst auch in den «Tagesthemen» vorgestellt wird, so wie heute M. Walser, als «Pionierpflanze». Aber wenn, dann bringt ihn bestimmt das «Echolot» eher ins TV. Egal, wie es kommt, wir können sagen, wir sind dabeigewesen.
Monika Frohriep immer netter.
Morgen den Tag über Ruhe: Walter und Hildegard fahren zum Geburtstag von Fritz J. Raddatz nach HH. Da werden Monika und ich es ein wenig entspannter angehen lassen können …

2. 9. 1991
Wir haben meinen «Urlaub» noch um ein paar Tage verschoben. Morgen Paeschke.

4. 9. 1991
Gestern traf ich mich mit Paeschke. Er war erstaunt, daß «Echolot» zwei- oder gar dreibändig (plus Register).
Das lasse sich nicht verkaufen. Ich wies auf die Ausgangslage hin, daß ich das von Anfang an gesagt hätte. – Vielleicht sollte man 1000 Exemplare für Bibliotheken und Enthusiasten machen, dann Studienausgabe.

7. 9. 1991
Bin immer noch ganz erschöpft von M/B, habe zu nichts Lust.
Paeschke fragte mich, als was ich mich denn nun eigentlich sähe, als Romancier oder als Historiker. Er wollte mich damit wieder auf den rechten Weg zurückführen.

Simone: Gestern ist Hildegards Mutter gestorben, aber der Betrieb geht weiter. Wir haben uns oben mit Tee und Keksen verschanzt.

Heute mehrmals mit Bittel telefoniert wegen «Echolot». Fragen über Fragen …

Simone: Heute wurde Hildegards Mutter beerdigt. Monika und ich fuhren früher, weil wir nicht stören wollten an diesem Tag. Allerdings hatten wir beide auch keine große Lust heute. Wir tranken Kaffee und unterhielten uns. Sie ist wirklich nett – um so «schader», daß sie uns in den nächsten Tagen wohl verläßt (die erste Stufe des «Echolot»-Registers hat sie «im Kasten»).
Manchmal nervt sie mich in ihrer Art von übersteigerter Genauigkeit, weil die anders ist als *meine* übersteigerte Genauigkeit – in diesem Punkt sind wir nur stundenweise kompatibel.

17.9.1991, Feldberg/Mecklenburg
Mit dem Neffen unterwegs, um Briefe von Fallada zu besorgen. Wir schlafen hier im Fallada-Haus. Die Archivarin hat mir einige Briefe in Aussicht gestellt, Fallada hätte damals, also Januar/Februar 1943, besonders viele Briefe geschrieben, manchmal sechs Stück an einem Tag. Ich habe ihr Manuskriptseiten von mir für das Archiv des Hauses versprochen, falls sie mir einige Briefe zugänglich macht. Die Rechte hat eine Frau in Braunschweig, die «ziemlich aufpaßt».
Fallada-Haus, Frau Lang, sie will mir Fallada-Briefe schicken, in der Hand gehalten habe ich sie schon. Dietzel*, dem das früher unterstand, hat nichts davon verlauten lassen. Das ist eigentlich unfreundlich. So hat er sich dann doch noch am Klassenfeind gerächt. Die drei Briefe, die er mir überließ, «sprechen Bände», könnte man sagen.

Simone: Leicht entnervter Arbeitstag, nur am Computer – ich hänge gerade durch.
Walter wechselte heute für mich den Toner im Laserdrucker: «Man muß solche Sachen vorsichtig und zart behandeln, wie eine Jungfrau!»
Ansonsten nur Nerv, ich war froh, als ich endlich nach Hause konnte.

* Prof. Dr. Ulrich Dietzel, ehemaliger Leiter des Literaturarchivs der Akademie der Künste, Ostberlin.

Jetzt absolute Entspannung am Escher-Puzzle. Wenn ich puzzle, versinke ich völlig in einer anderen Welt. Aber wehe, mich stört dabei einer!
Wenn ich es recht bedenke: Eigentlich puzzle ich rund um die Uhr.

Simone: Bei Walter heute die Fulbright-Studenten, Monika wurde vorgeführt wie ein kleiner Affe: «Komm mal her, du Liebe, wie heißt du noch gleich?!» Die darin liegende Aufmerksamkeit weckte doch tatsächlich in mir ein Gefühl von Eifersucht – es war nur der Bruchteil von Sekunden, aber es war da.
Abends sagte Walter ihr im Spaß, daß ich die Chefin sei. Es wäre deshalb wichtig, daß sie sich mit mir gut versteht, sonst könnte sie einpacken. Natürlich viel gelacht darüber – mit dieser Absicht war es ja auch gesagt.
Mit Monika zurück nach Hamburg gefahren. Wir sagten uns gegenseitig, daß wir uns mögen.

24.9.1991
Ich bin sehr fleißig, suche Zwischentexte heraus und gebe schwer lesbare Texte für «Echolot» ein. Die ersten beiden Januartage sehen jetzt ganz gut aus.
Frau Frohriep ist mit dem Register schon sehr weit, heute war sie zum letzten Mal da, angenehmer, rasch kapierender Mensch.
Simones Freundin ist gerade dabei, das Exil-Archiv in Frankfurt zu knacken, ich selbst habe Fallada-Texte besorgt (sie sind allerdings noch nicht da).
Landesbibliothek Hannover schickt nach und nach per Fernleihe Bücher, die leider öfters um das Frühjahr '43 einen Bogen machen.
«Verflucht vor allem die Geduld!»

29.9.1991
Planung:
1992 «Echolot» fertig, Dorfroman beginnen und «Alkor» (als Ergänzung)
1994 Dorfroman
1996 «Alkor»

Simone: In Nartum heute Probleme mit Walters Lesereise. Zwei Tage vorher paßt ihm die Planung nun doch nicht, aber es ging glimpflich aus; der Verlag zeigt sich spendabel und läßt sich den Samstagleerlauf einiges kosten (800 Mark).
Danach am Computer und mit Monika eine letzte Feinabstimmung, was das Register betrifft. Sie hat heute – zumindest auf absehbare Zeit – ihren letzten Arbeitstag. Deshalb nachmittags auch ein gemeinsames Kaffeetrinken und eine Stunde früher Schluß.
Monika auf der gemeinsamen Fahrt zurück nach HH: «Wenn du mir die neuen Texte schickst, legst du mir dann auch mal einen Zettel rein?!» – Wir verstehen uns gut.

Simone: Morgen Tag der Deutschen Einheit – im letzten Jahr war ich mit Walter an diesem Tag in Weimar. Erinnerungen.
Walter fuhr heute allein auf Lesereise – war frustriert, weil er glaubt, daß sie sich vom Verlag für ihn keine Mühe geben. «Und für das ‹Echolot› interessieren sie sich auch nicht!»

Simone: Wieder in HH, war die letzten Tage ja in Nartum geblieben, weil die Fahrerei wirklich zu anstrengend ist. Außerdem kann ich abends immer noch ein wenig Post machen oder im Archiv nach «Echolot»-Texten suchen. Dabei liest man sich meistens fest.
Morgen und übermorgen fahre ich auch noch mal, komme aber abends nach Hause. Es muß schließlich wieder etwas Geld in die Kasse kommen, sonst bin ich demnächst noch pleite. Und Arbeit gibt es ja genug: «Manuskriptberge» für das «Echolot»!

Simone: Ich bin wieder ganz groggy: Eine Woche jeden Tag arbeiten, das ist wirklich sehr anstrengend. Die Textmassen stapeln sich überall.
Walter kam schon heute von der Lesereise zurück, ein Veranstalter hat abgesagt. Das brachte Hildegards und meine Pläne völlig durcheinander. Aber so ist er eben. Es ist nur auszuhalten, weil wir uns – auch wenn es hart auf hart kommt – mögen. Sonst ginge das gar nicht …
Ich frage mich trotzdem: Warum solche Mammutaktionen für nicht

einen Tag wirkliche Ruhe? Hildegard meint, es sei Trotz. Immerhin muß er am Sonntagmorgen ja schon wieder *da* sein, wo er gerade herkommt. Verrückt.
Walter schimpfte vor sich hin.

2.11.1991
Mit dem «Echolot» wieder von vorn begonnen. Dritter Durchgang. Gestern den 6. Januar bearbeitet. Es muß gekürzt und erweitert werden.
Feldberg hat die Fallada-Briefe noch immer nicht geliefert. Werde jemanden dorthin schicken. Vielleicht kann Hildegard auf dem Weg nach Berlin vorbeischauen?
Schöne laue Luft. Ging ½ Stunde im Garten auf und ab. Hildegard war Besorgungen machen, und ich ordnete den 7. Januar 1943 nun zum dritten Mal. Wir stecken immer noch im rein Dokumentarischen. Es muß zusammengeschoben, verdichtet werden. Kommt Zeit, kommt Rat.

> ***Simone:*** Ein Mensch von der Telekom verlegte im Kreienhoop neue Telefonleitungen. Ich war allein im Haus, der Telekommann sagte, er wisse, was er zu tun habe. Als ich runterkam, weil er nach oben rief, daß er fertig sei, sah ich das Drama: Er hatte in der Halle, direkt über dem Sekretär, sichtbar gerade nach oben laufend und dann nach rechts «abbiegend» über die ganze Wand (!) ein graues Kabel verlegt.
> Das würde Ärger geben – das war klar! Und es *gab* Ärger! Walter kriegte einen Wutanfall – es war zum Fürchten. Er riß die Archivtür auf: «Was soll das? Wo ist der Kerl?»

5.11.1991
Der Telefonmann war wieder da, Hildegard reiste nach Berlin, es war ein ziemliches Durcheinander. Keine Ruhe zum Arbeiten. Und doch machte ich noch den 9. Januar.

8.11.1991
«Echolot»: Je mehr Lücken ich schließe, desto unvollständiger wird das Ganze. Heute fing ich mit dem 12. Januar an, Konferenz von Casablanca beginnt, die wir bisher noch gar nicht «drin» hatten.

Dem Spieltrieb muß widerstanden werden. Der Stoff darf nicht zugerichtet werden. Große Anordnungen ergeben sich von selbst. Die Idee mit den übergreifenden Zwischentexten ist gut, wir müssen nur welche finden.

10. 11. 1991
«Echolot»: 12. Januar in Arbeit und Fotos raussuchen aus den Flohmarkttüten.

11. 11. 1991
Heute kamen die Fallada-Kopien. Dürftig und teuer.
«Nischt drin, aber der Mensch freut sich.»

12. 11. 1991
«Echolot»: 12. Januar endlich fertig, den 13. Januar neu geordnet.
Riesige Stalingradlatte.

13. 11. 1991
Zweifel an «Echolot».
Schulfunk?

14. 11. 1991
Von der Landesbibliothek kamen zwei Bücher, beide beginnen leider erst im Mai bzw. Juni 1943, kann ich also nicht gebrauchen.
Im «Echolot» als Zwischentext: Friedrich Torbergs Bemühungen* zu beweisen, daß die Österreicher keine Deutschen sind.

15. 11. 1991
Ich arbeite am 15. Januar 1943.
Blick aus dem Schreibtischfenster auf die sich braun färbende Wiese, ein paar Jungkühe stehen noch darauf, im Hintergrund die Kulisse des gelben Waldes.

* In einem Brief an Richard Révy.

16. 11. 1991

Fünf Minuten vor Mitternacht.
Schöner Tag, gelassen, heiter. Hektische Vorbereitungen für Seminar (70 Gäste) – und dann der erste Nachmittag mit meiner Prosaformel und abends Wellershoff über den Tod seines Bruders.
Ich erzählte Wellershoff von dem Bild, das Ernst Jünger in mein Album geklebt hat. Himself mit Borges höchstpersönlich. Warum mit Borges? «Weil er anerkannt wird», sagte Wellershoff. Verstärkte Zweifel am «Echolot». Muß das jetzt zum Abschluß bringen.

Mit der «Tadellöser»-Tafel

22. 11. 1991
Die «Echolot»-Präsentation auf dem Literaturseminar rief genau das Echo hervor, das ich erwartet hatte: Die Älteren wachten auf und erklärten den Jüngeren sofort ein paar unwesentliche Rätselhaftigkeiten des Zweiten Weltkrieges. Sie beglückwünschten mich zu der Idee.
Drews riet ab, über Gebühr zu collagieren. Das sei kunstgewerblich. Er schlug jedoch Kürzungen vor, und da gebe ich ihm recht.
Bittel sah die herausgesuchten Fotos durch und hat dadurch vielleicht eine genauere Anschauung bekommen von dem, was ich zeigen will, von der Endform des Ganzen.

24. 11. 1991
19. Januar wird morgen eingegeben, habe ich heute neu geordnet. Wenn das so weitergeht, kann ich dieses Jahr noch damit durchkommen.

25. 11. 1991
20. Januar fertig. Starke Bedenken, ob das so geht. Ich brauchte einen echten, frischen Leser, der mir seinen Eindruck mitteilt.

26. 11. 1991
21. Januar erledigt, es geht rasch vorwärts, da mir jetzt Simone hilft. Ich ordne die Tage, numeriere die Texte, und sie verschiebt sie und läßt sie ausdrucken. Es ist aber kaum möglich, mehr als einen Tag pro Tag zu schaffen, zumal ich zwischendurch immer wieder gestört werde. Heute kamen ein Rostocker und seine Frau, entsetzlich! Sie (70 Jahre alt!) konnte nicht einmal die Petri- und St.-Nikolai-Kirche auseinanderhalten. So was kostet immer einen ganzen Nachmittag. Man sitzt und glotzt sich an.

28. 11. 1991
23 Uhr. Ein Tag zwischen Lähmung und Lebensekel und dann doch wohltuenden Aktivitäten. Zwei volle Tage geordnet, so fange ich morgen mit dem 24. Januar an. Sieht alles ganz gut aus, aber es fehlen noch z. B. Albert Schweitzer, Sven Hedin, George Bush; das Netz ist noch nicht dicht genug.
Allgemeines Gejammere.

30.11.1991
Habe heute den 26. Januar eingegeben und den 28. Januar neu geordnet. Die Dramatik dieser Wochen ist ungeheuer:

Sylvester
Stalingrad
Casablanca
30. Januar
Stalingrad
Totaler Krieg
Stalingrad
Weiße Rose

Dazu das über diese Wochen hinaus sichtbar werdende Afrika-Fiasko und die beginnenden Groß-Luftoffensiven.

3.12.1991
«Echolot»: Zu den Zwischentexten auch Rückblicke oder Zeitsprünge.
Ein starker Antrieb für die Arbeit an «Echolot» liegt im Denunziatorischen des Unternehmens. Und dieses wird ihm auch Leser zuführen (das Leseinteresse wecken).

4.12.1991
Heute fing ich mit dem Februar 1943 an, das Material ist großartig, wenn man das bei diesen traurigen Tatbeständen so ausdrücken kann.
Mit größter Befriedigung arbeitete ich bis in den Abend hinein am 1.2.1943.
Es ist wahr, das System der Gleichzeitigkeit ist banal. Interessant ist es nur durch die Schattierung; die Variante, die Gegenüberstellung. Und da sitzt dann auch das Lesevergnügen.

5.12.1991
Heute abend den 3. Februar geordnet. Es geht mit Riesenschritten, wenn ich nicht gestört werde. Immer noch Stalingrad. Ein ganz seltenes Zeugnis darunter: das Notizbuch eines Gefreiten, eines Karten-

zeichners, der gefangengenommen wird und Aufzeichnungen macht. Daß so etwas erhalten blieb!

6. 12. 1991

3. Februar fertig, 4. vorbereitet, sehr viel Material. Stalingrad versinkt, stattdessen nähert sich die Weiße Rose. In der Nacht vom 3. auf 4. Februar haben Scholl und Graf die Parolen an die Wände geschrieben. Dann kommt die Sportpalast-Rede Goebbels'.

Ich kann mich nur noch dunkel an das Frühjahr 1943 erinnern. Daß ich die «Berliner Illustrirte» las, auf dem Fußboden liegend; es fiel das Wort «Stalingrad», die armen Jungen, das Kränzchen der Mutter irgendwie. Dann, das muß aber schon März gewesen sein: wie Studienrat Förster in der Klasse die Namen der Flakhelfer vorlas, und ich war nicht dabei, weil zu jung!

Im Januar 1943 der 70. Geburtstag meines Großvaters. Letztes Familientreffen in Hamburg. Bomben auf Kopenhagen, Freundinnenzeit war noch nicht.

April '43 war ich in Breslau. Die lange Bahnfahrt von Stettin nach Breslau, in Eilzügen. Zug war ganz leer. Rückfahrt über Dresden. In Zobten lag noch Schnee. In Breslau war es warm. Und als ich nach Rostock zurückkam, war gerade ein Bombenangriff gewesen. Ich wußte das gar nicht, kam spätabends an, Schläuche lagen in den Straßen. Motorpumpen. Die Luftmine Ecke Hermannstraße, katholische Kirche. Meine Schwänzzeit hatte noch nicht eingesetzt. Dienst in der Spielschar, sicher. St.-Georg-Schule, ich sang 2. Stimme. Siehe «Tadellöser & Wolff».

7. 12. 1991

4. Februar erledigt, 5. 2. bereitgestellt. Will es endlich hinter mich bringen.

8. 12. 1991

Blöde Frage: Schreiben Sie mal wieder ein Buch? – Es drängt mich alles zu den «Trompeten»*, aber ich muß erst das «Echolot» beenden, sonst

* Romanprojekt «Kleine Liebe zu Trompeten».

werden wir nicht fertig. 5. Februar ist erledigt, der 6. Februar schon vorbereitet.
Simone hat tatsächlich die beiden verlorengeglaubten Monate des «Hamburger Fremdenblattes» aufgespürt: in Hamburg bei Springer. Sie hat für «Echolot» den Veranstaltungskalender abgeschrieben. Sie staunt über die Reichhaltigkeit des kulturellen Angebots zu dieser Zeit! Kinos! Theater! Konzerte!

10. 12. 1991
Den ganzen Tag saß ich am «Echolot», legte Texte zurecht, die bisher übersehen worden sind. Sie werden morgen eingegeben.

11. 12. 1991
Den 7. Februar fertiggestellt. Simones Hamburger Notizen vom «Fremdenblatt»: zu dieser Zeit noch ein unglaubliches Kulturangebot in Hamburg. 40 Kinos, jede Menge Theater. Es fehlen leider Volkshochschulvorträge und die Sportveranstaltungen (Universität! nachfragen). Für Zwischentexte geeignet.

14. 12. 1991
Buggert vom Hessischen Rundfunk hat geschrieben, er will das Stalingradhörspiel machen. Er möchte auch den 3. Februar sehen, weil das ja der Stalingradtag ist. Der gibt nun aber leider sehr wenig her. Die schlimmsten Schilderungen liegen *davor*. Wenn der Vorhang fällt, ist eben Schluß der Vorstellung.

17. 12. 1991
Im Archiv entdeckte ich ein Kästchen mit dem Nachlaß eines 1943 gefallenen Sanitätssoldaten, dem Sohn einer Witwe, Vater im WK I gefallen. Papiere vom Kauf eines Flügels. Ein Brief, in dem Ermahnungen stehen, wie man sich an der Front benehmen soll, am besten halte man sich an einen etwas primitiveren Kameraden, wenn der sich hinschmeißt, dann sich auch hinschmeißen usw. Dann die Kondolenzbriefe! Leider nicht der Todesbrief. In dem Kästchen ein Sprachführer für das Nötigste, russisch-deutsch: «Sie sind umzingelt!» – «Haben Sie keine Angst, Sie werden nicht erschossen.»

19. 12. 1991
Wenn ich die KZ-Angaben von Danuta Czech abschreibe, denke ich immer: Hier wird dich der Judenrat eines Tages zur Verantwortung ziehen, weil du diesen und jenen Namen nicht aufgeführt hast. Es ist ja völlig ausgeschlossen, z. B. sämtliche Tätowierungsnummern zu überliefern, außerdem liest das ja nie ein Mensch. – Eine Historikerin aus Hagen, die augenblicklich bei uns fotokopiert, meinte: Wieso? Warum nicht? – Sie wird nicht kapieren, weshalb wir sie hier nicht gebrauchen können.
Bittel schickte Kulturveranstaltungsplan von München 8./9. 1. 1943. Es ist unglaublich, was damals noch alles los war.

20. 12. 1991
Die Zurichtung der «Echolot»-Texte hat etwas vom Dominospiel an sich.
1943, das war meine Spielscharzeit. Hermann Engel, Neuhaus, Helmers, Fredy Förster, Kollege Haack, Otto Meine, Musiklehrer Kell.

21. 12. 1991
Vertipper: «Verhörprotzokoll» (über Willi Graf).

Simone: Walter hatte einen Schlaganfall. Alle sehr in Sorge.

25. 12. 1991, Rotenburg, Krankenhaus
Überarbeitet war ich ja eigentlich nicht, ich hatte gerade einen schonenden Arbeitsrhythmus gefunden. Am Abend zuvor noch die zwei «Echolot»-Kapitel («Tage») zurechtschnibbeln (ich hätte dabei gerne bei Hildegard gesessen), am nächsten Morgen dann einrangieren und nachmittags säubern und ausdrucken. Aber Tage vorher hatte ich eine unbegründete Wut. Hildegard sagte, nein, wenn das so weitergeht, das will sie nicht aushalten, immer dies Geschimpfe (was sich ja nicht gegen sie richtete). Es war immer eine «Not», Hilflosigkeit, auch Überdruck. In Wahrheit wohl die Angst vor den Folgearbeiten des «Echolot». Diese 3000 Seiten. Und dann irgendetwas übersehen. «Was, Sie kennen E. A. Schenk nicht? Der war doch 1943 der Intendant des Residenztheaters! Das weiß doch jeder.»

Simone besuchte mich, schenkte mir einen Froschkönig der Firma Steiff.
Ich sag: «Mach das und das zu Haus ...»
Sie: «Ja, lieber Walter, wir machen alles so weiter, wie du es gemacht hast.»
Weiße Rose muß nun in den Vordergrund gerückt werden.

Simone: War bei Walter im Krankenhaus. Er ist schwach und trotzdem: Seine Sorge gilt einzig dem «Echolot». Er impft mir genauestens ein, was zu tun ist in puncto «Echolot». Danach wieder sehr schwach. Es geht hin und her. Ein Schlaganfall! Ob er deshalb in letzter Zeit so wütete? – – In den Schreibtisch getreten vor Wut, überhaupt dieses Hochgehen wie ein Vulkan bei der kleinsten Kleinigkeit in den letzten Monaten. Das Zusammensein mit ihm fast immer ein unberechenbarer Höllentrip ... Waren das Vorboten des Schlags? Die wir nicht richtig gedeutet haben? Hildegard sagt, sie frage sich dasselbe.

1992

2. 1. 1992, Rotenburg, Krankenhaus
«Echolot». Versuchsweise mal den T/W-Text* ins «Echolot» einarbeiten. Und auch den Collage-Versuch nicht aufgeben:
Kochrezepte aus der Zeit
Stalingradfunksprüche
Institut für Zeitgeschichte fragen
Nachforschen Ezra Pound, ob Gedicht aus dieser Zeit existiert.
Warum bringt Anke Ewers nichts?**
Rowohlt: Tagebuch eines kommunistischen Bürgermeisters, Spanien, wo?
Dialoge aus Filmen, die erwähnt werden: «Crippen an Bord», «Hab mich lieb», «Andreas Schlüter».
Judenbriefe wegen der Wohnung.
«Echolot» nicht *länger* machen, sondern eindicken.
Die Übersetzung von Pavese!!!
Pepping über Wolfgang Stockmeier (Schmilgun!)***
Abendroth, Walter: H. Pfitzner. Reden, Schriften, Briefe.
Das nächste «Echolot» vielleicht doch über 1939?
«Alkor» dann Seitenstück: 1939–1989 = 50 Jahre
Den Zusammenhang muß man sehen.
Videokatalog «Klassische Filme».
«Wen interessiert denn das jetzt noch?»
Pragmatisch vorgehen, nun erst einmal '43 vertiefen, plastischer machen.

* «Tadellöser & Wolff».
** Eine Mitarbeiterin.
*** Der Organist Wolfgang Stockmeier; Burkhard Schmilgun vom Musiklabel classic production Osnabrück.

5. 1. 1992, Rotenburg, Krankenhaus
«Echolot»
20 km – 1 Min. (Gleichzeitigkeit ist sowieso nicht darzustellen)

12. 1. 1992 Wieder in Nartum
«Echolot 1943»
«Tagelöhner und Söhne»*
«Trompeten»
«Alkor»
«Echolot 1945»
Dorfroman
Dies wäre die Reihenfolge, die mir behagen würde.

22.30 Uhr.
Noch nicht wieder angefangen mit dem Arbeiten.

15. 1. 1992
Immer noch benommen, möchte gern zur Normalität zurückfinden. PC-Arbeit ist ganz ausgeschlossen, aber ein bißchen am Schreibtisch sitzen und fummeln, geht schon. Sichtete heute den 18. Februar 1943.

17. 1. 1992
Heute ging's mir schon wieder besser als gestern, der linke Arm tut weh, ab und zu.
Machte heute den 18. Februar fertig und begann mit dem 19. Es ist alles prallvoll.

> *Simone:* Morgen sind die Tage bei Walter auch wieder rum. Ich will nicht sagen: Gott sei Dank – aber es zerrt doch alles an meinen Nerven.
> Hildegard ganz nett und lieb, sonst wäre es wohl kaum zum Aushalten gewesen. Heute früh wäre ich beinahe geplatzt vor Wut und Trauer; fast wäre ich gefahren.

* Ergänzendes Projekt zu «Tadellöser & Wolff».

24. 1. 1992
Betr.: «Echolot». Das Zauberwort heißt Transposition*, mit dem ich mir das ermögliche, nach dem ich so lange schon tastete: der eigentliche «künstlerische» Eingriff.
Die Idee kam mir heute, als ich, lang erwartet, auf die Lapplandbriefe stieß: Sie sind zwar 1944 geschrieben, aber ich fand Varietébeschreibungen, die sich *sehr* gut für unser «Echolot» eigneten. Sie sind herauslösbar und einfügbar, obwohl ja um Monate später erst notiert. In Lappland sah es 1943 im Januar nicht anders aus als 1944 im Januar. Oder? Ich meine umgekehrt, was er 1944 beschreibt, ist übertragbar in das Jahr '43. Streng sind wir lange genug gewesen, nun können wir uns, da der Bau insgesamt «steht», ans qualitative Vertiefen machen. Das geht nur mit anonymen Beiträgen und mit Transpositionen. Sehr schön.

Simone: Hildegard wunderbar, Walter zwischendurch wieder angeschlagen.
Heute morgen wie jeden Montag «Lagebesprechung» im Archiv. Walter bot mir den schweren Ledersessel an, mein Lieblingsaschenbecher stand bereit. Allerdings vermeide ich es seit dem Schlaganfall, in seiner Gegenwart zu rauchen – denn das ist bestimmt nicht gesund für ihn (und für mich ja auch nicht). Unser Gespräch war soweit okay! Später fragte Walter: «Hast du mich denn auch noch lieb? Schau mal, wir haben uns jetzt mehr als drei Tage nicht gesehen.» Darauf ich: «Klaro!» – Wir mußten lachen.
Obwohl: Unsere Auseinandersetzung von neulich klingt nach. Wir wissen das beide. Hildegard vermittelte verständnisvoll, und das scheint Früchte zu tragen! Walter heute: Ich solle nicht alle unwichtigen Dinge in seinem Verhalten auf mich beziehen. – Hmm, aber es war ja an mich gerichtet?!
Heute abend erneut Gespräch über «Echolot»: Walter sagte, er habe nun die Lösung gefunden. Er wolle von jetzt an auch Texte transponieren. Das heißt: Er will Texte, die nicht aus dem Januar/Februar 1943 sind, trotzdem aufnehmen, wenn sie vom Inhalt her zeitunabhängig sind.

* Gemeint ist die Verschiebung von Texten auf ein zeitlich nahes Datum.

Ehrlich gesagt: Ich halte davon nicht viel. Es paßt nicht zu dem, was ich unter dem «Echolot» bisher verstanden habe. Vor allem sehe ich eine Gefahr: Daß wir unter dieser Prämisse wahrscheinlich nie fertig werden. – Wenn wir uns unabhängig vom Datum machen, fällt doch ein entscheidendes, begrenzendes Auswahlkriterium weg ... Walter nahm mir meine Bedenken übel.

28. 1. 1992

Ich mußte den Rest meiner Energien darauf verwenden, hier im Haus die Idee der Transposition zu verteidigen.
Eine unerklärliche Bockigkeit läßt sie davor scheuen, mir hier zu folgen. Als ob ich je etwas anderes getan hätte als transponiert. Erst dadurch kommt es zu Reibungen, die dem Werk guttun.
Es muß doch gelingen, das «Echolot» *lesbar* zu machen!
Nichts langweiliger (banaler) als die pure Gleichzeitigkeit. Als ob man nicht auch zu sich selbst stets in Gleichzeitigkeit stünde.

Simone: Im Bett. Wenn man Pech hat, steht man hier in letzter Zeit den ganzen Tag unter einem ziemlichen Druck. Es ist nicht nur der Druck durch die Arbeit, sondern es drückt auch die Stimmung. Zwischen Walter und mir schwelt es leise vor sich hin, aktuell wegen meiner «Widerworte» bezüglich des Transponierens. Aber: Kann ich nicht auch mal anderer Meinung sein als er? Kritik heißt doch nicht, daß ich seine Person und seine Arbeit nicht schätze. Aber Walter ist verärgert, das spüre ich deutlich, er hat mir abends nicht mal gute Nacht gesagt.
Hildegard merkt, daß sie gebraucht wird. Sie verstand mich. Zum Schluß meinte sie, ich sei ein so «gutartiger» Mensch und könne auf Dauer mit so was nicht klarkommen.
Die Alarmanlage ist heute aus – weil Walter vielleicht wach wird und dann runtergeht zum TV. Da liegt auch ein Bettzeug für ihn, da ist ein Licht an. So ein Schlaganfall ist wirklich etwas Scheußliches – alle müssen (und wollen!) viel Verständnis haben. Doch hier ist die Situation gerade gespannt wie ein Flitzebogen. Ob das alles «nur» am Schlaganfall liegt? – Wenn Walter nun vorher ganz anders gewesen wäre! Aber: Das kann man nun ehrlichen Gewissens nicht

behaupten! Es scheint eher so, als verstärkten sich nach dem Schlaganfall die Verhaltensweisen von früher noch. Vielleicht ist es gar nicht der Schlaganfall, vielleicht ist es das «Echolot».

Simone: Bald bin ich wohl reif für den feurigen Pfuhl. In den werden die ausgespien, die ...
Hildegard meinte heute aufmunternd: Ich könne doch später ein Gegentagebuch – im Stil des «Sirius» – herausbringen, ganz nach dem Motto: Meine Zeit mit Kempowski – wie ich sie sah!
Na, vielleicht!

5. 2. 1992
«Echolot»: Simone meint, für diese Arbeit würden andere Verlage 15 Mann einsetzen.

6. 2. 1992
Im Archiv fand ich eine von Kaiser Wilhelm eigenhändig unterschriebene Ernennungsurkunde eines Juden (Redlich), der dann, wie aus anderen Papieren hervorgeht, im Mai '43 stirbt. Die Urkunde ist im Juli 1918 unterzeichnet.
Sonst fand ich heute für «Echolot» nichts Neues. Schloß den 26. Februar ab und bereitete den 27. vor. Womit wir dann erst einmal «durch» wären.

7. 2. 1992
Herr Schmidt aus Gummersbach schickte Briefe von einem Gefallenen. Die Kompanie sendet dessen Privatsachen zurück, Vater fragt, wo die Armbanduhr geblieben? Durch Transposition für «Echolot» zu retten.

10. 2. 1992
23.00 Uhr
Fange mit «Echolot» nun wieder von vorn an. Zum vierten Mal! Heute habe ich wieder zuviel getan. Entwirrung komplizierterer Texte, strengte mich an.

11.2.1992
Simone tröstete mich heute, als ich einen Anfall von Wankelmut hatte. Die Idee zum «Echolot» sei eine typische Kempowski-Idee.
Heute hätte sie plötzlich Angst gehabt, ich sähe in ihr Tagebuch hinein, das sie unten liegen hatte. Was sie da wohl immer einträgt? Wahrscheinlich Lügengeschichten.

12.2.1992
Ich wollte mich heute mal wieder an den heiklen 1. Tag von «Echolot» machen. Wurde leider dreimal gestört, mußte aufgeben.

13.2.1992
Gestern wurde der Rembrandt-Film von 1942 gezeigt. Im «Echolot» wird er mehrfach erwähnt. Meist abschätzig. Vielleicht läßt sich ein Stück Dialog einbauen.

15.2.1992
Von M/B bisher (einen Monat) 6800 Stück verkauft . Also, das ist doch auch ganz schön.
Sowie «Echolot» fertig ist, werde ich mich an die «Trompeten» machen, dann den Dorfroman und «Alkor» vorbereiten.

16.2.1992
Heute entdeckte ich das Tagebuch eines Eisenbahners, das schon 1987 eingesandt wurde. Ich rief an und erklärte dem Sohn des Tagebuchautors mein «Echolot»-Projekt. Die Frau erzählte mir, daß die Schwiegermutter damals das Tagebuch nur sehr zögernd herausgegeben hat. Sie hat extra bei der «FAZ» angerufen, Kempowski? Was ist denn das für einer, kann man dem trauen?

17.2.1992
Ich habe heute zum ersten Mal das Gefühl, dem «Echolot» nicht gewachsen zu sein. Die Widerstände sind zu groß. Das, was ich gern möchte, kann ich nicht umsetzen. Und daran wird man mich und meine Arbeit messen.

Simone: Wenn ich hier abends im Bett liege und noch schreibe oder lese, habe ich permanent Angst, Walter zu wecken. Schließlich schläft er direkt im Zimmer nebenan und signalisiert mir manchmal schon bei dem kleinsten Geräusch (zum Beispiel, wenn ich huste): «Jetzt hast du mich geweckt.»
Zwischen uns ist alles wieder gut. In Friedenszeiten macht die Arbeit doppelt soviel Spaß.
Ich habe mir vorgenommen, etwas entspannter auf Walter zu reagieren. Wir packen das schon! Aber: «Ein Schlaganfall ist kein Freifahrtschein!» – Über diesen Satz von mir amüsierte sich Walter.
Der Begriff «gutartig» hat das Zeug, zum geflügelten Wort zu werden.

19.2.1992
Ich habe mich nun entschlossen, im Sommer erst «Trompeten» zu schreiben, nach Ablieferung des «Echolot» (1. Mai) und danach in aller Ruhe den Dorfroman. Wann werde ich 65? – 1994.

Simone: Walter zu mir: «Solange ich lebe, lebst du auch!»

27.2.1992
Heute habe ich zuviel getan. Am Vormittag habe ich ein altes Klassenbuch ausgewertet für das «Echolot», dann Fotos herausgesucht und aufgeräumt. Außerdem für den Dorfroman Notizen gemacht.

Simone: Arbeit am «Echolot». Von Sympathien für manche Autoren will, von Antipathien kann ich mich nicht freimachen. Zwischendurch regt sich sogar ein schlechtes Gewissen, wenn ich beim Lesen eines Textes die Augenbrauen hochziehe und denke: «Der schon wieder!» Schließlich hat auch dieser Mensch Schreckliches erlebt. Doch irgend etwas ist an ihm oder seinen Aufzeichnungen, was mich nicht «warm» werden läßt mit ihm.

3.3.1992
Ich versuchte vergeblich, die Bundesbahn-Hauptverwaltung zu erreichen, will wissen, ob eine Seite aus dem Reichsbahn-Kursbuch zu

haben ist für «Echolot» ... Es ist doch interessant zu wissen, welche Züge 1943 noch fuhren im «privaten Bereich», wahrscheinlich sogar D-Züge nach Paris und sonstwohin, mit Schlaf- und Speisewagen? Man müßte Berlin als Ausgangspunkt nehmen. Als Zwischentext interessant.
Simone ist voll Sorge wegen «Echolot», sie sieht das Endprodukt nicht. Für mich ist das Buch nicht nur fertig, es ist auch schon vergessen. Ich könnte mich noch jahrelang damit beschäftigen, die Knoten zu schlingen, aber irgendwann muß Schluß sein.

> *Simone:* Hier heute schönen Tag gehabt. Walter hatte gute Laune. Weil Hildegard in HH war, gingen Walter und ich essen im «Wachtelhof». Ihm schmeckte es leider nicht, aber trotzdem aß er fast alles auf und hatte seine Freude an einer der Kellnerinnen; leider war es die Blasse, die die Nebentische bediente. Doch vielleicht hülfe sie ihm in den Mantel, und dabei würde ihr kühler Finger seinen fettigen Nacken streifen.
> «Echolot»: Das Schwimmbecken füllt sich ...
> Nachmittags Gespräch darüber, was am «Echolot» kempowskiesk sei. – Ich verstehe nicht, warum Walter diesbezüglich solche Sorge hat: Allein die Idee des gesamten Projekts ist doch schon eindeutig kempowskiesk. Und auch die Umsetzung trägt eindeutig seine Handschrift. Wer, bitte schön, hätte sonst so etwas machen wollen, machen können? Da braucht es den langen kempowskiesken Atem! Es war eine unerklärliche Angst bei Walter zu spüren. Damit meine ich nicht die vordergründige Sorge, ob das Buch sich gut verkaufen wird, sondern eine Angst, die – losgelöst vom «Echolot» – offenbar zu ihm gehört.
> Es scheint unter anderem diese Angst zu sein, die ihn antreibt.
> Walter sagt, er mag es nicht mehr, wenn Hildegard wegfährt, aber man müsse ihr nichtsdestotrotz ihre Freiheiten lassen.
> Und: Er sei ja nie gut bei Frauen angekommen.
> Also, bei mir ist er gut angekommen – jetzt müssen wir nur die Richtung halten.
> Abends mit Hildegard am Kamin (Walter guckte Hans Moser: «Die verschwundene Frau»). Wir lasen über Tollwut nach, weil die

Hunde im Augenblick wildern. Überträgt sich auch auf den Menschen, Symptome: «Stille Wut» etc.
Später kam Walter noch und trug uns aus dem Tagebuch von Dostojewski vor, urkomisch: «Über den deutschen Beamten».
Ich legte Walter einen Zettel hin:
Lieber Walter, bin zur Post gefahren. Bis gleich, S.
Darauf er:
Teuerste! Habe Dir eine Tasse Kaffee bereitet! WK.

Simone: Heute morgen bestellte ich weitere Literatur für das «Echolot» aus der Landesbibliothek Hannover. Die Bestellkarten müssen auf der Schreibmaschine (!) ausgefüllt werden: Umständlich! Aber «mit Hand» nehmen sie nichts mehr an, was ich als Schikane werte – und ihnen damit wahrscheinlich unrecht tue. Sie haben vermutlich nur beschlossen, keine Extrawürste mehr zu braten – für nichts und für niemanden.
Dann Bavendamm heute am Telefon: Wie sehr er sich freue, meine Stimme zu hören (3×). Ich solle gut auf mich achten, weil ich so ein zarter kleiner Mensch sei.
«Und gutartig», ergänzte Hildegard, als ich von dem Telefonat beim Mittagessen erzählte.
Walter war den Tag über lustig und gutgelaunt, bis, ja, bis mehr oder weniger eigentlich eben. Nachdem er schon beim Abendessen seinen Unmut über die bevorstehende Reise (Walter und Hildegard fahren morgen nach München zum Gorbatschow-Empfang) kundgetan hatte – der Sitz im Flugzeug, den man nicht rumklappen könne, das Hotel, o Gott, die Betten, das Essen! –, klingelte das Telefon ... Weder Hildegard noch ich hatten das Gespräch entgegengenommen. Walter war auf 296! Er tobte! Mit Türengeknalle, Hin- und Hergerenne, lautem Geschrei – wie im Film! Gott sei Dank war das Gespräch nicht für mich gewesen. Sonst wäre ich am feurigen Pfuhl ganz sicher nicht vorbeigeschrappt, sondern achtkantig reingeflogen ...
Hildegard kommentierte: «Wie im 48-Stunden-Rhythmus, als wenn er das alle zwei Tage braucht!» Dann ging sie einfach ins Bett – ich blieb noch sitzen und las «meinen» Moltke. Walter dann in der

Küche, wo er sich vom Brot die Kanten abschnitt, zack, zack, zack. Es war noch in der Halle, wo ich wie angeklebt auf meinem Sessel saß, gut zu hören. Dann kam er, sagte gute Nacht und verschwand nach oben.

Etwas später ging ich auch hoch in mein Zimmer. Walter war im Archiv und stapfte vor sich hin, wie eine Art Selbstberuhigungs-Marsch.

Tollwut? «Stille Wut!?» – Nein! Er *will* sich nerven! Und er will hierbleiben wegen des «Echolot». Um so mehr steigert er sich in den Horror vor der Fahrt!

Was wohl morgen wird ...

Simone: Hildegard und Walter sind nach München gefahren. Hüte jetzt mit Sig. das Haus.

Sitze oben und bearbeite den zurechtgelegten Stapel «Echolot»-Ms. (x-ter Korrekturdurchgang!). Habe mir vorgenommen, den sich türmenden Berg links neben dem Computer bis zu Walters Rückkehr abzutragen. Wenn dann noch Zeit ist, nehme ich mir den Postkorb vor – aber erst mal das «Echolot»-Ms.: Das hat Vorrang, keine Frage!

Aufmunterndes Gespräch mit Bittel.

In der Küche ein Zettel von Hildegard:

Liebste Simone!

Bitte versorge Dich selbst mit Essen, Trinken u. Mittagspause!!! Und freu Dich mal an dem Haus allein!

Simone: Walter und Hildegard zurück!

Ich arbeitete in den letzten Tagen wie im Rausch – war nur im Archiv vorm Computer (die Post türmt sich allerdings immer noch im Korb!).

Am Samstag abend kriegte ich einen leichten Anfall, weil ich durch Walters Anmerkungen nicht recht durchstieg. Sozusagen gar nicht ... Mittlerweile arbeitet er etwas schlunzig, was meinen Part nicht gerade einfacher macht.

Zwischendurch schreibt er mir allerdings kleine, aufmunternde oder amüsante Sätze ins Ms.:

«Schönsten Dank, liebes Mogel, du bist eine absolute Spitzenkraft!» Oder: «Oh, liebes Molein, jetzt wirst Du wieder weinen ...» – Sie sind wohldosiert und heben meine Stimmung umgehend!
Der Besuch in München ist wunderbar gewesen: Der Gorbatschow-Empfang war ein Erlebnis (Walter kriegte sein Autogramm, auch von Raissa), und die Gespräche wegen «Echolot» verliefen ganz erfolgreich. Schöne erste Entwürfe mitgebracht. Darauf kann man aufbauen.
Knaus, der ja eigentlich nicht mehr im Verlag ist, habe einen genauen Plan haben wollen, damit er «in the picture» wäre ...

Simone: Heute war Walter überdurchschnittlich gut gelaunt, richtig umgänglich und lieb. Deshalb mit viel Freude bei der Arbeit.
Walter: «Jetzt hast du mir das vom Kopierer weggelegt!» – Darauf ich: «Ja, ich habe es dir auf die Treppe gelegt!» – «Wo auf der Treppe, ich sehe keine Treppe!» Das war für mich der Satz des Tages.
Zwischendurch immer wieder: «Stoßt mich nicht, schlagt mich nicht!»*
Walter gab heute Einblicke in die Kempowski-Familiengeschichte: die Berichte der Mutter über den Vater. Toll erzählt! Ein Wort fiel mir auf: «Immerlos!»
Heute Unmengen an Post erledigt. Zum Schluß war ich wie in Trance: Alle Briefe zu mir! Fand im Korb auch einiges, was für das «Echolot» interessant sein könnte.

Simone: Walter hat weiterhin gute Laune, auch wegen «Echolot»: Es kommen laufend neue und wirklich gute Einsendungen.
Walter im Ms.:
«Werd' nicht fahl: Original!»

12. 3. 1992
Ab und zu fällt mich das Gefühl an, das «Echolot» sei absolut überflüssig. Es hat nur seine Berechtigung, wenn es verstanden wird als exemplarische Darstellung menschlicher Grausamkeit und Gedankenlosigkeit.

* Zitat aus dem Film «Die Fantome des Hutmachers».

23 Uhr. Es stürmt noch immer. Heute habe ich entschieden zuviel getan. Den 25. Januar habe ich abfahren lassen, das vierte Mal! Das hat mich ziemlich angestrengt. Dann habe ich noch die durcheinanderen alten Schulhefte kopiert, auf unserer Kopiermaschine, die dauernd gefährlich rot aufleuchtete. Aufsatztexte in den Heften sind sehr reizvoll, über Rommel z.B. und Görings Jagdhaus, in dem ein von Hitler geschenkter Elchkopf über dem Kamin gehangen habe. Ich fand auch ein Notizbuch, in dem schweinische Verse stehen, von einem Soldaten notiert, offenbar zum Weitergeben. Ob man das in unserem seriösen «Echolot» bringen kann? Das Thema Nr. eins wird öfter zitiert.

15.3.1992
1. Mai schließe ich «Echolot» ab.
Bis 1. August will Bittel dran arbeiten.
Ab 1. August geht es in Satz.
1993 wird es erscheinen. Den ganzen Sommer über kann ich noch Texte besorgen.

Das «Echolot» sättigen, es mit Einfällen sättigen.

22.3.1992
Schrieb Stölzl, ob er Vorwort für «Echolot» ...

Simone: Als ich heute morgen ins Archiv kam, lag ein Zeitungsartikel auf meinem Computer: Kreisau! Walter hatte an den Rand gekritzelt: «Hat mit Deinem Freund Moltke zu tun!»
Bis Donnerstag sturmfreie Bude! Walter und Hildegard sind wieder unterwegs. Aber wie soll ich in Nartum auf dumme Gedanken kommen? – Da lauert ja in jeder Ecke das «Echolot» ...
In der Küche ein Zettel von Hildegard:
Liebste Simone! Fütterst Du die Hunde bitte wieder wie vorletzte Woche: Paule 2 Dosen, Robby und Lieschen je 1 ½. Nach dem Mittagessen füttern, dann in den Vorraum sperren, solange die Mittagsruhe sein soll. Danach zum Pipi raus. Danke! Deine H.

26. 3. 1992
Heute morgen interessante Idee zu «Echolot». Umgekehrtes Prinzip wie «Sirius». Dort stand das Persönliche im Vordergrund, das Allgemeine war eingeblendet. Im «Echolot» muß es umgekehrt sein.
«Aus meinen Notizbüchern» ab und zu dazwischen …

28. 3. 1992
Gestern experimentierte ich, das «Echolot» noch um eine Perspektive zu erweitern. Ich glaube, es wird nicht gehen.
«Echolot»: Es gibt die geographische Parallele und die zeitliche.

30. 3. 1992
Bei der Arbeit an «Echolot» denke ich ständig: Wen interessiert das schon!
Gestern im TV eine Frauensendung: Die Sowieso wolle ein Buch schreiben, die Kapiteleinteilung liege schon vor.

> ***Simone:*** 9 ½ Stunden am Computer gesessen, der Rücken ist wie durchgebrochen. Fühle mich alt und ausgelaugt. Abgeschlafft und matschig, genervt, abgespannt.
> Grund dafür ist der Streß hier: Allmählich arbeiten wir schon unter Zeitdruck, denn Ende April soll ja – erst einmal – alles fertig sein … Typisch Walter: Die Masse der noch einzugebenden Texte nimmt immer weiter zu, anstatt daß sie durch viele Sonderschichten allmählich schrumpft. Dagegen kann niemand arbeiten! Es gibt nun schon verschiedene Haufen, verschiedene Disketten (die Disketten zur Sicherheit alle doppelt und dreifach), außerdem Texte, die schon ausgedruckt sind, Texte, die noch nicht ausgedruckt sind, Texte, die noch ausgedruckt werden müssen usw. usw. Kurz: Das Chaos wächst und wächst. Mir scheint, es ist im Grunde einzig an mir, den Überblick nicht zu verlieren. Denn außer mir fühlt sich für die – in sich zusammenrutschenden – Textberge keiner wirklich verantwortlich. So oder so läuft uns die Zeit davon, denn allein das Ausdrucken eines Ms.-Tages dauert manchmal schon eine Stunde … Vom Eingeben der neuen Texte und Überarbeiten der schon vorhandenen einmal ganz abgesehen.

Simone: Zu allem Überfluß hatte Walter nun, einen Monat vor Abgabetermin, noch einen weiteren zündenden Gedanken: Er will – «versuchsweise» – den vielen Stimmen aus den Kriegsmonaten Januar/Februar 1943 sein eigenes Schicksal aus dem Jahre 1992 entgegenstellen!
Ich fürchte mich schon jetzt vor dem Gespräch, bei dem er mir diese Idee (er ist momentan Feuer und Flamme!) in allen Einzelheiten auseinandersetzen wird ... Denn nach seinen Andeutungen heute nehme ich fast an, daß mir das nicht gefällt, weil: zu egoistisch. Schließlich ist eine Stärke des «Echolot» doch gerade, daß der komponierende Autor hinter den Texten zurücktritt ...
Trotzdem muß ich ehrlicherweise zugeben, daß ich ein endgültiges Urteil erst dann fällen kann, wenn ich mir *sicher* bin, woher meine Ablehnung tatsächlich rührt. Schließlich könnte sie auch daher kommen, daß ich bei der vielen Arbeit hier keine Lust habe, «versuchsweise» wieder irgend etwas durchzuexerzieren – um es dann zu verwerfen ...
Wenigstens haben wir uns jetzt darauf geeinigt, daß ich ab Mai drei Monate für mich habe. Die brauche ich auch für mein Examen.

1.4.1992

Ich bestellte gestern bei der «Hörzu» die Januar- und Februarausgaben dieses Jahres wegen der täglichen Kriegsfilme. Auch bei der «Zeit» den Eisartikel von Theo Sommer.
In der «FAZ» war gestern ein Bericht über den größten jüdischen Friedhof in Europa, er existiert – unversehrt – in Berlin! Und im Archiv dort liegen die Totenpapiere, von den Nazis nicht angetastet, verfallen. – Vielleicht ist etwas dabei für das «Echolot». Hildegard fährt nächste Woche hin.

Simone: Walter experimentiert mit seinen Tgb.-Aufzeichnungen aus diesem Jahr ...
Ich mache einfach weiter, wie gehabt. Mir ist die Einsicht gekommen, mich nicht in dieses Experiment einzumischen – bei meinem Streßpegel momentan würde *ich* schreien und die Türen knallen, da bin ich sicher!

Außerdem spüre ich, daß er davon Abstand nehmen wird. Es scheint mir mehr die Suche nach einem neuen Zugang zu den «Echolot»-Texten zu sein – nicht mehr, aber auch nicht weniger.

3.4.1992

«Echolot»: Begründung für Parallelstrang und Vorspann. Die Relativität von Zeit und Geschehen zu verdeutlichen.
Heute hatte ich zum ersten Mal die Nase voll vom «Echolot».
Freundliche Leserinnen schickten einen schönen Blumenstrauß zur Genesung. Überhaupt, wenn die Leser nicht wären. Was habe ich für ein angenehmes Publikum. Neulich auch in Bremen, so freundliche Menschenmassen. Wie sie mir zunickten, wie sie sich anstoßen: Hast du gehört? Und die zerlesenen Taschenbücher, die ich signierte, ausgefetzt. Was bin ich ihnen? Ich bin es ihnen schuldig, daß ich das «Echolot» nicht nackt herauslasse. Kürzen auf 1200 Seiten und reflektierend begleiten?
Sven Hedin und Thomas Mann passen im «Echolot» gut zusammen, obwohl so gegensätzlich. Fritz J. Raddatz: Es langweile ihn, Tagebücher zu lesen, die er kenne, Jünger, Thomas Mann, Gide, Klemperer. Er kennt sie vielleicht, aber ob er sich noch erinnert? Und die anderen vielen Leser? Wer hat schon «alle»?

Simone: Walter und Hildegard riefen mich eben zum Geburtstag an. Walter: «Meinen herzlichsten Glückwunsch, mein Kind!» «Herzlichst» betont wie Kem-pow-ski. Daß er fleißig ist und mir schon wieder neue Textmassen hinkarrt.

4.4.1992

Wenn ich bloß erst das «Echolot» los wäre.
Grohn vom Sprengel-Museum in Hannover schreibt, er kann mir auch nicht helfen mit Nazizeit-Gemälden, die lägen alle in München unter Verschluß. Eines kopierte ich aus der Zeitung.

5.4.1992

«Echolot»: Größte Bedenken. Wir werden «schneiden» müssen. Aber es tut mir nicht leid, mich darauf eingelassen zu haben.

Simone: Fand im Archiv heute ein schönes Geschenk nachträglich zum Geburtstag: ein Freßkorb mit Blume, zwei Flaschen Wein und ein Gutschein. So lieb. Daneben und dahinter weitere Korrekturausdrucke vom «Echolot» – wo fang ich bloß an? – Nicht drüber nachdenken, einfach machen.
Ansonsten heute wieder völliges Chaos. Fahren Hildegard und Walter gemeinsam nach Bonn, nach Berlin, fährt Walter allein nach Bonn, Hildegard dann nach Berlin? Ein einziges Durcheinander ... Hildegard hat es auch nicht leicht. Sie ist auch «gutartig». Walter neulich zu mir: «Du hast dich mit Hildegard verbündet!» – Was für ein idiotischer Gedanke! Ich mag sie beide sehr! Hildegard und ich stützen uns im Augenblick nur gegenseitig, damit der Laden läuft. Heute über Anerkennung. Hildegard zu Walter: «Wenn man danach sucht, kriegt man sie sowieso nicht!» – Ich denke, Walter müßte nur an sich glauben! Irgendwo tut er's und irgendwo auch nicht. Immer wieder schwankt er zwischen zwei Polen. Das ist für alle – nicht zuletzt für ihn selbst – äußerst anstrengend.
Zur Entspannung neues Puzzle: «Metamorphose» – 3000 Teile, das rettet mich.

8.4.1992
Mit «Echolot» geht's langsam weiter, der 22. Februar liegt auf dem Tisch.

12.4.1992
Marcel Ophüls: Er hat einen Preis bekommen für einen 5-Stunden-Dokumentarfilm über den KZ-Menschen Barbie, und kein Sender will diesen Film ins Programm nehmen, amerikanische, englische, französische, holländische, nein, kein Platz.*
Ein ähnliches Monstrum wie das «Echolot». Ein Unding.

13.4.1992
Ich fummelte heute etwas an den «Echolot»-Umfassungsmaßnahmen herum, letztlich mit unbefriedigendem Ergebnis. Es geht eigent-

* Marcel Ophüls' Dokumentarfilm «Hotel Terminus». The Life and Times of Klaus Barbie (1988) wurde 1989 mit einem «Oscar» ausgezeichnet.

lich nur, wenn ich mich auf das «Echolot» selbst und Kommentare beschränke.

Simone: Durchlebte Tage mit dem Dichter samt allen nur erdenklichen Höhen und Tiefen.
Heute von Walter wunderschöne Lampe geschenkt bekommen, Art déco! Mehrmals fragte er mich, ob sie mir auch wirklich gefällt, *er* könne sie sonst auch gut irgendwo hinstellen.
Walter war äußerst bemüht, daß ich in Ruhe arbeiten kann – machte einen Zettel an die Archivtür: Nicht stören! Und das Telefonkabel zog er raus, keine Anrufe!
Die Idee mit der Kommentierung des «Echolot» ist zwar noch nicht gestorben, aber ich habe die Hoffnung, daß Walter es nicht so macht, wie er's gesagt hat. Heute abend konnten wir sogar in aller Ruhe darüber sprechen. Ich hatte mich im Griff, erklärte ruhig, was ich dazu denke – und er sagte: «Da ist was dran!» Was natürlich noch gar nichts heißen muß. Aber wir werden ja sehen. Walter muß es so umsetzen, wie er es für richtig hält, sonst macht das alles keinen Sinn. Morgen fährt Hildegard nach HH, da könnte die Stimmung wieder ein wenig «kippen».

16.4.1992
Vormittags schob ich versuchsweise die «Sprechspur»* und «Echolot»-Text zusammen. «Sprechspur» erwies sich als zu lang. Ich reduzierte die Sache wieder auf mein Blöckchentum**. Am Nachmittag sah es dann schon besser aus. Jetzt bin ich guten Mutes. Kommentierungen sind das nicht, es sind Spiegelungen.

19.4.1992
Vormittags habe ich *sehr* angestrengt am «Echolot» gesessen. Langer Mittagsschlaf mit Traum von Rostock, daß wir wieder in der Augustenstraße wohnten.

* Eigene Tagebuchtexte als Kontrastebene zu den Texten des «Echolot».
** Die Blöckchentechnik, seit «Im Block» und «Tadellöser & Wolff» von Kempowski angewendetes Verfahren kurzer, durch Leerzeilen getrennter Textblöcke.

Die Kontratexte* vermehren sich täglich, ich habe jetzt schon 80 beisammen.

1. Meine Arbeit *begleitende* Notate
2. Kontrastbilder: aus Gründen eines billigen pädagogischen Effekts fragwürdig

Am besten wird es sein, ich schreibe das auf, was ich andern von meiner Arbeit erzähle und verwerte die «pädagogischen Gefahren».
Der eigentliche Text vom «Echolot» «steht», es kann also nichts mehr passieren. Zusätze können sofort entfallen.
Verbindung von «Sirius» und «Echolot».

20.4.1992
Schlecht gestimmt den ganzen Tag. Im «Echolot» trotzdem wieder mal bis zum 12. Januar Reinschrift vorgedrungen. Das geht jetzt schnell.

21.4.1992
Man muß die Hitler-Rede gehört haben, in der der Gröfaz** bekanntgab, daß «wir Stalingrad ja schon *haben*». Der Tonfall, in dem er spricht, und dazu das unglaublich roh-dumme Lachen der Zuhörer. Es ist eben doch schade, daß wir dem «Echolot» keine CD beigeben können.
Die Beigabe einer CD würde auf einen Irrweg führen; warum kein *Video* beigeben, mit Wochenschauen oder Filmen, das würde die nächste Frage sein, und wieso nicht auf Kriegspapier drucken. Die Dinge selbst können auf unserer Bühne nicht erscheinen.
Beim Durchblättern alter «Spiegel»-Exemplare fand ich, daß sich die Illustrationen 100prozentig eigneten, zu «Echolot» einen Kontrast abzugeben, aber nur, wenn sie nichts «belegen». Also die Monroe neben Hitler – das ginge.***

* Texte aus anderen Zeiten, die konterkarierend eingefügt werden sollten, um Vergangenheits- und Gegenwartsbezug herzustellen.

** «Größter Feldherr aller Zeiten».

*** Dieses Prinzip wurde in den Tagebüchern verwirklicht.

24.4.1992

Es ist entscheidend gewesen, daß ich eine so engagierte Mitarbeiterin gehabt habe: Simone, eine leidenschaftliche Eingeberin. Abends unterhalten wir uns über die verschiedenen Autoren. Im Augenblick hat sie die «Akten» vor, sie wundert sich, daß die Franzosen die deutsche Besatzungsarmee auch noch bezahlen mußten, und: 25 Mio. pro Tag.

Simone hat was gegen Sven Hedin. Hedin ist ja ungefähr der einzige Tagebuchschreiber, der die Nazis entschuldigt und alles zum Guten wendet. Daß er «Harkow» schreibt statt «Charkow» z.B., ärgert sie.

Simone ist meine erste Leserin. Jede freiwillige Überstunde, die sie leistet, schmeichelt mir. Sie kam traurig zum Abendessen. Das Schicksal der drei Brüder Kleinert rührte sie.

Simone hat sich von mir den Unterschied von Armee, Division, Regiment usw. erklären lassen, «damit sie damit mal klarkommt», wie sie es ausdrückt.

Ich habe ihr auch schon einen Vortrag über den Rußlandfeldzug gehalten, wobei ich bemerkte, daß ich streckenweise auch nicht so recht Bescheid weiß.

Die wirklich sehr derbe Soldatenparodie von Lili Marleen wollte ich eigentlich selbst tippen, da ich nicht wußte, wie sie darauf reagieren würde. Aber die Einsenderin hat das Dings von ihrer 18jährigen Tochter lesen lassen, und da habe ich gedacht, das fällt wohl nicht unter «Sex am Arbeitsplatz».

Simone schwärmt erheblich für Helmuth von Moltke, sie findet ihn toll.

Ich habe an mir beobachtet, daß ich beim Erklären des Rußlandfeldzuges manches Wahnsinnige kaschiere. Das ist wohl der Widerspruchsgeist in mir. Und: Ich habe dies alles nicht selbst erlebt.

Berlin-Weißensee, jüdischer Friedhof neulich. Der stille Todesgarten. Der Verwalter stellte sich schwierig, hat so getan, als sei es eine Riesenarbeit, die Begräbnisakten der Juden herauszusuchen. «Das sind Hunderte von Seiten ...» Ich zeigte meinen PEN-Ausweis vor, und da gab er nach.

Angesichts der abgegriffenen Karteikarten hatte ich das Bedürfnis, vor Gram auf die Knie zu sinken. Das Käppchen, das ich aufsetzen mußte, war mir in meiner Scham ein hochwillkommener Schutz. Schien ich nicht dazu zu gehören? – Wir gehören immer dazu.
Die sehr dicht nebeneinander liegenden Gräber der Juden wirkten auf mich so, als wollten die Toten zusammenrücken vor dem Unheil, das sie kommen sahen. Steinchen auf den z. T. sehr luxuriösen Grabsteinen. Auch «Loeser».

Wenn die ID-Fotos der Einsender eintreffen, gibt es immer ein großes Palaver.* Simone ist vom Verlag ausgefragt worden, ob ich auch ganz bestimmt an dem Projekt arbeite? Manche Einsender sprechen viel lieber mit Simone am Telefon als mit mir. Sie denken wohl, ich fahre in der Gegend rum, oder ich sitze im Sessel und lese Gedichte. Auch wird die Archivpost neuerdings nur noch an sie adressiert.

Buggert ist interessiert daran, aus den ersten Januartagen ein Hörspiel über Stalingrad zu machen. Ich bot ihm das schon im Herbst an. Eigentlich wollte ich in St. Petri, Lübeck, eine Gruppenlesung machen. Irgendwie ist das im Sande verlaufen. Desgleichen mein Vorschlag, in der noch immer nicht wiederhergestellten Rostocker Nikolaikirche.
Es müßte eine Leinwand ausgespannt werden für Kontrastbilder. Dazu eine spezielle Musik, extra komponiert, nicht kinoartig (Stummfilm), sondern kontrastierend. Im Buggert-Hörspiel müßten vielleicht die Texte zusammengedrückt werden.
Der Verlagsmitarbeiter, der die Rechte der vielen Einsender bearbeiten muß, ist nicht zu beneiden.
Ein Einsender aus Rostock hat sein Manuskript zurückgefordert, er mißtraut mir, ich wollte ja doch nur Money damit machen, das könne er selbst. Das gute Mann hat keine Ahnung, daß das «Echolot» die einzige Chance war, den Aufzeichnungen seines Vaters ein Forum zu schaffen, d. h., ihn unsterblich zu machen.

* Sie sollten neben den Texten stehen.

Manchen Text sehe ich durch die Kommentare von Simone völlig neu. Sie ist eine nachdrückliche Fürsprecherin für unscheinbare Autoren. Zeitweilig wankt ihr Zutrauen, daß ich das Riesenwerk noch überblicke.
Sie sagt, sie liest, wenn sie «eingibt», die bereits vorhandenen Texte immer noch mal durch, so interessant findet sie sie.
Simone war in Berlin im Bonhoeffer-Krankenhaus und hat dort im Keller tatsächlich noch eine komplette Akte von '43 gefunden. Alle anderen waren gefleddert. Nun wacht sie, daß ich sie auch aufnehme. Wenn sie wüßte, wie sonderbar unökonomisch das Verhältnis zwischen Geschriebenem und veröffentlichten Seiten bei meinen Romanen ist! Simone ist empört über die Zugeknöpftheit mancher Archivare.

Es gibt Material, das mir quasi in den Schoß fällt. Anderes muß herausgequetscht werden. Das Kalendarium der Danuta Czech kannte ich nicht. Ich habe es in Hamburg bei Antiquar Hennings auf dem Tisch liegen sehen. Er gab es mir zum halben Preis.
Italienische Quellen und spanische haben sich leider überhaupt nicht besorgen lassen, ich weiß nicht, wen ich in dieser Angelegenheit um Rat bitten soll. Ich weiß, daß ein kommunistischer Bürgermeister die ganze Franco-Zeit über Tagebuch geführt hat, in einem Schrank hat er sich 20 Jahre verborgen gehalten, und das Tagebuch habe ich in Händen gehalten vor Jahren, und es ist, da möchte ich schwören, bei Rowohlt erschienen. Der Verlag weiß nichts davon.
Wenn das «Echolot» in den Buchhandlungen liegt, werden Hunderte von Leuten ihren Federhalter zücken und schreiben: «Ich habe von meinem Vater auch noch ...» oder, aggressiv: «Aber kennen Sie denn nicht das xy-Tagebuch?»

Tag für Tag zitiert Simone André Gide und kolportiert dessen Ärger über den Knaben Victor, über dessen Alter wir rätseln.
Anke hat den Léautaud sehr gern übersetzt, Julien Green ist ihr zu katholisch, sagt sie.
Léautaud ist auch Simones Favorit. Der Tagebucheintrag «Misttag! Misttag!» wird immer wieder zitiert. Ich fürchte, daß die Leser: Mittag! Mittag! lesen werden.

Wir stellen gerade fest, daß die erste Reinschrift von «Echolot» bereits im Februar '91 fertig war. Und doch ist ein Ende noch nicht abzusehen. Das Durchforsten der Quellenangaben hat gute Erträge gebracht. Bormann! Seine wahnsinnigen Briefe. Am liebsten würde ich sie auf englisch stehen lassen.*
Vom Adenauer-Archiv konnten wir bisher erst einen einzigen Brief lockermachen. Uns sind weitere in Aussicht gestellt worden.

Sonderbar, daß ich die erste vollständige Fassung kurz vor meiner Krankheit abgeschlossen hatte (Dezember '91). Für einen Durchgang brauche ich jeweils zwei Monate. Wie das wohl beim Korrekturlesen wird. Da muß die ganze Familie ran.
Hildegard entziffert die Tagebücher von Wilhelm Lehmann. Wir zittern, daß uns der Abdruck verweigert wird. Große Teile müssen wir weglassen, da absolut unleserlich. Manchmal sitzen wir zu dritt über einem Wort.
Großer Kummer, daß Jochen Klepper schon Ende 1942 starb. In doppeltem Sinn Kummer. Andere Tagebücher enden pünktlich mit dem 31. 12. '42: Green. (Es ist mehr da, aber noch nicht übersetzt.) Ich biß in den sauren Apfel und kaufte für 78 Mark eine französische Ausgabe. Ein wundervolles Buch, zweifarbig gedruckt, Dünndruckpapier, zwei Lesebändchen.
Auch von Nabokov gibt es Tagebücher und Briefe. Dieter E. Zimmer erwähnte es. Schreibt, er könne mir auch nicht helfen, Nabokov habe die Deutschen gar nicht gemocht, das wisse ich doch?
Ein Überangebot von Goebbels-Texten, und dabei habe ich seine Tagebücher noch gar nicht berücksichtigt. Sonderbar ist es, daß die Texte der Presserichtlinien noch nicht publiziert sind. Mir fällt es schwer, sie zu kürzen.
Ich lehne es ab, durch provokantes Collagieren Autoren bloßzustellen.
Ein Foto vom Sommer 1938 fand ich beim Trödler, Familie sitzt im

* «The Bormann letters». The private correspondence between Martin Bormann and his wife from January 1943–April 1943. Hg. von Hugh R. Trevor Roper. London 1954.

Gras und ißt Kuchen, im Tal eine barocke Kirche. 1938! Wieso sollte hiermit nicht ein Zeitsprung möglich sein?

Beim Verlag hat man sich entschlossen, das «Echolot» jetzt absolut zu unterstützen. Bis dahin (Februar '92) sah man eher scheel auf das anschwellende Konvolut. Sie wissen, daß es ein finanzielles Fiasko gibt, machen trotzdem weiter und schalten mit der Ausstattung auf «edel» statt auf «billig». Dies ist ein kleines Wunder, und es wird hoffentlich nicht zu Verfluchungen führen, wenn die Leser es nicht annehmen. Die Kempowski-Leser wollen ja immer nur Romane von mir, bei den «Befragungsbüchern» sind sie bereits zurückgewichen. «Sirius» aber hat sie begeistert, und vielleicht hilft das für's «Echolot».

Wie Moses an den Fels schlug, und es kam Wasser heraus, so habe ich die Stummen zum Reden gebracht.

Es gibt viele letzte Briefe aus Stalingrad (die meisten datiert vom 13. Januar, wo allgemeines Schreiben angesagt war), anderes ist von den Russen erbeutet und aufgehoben worden. Hier wird man Zurückhaltung üben müssen.
Bei Antiquaren: erster (und meist einziger) Griff ins Regal: Biographien. Neulich fand ich unter «Theater» den Briefwechsel der beiden Schauspieler Aslan und Riedl*, der Simone viel Spaß machte. Besonders die fabelhafte Abkürzung: M. g. E.**
Adenauer, Hausmann, Canaris, Seydlitz, Paulus, Oster, Kantorowicz, Tucholsky, Sprengel-Museum.
Gelegentliche, leider nicht durch Schriftstücke überlieferte Tatbestände, die deshalb nicht aufgenommen werden können. Daß Seydlitz noch bis kurz vor der Kapitulation Todesurteile unterzeichnet hat.
Es war schamlos, sich bei der ersten Tagung des NKFD*** mit Ritterkreuz filmen zu lassen. Da hilft es auch nichts, wenn der Fliegerleut-

* Raoul Aslan: «Begegnung im Licht». Briefwechsel mit Tonio Riedl. Hg. von Margarethe Gruber. Wien 1978.
** «Mein geliebter Engel».
*** Nationalkomitee Freies Deutschland.

nant Graf Einsiedel bei Talk-Shows mit hoher Fistelstimme schreit, daß er, obwohl NKFD-Mann, zu den 20.-Juli-Leuten gehört. Er opponierte unter dem Schutz der Stalins, das unterscheidet ihn von Moltke, Leber und Stauffenberg.

Beim Collagieren oder Dialogisieren der Tage passiert es immer wieder, daß ich einen Tag hochbefriedigt abschließe, weil ich glaube, so ist es nun richtig. Ein Vierteljahr später kommt mir der Tag dann absolut konfus vor.
Ich würde was drum geben, auch Kurt Widmann und Theo Mackeben dabeizuhaben, Schlagertexte oder gar Noten.

25.4.1992
Die 100 000 Blatt Papier, die ich kurz vor Beginn der Arbeit am «Echolot» geschenkt bekam, sind nun aufgebraucht. Der Tag, an dem ich alle Texte in meinem Computer lösche, ist nicht mehr fern. Simone ist abergläubisch, ob wir nicht doch lieber ...

27.4.1992
Traum: Wir besichtigen eine russische Leichenverwertungsfabrik. Hände. Mir wird erklärt, wie das gemacht wird. Am Ende bleibt ein Eimer reines Fleisch über pro Leiche. Abnormitäten werden gesammelt. – Später bin ich in einem Lager. Ich sammle Musiker und studiere mit ihnen die V. von Beethoven ein. Ich habe Schwierigkeiten, mich in der Partitur zurechtzufinden, obwohl bloß Klavierauszug. Aber das Taktschlagen haut hin. Ich bin mißtrauisch: Hildegard spült Birnen ab, die man bei den Leichen gefunden hat. Will sie mir das Zeug vorsetzen? Sie hat sich mit Renate zusammen einer russischen Schwerbehinderten angenommen. Die soll bei uns wohnen, eine unästhetische Irre. Sie sei süß, wird gesagt. Ich protestiere. Krieg geht weiter. Ich besorge Filme aus russischem Archiv für «Echolot». Wieder im Lager. Wir liegen nebeneinander, Andrzej Szczypiorski, der polnische Schriftsteller, neben mir. Ich lege meine Hand unter seinen Kopf und weine. Richard Strauss scheint auch dazusein, oder wer ist es? – Auf der eisigen Straße drei russische Soldatinnen, ich rufe sie heran, sie sind verwildert, sollen ins Lager gehen. Ich gebe

ihnen Brot. Sie erzählen, daß sie meine Orchesterproben der V. gehört haben.

Ich saß den ganzen Tag am «Echolot».
Auch Simone arbeitet unentwegt.

28.4.1992
Es kommt mir so vor, als müsse ich mit dem «Echolot» Schuld abtragen. Ich habe mal ein Klassenfoto gesehen, auf dem waren die später dann Gefallenen mit Bleistift eingekreist. Das wirkte so, als ob man sie für den Tod ausgewählt hätte.

> *Simone:* Bei Walter war es heute richtig nett, obwohl ich zuerst schon wieder dachte: Oh, oh!
> Aber er war echt «Zucker». Hat jetzt einige der Kommentare fürs «Echolot» zum Lesen freigegeben – sie sind auf jeden Fall viel besser als die «Sprechspur»!
> Morgen hat Walter Geburtstag, vielleicht kam seine zwischenzeitliche Angeschlagenheit in den letzten Tagen deshalb.
> Gestern nettes Telefonat mit Herrn Schmilgun. Er fragte mich, wie es mir geht.

29.4.1992
Gestern abend bat ich Hildegard und Simone, mir meine Bemerkungen (Kontratexte) zum «Echolot» vorzulesen. Hildegard verlas sich ein paarmal, was mich ärgerte, anschließend Simone, mit lustigen Ergänzungen. Nun ist Hildegard traurig. Sie denkt, ich langweile mich mit ihr, nur wenn junge Mädchen hier seien, sei ich lustig.
Heute früh wollte ich eigentlich nach Rotenburg wegen der Farbkopien, gab jedoch auf, fühlte mich matt. Wachte schon müde auf.
«Echolot» nähert sich dem Ende, ich habe den 25. Februar mal wieder fertig. Größte Bedenken.
Heute früh kam als einzige Post das Tagebuch von Julien Green, 1926 bis 1940. Ich freue mich schon darauf, werde heute mittag damit beginnen. Ich trete in ein neues Lesealter ein. Was die Deutschen zu bieten haben, im Augenblick, ist kümmerlich. In der Buchhand-

lung Delvendahl habe ich auch die deutschen Tagebücher von Gide bestellt.
Mir ist klargeworden, daß die «Sprechspur» sehr viel mehr aufnimmt als zunächst angenommen.

Im Archiv

30. 4. 1992
Werkelte etwas am Kontratext. Noch nicht befriedigt. Ich bin mir nicht sicher, ob dieser Zusatz nicht doch sehr aufgepfropft wirkt und ist. Ich denke aber, daß «Echolot» so nackt nicht auf 3000 Seiten dastehen kann. Es bedarf da eines Gegengewichts. Ein Echo muß ja auch ankommen.

4. 5. 1992
Heute ging also das Januarmanuskript vom «Echolot» ab! Hurra. Eine unförmige Mißgeburt?
In den «Echolot»-Kontratext etwa Definitionen von «Echo» aufzunehmen ist sinnlos, da es sich ja um das «Echolot» handelt.

Simone: Die vergangenen Tage nur noch am «Echolot». Heute die letzten Ausdruckaktionen – stundenlang ratterte der Drucker. Dann alles abgeheftet in mehreren Ordnern. Und zum Schluß das gesamte Januar-Ms. – Stand Mai 1992 – in einen großen Reisekoffer verstaut. Damit zurück nach HH.
Morgen fliege ich nach München und liefere die Textmassen ab. Während Bittel liest, geht's in Nartum natürlich weiter …

5. 5. 1992
Ausgerechnet heute, wo Simone das «Echolot» nach München bringen will, wird der Hamburger Flughafen bestreikt. Meine Panik gaukelt mir nun vor, daß sie den bleischweren Koffer (vier pralle Ordner) womöglich aufgegeben hat und ihn nicht zurückkriegt. Wenn gestreikt wird, will sie erst mal schön frühstücken im Flughafen, hat sie gestern gesagt.

Zum Abschluß des «Echolot», das zu feiern war, und weil ich Geburtstag hatte, fuhren wir nach Bremen und aßen dort im Parkhotel. Ich – immer im Dienst – schrieb die Speisekarte ab als Kontratext fürs «Echolot» .
Der Kellner dachte vielleicht, ich bin von einer Aufsichtsbehörde. Bin ich ja auch.
Simone meint, daß wir uns nach dem «Echolot» einen neuen Computer anschaffen müssen. Unserer zählt inzwischen 18 000 000 Bites. Manchmal quietscht er.
Sie darf nicht wissen, daß ich schon längst begonnen habe mit dem «Echolot '44». Typisch für meine Arbeit: Als ich neulich hineinschaute, entdeckte ich, daß für 1944 schon eine Menge vorhanden ist, mehr, als ich dachte.
Hildegard möchte gern, daß Simones Mitarbeit mit Erholungspausen versehen wird: «Weil sie das seelisch so mitnimmt.» In der Tat, wenn ich gelegentlich nach oben steige, um «mit bösem Blick durchs Archiv zu gehen» (Simone), dann denke ich manchmal, ich *sehe* sie, daß sie vor Mitleid mit den Schicksalen, die sie «eingibt», über dem Computer zusammengesunken ist.
Von Simone war von Kofferschleppereien zu hören, immer mit den

3000 Seiten ist sie herumgezogen, vom Hamburger Flughafen nach Bremen und wieder nach Hamburg. Nun ist das Januarmanuskript in München. Und Bittel hat, wie ich jetzt höre, die nächsten 14 Tage gar keine Zeit, sich mit dem Text zu beschäftigen. Dann hätten wir uns ja nicht so zu beeilen brauchen.

Simone: Wollte heute nach München zum Verlag mit dem Koffer voller Ms. – aber am Hamburger Flughafen Streik. Dann mit dem Koffer per Zug nach Bremen, von dort sollten noch Flüge gehen. Doch als ich mittags völlig abgekämpft mit dem schweren Koffer am Bremer Flughafen ankam, waren auch dort sämtliche Flüge nach München gestrichen. Zu allem Überfluß verlor ich bei dieser Odyssee meine Sonnenbrille – Mist.
Rief dann Walter an. Der sollte, *mußte* doch wissen, daß ich nicht geflogen war! Völlig chaotisches Telefonat: «O Gott, o Gott, mein Manuskript!» Er reagierte absolut panisch. Dabei war dem Ms. doch gar nichts passiert.
Bittel, gelassen: «Dann kommst du eben in ein paar Tagen!»

7. 5. 1992
Ich höre heute den Namen Klaus Schneider, Architekt, 1937 emigriert. Denke sofort an mein «Echolot». 1945 ist er gestorben. Weshalb kriege ich keine Briefe von ihm?

Simone: Heute bei Walter den «Echolot»-Koffer wieder abgestellt. Damit er in Hamburg nicht «verschüttgeht».
Lang und breit meine Flughafenerlebnisse: Allseitiges Bedauern eingeheimst.

8. 5. 1992
Vor 47 Jahren Krieg aus.
Ängste.
Bin froh, daß «Echolot» fertiggestellt. Kontratexte machen rasche Fortschritte.

9.5.1992
Die Kontratexte können, falls sie im «Echolot» nicht zu verwenden sind, den Grundstock zu einem neuen Tagebuchband abgeben.
Das «Echolot» ohne die «Sprechspur» kommt mir jetzt wie ein Torso vor.

14.5.1992
Ich beschäftigte mich mit Touristikkatalogen der achtziger Jahre für das «Echolot». Langsam aber sicher läuft mir die Sache aus dem Ruder.
Später sehr nervös und deprimiert.
Bittel hat das Januarmanuskript bekommen. – Der Umfang erschreckt mich, zumal ich nicht mit einem Blick weiß, was überhaupt drinsteht. Ein schwer verdaulicher Brocken. Vielleicht durch die «Sprechspur» beweglicher?

20.5.1992
Ich war ziemlich matt, deprimiert wegen fehlgeschlagener «Echolot»-Versuche. Ich habe keine Lust mehr, weiter dran zu arbeiten. Ab 1. Juni will ich an den Dorfroman gehen.

21.5.1992
Nachdem ich die unbefriedigenden Versuche an «Echolot» aufgegeben habe, drängt sich nun «alsbald» der Dorfroman heran.

> *Simone:* Im zweiten Anlauf hat es nun geklappt! Bin mit dem Koffer gut in München gelandet und habe Bittel einen Ordner nach dem anderen auf seinen Schreibtisch gestapelt.
> Der wird in den nächsten Monaten viel zu lesen haben ...
> Später zogen wir durch Schwabing und ertränkten unseren Frust – zum Schluß nach Mitternacht in einer Kneipe, deren Wirt aussah wie Karl Valentin. Bittel und ich waren uns einig: Wenn man ein Etappenziel erreicht hat, bekommt alles Gewesene anekdotenhaften Charakter ...

23. 5. 1992
Experimente mit «Echolot». «Sprechspur»: Das gesamte TV-Programm des 2. Februar als Kontrast neben den 2. Februar 1943 setzen (vielleicht nur 1. Programm).

8. 6. 1992
Verlag teilt mit: erster Teil des «Echolot»-Manuskripts 2257 Seiten. O Gott!
Laboriere am 2. 2. 1943/1992 wegen des Buggert-Vorhabens im Hessischen Rundfunk. Könnte hinkommen.

11. 6. 1992
Ich war in Hamburg. Ich fühlte, daß ich unter das «Echolot» nun doch einen Schlußstrich gezogen habe. Die «Sprechspur» ist «gestorben». Selbst wenn es mir gelänge, das, was ich eigentlich zu geben habe, an einem einzigen Echo-Tag zu realisieren, dann bleiben da immer noch die 4000 Seiten, die zu bewältigen wären. Dazu fehlt mir Energie, Überzeugung und wahrscheinlich auch der Grips. So fühle ich mich nun frei von der Sache. Erlöst.
Das Gespräch mit Buggert, gestern, über sein Stalingradhörspiel «Wolkenhöhe 5000» hat den Weg freigemacht. Er redete mir die «Sprechspur» rasch aus, es kippelte in mir aber sowieso schon.

12. 6. 1992
Bittel will in einer Woche an das «Echolot» herangehen, er hat, wie man so sagt, Manschetten. Er schickte ein Foto vom Gorbatschow-Empfang. Gorbatschow ist gar nicht, Raissa nur von hinten zu sehen, dafür strahlt Hildegard Festtagslaune aus, und ich blicke recht wunderlich drein.

13. 6. 1992
Buggert amüsierte sich über die Labberigkeit der Inneren Emigranten im «Echolot».

18. 6. 1992
Langes Gespräch mit Simone, sie ist immer noch erstaunt, daß wir das «Echolot» soweit hingekriegt haben.

21.6.1992
Carossa-Briefe. Daß er dauernd von seinem schlimmen Knie schreibt, ist verständlich. Aber muß man so etwas veröffentlichen? Seine Tagebücher sind interessanter. Da wendet er sich ja auch an die Nachwelt – da hat er was zu verlieren. In den Briefen hat er nur für den Tag Eindruck zu machen. O Gott, was für eine Chance hat er vertan! Die Kardorff, die Boveri, Jünger, Thomas Mann. Statt dessen sitzt er wochenlang an einem Gedicht. Er hat, wie man heute sagen würde, der Christenpflicht nicht Genüge getan, Zeugnis abzulegen.

5.7.1992
Ich machte Post und arbeitete im Archiv. Das Interesse daran läßt merklich nach. Alle Energie wurde auf das «Echolot» konzentriert. Eigentlich müßten wir jetzt Urlaub machen.

6.7.1992
Seit ich das Manuskript abgeliefert habe, meine ich gleichzeitig zu spüren, wie sich das öffentliche Interesse Tag für Tag vom Zweiten Weltkrieg abwendet.

8.7.1992
Gestern sprach ich ernst mit Bittel. Ich erwarte für «Echolot» einen genauen Plan, welchen Bühnen der Text für szenische Lesungen angeboten wird und so weiter.
Ich selbst habe es dem NDR angeboten und werde es in den nächsten Tagen den andern Sendern anbieten: DLF, BR, SWF, SFB, RIAS.
Der Verlag wird versagen. Pressearbeit – das können sie nicht. Eigentlich sympathisch. Immerhin, sie zahlen gute Vorschüsse.
Eine Neuausgabe der Kardorff-Tagebücher ist herausgekommen. Stellt sich heraus, daß der größte Teil *nach* dem Krieg geschrieben und tendenziell verändert wurde. Enttäuscht!

10.7.1992
Mit dem St.-Petri-Kuratorium in Lübeck gesprochen, die ganz wild auf die Uraufführung des «Echolot» zu sein scheinen. Auch Bittel deswegen kontaktiert.

11.7.1992

Das Archiv wird mir allmählich zum Ekel. Mag vom «Echolot» nichts mehr hören. Hildegard bedauert den armen Verlag, daß der das jetzt alles drucken muß. Wegstreichen sollen sie Thomas Mann und Hausenstein (sie kann beide nicht leiden: neunmalklug und eitel seien sie), die unbekannten Erzähler sollen sie drinlassen.

14.7.1992

«Echolot»: Das Projekt könnte durch noch größere Ausführlichkeit gerettet werden. Die letzten Funde (Goebbels-Tagebücher) zeigen, daß die beiden zentralen Monate des 2. Weltkriegs noch lange nicht erschöpfend dargestellt sind. Reduzierung, wie der Verlag gern möchte, bedeutet möglicherweise Verfälschung, die mit jeder gestrichenen Seite verstärkt wird.

15.7.1992

Fotokopien 7000 Mark gekostet («Echolot»)
In sieben Jahren sechs verschiedene Verleger!
Verlag: «Echolot». Liegt seit 5. Mai im Verlag, ohne daß es bisher angesehen wurde. Keinerlei Maßnahmen betr. Lesevorstellung (kleine Theater, Rundfunk), Präsentation. Kleine Theater müßten *jetzt* längst angeschrieben worden sein!
Andere Projekte werden vorgezogen.
Kein Nachstoßen bei den Verfilmungen.
Habe heute an Frank Wössner* einen kurzen Brief geschrieben, eine Bitte um Unterstützung. Bin ratlos.
Eins, zwei, drei, ich komme!

23 Uhr
Ein widerlicher Tag. Mir platzte der Kragen, weil im Verlag mit dem «Echolot» noch nicht das geringste geschehen. Seit dem 5. Mai liegt der Januar in München und seit 1.6. auch der Februar – nichts geschehen. Das sind drei Monate! Knaus rief zufällig an und riet mir, mich an Wössner zu wenden, was ich schriftlich tat («aber nur eine Seite!»).

* Frank Wössner, Vorstand der Bertelsmann Buch AG.

18.7.1992
Ich stelle mir vor, daß der Verlag eine Liste aller Kleinbühnen anfertigt und sie auf das «Echolot» hinweist. Ein an sich doch ganz einfaches Verfahren. Für den Konzern offenbar zu kompliziert. Und das wäre kostenlose Werbung für das Werk.

19.7.1992
Ich habe gerade festgestellt, daß
1988 «Hundstage»
1990 «Sirius»
1992 M/B
Alle zwei Jahre!
Und nun «Echolot» fertig.

23.7.1992
Angst, das «Echolot» könnte baden gehen. Dede hat meine Briefe bisher nicht beantwortet.

30.7.1992
Bittel sagt, er mag «Echolot» nicht kürzen, traut sich den Eingriff nicht zu. Er will heute mit Frau Koblischka* das Layout besprechen. Ich sagte ihm, daß ich auf Treffen im August verzichte, wenn nicht konkrete Planung auf dem Tisch ...

31.7.1992
Ich war heute sehr fleißig: Am Nachmittag machte ich das 11. Kapitelchen des Dorfromans, so haben wir denn nun 60 Seiten. Ich mache erst mal Pause, nächste Woche kommen Schüler, da kann ich höchstens ein paar Zettel sortieren. Dann kommen Bittel und Dede, und dann habe ich noch bis Mitte September Zeit für die «Heile Welt».
Dann bis 1. März «Echolot». Das ist dann fertig, jedenfalls von mir aus.
Hab so ein Halbwertgefühl, wenn ich an das Buch denke.

* Hanne Koblischka, freie Herstellerin des Albrecht Knaus Verlags.

11.8.1992
Mit Stiftung Preußischer Kulturbesitz telefoniert wegen Gerhart-Hauptmann-Nachlaß. Eine Frau war am Telefon, die ich bei einer Lesung in Mölln kennengelernt habe.
Vorbereitungen für morgen.
In Erwartung von Bittel und Battel.

12.8.1992
Notizen zum Besuch von Dede:
Spaltensatz?
8 Bändchen? (findet Dede gut)
Für Bilder keine Lösung gefunden.
Format nicht zu groß (Dede)
Nicht zwei Bände, sondern acht
Proust-Format nicht gut
Dede: Wenig Fotos gut
Farbbilder an den Schluß eines Bogens
Text nicht zelebrieren, also besser kleine Bände
Verlag liefert am 15. September 1. Hälfte zur Korrektur
Wie weit Rechtefragen?
Läuft auf Kassette hinaus
Chronik-Daten nicht gut, am Anfang der Tage
«Es gibt Grundentscheidungen, die müssen nur getroffen werden.» (Dede)
«Wuffeltruppe» (Dede zu unseren Hunden)
Termine
Also:
Bis 1. Dezember 1992: «Echolot» endgültig druckreif (satzreif). Ich gehe es bis dahin noch einmal durch (ungern), also das fünfte Mal.
Bis 1. März 1993: Alles fertig, dann Druck.
Herbst 1993 erscheint es in acht Bänden.
Bildband über mich wird parallel dazu allmählich aufgefüllt.
Besprechung dauerte sechs Stunden, war sehr anstrengend. War nötig und hat hoffentlich was gebracht.
Komplizierte Einzelfragen.

Simone: In Nartum bei Walter mit Bittel und Dede. Viele neue Projekte! Walter leiert die ja nur so aus sich raus!

14.8.1992
Bittel und Battel warnten mich, wenn unser Archiv nicht betreut werde, käme da viel abhanden.
Ich glaube, das war vorgestern das erste wirkliche Verlegergespräch über das «Echolot», das ich hatte.

24.8.1992
Schon im Juni habe ich an Dede und Presse geschrieben, am 15. Juli an Wössner. *Heute* erst sind die Offerten an die kleinen Theater rausgegangen.
Anderthalb Monate vertrödelt.

30.8.1992
Morgen wieder «Echolot»-Restbestände sichten. Da findet sich noch allerhand.

31.8.1992
Dede in hellgrünem Anzug mit lila Hemd (neulich).
Simone war heute hier.
Sie bearbeitete eine Frageliste des Verlags, «bezüglich Echolot».
Ich sah restliche Texte durch für das «Echolot».
Schreckliche Verehrerbriefe an Manfred Hausmann. Die Briefe, die ich empfange, lesen sich ganz ähnlich.
Durch die Nachträge entsteht in einer neuen Datei eine Art zweites «Echolot». Die gleiche Vertrautheit mit den Seelen der Vergangenheit.

1.9.1992
Nachmittags Restbestände für «Echolot». Da ist doch noch mehr, als ich dachte. Angenehm, in dem Fuchsbau zu sitzen. Die vielen Schicksale.

2.9.1992
Bittel rief an, das Hebbel-Theater in Berlin will vielleicht.

6.9.1992, Berlin
In Berlin. Kempinski, Kaffee und Leute vom Hebbel-Theater wegen «Echolot», wahrscheinlich alles zu spät, der Mai '93 nähert sich unaufhaltsam.

7.9.1992
Während ich Goebbels' Tagebücher für «Echolot» herrichte, höre ich das Tripelkonzert von Beethoven, das ich noch nicht kannte.
Ich lese im Goebbels-Tagebuch: sein Besuch im Führerhauptquartier. Wie er an Hitler hängt. Unwillkürlich kommt mir das Bild, daß sie sich in den Armen liegen.

9.9.1992
Hollender* aus Kiel rief an, er will «Echolot» lesen lassen, scheint fest entschlossen. Kieler Stadttheater.
Vom Verlag kamen zwei Blindbände, Buch-Mauersteine, gewaltige Dinger: So stellen sie sich «Echolot» vor. Also doch Prachtbände. Dann hätten wir uns ja nicht so zu ereifern brauchen. Warum haben wir eigentlich neulich Stunde um Stunde konferiert? Die schönen Ideen und Pläne fürn Arsch, ehrliches Paperback, acht Bändchen usw.?

10.9.1992
Theater in Mannheim will offenbar auch das «Echolot» machen.

11.9.1992
Wie dilettantisch ich ans «Echolot» rangegangen bin. Daß es ein Verzeichnis der Archive gibt, hätte ich mir ja eigentlich denken können. Aber: Die vielen Tagebücher der Unbekannten hätte ich nie gekriegt! Das ist das Besondere meiner Sammlung. Sie waren nur durch die Anzeigen in der «Zeit» zu beschaffen, und das läuft ja jetzt seit über zehn Jahren, und es läuft immer noch.
An Dede geschrieben, daß traurig ...
Kritisches über die neue Ausgabe der Goebbels-Tagebücher. Das sei nur ein Bruchteil. Viel gestrichen usw.

* Walter Hollender, Theaterregisseur.

Nun Angst, daß ich Streichungen nicht kenntlich gemacht habe; in keinem Text.

13.9.1992
Im «Echolot» die Zusätze einzuarbeiten, ist offenbar doch nicht so zeitaufwendig.

Simone: Zwei Tage in Nartum gewesen und die Liste für die Rechtefragen erstellt.
Zu Hause dann vier Stunden lang alles eingegeben und ausgedruckt. Der Verlag braucht die Liste dringend. Die werden stöhnen ...

18.9.1992
Simone war heute hier und arbeitete noch Reste auf vom «Echolot» (Quellenhinweise). Am Abend schwätzten wir noch etwas von «damals», von den Literaturseminaren also. Schade, daß die Zeit vorbei ist. Die 80er Jahre mit Sommerclubs und Seminaren. Das hat meine Tage wesentlich bereichert. Aber es ist aus. Schluß! Es geht nicht mehr. Das Gewimmel könnte ich nicht mehr ertragen.

20.9.1992
Das Wort heißt nicht «Saugermane», sondern «Saugamme», das soll man nun rauskriegen. Wir stellen uns vor, das Wort wäre stehengeblieben, was wir da wohl zu hören gekriegt hätten.
Das «Echolot» als Kreisabschnitt (Sehne).
Immer noch Kopfschütteln darüber, daß unsere Pläne – acht kleinere Bände im Schuber – so ohne Diskussion vom Tisch gefegt wurden. Und wie begeistert waren wir!
Darüber nachgedacht, ob nicht doch eine zweite Ebene fürs «Echolot» notwendig sei.

21.9.1992
Natürlich kommen wir mit dem «Echolot» absolut zu spät. Augstein und nun der Piper Verlag. Das war zu erwarten.

22.9.1992
Morgens an der Adenauer-Sache gearbeitet* und «Echolot». Dann tief geschlafen und um 15 Uhr nach diversem wütenden Umherirren wegen eines nicht auffindbaren Anzugs nach Kiel, wo ich eine Lesung hatte. Autobahn sehr voll, wir fuhren, um einem Stau zu entgehen, durch Hamburg.
Dann in Kiel Brot gekauft und ein paar Papiersachen und im Schloßrestaurant zwar aufwendig, aber zum Kotzen schlecht gegessen, Hollender vom Kieler Theater sah uns dabei vom Nebentisch aus zu. Langes Gespräch über Dramatisierung des «Echolot».
Lesung in der Kunsthalle absolut ausverkauft. Das Publikum war rührend, wie immer in Kiel. Langer Applaus. Beim Signieren unterhielten sich zwei Damen direkt neben mir über mich:
«So jung!»
«Und so einen schönen Blazer.»
«Letztes Mal hatte er einen Anzug an.»
«Nein, da kam er in Grau.»

23.9.1992
Heute bereitete ich mich auf Bonn vor. Schrieb den Vortrag. Beendete den Januar von «Echolot», d. h. verteilte die Einschübe.

26.9.1992
Habe drei wüste Tage hinter mir, am 24. fuhr ich, den Vortrag präparierend, nach Bonn, am 25. hielt ich ihn in der Adenauer-Stiftung, flog danach nach Hamburg, fuhr mit dem Zug nach Lübeck und las dort in der sozusagen völlig leeren Petrikirche aus «Mark und Bein». Die schlechte Akustik zwang mich, allen Worten, die ich wie ein Rufer einzeln ausstieß, mehrfach zu lauschen.
Heute fuhr ich dann mit einem Herrn nach Haus, er nahm mich freundlicherweise mit (Großmutter in Visselhövede besuchen). Hier um 17 Uhr Herr Voss, mit dem ich nochmals über die «Sprechspur» konferierte. Er will mir das «Echolot» zerhacken, ich möchte sehen, ob es vielleicht das Spiegelbild ist, das noch fehlt.

* Vortrag über das «Echolot» vor der Konrad-Adenauer-Stiftung.

Meine «Rede» floß dahin. Mit dem Leiter der Stiftung sprach ich über meine Adenauer-«Echolot»-Mißerfolge. Er will mir helfen.
Aus Kiel kam wegen Frenssen und Luserke ein netter Brief von der Universitätsbibliothek.
Hildegard hat die Einschübe Januar '43 nach München geschickt. Nun muß ich mich schnellstens an den Februar machen.

1. 10. 1992
22.00 Uhr. Unglaublicher Brief Dedes. Ein großes April! April! – Als ob wir hier nicht einen ganzen Tag lang konferiert hätten.

2. 10. 1992
2.02 Uhr.
Schlaflos, Überanstrengung und Ärger und Sorge wegen Dedes saloppen Tons.

4.00 Uhr.
«Lieber Herr Dede,
ich verstehe vollkommen, daß Ihnen das schwierige ‹Echolot›-Projekt Kopfzerbrechen macht, und ich wäre der letzte, der durch unrealistische Vorschläge das Projekt komplizieren würde – nur: der Vorschlag kam von *Ihnen*, acht Bände zu machen, und wir waren überrascht und erfreut von Ihren, fast möchte ich sagen, «visionären» Vorstellungen. – Um die Sache weiterzubringen, denke ich, wir sollten, wenn wir uns schon auf drei feste Bände verständigen, uns möglichst weit dem ‹Sirius› annähern, das kann durch den Umschlag geschehen oder durch die Farbe des Leinens. Dadurch würde ein Werkzusammenhang deutlich gemacht, der mir am Herzen liegt.»

Zurückweichen und konstruktiv reagieren.

3. 10. 1992
Die Dame, die im Verlag die Rechte für «Echolot» einholen will, hat uns die Fotokopie einer Theaterkarte vom Januar '43 geschickt und angefragt, wem die Rechte daran gehören. Die armen Leutchen.
Voss schickte mir eine Computer-Zermischung des T/W, erste Seite.

Ich kenne den Text zu gut, da kann ich die Wirkung nicht ermessen. Er müßte es mit dem «Echolot» versuchen.
Unser Bühnenangebot «Echolot» scheint ein absoluter Schlag ins Wasser zu werden. Das hätten wir schon vor einem Jahr machen müssen.

5. 10. 1992

Pastor Harig teilt mit, daß aus der Sprechaufführung von «Echolot» in der Lübecker Petrikirche nichts wird. Ohne Angabe von Gründen. Ich bin ganz froh, denn die Möglichkeiten dort sind, wie ich gesehen habe, nicht gerade ideal. Uff!! Und: Lübeck ist mein Pflaster nicht.
Man müßte den Rest des Lebens mit dem «Echolot» zubringen. Sommer '44, dann '45, Januar bis Juni.
Auch das Jahr 1916 oder 1813. Ich sollte jedenfalls nicht aufgeben, sondern allmählich mich an '44 heranmachen. Es ist ja ganz egal, ob es veröffentlicht wird oder nicht.
Dasselbe gilt für «Augenmerk», die für das «Augenmerk» ausgewählten Texte gleich sauber abtippen und binden lassen.*

9. 10. 1992

«Echolot» nun soweit fertig, alle Einschübe eingeordnet. Ich muß heute nachmittag noch einige Zwischentexte auswechseln. Dann werden wir erst im November wieder etwas damit zu tun kriegen. Dann muß Simone die «Köpfe» machen.**

11. 10. 1992

«Echolot», Zwischentexte abgeschlossen. Morgen Post. Dann ein paar Tage frei.

12. 10. 1992

Eben rief des Stadttheater Neubrandenburg an, ob sie nicht «Echolot» …

* Die Reihe der aus dem Kempowski-Archiv herausgegebenen Lebenserinnerungen, später «Obergaden» genannt.

** Die Namens- und Ortsangaben über den «Echolot»-Beiträgen.

Volker Hage rief an, er meine, der «Spiegel» werde einen Vorabdruck des «Echolot» machen. Das ist mal eine schöne Nachricht!
Eigentlich ist es für Sommer '44 längst zu spät. Aber das Jahr '45 könnten wir in Angriff nehmen, eine kleinere Sache vielleicht.*

13. 10. 1992, Hildesheim
Zu Ostern vielleicht ein Tagebuchseminar.

1. Fremde Tagebücher: Thomas Mann, Wolfdietrich Schnurre, André Gide
   jeweils einen einzigen Eintrag analysieren
2. «Echolot», das Prinzip der Dialogisierung
3. Hörspiel daraus
4. Übungen: Eigene Tagebücher über dasselbe
5. Abends: Paul Kersten, Guntram Vesper, Klaus Modick, Peter Rühmkorf?

Die Beigabe von Fotos, deren Dialogwirkung darf ich nicht aus der Hand geben. Das ist ein weiteres Mittel, auch von mir etwas dazuzutun.

Arzt: «Und wie geht es Ihnen?»
Ich: «Soweit gut, aber ich bin immer müde, den ganzen Tag!»
Arzt: «Schöne Aussicht haben Sie hier!»

Ein «Echolot» von 1944 zu machen, Invasion und 20. Juli, geht nicht, da viel zu spät. Ich muß mich jetzt auf 1945 einstellen.
Dorfroman, «Alkor», «Echolot 1944» gleichzeitig?
Für «Echolot 1944» müßten wir eine andere Konzeption finden. Vielleicht fünf Stränge nebeneinander? Oder *nur* Osten?

18. 10. 1992
Ich werde ganz nebenbei mit 1945 beginnen. Da ist ja schon allerhand. September '95 erscheinen, September '94 abgeben. Anderthalb Jahre müßten reichen.

* Das spätere «Echolot. Fuga furiosa». 4 Bde. München 1999.

19. 10. 1992
«Echolot»: Die träge Rotation der Erdkugel.

20. 10. 1992
Aus einer längeren Biographie (Schmidt) löste ich einen Reisebericht heraus, nach Plauen, am 9. Januar 1943. Die Frau beklagt sich, daß ihr Schwager abends endlos aus einem Buch über Karl V. etwas vorliest. Sie versuche, das etwas aufzulockern. Ein Soldat habe im Wartesaal ihren schreienden Kindern eine Apfelsine am Zweig geschenkt.
Nun habe ich doch wieder Hoffnung, daß das «Echolot» akzeptiert werden könnte. Wie Dede wohl schimpft.

24. 10. 1992
Die Frage ist: Warum stecke ich soviel Energie in das «Echolot» und dessen Verwandte? Es ist ein Gefühl für Gerechtigkeit. Ich habe den Eindruck, daß man der Generation, die in diese Zeit hineingeboren war, nicht gerecht geworden ist.
«Echolot», das ist eine Kurskorrektur, die uns der Wahrheit ein Stück näherbringt.
Ohne «Echolot 1944» und «Echolot 1945» ist die Sache allerdings nur halb getan.
In der Mitte liegt die Wahrheit, und sie ist für alle Zeiten gültig.
«Echolot 1945» interessiert mich mehr als «1944», aber «1944» ist leichter herzustellen und nicht so mitnehmend, ein einziges Jahr, und alles ist ausgestanden, wogegen «1945» vielleicht aus Zeitmangel nie fertig wird. In «Echolot 1945» rollt die Kugel in ihr Loch.

Moran* über Stalin 1943:
«Stalin hat sein Werktagsgewand abgelegt – den graubraunen bis zum Knie zugeknöpften Leinenkittel und Hosen aus dem gleichen Stoff, die in Schaftstiefeln staken –, das er letztes Jahr in Moskau getragen hatte, und paradiert in einer senffarbenen Uniform. Sie sieht so aus, als ob sie noch nie getragen und eigens für den heutigen Tag entworfen worden sei. Man könnte meinen, der Schneider habe ihm auf jede Schul-

* Lord Charles McMoran Wilson, Leibarzt von Winston Churchill.

ter ein Brett gelegt und einen Haufen goldener Schnüre mit weißen Sternen darauf gepackt. An den Seiten der makellos gebügelten Hose läuft ein breiter roter Streifen. Das Ganze wird von einer fürchterlichen Kopfbedeckung gekrönt, die man unter goldenen Litzen kaum noch sieht.»

«Stalin ließ sich keine Ungeduld anmerken, er kritzelte oder rauchte Zigaretten, die aussahen, als habe er sie selber gedreht und lose in der Tasche getragen.»

Hans Friedrich Bluncks* Lesereise-Tagebuch eingerichtet fürs «Echolot». Der immer mit seinen vollen Sälen.
Er hat im Palais Lobkowitz gelesen, wo ich 1973 so unfreundlich behandelt wurde (Wien).
Mit den Lebensmittelkarten hatte er unterwegs Schwierigkeiten, schreibt er.
Ihm wird unheimlich, wenn er sieht, wie die Jugend glaubt, er könne die Welträtsel lösen. – Das hat Jugend so an sich.

0.00 Uhr.
Allerhand Ängste. Bluncks Tagebuch zu Ende gelesen. Na, dem hat man wohl auch unrecht getan. Wer ist denn schon imstande, so zu differenzieren, wie es im «Echolot» nun endlich geschieht? Hoch anzuerkennen, daß die Erben mir die Veröffentlichung seines Tagebuchs genehmigten.

29. 10. 1992
Bittel will verschieben, ein Jahr, ich hab gesagt, das ist keine Lösung. In dem Projekt steckten Anfälligkeiten. – Ich habe ihn gewarnt, und daß es mir leid täte, wenn sich da jetzt wieder soviel ansammelt und daß wir uns in die Haare kriegten.

* Schriftsteller; 1933–1935 Präsident der Reichsschrifttumskammer.

30. 10. 1992
Bittel denkt, daß sich alle Schwierigkeiten, die er mit dem «Echolot» hat, erledigen, wenn er das Erscheinen um ein Jahr verschiebt. Sie werden größer werden, denn die Rechtefragen werden komplizierter, wenn man genauer hinsieht. Der Koloß muß jetzt verschwinden.

9. 11. 1992
Schlimme Woche vor mir, sechs Tage Lesungen in Köln und Umgebung. – «Echolot» wankt. Über 600 Mark soll die Acht-Bände-Version kosten, Drei-Bände-Version 280 Mark. Dann wird es wohl auf letzteres hinauslaufen.

Publizieren:
Briefe Johnson/Kempowski, Fechners Arbeit an «Kapitel» (mitgelaufenes Tonband), Mutters Familienerzählung, Essayband, Marianne-Kapitel*, Echolot 1944 (Juniwoche/Juliwoche)

12. 11. 1992, Köln
Gestern das Gespräch mit Walter Adler wegen des Hörspiels für Mai 1993. Er engagiert 120 Schauspieler dafür. Zweimal 85 Minuten soll es dauern. Geradezu hingerissen zitierte er Passagen aus meiner Sammlung, besonders gut gefiel ihm der Papstbrief. Er hat ein gutes Gefühl für gerade das, was mich so interessiert, die Verschwiemelungen.
Ich hab ihn gebeten, er soll mich zum Abhören der Sendung nach Frankfurt einladen.
Ich habe das Gefühl, daß Bittel immer noch nicht mit Volker Hage gesprochen hat. Jetzt ist er bis Ende November mit einem englischen Autor** auf Lesetour: Und das «Echolot» liegt da und jappt vor sich hin, wie ein Fisch auf dem Trocknen.

* Im Roman «Hundstage» nicht veröffentlichte Kapitel.
** Lawrence Norfolk, Autor des Romans «Lemprière's Wörterbuch». München 1992.

14. 11. 1992
Mit jedem Halbjahr, um das das Erscheinen von «Echolot» verschoben wird, steigt die Unwahrscheinlichkeit eines Erscheinens überhaupt. Denn jetzt werden die Ostarchive geöffnet. Sie aufzunehmen, reicht unser Gefäß nicht.
«Echolot» muß reduziert werden. Erkennungsfotos weg. – Adler war grade von den Texten begeistert, die ich streichen will.
Möchte mit dem Hersteller sprechen. Dünnes Papier wie Briefmarkenkatalog.
Bittel: Jemanden einstellen, der Kürzungen vorschlägt.

16. 11. 1992
«Echolot '44» nur aus Unveröffentlichtem?
Vom Verlag ist nichts zu vernehmen. Bittel reist in der Gegend herum, Rechtebriefe werden nicht abgeschickt, mit dem «Spiegel» ist nicht gesprochen worden, Verträge werden nicht geschickt. «Echolot» wird auf die lange Bank geschoben.
Bin ganz erledigt von all diesen Halbsachen, vermisse Tatkraft und Ideen.

Simone: Erster Tag bei Walter nach den freien Monaten, die ich für meine Examensvorbereitung nutzte! Es war schön, wieder in Nartum zu sein. Walter und das «Echolot» haben mir doch sehr gefehlt! Wir besprachen das weitere Vorgehen – ruhig und entspannt. Walter plant schon «Echolot II», daß er da nur Unveröffentlichtes nehmen wolle. Außerdem «Alkor», der erste Schwung lag für mich zum Mitnehmen bereit.
Beim Kaffee allerdings war dann die Ruhe dahin: daß der Verlag sich nicht kümmere und Bittel noch keine Zeile des Ms. gelesen habe: «Bittel, der reist in der Weltgeschichte rum!» Es ist, als steigert Walter sich in den Wahnsinn hinein! Ich wandte einen seit langer Zeit bewährten Trick an, um ihn «runterzuholen»: Kam wie zufällig auf unsere Rostockreise 1990 zu sprechen. Wie wir damals das Filmteam in Schach hielten ... – Es funktionierte! Wir lachten zusammen über die Frechheiten und kamen auf andere Gedanken.
Abends, als ich auf der Autobahn zurückfuhr, dachte ich: Wenn die

vom Verlag wirklich noch nicht aktiv geworden sind, hat Walter, haben wir allen Grund, verärgert zu sein. Außerdem muß ich zugeben: Wenn Walters Ausbrüche so verlaufen wie heute, finde ich sie tatsächlich amüsant. Vielleicht hat Walter sich auch extra ins Zeug gelegt, um mir eine Freude zu machen?!
Zu Hause ab jetzt «Alkor».

18. 11. 1992
Das «Echolot» liegt schwer auf mir. Die Nonchalance, mit der offenbar Buggert beim Hörspiel sich über die Frage der Rechte hinwegsetzt, macht mir angst. Und daß der Verlag das Erscheinen um ein Jahr hinausschieben will! Ich weiß schon, wie das geht. Das Manuskript wird irgendwo hingelegt und ein Jahr lang nicht mehr angefaßt. Staub soll es ansetzen. Die Rechtebriefe sind, obzwar fertig, noch nicht abgeschickt worden, eben weil der Verlag noch nicht weiß, wann das Werk erscheint! Was hat das miteinander zu tun?
Der Rest meiner Kraft, das ist ein wenig Pulver in einer zu großen Kiste.

19. 11. 1992
Längeres Gespräch mit Bittel. Mein Vorschlag, das Monstrum als Typoskript herauszubringen. Allgemeine Verzagtheit, die meinen Tatendrang provoziert.

23.00 Uhr.
Max Halbe entziffert, daß er während Stalingrad zur selben Zeit mit Gerhart Hauptmann in Dresden ist, und sie trafen sich, eine kleine Sensation. War nicht schwer herauszubringen, eine Stunde etwa. – Umständliche Berechnungen über Umfang des «Echolot». Durch Verlängerung der Zeilen lassen sich 1000 Seiten einsparen, ohne Streichungen! Ich habe auch mit Simone gesprochen, die ganz frisch und tapfer der Sache ins Auge sieht, daß wir nun doch noch tippen müssen. Sie sitzt schon an «Alkor».
Ich schrieb Schippmann* wegen der Schlagzeilen im «Neuen Deutschland» für die Köpfe.

* Karl Friedrich Schippmann, Leiter des Kempowski-Archivs in Rostock.

Bittel sagt, Geld aufzutreiben von irgendwelchen Stiftungen sei unmöglich, alle sagten: Was, Bertelsmann? Die haben doch Geld wie Heu!

20. 11. 1992

Dann telefonierte ich mit Volker Hage, der tatsächlich den Jahresanfang 1943 vorabdrucken will. Dann Bittel wegen der Typoskript-Idee. Nach gestrigen Berechnungen könnten wir 1000 Seiten einsparen, Satzkosten (+ Korrekturvorgänge fielen fort!), gleich null, desgleichen Klischeekosten.

Dann beschäftigte ich mich, ständig gestört, mit Max Halbe.

Bittel war heute ganz getrost, vielleicht macht ihm meine Tatkraft Mut? – Er hat sich Arno Schmidts «Schule der Atheisten» angesehen, da wären auch eine Menge Tippfehler drin, hat er gesagt.

21. 11. 1992

«Echolot»: Ich habe Hemmungen, den Blunck einzuordnen. Heute wollte ich ihn neben Hausenstein setzen, um Gottes willen! Was würde der dazu sagen! H. ist tot, B. ist tot, verblasen waren sie beide.

0.00 Uhr.

Nicht 1000 Seiten sparen wir ein, nur 600, wenn wir das Format etwas breiter nehmen. 3400 Seiten hört sich schon nicht mehr ganz so wild an. 3400:8 = 425 pro Band. Ich denke, daß wir dann so viel Geld sparen, daß wir auf unter 200 Mark kommen. Der Einband muß proper aussehen, davon hängt viel ab.

22. 11. 1992

Ich hatte einen ruhigen Vormittag, ordnete noch Reste ein ins «Echolot», u. a. den wahnsinnigen Brief von Bultmann* über seinen theologischen Kram. Etwas gelesen und rumgemoschelt und dann auf eine Schulklasse aus Hamm gewartet, die wenige Minuten vor meiner Einschnappung *zu spät* erschien.

* Der Brief von Bultmann wurde in «Echolot» nicht aufgenommen.

Simone: Telefonierte mit Monika Frohriep – ihr Job ist ausgelaufen. Informierte Walter sofort, nachdem ich aufgelegt hatte. Er: «Zu tun gibt es genug!»
Also rief ich Monika noch einmal an, sie freudig: «Ab nächste Woche bin ich wieder dabei!»
... Ja, sie ist wieder dabei, und ich bin im sich anbahnenden Wahnsinn nicht allein.

24. 11. 1992
Hollender rief an, aus Kiel, er scheint tatsächlich Ernst machen zu wollen mit der «Echolot»-Vorstellung. Hebbel-Theater hat abgesagt, alle anderen auch. Bleibt Buggert mit seinem gewaltigen Hörspielvorhaben. Und Volker Hage rief ebenfalls an, wegen des 1. Januars 1943.

Simone: Bei Walter – allmählich kriege ich wieder Routine! Ab der nächsten Woche ist Monika und damit die benötigte Unterstützung da.

25. 11. 1992, München, Hotel Vier Jahreszeiten.
Bittel holte mich vom Flughafen ab, endlose S-Bahnfahrt. 15 Uhr mit Frau Koblischka «Echolot» besprochen. Nach langem Hin und Her vom Typoskriptvorschlag wieder abgekommen. Vier Bände und Register à 800 Seiten. Die Sache wird von den Disketten gesetzt. Überschlagener Preis bei 270 Mark.

26. 11. 1992, München
Bittel erzählte von der schlechten Stimmung im Verlag, weil von oben Druck. Ein literarischer Verlag sei die Münchner Gruppe eigentlich gar nicht. Lexikon-Verlag ist geschlossen worden (Killy-Literaturgeschichte). Der miese Zustand des Medienriesen ist nur ein Teilaspekt des allgemeinen Niedergangs. Insofern wundert mich gar nichts.
Heute früh habe ich zum ersten Mal daran gedacht, den Verlag zu wechseln. Es kommt ja nur Unseld in Frage. Ich stellte mir vor, daß ich und wie ich vorsichtig mit ihm Kontakt aufnehme.

Hanne Koblischka

Koblischka: «Wir wollten doch nicht ins holde Ungefähre reden.»
Dede: Fotos *doch* einklinken.
Manuskript x 4:3
Nun kann ich ja nicht dafür büßen.

14 Uhr, im Verlag. Besprechung mit Dede über «Echolot».
So oder so kommt's nicht hin. Dede wird Geld besorgen müssen. Um ihnen Beine zu machen, hab ich angedeutet, ich könnte auch auf Prozente verzichten.
6800 Exemplare müßten sie verkaufen, um meinen Vorschuß wieder herauszuhaben. 22 Mark pro Buch oder so was.
Nahe am Weinkrampf wegen der Anstrengungen, und prompt tut die linke Seite weh.
Dede guckte an mir vorbei, was mir nicht unangenehm war. Ich hielt meine Aufmerksamkeit starr auf die vierbändige Ausgabe gerichtet. Die zweibändige Sache rechnet sich nämlich *auch* nicht, so oder so, es geht ohne Zuschuß nicht.
Wössner müßte 150000 Mark irgendwo auftreiben, damit der Preis

unter 200 Mark liegt bei vier Bänden. Ich habe zunehmend Zweifel, ob es überhaupt gut war, sich auf diese Sache einzulassen.
Mit Kolbe und Paeschke hatten wir von Anfang an die Subvention ins Auge gefaßt/einkalkuliert.
Dede redete plötzlich *für* das «Einklinken» von Fotos. Ein unablässiges Hin und Her. Auch ID-Erkennungsfotos dafür.
Mir ist klar, daß ich eine Subvention irgendwann werde bezahlen müssen. Man wird mich irgendwann nötigen oder es mir unter die Nase reiben.
«Das Echolot»: Ursprünglich war die Zeit von '43–'49 ins Auge gefaßt!
19.00 Uhr, Nartum

Ich sprach auch mit Simone, der ich von den Münchner Verhandlungsergebnissen erzählte. Was für ein Glück, daß ich Buggert die 43er-Texte rechtzeitig geschickt habe.

27.11.1992
Ich machte heute ein paar Notizen für das «Echolot»-Vorwort. Sehr schwierig, das liegt mir gar nicht. Hildegard meint, ich spreche wie ein Bauer, wenn ich mich theoretisch über etwas verbreite. – Ja, das Theoretisieren liegt mir nicht.

30.11.1992
Heute früh kamen Simone und Monika Frohriep zur Vorbereitung der «Echo»-Arbeiten, der «Köpfe» und des Registers.

> *Simone:* Mit Monika zu Walter. Wir organisierten uns … Als erstes werden wir uns an die «Köpfe» machen. Die müssen vereinheitlicht werden: Walter will folgende Reihenfolge: Vorname, Nachname, Lebensdaten, Ort. Mir gefällt Nachname, Vorname besser – aber es ist nichts zu machen.
> Wie auch immer: Angeglichen werden müssen die «Köpfe», denn da herrscht noch Kraut und Rüben.
>
> *Simone:* Mit Monika zusammen die «Köpfe». Die Arbeit verläuft schleppend. Ich sitze am Computer, «fahre» durch die einzelnen Tage

und lese die vorkommenden Autorennamen vor, sie schlägt dann im erstellten Register den Verfasser nach und gibt mir die Daten durch – mühsam …

2. 12. 1992
23.00 Uhr. Die beiden Damen arbeiten am Register – Simone liegt dabei auf dem Teppich – und ich kümmerte mich heute um «Alkor». Ich rief Bittel an, wann wir denn nun mit der ersten Lieferung zur Korrektur rechnen könnten? Er sagt, Montag! Und ich bin überzeugt, daß er noch nicht hineingesehen hat ins Manuskript.
Bittel: Dede meine, er kriege es hin, der Vorstand werde wohl das «Echolot» subventionieren.

Simone: Wir arbeiteten weiter an den «Köpfen» und kommen immer besser in Fahrt. Wenn sich das eingespielt hat, machen wir bald größere Sprünge … Walter nennt uns: «Meine beiden Buben!»

6. 12. 1992
Heute nachmittag fing ich beim «Echolot» wieder von vorne an, die Korrekturen. Es ist allmählich ein bißchen zum Kotzen. Ist es das fünfte oder schon das sechste Mal?

7. 12. 1992
Die ersten drei Tage des «Echolot» werden nun auf Vordermann gebracht. Es gilt jetzt die letzte Entscheidung zu treffen: Ob ich mit Fotos eine historische Tiefe erzeuge.

17.00 Uhr.
Oben bei den beiden Buben bricht's gerade zusammen. Sie hat keine Lust, es *noch einmal* zu machen, sagt Simone. Du meine Güte, wie oft haben wir alles *noch einmal* gemacht. Ums «Echolot» geht es. Ich hatte gerade überlegt, ob ich nicht doch die Bebilderung, wie ursprünglich vorgesehen, aus der Vorvergangenheit nehme. Wenn ich Fotos von Januar/Februar '43 nehme, dann ist das lediglich eine additive Zutat. Jeder der «Echo»-Autoren trägt doch seine Vergangenheit in Form von Bildern mit sich herum. Erklärungen zur Nazizeit muß man in einer

Zeit suchen, die weit *vor* Stalingrad liegt. Und diese Dimension könnte durch Fotos bewußtgemacht werden (ähnlich wie im «Sirius»). Noch haben wir Zeit dazu.
Sie denken, ich habe die Übersicht verloren, dabei verschaffe ich sie mir gerade. Ein so umfangreiches Werk ist niemals fertig. Und die Verantwortung dafür, daß ich nicht bloß ins Wasser schlage, nimmt mir niemand ab.

Simone Neteler und Monika Frohriep, die «beiden Buben»

Mit Bittel habe ich eben die Illustrationsvariante erörtert. Der Gedanke, vielleicht nur Straßenfotos zu nehmen, ist auch ganz interessant. Er hat sofort kapiert, was ich meine. Auf seinen ausgeglichenen Gemütszustand angesprochen, sagte er, er habe sich am Sonnabend den Lichtermarsch angesehen, deshalb sei er so ausgeglichen. Habe aber kein Licht gehabt, sondern Zigarette geraucht. Ich hab ihm empfohlen, in den Schoß der Kirche zurückzukehren.

Simone: Heute: Frauen am Rande des Nervenzusammenbruchs! Walter will jetzt doch wieder alles anders: Ihm scheint die Reihenfolge Nachname, Vorname nun auch sinnvoller ... Mir graust es davor, mit den «Köpfen» ein weiteres Mal von vorne zu beginnen. Tue meinen Unmut kund. Aber natürlich hilft das nichts und bringt uns gar nicht weiter. Ich «koche»: Es ist ein Faß ohne Boden. Man fängt mit allem immer wieder von vorne an ...

8. 12. 1992

Bittel teilt mir soeben mit todtrauriger Stimme mit, daß zusätzliche 150 000 Mark fürs «Echolot» bewilligt wurden. Damit sei das Projekt gerettet.

Am Nachmittag rief Volker Hage an, «Spiegel» will also tatsächlich zwei Doppelseiten machen in der letzten Ausgabe des Jahres. Er kommt Donnerstag und will sich mit Fotograf alles angucken. Dieser Anruf und die Mitteilung, daß der Verlag zuzahlen will, was will man noch mehr an einem Tag?

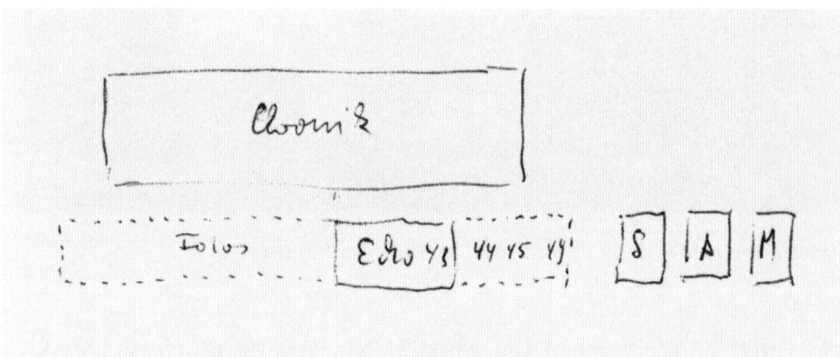

Der Zusammenhang zwischen dem «Echolot» und den «Sirius»-Tagebüchern wird plötzlich deutlich: Und durch die Zeichnung plausibel, daß die Fotos aus Vorkriegszeiten stammen müssen.

Simone: Schlechte Nachrichten: Der Verlag kann unsere Disketten nicht öffnen. Von denen sollte der Satz gemacht werden, um Kosten zu sparen. Walter schimpft auf den Olivetti: Wie konnte man nur ein italienisches Fabrikat kaufen! Das sei doch logisch, daß da nichts funktioniert. – Meine Beruhigungsversuche schlugen fehl, ich steh noch im Minus wegen meiner Maulerei von vorgestern! Trotzdem bin ich mir sicher: Irgendeine Lösung wird es schon geben. Nicht durchdrehen, sondern erst mal weitermachen ...

10.12.1992

11.00 Uhr. Warten auf Volker Hage, Gespräch für «Spiegel» über das «Echo».

1. Recherchen für die «Deutsche Chronik» ab 1960
2. Losgelöst in Richtung «Echolot» ab 1980 (Gründung des Archivs)
3. Einzelveröffentlichungen («Obergaden»)
4. Abmarsch in Richtung «Echolot» im Jahr 1988 (Zeitraum 1943–49)
5. Beschränkung auf Frühjahr 1943 etwa 1989 festgelegt

Volker Hage war da mit einem Fotografen wegen des «Spiegel»-Artikels, der in der letzten Woche des Jahres erscheinen soll, zwei Doppelseiten. Sehr anstrengend. Ich bot ihm das Vorwort zum «Echolot» an. Es könnte, ein wenig verlängert, der Werbeschrift beigegeben werden.
Hage meint, Tagebücher seien die große Mode, die Veröffentlichungen nähmen zu. Sie wollen irgendwann ein ganzes Heft darüber machen. Die Chefredakteure haben beide der Veröffentlichung des «Echolot»-Ausschnittes zugestimmt, lobend.

11.12.1992

Hage sagte (begeistert) zu, als ich ihn fragte, ob er nicht das Vorwort zum «Echo» schreiben will.

Das «Echolot» müßte eigentlich die erste Fassung eines viel weiter gehenden Werkes sein. Es ist die oberste Schicht eines Werkes, das durch starke Vertikale seine Form bekommt. Die Vor-Fotos, das ist schon der richtige Weg.

Im Gespräch mit Volker Hage, 10. 12. 1992

Auch heute nachmittag gab es keine Ruhe, nachdem Bittel und Hage zueinander gefunden hatten, ging's erst richtig los. Ich mußte für den «Spiegel»-Artikel was heraussuchen, kopieren, faxen und mit den Rechteinhabern verhandeln.

Jetzt, 19 Uhr, kehrt allmählich Ruhe ein. Nun greift man eben doch zum Knopf der Glotze. Und ich hatte mir für den ganzen Tag Ruhe und lustvolle Beschäftigung vorgenommen. Ich wurde derartig hin und her gescheucht, daß ich nicht mal aufs Klo kam. – Wenn ich jetzt das Tagebuch hinlege und mir ein Buch greife, werde ich sofort gestört werden.

Habe angefangen, mal wieder in den «Passagen» zu lesen.*

Niemand, der mir raten kann oder will, ob ich den Foto-Zeitsprung in Vergangenheiten riskieren soll. Vielleicht habe ich jetzt zwei Tage Zeit, Themen auszuprobieren. Es bleibt ein Gefühl der Leere, als hätte ich den Deckel des Kastens ausgeschmückt, doch der Kasten ist leer.

Ich wehre mich dagegen, etwas Unkonsumierbares herzustellen.

* Walter Benjamin: «Das Passagen-Werk». Hg. von Rolf Tiedemann. Frankfurt a. M. 1983.

12. 12. 1992

23.00 Uhr. Auch jetzt gibt es keine Ruhe. Der ganze Tag verging jagendklagend, ich wurde durchgerüttelt, das «Echolot» erdrückt mich. Zufällige Katastrophenverhinderungen. Auf dem roten Zettel steht groß und breit: Namen ändern. Natürlich finden sich die Originalnamen dann doch in der Reinschrift. Um ein Haar hätte der «Spiegel» einen zitiert! Keine Hilfe vom Verlag. Wie die ruinierte Taube vorgestern auf dem Hof, und ich bin der Raubvogelwüterich.

Am Nachmittag – «Nammittach», wie Vater sagte – suchte ich Fotos zyklisch zu formieren. Verließ mich auf die Kartei. Kann damit aber nur ein Minimum der Fotos auswerten/erfassen. Die besten liegen irgendwo in den Tüten. Die Wahrheit ist, daß ich keine weiterbringende Idee habe, wie ich die Fotos verwerten kann. Zeitsprung, das ist schon richtig, aber mir fehlt der Grips dafür. Man muß einfach mehr wissen. Man fummelt so vor sich hin. Paßt die Stücke aneinander, anstatt die Rätsel durch bewußte Aktion zu lösen.

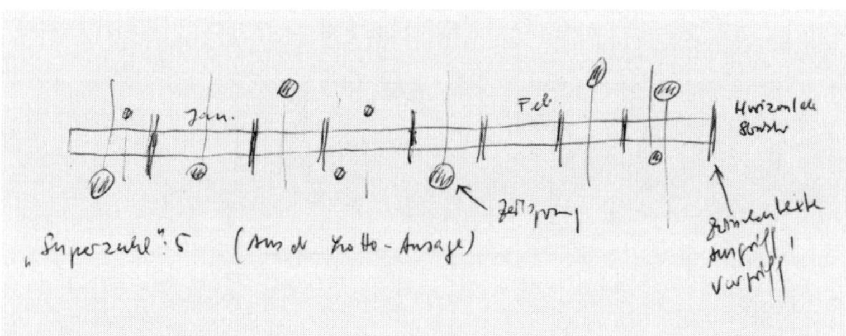

Zeitsprungfotos könnten das Problem lösen, nicht zu lösen ist es mit Fotos aus der Gegenwart des Frühjahrs '43. Durch sie würde nur das horizontale Element verstärkt, es entstünde auch eine ablenkende Vertiefung in den Raum. Es würden nur Fotos gezeigt, die schon im Kopf des Lesers gespeichert sind. Er illustriert doch die Texte aus seinem eigenen Fundus. Auf Zeitsprung-Ideen kommt er nicht.
Ist es so?

13. 12. 1992
«Echolot», Hauptstationen:

Winterkrieg
Casablanca
10. Jahrestag '33–'43
Stalingrad
Totaler Krieg
Tunesien
Weiße Rose

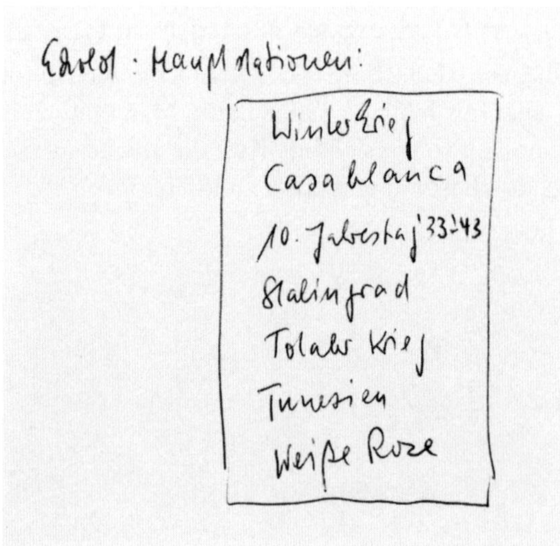

Heute wurde der Harlan-Film «Opfergang» gezeigt. Das wird ein Fest für alte Kämpfer und Nostalgen gewesen sein. Ich habe ihn aufgenommen und flüchtig hineingeschaut. Es fiel mir gleich auf, wie anders die Kamera hinsieht. Die Ostsee, der Sand. Ich weiß nicht, wie's kommt. Auch die Natur – alles ist anders als heutigentags. Die Farben sind es natürlich auch.

23.00 Uhr. Auch der Rest des Tages verging ruhig. Ich konnte mir Klarheit verschaffen über den Bild-Zeitsprung. Ich glaube, ich hab es jetzt wirklich. Etwa 80 Themen brauche ich, mit Sylvester geht's los, dann Spielzeug, Wintersport, Wohnungen usw. Allmählich mutiger werdend, ausholen. Das gibt dem «Echo» eine sichere Führung. Die Bilder aus der Vergangenheit geben ein Querecho, einen Raumhall.
Nochmals in den «Opfergang» hineingeguckt. Kitsch, aber es war unsere Zeit. Es war die «Tadellöser & Wolff»-Zeit.
Abends saß ich mit Hildegard zusammen, ich las ein paar «Echo»-Zugänge vor und übte ein bißchen das Lesen, weil ich mir immer noch nicht klar bin darüber, ob «Mäusegerste»* oder «Echolot» in Hannover zu lesen sein wird. Ich tippe auf «Mäusegerste/Ultraschall».
Wir sprachen auch über den Foto-Zeitsprung. Sie meinte, das sei ein Augenschmaus für die Leser.

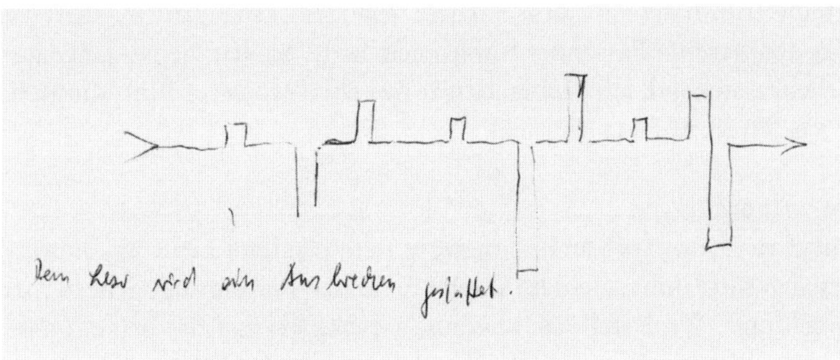

Dem Leser wird mit den Fotos ein Ausbrechen gestattet.
Das «Echo» fährt durch eine Epoche, Geschichte nach links und rechts zur Seite pflügend.
Traditionen wegblenden, Geschichtsbetrachtung verweigern – das würde bedeuten, Buße zu verweigern, also Fortschritt zu verhindern.
Die Zeitspur als konservierte Gegenwart wird definiert durch Vergangenheit und deren Zukunft.

* «Mäusegerste/Ultraschall», der Dorfroman, später unter dem Titel «Heile Welt».

14. 12. 1992

18.00 Uhr. Heute sortierte ich Fotos für das «Echolot». Allerhand Verhandlungen, Bittel, Hage, Koblischka. Definitiv: Die Olivetti-Disketten sind für den Setzer nicht zu verwenden!

Schätze liegen in unserem Fotoarchiv! Es wird ein leichtes sein, «Echo» zu illustrieren. Ich werde es also als Zeitsprung machen. Auch eine Doppelseite: Städte – alte deutsche Städte, noch heil.

Ich war, glaube ich, ein ganzes Jahr nicht mehr im Fotozimmer, es muß dringend Ordnung gemacht werden.

«Echo»: Eventuell könnten wir gewisse «amtliche Texte» in kleinerer Schrift setzen.

15. 12. 1992

Eben rief Hollender aus Kiel an, sie wollen also am 30./31. Januar eine Lesung aus dem «Echolot» machen.

Heute früh habe ich Fotos sortiert, nachdem Hildegard mir gestern aus dem Archiv Passendes fotokopiert hatte. Sie hat viel zu lange gearbeitet, stehend, ich dachte, es wär nur eben etwas für fünf Minuten. Zwei Stunden! Es tat mir leid.

16. 12. 1992

Bittel rief heute früh an und sagte, es riefen laufend Leute an, die sagten, ich hätte ihnen Geld für ihren «Echolot»-Beitrag zugesichert. Auf Nachfrage: Wer? stellt sich heraus, *ein einziger* hat das getan. Diese Art Panikmache ist nicht sehr fein. Hildegard: «Vielleicht war er beim Psychologen, und der hat zu ihm gesagt, er soll auch mal 'n bißchen aggressiv sein.»

Aufgeregtes Hin und Her mit dem «Spiegel». – Ich habe den Gedanken verworfen, auch mit anachronistischen Texten den Zeitsprungeffekt hervorzurufen.

Die beiden Buben kontrollieren stundenlang die «Köpfe» der Texte, Name, Vorname richtig geschrieben usw. Sie wissen jetzt die Geburts- und Sterbedaten der meisten Autoren auswendig. Simone meint, sie könnten sich in «Wetten daß» anmelden. – Simone hatte heute stundenlang mit dem «Spiegel» zu tun, die Daten zu verifizieren.

Simone: Monika und ich, die «beiden Buben», arbeiten wie im Rausch. Wir kennen die Lebensdaten der meisten «Echolot»-Autoren mittlerweile auswendig, Monika schlägt nur noch sicherheitshalber nach: «Hauptmann, Gerhart, Gerhart mit ‹t›, 1862–1946». Es geht zu wie am Fließband. Am Ende des Arbeitstages neigen wir zu Albernheit, kichern spontan grundlos durcheinander. Man kann sagen: Zum Feierabend sind wir meistens «drüber», jenseits von Gut und Böse.
Die geplante auszugsweise Veröffentlichung im «Spiegel» erreicht nun auch mich: Ausgewählte Autoren müssen informiert, ihre Erlaubnis muß eingeholt werden. Manche wollen ein Abdruckhonorar – oho! Heute war alles noch einmal zu überprüfen: Stundenlang am Telefon – irrsinnig. Mit Volker Hage: daß er nun beim «Spiegel» sei. Ich bewundernd: «Da würde ich irgendwann auch gerne arbeiten!» – Er darauf: «Ja, davon träumen viele, aber nur den wenigsten ist es vergönnt!»

17. 12. 1992
11.00 Uhr. Ich sortiere Fotos aus für das «Echolot». Ständig übermannt mich das Sinnlose dieses Tuns. Erst zum Schluß dieser Tätigkeit werde ich herausfinden, ob es Zweck hat, diese vielen Bilder einzubringen. Der Verlag will's.
Das «Echolot» kann auch als Bahn über eine Scheibe gesehen werden. Es liegt über dem Umfeld, ohne das es nicht gesehen werden kann. Wie ein Laserstrahl durch eine Schneeflockenlandschaft.

18. 12. 1992
0.00 Uhr. Heute haben die beiden Mädchen richtig gekämpft, sie wüteten mit Computer, Kartei und Telefon. Wir erfuhren, daß die Rechtebriefe an die Verlage erst nächste Woche rausgehen! Ansonsten gibt es bisher nur vereinzelte Reaktionen, einer wollte Geld, ein anderer hat gesagt, er unterschreibt nur, wenn er das Bertelsmann-Lexikon nicht kaufen muß.
Der «Spiegel» schickte einen ersten Entwurf der «Echolot»-Ausgabe. Gefiel mir nicht, sieht so aus wie die Leserbriefseite. Soweit ich beurteilen kann, ist auch die Zusammenstellung nicht geglückt: Die vier

Seiten reichen nicht, den fortschreitenden *Dialog* zu verdeutlichen, die Collage. Auch hieran ist wieder zu sehen, daß der kolossale Umfang nötig ist, um das Ganze sichtbar zu machen.
Heute mittag rief das Theater Neubrandenburg an und kurz danach auch Bonn. Beide wollen «Echolot» (Stalingrad) szenisch lesen lassen ohne großen Aufwand.
Die Rostocker rühren sich natürlich nicht.

19. 12. 1992
Von Frau K. aus Wiesbaden, um die ich mich nun schon seit Jahren kümmere, kam ein kummervoller Brief. Sie beklagt sich, daß nur 12 Seiten von ihr im «Echolot» ständen. Gibt mir irgendwie die Schuld, ich hätte ihr Hoffnung gemacht usw.

23. 12. 1992
Als ich aufwachte, überlegte ich, was denn nun dieses Jahr an zusätzlichem Leben gebracht hat. «Echolot» fertig, Dorfroman angefangen, «Alkor» angefangen, mehr fällt mir im Augenblick nicht ein. – Ach ja, das Archiv wächst Tag für Tag.

24. 12. 1992
Heute mittag kam der «Spiegel» mit der Kempowski-Story. Beim Vorlesen bin ich fast zusammengebrochen. Auch Hildegard hatte einen roten Kopf. Eine solche Würdigung meiner Arbeit hatte ich mir nicht vorgestellt. Die lange Anstrengung wird damit offenbar, und fast zwangsläufig, das ist einzusehen, mußte ich am Ende den Schlaganfall kriegen. Und erst heute, mit diesem Aufsatz, «ist alles wieder gut». Nun hat man mir gesagt, wozu ich noch das Jahr brauchte.
Ich freue mich im übrigen über die vielen Unbekannten, die hier in diesem Buch ans Licht des Tages kommen.
Dieser Artikel zieht noch andere Konsequenzen nach sich. Daß ich die «Sprechspur» nicht machen konnte und kann, ist sonnenklar. Aber die Fotobeigabe muß auf jeden Fall zu einem Äquivalent ausgebaut werden, und das ist ohne große Schwierigkeiten zu machen: Die Vorarbeiten laufen ja schon seit langem. Die Erkennungsfotos müssen auf jeden Fall beibehalten werden.

Durch eine solche Anerkennung wird man sofort angespornt. Es gilt als ausgemacht, daß «Echolot '44» zwei Wochen umfaßt: Invasionswoche und 2. Juli 1944. Alles in allem nur ein Band. Und dann erst der Mittelpunkt des Ganzen: das Frühjahr 1945.

26. 12. 1992
Beim Spaziergang wurde mir die endgültige Anordnung der Gesamtchronik plötzlich klar. Die Sache steht in drei Stockwerken:

1. (Oben) «Augenmerk» (die autonome Biographienreihe)
2. (Mitte) die Chronik, «Hundstage» und M/B
3. (Unten) «Echolot» und «Sirius», «Alkor», «Mizar»*

Es sieht so einfach aus! «Augenmerk» ist unverzichtbar. Die Reihe könnte auch von jemand anders vervollständigt werden.
«Augenmerk»: die isolierten Biographien von Schulz, Sophia, Zacharias, Fuchs, Kupfer, Matheny, K., Mrongovius, Zimmermann (Reihenfolge muß anders sein).
«Augenmerk» leitet zur Chronik hin, zusammen mit dem «Echolot» objektiviert es die Chronik.

Drews: «Einer, der sich's hat sauer werden lassen»**, über mich, ist ein abgewandeltes Goethe-Wort: «Das Kompliment, das Goethe am meisten schätzte, war dieses: Er hat sich's schwergemacht.»
Ich müßte mit jemandem über das «Echolot» sprechen. Leider ist keiner da.
Es gäbe eigentlich nur Drews, einen anderen wüßte ich nicht. Stölzl hat mir damals mit wenigen zupackenden Worten Mut gemacht und nützliche Ratschläge gegeben. Präzise.

* «Mizar» , ein Tagebuchprojekt, später «Hamit» genannt.
** Jörg Drews: «Für einen, der sich's hat sauer werden lassen». In: «Walter Kempowski zum sechzigsten Geburtstag». Mit Beitr. von Jörg Drews und Charlotte Heinritz sowie einer Bibliographie, zusammengest. von Richard Hacken und Bernd Hagenau. München 1989, S. 7–20.

27. 12. 1992
Bereits wieder Arbeitspanik. Die Korrekturen der Neuausgabe von T/W fressen meine freie Zeit auf, die ich eigentlich für eine Pause vorgesehen hatte. «Echolot»-Endredaktion, Dorfroman, «Alkor» – das ist alles zuviel. Dazu noch die Verhandlungen mit Rostock. Das kommt wie eine Wand auf mich zu. Keine Rettung!

30. 12. 1992
Der Verlag hat uns leider keine Korrektur vom «Echo» geschickt. Wir könnten jetzt so gut weitermachen. Ich weiß nicht, was ich den Buben im Januar zu futtern geben soll.
Ich hätte große Lust, im Vorwort zum «Echo» all die Archive zu erwähnen, die mich *nicht* unterstützten. Zum Beispiel das Bonsels-Archiv, die Ost-Akademie der Künste (Heinrich Mann! Brecht! Becker!). Aber das hat keinen Sinn, sie würden sich nicht schämen.

1993

1. 1. 1993

Die Fülle der Arbeit und die inneren Bedrohungen machen mir zunehmend zu schaffen. «Echolot» bietet zu viele ungedeckte Flanken. Irgendwo werden sie mich erwischen, das ist ganz klar.

2. 1. 1993

Von einem Leser bekam ich den Verlagstext über das «Echolot»-Projekt zugeschickt. Kümmerlich. Und voller Fehler. Ich weiß nicht, was ich dazu sagen soll.
Ich habe hier 120 Straßenfotos, soll ich sie in das «Echolot» einstreuen? Es müßte noch ein zweites «unübersetzbares» Bildprinzip geben.

6. 1. 1993

Hollender hatte sich mein «Spiegel»-Wort vom Gemurmel zu eigen gemacht. Kam immer wieder darauf zurück. Angeregt durch das Gespräch, nahm ich mir den 13. Januar noch einmal gründlich vor. Er sagte, es müsse vermieden werden, daß Schreckliches zu sehr gehäuft würde, weil sonst der Leser bzw. Zuschauer aus dem Affekt nicht herausfände. *Das ist richtig*, und ich habe das immer gefühlt. Ich muß daraufhin alles noch einmal durchgehen. Der 13. Januar wird jedenfalls ganz neu zu gestalten sein.
Die Hochachtung, die aus seinen Kommentaren zu spüren war, hat mir wohlgetan.
Gedanke, daß «Echolot» noch mehr zusammengedrückt werden könnte. Bei meiner Arbeit am 13. Januar stellte ich die Füße in eine Wanne mit heißem Wasser, was eine wohltuende Wirkung ausübte.
Wenn ich Bittel anrufe, so erwarte ich immer irgendwie unbewußt, daß er dort kreischend und weinend zusammenbricht: «Nun ist es genug!» Das «Echolot» muß auf ihm ja schrecklich lasten. Wir sehen das pragmatischer.

Es kam mit der Post der neue Green-Tagebuch-Band (1943), Monika stürzte sich darauf: «Was? ist der immer noch nicht tot?», rief sie. Sie braucht das Datum für das Register. Aber danach kann sich der Gute doch nicht richten.
Vor der Stalingrad-Lesung in Hannover habe ich doch einigen Respekt. Morgen werde ich wohl den Text neu geordnet haben. Angst wallt in mir auf, weil die Sache nicht so homogen zu lesen ist wie ein Roman. Werde es öfters üben müssen. Bei dem satten Honorar ist das ja auch gerechtfertigt.
Für die Biographien-Reihe müssen wir so bald als möglich eine vollständige Liste herstellen.

Schulz	—	Segelschiffsache
Kupfer	—	Österreichischer Sozialdemokrat
Zacharias	—	ein Bauernschicksal
Fuchs	—	Rußland
Matheny	—	Krieg
K.	—	«Halbjüdin»

Ich schätze, daß nicht mehr als 12 Bios dafür in Frage kommen. Darunter ein Fotoband (Heeger).

Wir warten schon seit Weihnachten auf die nächsten «Echolot»-Tage vom Verlag, ich wollte sie «zwischen den Jahren» für die Buben vorbereiten. Eben kam die Sendung, abgestempelt am 5. 1. '93. Was soll man dazu sagen.
Am Nachmittag las ich den Radio-Hannover-Text zur Probe – Stalingrad –, er war natürlich immer noch zu lang, und außerdem stellte ich fest, daß ich ihn aus emotionalen Gründen streckenweise gar nicht lesen *kann*. Ich würde also möglicherweise plötzlich in Tränen ausbrechen. Hab also telefoniert mit Hannover, die brauchten lange, um zu verstehen, was ich meine, Emotionen? Einen zweiten Sprecher brauche ich. – Das sei nicht üblich … – Aber der Text sei ja auch kein Text, wie er bei Lesungen üblich ist. – Nun, morgen wollen sie mir sagen, was sie davon halten.

Simone: Schrieb heute einen Brief an Walter, den ich per Expreß an ihn abschickte. Ich will, daß er endlich weiß, wie kontraproduktiv ich sein Verhalten über Strecken finde. Dieses permanente Hin und Her hat allmählich eine resignative Wirkung auf mich. Das, was er heute wünscht, korrigiere ich morgen zurück, um es am nächsten Tag wieder zu verändern.
Ich bin wirklich hart im Nehmen, aber allmählich stoße ich an meine Grenzen. «Kreativer Prozeß» hin oder her – die Arbeit muß endlich wieder eine gewisse Ordnung und nachvollziehbare Stringenz bekommen.
Das ist schon deshalb wichtig, weil ich in diesem Jahr auch mein Examen mache und mir entsprechend meine Zeit einteilen muß.

8. 1. 1993
Allerhand wichtige Post. Vom Verlag kam wieder eine Frageliste, außer einem einzigen Autor haben alle der Veröffentlichung zugestimmt. Etliche wollen ihre Namen eliminiert sehen.
Jörg Drews schrieb einen netten und weiterhelfenden Brief. Riet mir nochmals von der «Sprechspur» ab, die ja längst erledigt ist. Sein lieber Vergleich mit Benjamins «Passagen-Werk» stürzt mich eher in Selbstzweifel, denn mit dem großartigen Werk kann das «Echolot» wohl kaum verglichen werden. Beide haben nur in bezug auf die Anlage als Collage miteinander zu tun, und dann natürlich – das sieht Drews genau – tritt in beiden Werken der Autor hinter die Texte zurück.
Ich las am Abend Hildegard nochmals die gekürzte Hannover-Fassung, die nun genau eine Stunde dauert, für den NDR – ich glaub, nun kann ich mich damit sehen oder hören lassen. Ich war ganz glücklich. Vorher hatten wir beide zum ersten Mal wieder seit drei Wochen allein gegessen und danach einen Vollmondspaziergang gemacht. Saßen friedlich beisammen im «Hundesaal», wie Hildegard die Halle nennt, und das Kaminfeuer brannte.

9. 1. 1993
Die Zeitsprungfotos haben eine ähnliche Funktion wie Strebepfeiler. Sie halten die «Aussagen» beisammen. Ich sehe das «Echolot» als eine waagerecht schwebende Ebene, die von einzelnen Pfeilern gehalten

wird. Auch für die «Sprechspur» hätte es eine Lösung gegeben, sie hätte vielleicht in historischen Miniaturen «erstellt» werden können, Ortsbeschreibungen, Kleinstbiographien.
Bei Rastenburg z. B. meine eigenen Eindrücke sowie Kurzbiographie von Morell bzw. aus den Krankenblättern herausgefiltert, zusammengesetzt: Wie A. H. der Einlauf über die Klosett-Tür gereicht wird, weiß, etwas abgeblättert besetzt – frei, das Emaillegefäß mit Seifenwasser, die Gummiröhre, mein Führer, das Gefäß bitte hochhalten und die Gummiröhre einführen.
Auch seine beiden Verwundungen, eine genaue Beschreibung seines Körpers, daß er sich selbst rasierte. Das würde gegangen sein, aber *ich* hätte es nicht mehr leisten können.
Es hätte zu jedem Text einen Einstieg geben müssen. Versuchsweise morgen mal ein paar Seiten fabrizieren.

> *Simone:* Heute rief Walter mich endlich an. Ich dachte schon, er meldet sich gar nicht auf meinen Brief. Das hätte mich nun wirklich enttäuscht.
> Er kennt mich genau und weiß nur zu gut, was er sagen muß, um mich wieder in die Spur zu bringen. Jedenfalls mußte ich nach ca. drei Minuten schon das erste Mal lachen – und nach zehn Minuten hatte sich mein Groll irgendwo zwischen HH und Nartum verflüchtigt (wenn Walter von sich selbst als «Schweineviech» spricht, ist es jedesmal um mich geschehen).
> Unsere Friedensverhandlungen kamen jedenfalls zu einem guten Ende (kein Versailler Vertrag).

11. 1. 1993
7.00 Uhr. Ich wachte auf wegen der zahllosen Einzelwünsche der «Echolot»-Autoren. Sehr viele wollen auf einmal nur ihre Initialen veröffentlicht sehen. Ich überlegte, wie wir das in den Griff kriegen. Da dreht man ja durch. Frau L. aus H.? Schrecklich.
Schippmann in Rostock wälzt in der Universitätsbibliothek die riesigen Bände des «Neuen Deutschland» für meinen «Alkor». Nicht ohne Stolz sagt er, daß er dazu vier Studentenplätze am Tisch braucht. Er findet die Arbeit interessant, die Schlagzeilen von 1989 – 91 seien ganz

belanglos. So ein wenig auf durchhalten! eingestimmt. Ich habe ihn jetzt gebeten, für das «Echolot» Nazikraftsprüche herauszusuchen aus dem «Rostocker Anzeiger».
Nervositäten bei Simone, sie fühlt sich gehetzt. Monika sitzt mit einer gewissen Seelenruhe dabei. Wir müssen bis zum 1. März mal wieder abgeben. In dieser Woche haben wir etwa ein Viertel fertig. Den Januar müßten wir bis zum 1. März auf jeden Fall schaffen, falls nicht wieder eine Stockung eintritt bei den Münchenlieferungen.

12.1.1993
Die Disketten schnappten über. Die Buben wunderten sich, daß bisher noch keine abgestürzt ist. Sie behaupteten, sie ließen mit der Zeit nach (dann wäre ja meine Vorausarbeit an «Echo '44» und «Echo '45» völlig umsonst gewesen).
Ich arbeitete nach dem Abendbrot noch etwas am 14. Januar. Es geht voran.
Es hat mir sehr wohlgetan, was die beiden Damen erzählten. Ich hatte ihnen den 13. Januar mitgegeben, gestern, und sie haben ihn in Bremen mit Freunden gelesen, und die waren, wie sie sagten, sehr beeindruckt. Es sei auch so spannend gewesen.

14.1.1993
2.15 Uhr. Wieder zu Hause von Hannover. Erste amtliche Lesung aus dem «Echolot»! In ausverkauftem Sendesaal des NDR. Ich hatte keine inneren Schwierigkeiten, konnte in die atemlose Stille hinein den 13. Januar lesen. Es gab keinen Mucks die ganze Zeit über. Ein gutes Vorzeichen für das Buch?
Gegen eventuell aufkommende Gefühlskonvulsionen hatte ich zuvor eine halbe Gelonida genommen. Ich bin dankbar für den schönen «großen» Abend und auch dafür, daß Hildegard dabei war.

Mir kam der Gedanke, zwischen den Blöcken 1943 und '44 wie einen Zopf einige die Echolot-Komplexe verbindende «horizontale» Biographien zu legen, Mrongovius, Kreuder, Erdmann. Das könnte die Lebensgeschichten einzelner, an denen der Leser Anteil genommen hat, von einem Echo-Block in den anderen überführen.

Gestern, nach der Lesung, wieder dies Schweigen der Koryphäen. Wir saßen beim Italiener, und links und rechts hatte ich sympathische Literaturfunktionäre – kein Wort über das «Echolot». Da ist es dann ein wahrer Segen, hinterher Autogramme geben zu dürfen. Es waren wieder zwei Damen dabei, die *alles* mitgebracht hatten. Ich gab der einen einen Kuß. In sie sickern meine Geschichten ein, sie sind dadurch ein Stück von mir.
Ob ich übergreifende geistige Reflexionen im «Echolot» habe, wurde gefragt. – Das sind die Leute, die gern Schulfunk hören.
Warum ich das «Echolot» nicht zu einem Roman verarbeite, fragte eine Frau. Die Idee, aus «Echolot» drei Lebenslinien auslaufen zu lassen wie einen Zopf, bis sie zum «Echo '44» hinüberreichen. Das ist Musik. Sie kam mir, weil Frau K. aus Wiesbaden sich über ihre «bloß 12 Seiten» beschwerte.

Die Rechtebriefe trudeln allmählich ein. Die meisten Textelieferanten lassen die Sache anstandslos passieren. Viele bitten um Korrekturen, bis in die Kommasetzung hinein, andere wollen die Namen geändert wissen. Nur wenige verlangen Honorar. Eine Dame machte sich heute zur Sprecherin der Armen und Entrechteten. Viele der Autoren wären sicher so verschämt, daß sie die Frage nach Honorar nicht stellten. Bevor sie ihre Einwilligung gibt, möchte sie diese Frage geklärt sehen. Außerdem besteht sie auf Nennung ihres Namens und Mädchennamens. Ihre Genehmigung macht sie davon abhängig, daß diese Frage geklärt wird.
Der Verlag hat ihr vorgerechnet, daß wir für die Rechte dann über 50 000 Mark bezahlen müßten. Dazu die vielen Freiexemplare usw.

Wirrer Tag, der noch unter dem Eindruck des gestrigen Abends in Hannover stand. Während ich in die atemlose Stille hineinlas, dachte ich: Wann kommen die schlimmen Stellen? Ich wußte, es waren die Seiten 25–45, immer näher kamen sie, ich las mechanisch weiter und dann doch wieder mitgenommen, und dann fühlte ich, wie die Gelonida meine Knochen wohlig umschloß, und ich wagte mich an die Stellen und riskierte es, sie zu lesen.
Und dann dachte ich: Diese absolute Stille da unten, wie merkwürdig,

daß es mich nicht wankend macht, wie kommt es, daß ich weiß: Sie sind ergriffen? Sie hätten ja auch aus anderen Gründen schweigen können, aus Angst vor einem Eklat, aus Benimmgründen. – Als ich mich räusperte, schlossen sich gleich mehrere Zuhörer an.

15. 1. 1993

Irgendwie warte ich nun schon den ganzen Nachmittag, daß sich Talk-Shows melden, daß ich da hinkommen soll, wegen meines fabelhaften «Echolot», Deubelskerl! Aber da funkt nichts, den «Spiegel»-Artikel haben sie wohl gleich ins Archiv gepackt, das können wir ja immer noch machen, das läuft uns ja nicht weg, sagen sie.
Aus Hannover höre ich, die Kritik in der Redaktion sei sehr gut. «Echolot», das werde ein furchtbares Buch. Das Schlimme ist, ich schaffe es nicht, es noch weiter zu kürzen. Weniger wäre mehr gewesen, werden sie sagen.
Das sei harte Kost gewesen, sagte beim Signieren eine junge Frau. Offenbar hat es aber keine Schwierigkeit gemacht, sich einzuhören. Konkret war leider nichts in Erfahrung zu bringen. Die Leute scheuen sich davor, etwas zu sagen.
Lohr hob die Verbindung zum «Hitler»- und zum «KZ»-Buch hervor.

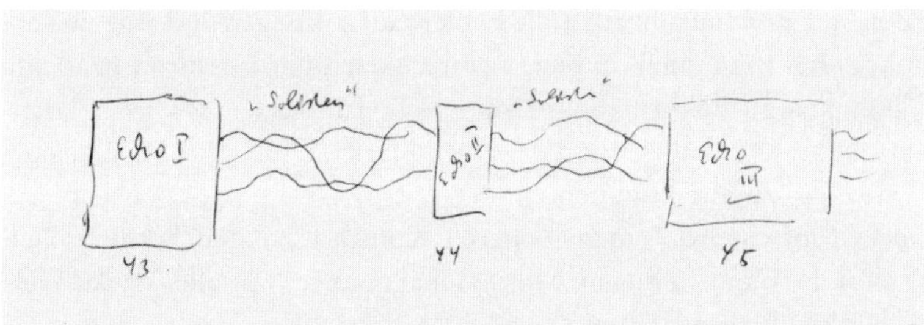

Der «Zopf»: Drei, vier Stimmen halten die Verbindung zwischen den «Echolot»-Komplexen.

16. 1. 1993

Jeden einzelnen Tag das «Echolot» genauso intensiv zusammenzudrükken wie den 13. geht nicht, weil dann die Dramaturgie zutage träte, das dramatische Netzwerk. Das Umfangreiche lädt hingegen zur Versenkung eher ein, es verzichtet auf Spannung und schockierende, ja belustigende Effekte.

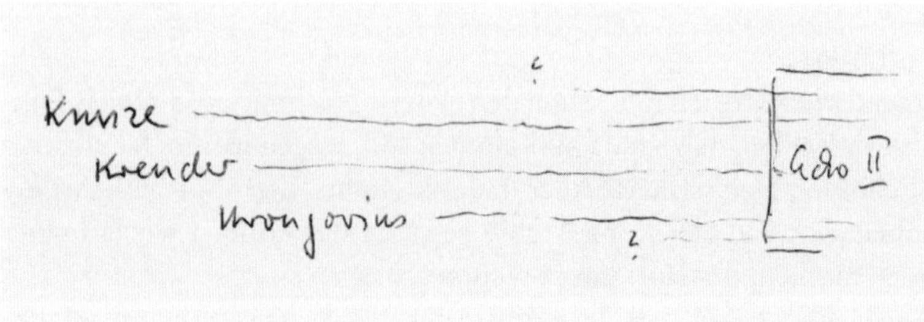

Leicht herzustellen, ich möchte am liebsten sofort damit beginnen. Heute fiel mir ein, daß ich in Bautzen 1952 schon etwas ganz Ähnliches vorhatte wie jetzt die Soli, das Quartett, den «Zopf», zwischen «Echo '43» und «Echo '44».

Am Nachmittag machte ich den 15. und 16. Januar und bereitete den 17. vor. Vorne saß Hildegard und las den 8. und 9. Sie findet es gut, daß die Tage so «verschlankt» wurden. Sie sagt, sie liest so unkonzentriert, jeden Satz dreimal, um auch alle Fehler rauszukriegen und alles zu verstehen. Ich freue mich immer, wenn sie nach der Lektüre irgendeine Kleinigkeit zurückbringt, als Doppelecho fungiert.
Ich glaube, jetzt haben wir die Sache im Griff. Die Arbeit wird uns bei «Echo '44» zugute kommen.
Der «Zopf» würde einen lockeren Kontrast zu den hermetischen «Echolot»-Blöcken bieten. Morgen mal gucken, was alles da ist. Vielleicht Odd Nansen*!
TV: Dummer Krimi «Haus hinterm Deich», absolut schlecht gemacht, langweiliges Glotzen, wirre Story. Auch sonst war nichts los, ich saß in meinem Stuhl und sah mir meinen Weltraum-Atlas an. Hörte dazu Schostakowitsch, Quartett Nr. 9, mehrmals.

* Odd Nansen: «Von Tag zu Tag». Ein Tagebuch. Aus d. Norw. übertr. v. Ingeborg Goebel. Hamburg 1949.

17. 1. 1993

Odd Nansen	Kreuder
Matheny	Erdmann? (wohl nicht)
Mrongovius	Klöntsch?
Napp, Teich	Meyer?

Die Märztexte habe ich Weihnachten 1989 eingegeben. Das ist nun schon drei Jahre her! Es ist – wie immer bei mir – schon allerhand da. Der «Zopf» – wird beide «Echolot»-Bände verbinden.
Obere und untere Zeile Schlagzeilen, «Völkischer Beobachter» und «Times» («New York Times»?), nicht als Zeilen, sondern als Motto.
Hildegard heute früh zu «Echolot»: «Es ist, als ob man in Blut rührt.» Und: «Erst wenn man das jetzt liest, weiß man, was du geleistet hast ...» (was mich in eine angenehmste Stimmung versetzte).
Als ich heute Bittel bat, er möge mal wegen «Zopf» recherchieren, ob's den Titel schon gibt, sagte er: «Aber der Verlag hat sich nun auf den Dorfroman eingestellt, das wissen Sie doch?» Nun hat man ein ganzes Schriftstellerleben hinter sich und wird immer noch wie ein kleiner Junge behandelt. Die Arbeit am «Echolot» hat das Erscheinen von «Sirius» und M/B schließlich nicht verhindert.
Das Wechselbad der Gefühle. Mit der Post kommt der Liebesbrief einer Chronikleserin aus Frankfurt: «... Alle Kempowski-Familienmitglieder sind mit unendlicher Genauigkeit und Liebe beobachtet und beschrieben worden. Darüber hinaus haben Sie eine unvergleichliche Begabung für Pointen, die mich immer wieder hinreißt. Ich danke Ihnen für Ihre Bücher voll ungeheurer Menschlichkeit!»
Nun also!

18. 1. 1993

Hildegard: «Von «Echolot» kann man irrsinnig werden!»
Simone: «Du hattest da was gestrichen, das hab ich *doch* mit rein genommen.»
Das gefällt mir, entscheidungsfreudig. Aber nicht ganz korrekt.

19.3.1993
Die NDR-Damen haben ausgerechnet, daß das gesamte «Echolot» ja 120 000 Seiten haben müßte!
Ich habe den beiden Buben heute früh meine «Zopf»-Idee erklärt – sie nahmen es tapfer auf.

20.1.1993
Wir hörten hier den sehr pathetischen Anfang unseres Stalingrad-Hörspiels von Adler. Ich drehte ab nach dem ersten Schluchzer einer Schauspielerin. In der Post die Nachricht, daß der MDR 6000 Mark zahlt und beide Teile hintereinander weg sendet.
Hildegard sagt, daß ich nur Lustiges vorlesen soll in Buchhandlungen, nicht «Echolot», sonst wären die Zuhörer enttäuscht.
Ich habe noch ein bißchen weitergehört, das Stalingradhörspiel. Offenbar haben sie einen absoluten Schmarren daraus gemacht, mit Kanonengedonner und Schmerzensschreien! Wieder einmal war ich zu leutselig. Also ist ihnen kein Vorwurf zu machen, das Mißglückte ist meiner Dummheit anzulasten. Gottlob steht der Name «Adler» darunter. Anlaß zu Scham. Buggert hatte noch gesagt: «Wir werden es ganz cool machen und natürlich ohne Geräusche usw.»

21.1.1993
3.00 Uhr. Bin aufgewacht wegen des Hörspiels. Die Enttäuschung ist doch zu groß. Ich träumte, Adler hätte mich wegen eines blinden Siegelschneiders angerufen, dessen Lebensgeschichte er unter meinem Material gefunden habe, ob er das verwenden kann.

23.1.1993
4.00 Uhr früh, noch wach, immer noch Kopfweh, plötzlich der Verdacht, daß «Echolot» nicht dicht genug. Daß ich Casablanca und so weiter nicht hätte mit hineinnehmen dürfen. Aber es geht ja nicht nur um Stalingrad. Stalingrad ist die Folie, auf der Eitelkeit, bürgerliche Behäbigkeit usw. dargestellt wird. Ein künstlich errichteter Steinbruch. Es ist ein Sternbild, in dem jeder Stern nur scheinbar das Ganze darstellt.

Hildegard liest im Augenblick den 14. Januar. Ich fragte sie, ob ihr irgend etwas aufgefallen sei? – «Wird portugiesisch nicht mit ‹ie› geschrieben?» – Wenn sie wüßte, wie sehr ich danach giere, etwas «zurückzubekommen». Ein Echo des «Echolots». Ich habe doch jeden Text, jeden einzelnen, «verinnerlicht», wie man heute so sagt. Und wenn sie mir etwas zurückbrächte, sagen würde: Dies und dies find ich merkwürdig, dann erzeugte das in mir doch Vertrautheit! – Meine erste Leserin läßt mich ziemlich hängen.
Zweifel, ob «Echolot» nicht zu breiig. Ich werde es noch mehr zusammenschrauben.
Talk-Show in Frankfurt: Der Stalingradschauspieler wollte uns gestern Stalingradbriefe vorlesen! O Gott. 80% des Stalingradmaterials kenne ich nicht, ich habe gar nicht sehr gesucht, weil das «Echolot» ja keine Stalingradrekonstruktion ist. Eben weil es sich nicht mit dem Untergang der 6. Armee befaßt, brauche ich hier nicht so sehr in die Breite zu gehen. Desgleichen Auschwitz. Wenn ich *jedes* Thema ausloten wollte, liefe das auf eine Nivellierung der Tiefen heraus. Wie die Rillen einer Schallplatte. Ich strebe die Horizontale an, ich möchte diese Wegstrecke vermessen: 1. Januar bis 28. Februar 1943, und sonst nichts.

Die Vorstellung der Alten, daß die Erde eine Scheibe sei.

24. 1. 1993
Ich fand heute im 21. Januar zwei Erwähnungen jüdischer Selbstmorde, und ich überlegte, ob ich vielleicht einen streichen könnte. Gasvergiftung oder Schlafmittelvergiftung? Welche nehme ich? Ich ertappte mich, nach dem sensationelleren Ausschau zu halten. Einen ganz zu streichen, traute ich mich nicht. Also bleiben beide drin.
Schlafmittelvergiftung, das ist: Ehe im Schatten.
Gasvergiftung: irgendwie Küche, sich hinknien, Kopf in die Bratenröhre.
Ich kann meinem Gehirn die Bilder nicht verbieten.

Als ob Hildegard meine Mißstimmung mitgekriegt hätte: Heute hat sie länger und immer wieder vom «Echolot» gesprochen. Sie meint, wenn man erst mal drin sei, könne man nicht wieder aufhören.

Sei's so! Der Preis, 198 Mark, ist ja so ungewöhnlich eigentlich nicht. Ich habe gerade ein Buch über Katakomben gekauft, und das kostet 178 Mark. Man stutzt ein bißchen. Aber 3000 Leute sollten doch das Portemonnaie zücken, denke ich.

Ich muß mit den Fotos das «Echolot» einholen und überholen. Schlußfotos: Varieté im Sportpalast.
Ich fragte die Talk-Show-Frau, und sie war ganz verdattert: Der 13. Januar in Stalingrad? Was war da los? ... Und ich ließ das Schweigen ein paar Sekunden lasten. – Sie wußte natürlich nicht, daß an diesem Tag alle Soldaten ihren letzten Brief schreiben durften. Die meisten sind wohl nie angekommen, sie wurden in Potsdam eingelagert und verbrannten im April '45. – Jetzt haben sie in der SU Tausende von Briefen gefunden. Wie gut, daß dies erst bekannt wurde, nachdem das «Echo» fast fertig war.
In «Echo» sind zuwenig Texte aus der Wirtschaft, das ist mir auch klar. Ein paar Zufallsfunde. Die Herren geben sich zugeknöpft.

25. 1. 1993
Gestern abend kamen Simone und ihr Freund kurz ins Haus. Wir besprachen die Arbeit der kommenden Woche. Leider hat Bittel wieder nichts geschickt, so kommen wir nun wieder in Verzug, der 1. März wird kaum noch zu halten sein.
Die Carossa-Erben verweigern den Abdruck. Das ist nicht so schlimm, wir haben sowieso schon zu viele Dichter im «Echolot», aber traurig seinetwegen. Er gehört doch dazu. Schlimmer wäre Lehmann*. Bittel sagte mir das eben. Er teilte auch mit, daß Johannes Saltzwedel vom «Spiegel» meine Lesung im NDR zufällig gehört hat und «hineingezogen worden wäre» in den Text, habe bis zum Ende gespannt zugehört und wertet die ganze Sache als literarischen Text, nicht als Anthologie.

Simone: Den Brief, den ich Walter Anfang Januar schrieb, hat er offensichtlich nicht so verstanden, wie er gemeint war, sondern ein-

* Texte des Schriftstellers Wilhelm Lehmann.

zig als Panikanfall meinerseits verbucht. Trotzdem ist mittlerweile wenigstens eine Entscheidung über das weitere Vorgehen gefallen, hoffentlich nicht im letzten Schritt zu meinen Ungunsten! Bis zum 1. 3. arbeite ich am «Echolot», danach bis zum 8. 5. nur noch an meiner Examensarbeit. Ich kann mir nur wünschen, daß die Zeit reicht. In den letzten Tagen quält Walter schon mit dem nächsten Projekt, dem Verbindungsstück zwischen «Echo» I und II. Er scheint ganz selbstbewußt und siegessicher, daß ihm auch dabei die alte, durchaus bewährte Mannschaft die Stange hält. Ich für meinen Teil will das schon, aber nur unter bestimmten Umständen. Freiwillig würde ich es *so* jedenfalls nicht noch einmal machen. Bittel versicherte mir ähnliches. Die Verlagsmannschaft reagiere bei dem Wort «Echolot» genervt, «Bergwerk» wird das Projekt im Slang genannt. Und trotzdem weiß keiner wirklich, wie es ist, die gefüllten Loren vor Ort wegzuschieben und auszuleeren ...

Bei «Echolot» gibt es so viele ungeklärte Fragen. Nicht nur, daß durch Walters Experimentierfreudigkeit schon vieles doppelt und dreifach korrigiert bzw. umgestellt werden mußte, auch Ungenauigkeiten in den Texten lassen sich mehr und mehr feststellen.

Passend in diesem Zusammenhang: «Zwischentexte» und «Zeitsprung» – zwei neue Worte, die nach Arbeit riechen ...

Walter kann stressen und trotzdem auch so witzig sein. Diese Mischung bzw. wie sie bei mir ankommt, läßt sich nur schwer beschreiben!

Aber ich gebe zu: Absurderweise ist es genau das, was mir gefällt. Das ist der Haken, der Walter und mich aneinanderkettet.

26. 1. 1993

Monika sagt, daß die Frauen bei den Zwischentexten unterrepräsentiert seien. Was kann ich dafür, daß es in meinem Archiv so wenig Texte von Frauen gibt? Soll ich mir denn welche ausdenken?

Simone: In Nartum Filmleute! Sie drehten heute oben im Archiv. Man amüsierte sich darüber, wie schnell ich am Computer bin – und das, obwohl ich das klassische Zehnfingersystem nicht beherrsche, sondern nach einem eigenen Prinzip verfahre. Ich gab Goebbels ein:

«Gestern:» ... Wie er sich nach der Sportpalastrede darüber freut, daß zwei seiner Töchter auch dabeiwaren: «Helga hat dieses Erlebnis ganz in sich aufgenommen.»
Ein typischer Tippfehler von mir: «Kriche» statt «Kirche». Mit dem Zehnfingersystem würde das wahrscheinlich nicht passieren, sagt meine Mutter. Die muß es wissen, die unterrichtet es.

28. 1. 1993
Strategiebesprechung wegen «Echolot». Es scheint so, als schafften wir es bis zum 1. März nicht mehr. Schuld daran ist leider Bittel, der uns vor Weihnachten keine Texte mehr schickte. Dadurch gingen mir 14 Tage verloren, die nicht mehr aufzuholen sind.
Bittel hat in München einen Arbeitsstab «Echolot» gebildet. Das wird allmählich Zeit, nicht wahr? Was die da wohl besprechen? – Ich hab das auch nur über Simone gehört, mir hat man das nicht erzählt.

30. 1. 1993
Woher die Schwermut? Daß es wieder nicht gelang ... Dies Scheitern auf dem Dreiviertelpunkt. Das Umkippen, wenn das Werk eben zu gelingen scheint.

31. 1. 1993
Grotesker Gedanke, daß wir uns die viele Arbeit machen und Geldmassen in unser «Echolot» hineinstecken nur dafür, daß im Jahre 2037 ein Mensch seine Doktorarbeit darüber schreibt.
«Echolot»: Mit dem Januar bin ich nun zum x-ten Mal fertig. Ventiliere immer noch die Frage, ob Bilder aus der Zeit oder von «vorher». Niemand auf der Welt, der mir Rat gibt. Jetzt neige ich doch wieder den 43er Bildern zu, also denen «aus der Zeit». Ganzseitig.
Trauer und Bedrückung, vielleicht legt sich ja auch die «Echo»-Lektüre aufs Gemüt? Irgendwas ist falsch.

4. 2. 1993
Im Auto hörte ich Teile des Adler-Hörspiels! Grauenhaft! Durchsetzt von Texten, die ich gar nicht vorgesehen hatte. Ein Chaos! Rufschädigend, peinlich. Ich weiß gar nicht, wie ich mich verhalten soll.

Überhaupt, die Flut der Stalingradpublikationen stört eben doch mein «Echolot». Verlag sagt natürlich «I wo»!
Nun stehen wir auf der Strecke. Widerlich. In mir wieder die galoppierende Unruhe.
«Echolot»-Hörspiel = Sammelsurium. Verkennt völlig die Anordnung, die ich der Textfolge gab. Offenbar ist meine Collage untergegangen. Soll ich mich darüber freuen?

6. 2. 1993
Hitler – Goebbels – Göring – Himmler! Was für eine Riege. So etwas kann man nicht erfinden. Etwas Vergleichbares hatte der Osten nicht zu bieten. Mir fällt gerade auf: Im «Echolot» fehlen absolut die Selbstzeugnisse von Göring.
Goe – Gö – Goethe! – Das auch noch!
Es müssen von Göring Privatbriefe erhalten sein. Schade. Als ich gestern den 1. Februar «machte», erlahmte ich über dem Text.

12.00 Uhr. Ich arbeite an dem sehr umfangreichen 2. Februar und überlege, wie ich es mit den Fotoseiten mache. Sie sollen schon jetzt festgelegt werden.
Gestern abend sah ich einen kurzen Film über Spitzweg. Sein Porträt im Profil, sehr interessant.
Natürlich hätte ich die Collage viel raffinierter machen können, aber das würde die ruhige Lesegewohnheit stören, die sich bei 3000 Seiten einstellen muß, außerdem würde sie die Aufmerksamkeit vom Inhaltlichen auf die Form lenken, und schließlich habe ich eine Hemmung, meinen Witz an *diese* Texte zu wenden, mit so was treibt man keine Späße. Daß ich es *könnte*, mag durch das «Beethoven-Hörspiel» bewiesen worden sein.

18.00 Uhr. Nach dem Kaffee habe ich erst mal meinen 2. Februar fertig gemacht, viel Stalingrad, und bin dann nach oben zu den Fotos gestiegen. Nun hindert mich ein bösartiger Kopfschmerz am Weitermachen.

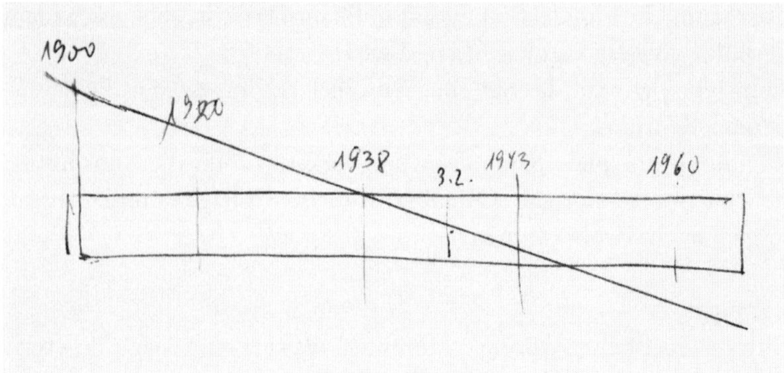

Nur Fotos von Kindern? von alt zu jung – aber jeweils in der Zeit. Zeitsprung meint, daß in ein entferntes Jahr zurückgesprungen wird, also in die Welt um 1900 – die Großeltern der Gefallenen, in der die Eltern Kind waren*, Wohnungen aus dem vorigen Jahrhundert. Zum Vergleich. «Ich besaß es doch einmal ...»
Hildegard meint, ich soll nicht zu streng verfahren. Eine streng durchgehaltene Datumsgleichheit sei unnötig. Unser 12. Januar hat ja auch wirklich nicht *mehr* zu tun mit der «Welt der Eltern» als etwa der 15. Februar. Das ist richtig. Praktisch wird es so aussehen, daß ich mir 120 Fotos heraussuchen werde und sie als Erinnerungsfolie im «Echolot» auslege. Dadurch erhalten wir ein zweifaches Echo, einmal von 1943, zum anderen aus der Zeit davor.

> ***Simone:*** Nachts um 1/2 1!
> «Echolot»: Arbeite wie eine Wahnsinnige!
> Hatten am Dienstag Telefonkonferenz mit Bittel. Ergebnis: Es kommt bis Anfang März viel Arbeit auf mich zu. Deshalb «echolote» ich nun auch zu Hause! Der kleine Computer, den ich aus Nartum mitgenommen habe, steht auf dem Küchentisch – auf meinem Schreibtisch ist kein Platz, da wartet ja die Examensarbeit ...
> Heute rief Hildegard an, sie mache sich Sorgen um mich. Und sie hat nicht unrecht: Die Nerven machen zwischendurch nicht mehr mit.

* In «Bloomsday '97» dann ausgeführt.

7.2.1993
3.30 Uhr. Sie werden den Termin nicht halten, damit ist zu rechnen. Bisher hat es noch mit jedem Buch halsbrecherische Schwierigkeiten gegeben. Wenn ich an «Sirius» denke! Es waren nur zehn Exemplare da zur Buchmesse. Und dann M/B! Dies Theater.
Natürlich könnte ich mich mit «Echolot '43» noch Jahre beschäftigen. Aber diese Jahre habe ich nicht mehr. In der Mondphasenuhr der Weltgeschichte wandert die Nazizeit ab ins Dunkel. Da gleißt anderes auf. Soll denn Stalingrad zum nostalgischen Refugium werden? – Wir müssen das jetzt abstoßen. Einen Monat noch durchhalten.
Hildegard machte mir heute die Freude, mir einiges Positive über das «Echolot» zu sagen. Sie liest die fertigen Tage auf Falschschreibung und Kommasetzung hin und ist bis zum 26. Januar vorgedrungen. Durch ein Gespräch mit ihr kam ich drauf, daß ich mein «Jahrbuch»* als Reservoir der Fotos zum Zeitsprung nehmen kann. Morgen werde ich das nachprüfen.

8.2.1993
Bittel am Telefon zu Kompromissen bereit: Wir lassen die Erkennungsfotos fort, diese Paßbilder, die jeden Text einleiten sollten. Dadurch sparen wir wieder 30 Seiten. Ich bat um seriöse Aufmachung, schlicht, mit *zwei* Lesebändchen.
Hildegard bezeichnet das «Echo» inzwischen als großes Werk.

9.2.1993
Gestern hat Hollender aus Kiel angerufen. Der erste Abend sei ausverkauft gewesen, am zweiten sei der Besuch nicht so doll gewesen, man hätte die veränderten Anfangszeiten nämlich nicht bekanntgegeben. Die Videosache habe gut funktioniert. Die Kritik in der Zeitung hätte moniert, das Ganze habe keinen übergeordneten Gedanken erkennen lassen. Das kommt davon, wenn man «auswählt» und nicht meiner Collage folgt.

* Eine umfangreiche Sammlung von Fotografien aus dem Kempowski-Archiv, nach Jahren sortiert.

Bittel hat das Adler-Hörspiel gehört, er habe es gar nicht so schlecht gefunden streckenweise.
Der Abdruck einiger Stellen aus dem Theresienstadtbuch ist mir nicht genehmigt worden, weil sonst der Eindruck entstünde, das sei dort ein lustiger Aufenthalt gewesen!

Beim Abendspaziergang habe ich noch einmal das gesamte «Echolot»-Projekt überdacht.

Das große 45er Epos, dann grandioses Inferno.
Die «Echolote» und die «Zöpfe» münden ein in die Höllenmesse. Die Vereinzelung und dann die große Polyphonierung. Das ist Tübkes Oktogon.*
Die «Zöpfe» haben etwas von elektrischen Entladungen zwischen zwei Kugeln (Polen), aber nur bildlich, nicht symbolisch. Da ist der Vergleich mit der Lianenbrücke über ein tiefes Tal zwischen zwei Massiven schlüssiger. Auch, weil sie aus verschlungenen Lianen besteht.
Volker Hage hat zu Simone gesagt, er wisse nicht, was die Kritik zu meinem Buch sagen werde, aber in 60 Jahren, da sei er ziemlich sicher, würden sich ein paar Jugendliche darüber hermachen und es mit verteilten Rollen lesen. Raddatz meinte, man könne wohl kaum damit rechnen, daß das «Echolot» viele Kritiken bekomme, es gebe nicht viele Kritiker, die so viel Zeit investierten für ein Buch, denn so was müsse man dann ja wohl ganz lesen.

11.2.1993
7.30 Uhr auf, gleich einen Stalingradtext aus 28.1. eliminiert. Hildegard hatte moniert, das sei zuviel Stalingrad, und das stimmt.

12.00 Uhr.
Spaziergang: Dompfaff gesehen. Langes Telefonat mit Buggert, ich bedankte mich für das Hörspiel, über das ich entsetzt gewesen sei, aber dann doch versöhnt: So junge Menschen sehen das ja ganz anders, was

* Werner Tübkes monumentales Panoramagemälde zum Deutschen Bauernkrieg in Bad Frankenhausen.

wir erlebt haben. – Ja, das meine er auch, er sei zuerst auch entsetzt gewesen, aber dann habe er eben auch gesagt … Über seine eigenen Hörspiele, wenn er die zum ersten Mal gehört habe, von anderen inszeniert, sei er auch immer entsetzt gewesen – ein allgemeines Entsetzen, zwischen Frankfurt und Nartum schäumt es hin und her.
Buggert sagte, die Ablehnung des Hörspiels durch NDR habe keine persönlichen Gründe gehabt. Es sei nicht üblich oder sogar nicht statthaft, daß ein Hörspiel von mehr als drei Sendern … Er schwärmte von der flächendeckenden Ausstrahlung. Auch rühmte er die Tatsache, daß eigentlich alles, was Rang und Namen unter den Schauspielern habe, in diesem Hörspiel dabeisei.
Hildegard erzählt mir immer, was sie im «Echolot» gerade gelesen hat. Sie meint, daß sich beim Leser der «Sirius»-Effekt einstellen würde. Es ist schon kurios, daß Bittel bisher das Werk gemieden hat.
Hildegard diktierte mir heute den Fahrplan von 1943, ich weiß nicht, ob das viele Leute lesen werden. Mich hat es angerührt, darin Züge verzeichnet zu finden, die 1943 nach Tauroggen fuhren. Als wir an einen Zug nach Rom kamen, sagte Hildegard: «Ah, herrlich, Italien!» *Vor* der Wiedervereinigung wäre dieser Fahrplan als nostalgisch empfunden worden, danach hat er die Hälfte seiner Attraktivität eingebüßt. Mir hat's gefallen, «Rostock» darin zu lesen, «Seestadt Rostock», und ich mußte an die verwaschenen Buntpostkarten denken, aus der Kriegszeit, an meinen dunkelgrauen, gestreiften Anzug, an Erika Düwel, an die Schule am Bahnhof. Schrecklich! Die Zeit dehnt sich, sie ist in den letzten Jahren wie ein Gummiband zurückgeschnellt.
Nein, ich bin nicht einverstanden, man wird mir die Trauer um Ostpreußen, Pommern und Schlesien nicht verbieten können. – Das hat was mit Hannes Gosselck* und «Was blüht denn da?» zu tun.
Am liebsten würde ich mich jetzt zuerst mit «Zopf 1» beschäftigen und gleich danach mit «Echo '45», der großen Höllenfahrt. Das andere kann skizzenhaft ausgeführt werden. Produzieren wir ein Fragment. Wie die Fehlstelle an der «Alexanderschlacht»**.

* Ein Lehrer in Rostock, der heimat- und naturkundliche Anregungen gab.
** Mosaik der «Alexanderschlacht» in Pompeji.

12.2.1993
Hildegard stöhnt beim Diktieren: «Ich denk eben, wie weit wir vom Steinzeitmenschen entfernt sind!» (Sie diktierte mir alle Züge, die im Frühjahr von Berlin abgingen. Ich möchte diese Angaben als Zwischentext dem «Echo» beifügen, weil man sich vielleicht falsche Vorstellungen macht von dem damals noch tadellos funktionierenden Verkehr – Schlafwagen, Speisewagen usw.)
Ich habe heute am 10. und am 11. Februar 1943 gearbeitet, letzterer war schwierig zu ordnen. Es scheint so, als hätte ich beim letzten Durchgang geschludert.

13.2.1993
Den 12. Februar erledigt, bin also morgen spätestens zeitgleich. Hildegard gab mir ein paar gute Tips für «Echolot», manche Tage sind zu lang. Ich konnte noch einiges korrigieren. Das Manuskript sieht gut aus. Anfang Februar hängt die Sache etwas durch, von Stalingrad sind sie ermattet. Nächster Höhepunkt nähert sich schwerfällig: Totaler Krieg und Weiße Rose, beides am 18. Februar. Es war ein unerhörter Tag, dies Schneegestöber in München, und in Berlin der kleine Mann, wie er die Massen aufwiegelt.
Das «Echo»-Manuskript sieht jetzt sehr proper aus. Die Rekrutierung der Lufwaffenhelfer macht sich kaum bemerkbar in den Aufzeichnungen. Das wurde offenbar stoisch hingenommen.

14.2.1993
Wir haben aus dem «Echolot» nun schon so viel herausgestrichen, daß ich Sorge habe, wir kommen mit dem lauthals verkündeten Umfang nicht hin. Ich schätze, wir liegen jetzt bei 2800 Seiten.
Mit Hildegard tippte ich die De-Gaulle-Erinnerungen an Casablanca ab. Dieses nationale Getue – affig. Gestern und vorgestern haben wir die Bahnverbindungen von Berlin aus eingegeben. Hildegard meinte, man müßte das auf einer Karte darstellen, Berlin in der Mitte und das ganze Reich an der Strippe.

Simone: Arbeite in HH. Schleppe das «Echolot»-Ms. mittlerweile stoßweise in Plastiktüten nach Hause – und dann wälze ich mich wie eine Maschine durch die Texte und Walters Anmerkungen. Ich sitze bis tief in die Nacht und habe keine Müdigkeitserscheinungen. Bin wie ein aufgezogenes Uhrwerk. Erst beim Abschlußbier nachts schlafe ich nach einem halben Glas auf dem Sofa ein.

15.2.1993

Ich habe Angst, daß unsere Autoren durch Kritiker aufgehetzt werden: «Wie konnten Sie das freigeben!» Bei einigen hab ich mich gewundert, daß sie so ohne weiteres ihre Genehmigung gaben. Ablehnungen sind sehr selten.

Ich dachte, daß ich doch vielleicht einige Autorenfotos einschmuggle. So bald sollte ich mich nicht trennen von frühen Einfällen. Nicht auf jeder Seite, und dann auch nur die Leute, die oftmals wiederkehren.

17.2.1993

Oben ist wüst was los. Simone schwirrt der Kopf. «Ich bin hier ja bloß der Tipper», sagt sie.

Die Damen haben die erste Woche Reinschrift fertig. Sie haben mir aber nicht gesagt, wo die liegt, nun konnte ich heute abend nicht mehr daran arbeiten.

18.2.1993

Es ist schon fast komisch, daß Bittel keinen einzigen meiner «Kassiber» erledigt hat. Auch hat er ja bis heute das Manuskript nicht gelesen. Die ersten 14 Tage vielleicht.

Termine werden eng. Nach menschlichem Ermessen ist es bis zum 1. März nicht zu schaffen. Es wird wohl noch eine Woche dranzuhängen sein. Jetzt ist erst mal wichtig, daß wir die ersten beiden Wochen abliefern. Das ist dann ja schon ein nennenswerter Teil.

Alarmtelefonat Bittel: Sämtliche Namen ändern! Er warne dringend davor! Und Frau P. will 1200 Mark haben! Wer soll das bezahlen!

Mit der Post kommt die Mitteilung, daß die «Morgenthau Diaries» nur für den Lesesaal bestimmt sind. Später werden Leser sagen: «Warum haben Sie denn nicht den Morgenthau? Und Carossa ...?»

Ein wahnsinniger Tag alles in allem. Die Buben wollten unbedingt die erste Woche fertig haben und saßen bis 9.00 Uhr abends.

Am Abend halte ich den ersten Tag in Reinschrift in Händen. Sieht sehr schön aus. Inzwischen habe ich natürlich schon wieder was zu ändern. Mal sehen, in einem guten Juxmoment. Oder ich mach es einfach selber, das merken die Buben gar nicht.
Frau P. fordert 1200 Mark für die Abdruckrechte. Soll ich darüber böse sein? Die Tagebucheintragungen ihres Mannes über die Fliegeralarme in Köln sind z. T. ganz originell. Für das «Echolot» sind sie unverzichtbar, da ansonsten von Fliegerangriffen noch nicht viel gesprochen wird. Auch sind sie als Schaltstelle gut zu gebrauchen, leiten von Front zu Heimat über.
Heute in der «Zeit» wird ein Buch mit Briefen von Scholl-Angehörigen annonciert. Kommt zu spät für uns.

Simone: Heute beim Mittagessen wurde offenbar auch Walter klar, daß Monika und ich die Arbeit nicht vollenden können bis zum 1. 3. Er zu Monika: «Also, Frau Frohriep, dann können wir ja, Sie und ich, im März den Rest machen!»
Sie: «Nein, ich möchte das Register überarbeiten!»
Er: «Aber Sie können uns doch hier nicht einfach im Stich lassen!»
Sie: «Doch, das kann ich!»
Walter war geplättet. So etwas ist er von mir in dieser klaren Form nicht gewöhnt.

Bei der nachmittäglichen Telefonkonferenz nannte Bittel die Termine, bis wann er welche Teile des Ms. haben müsse. Walter verkomplizierte die Situation durch überflüssige Zwischenfragen.
Ach ja, und dann der Anfang des Gesprächs! Walter: «Herr Bittel, sind Sie noch da?» – «Ja, Herr Kempowski, ich bin da!» – «Was machen Sie denn da? Sind das Ihre Zähne oder wie, ich hör da so ein Geklapper! ... Herr Bittel?»
Danach legte Walter, während Bittel sprach, den Hörer aus der Hand, ging durchs Archiv, nahm irgendwelche Schnipsel, brachte sie zum Mülleimer, räumte in der Ecke einen Stuhl leer, trug ihn heran. Bittel merkte es natürlich und fragte in die Stille: «Herr Kempowski?»
Walter erzählte dann, daß «die Damen» sich eine Flasche Wein aufgemacht hätten und jetzt hier in aller Gemütlichkeit säßen und zu-

hörten – was natürlich nicht stimmte. Außerdem: «Für das Februar-Ms. stehen die Damen nicht mehr zur Verfügung, sie lassen mich hier im Stich! Wir müssen das Projekt wohl sausen lassen, da kann man nichts machen!»
Und Bittel? Er machte kurzen Prozeß: «Ich brauche auf jeden Fall von *Ihnen* ein vollständiges Ms.! Und das brauche ich rechtzeitig!»

19. 2. 1993
Ich möchte zum «Echolot» eine Musik komponieren, auf Endlosband. Sie würde das Raunen der Vielen, das in seiner Summe immer gleich ist, durch ein Immergleiches einschienen. Das «Echolot» ist sein eigenes Echo.
Aus den Beiträgen, deren Abdruck nicht gestattet wurde, könnte man ein Mini-«Echolot» zusammenstellen.
KZ-Bilder, Todesmärsche. Es fühlt sich doch niemand mehr ge-/betroffen. Das «Echolot» ist da eindrucksvoller, weil vielschichtiger und, weil Seelisches bloßlegend, eher geeignet, unser Mitleid zu erregen.
Heute las ich einen Brief von Martin Bormann, wie der seine Mutter auslümmelt. Es sind nur wenige Briefe zugänglich, die liegen in den USA, und niemand kommt da ran. Und dann der selbstgefällige illusionistische Goebbels, der seine beiden ältesten Töchter in den Sportpalast mitnimmt zu seiner Durchhalterede. Hildegard las den Text von Rudolf Wagner-Regeny*, wie der sich in der Kaserne «stellt» und seine Frau anrufen will, und da ist immer besetzt, weil die mit ihren Freundinnen telefoniert und denen ihr Leid klagt.
Der 19. Februar '43, den ich heute (synchron mit dem heutigen Datum) bearbeitete, war sehr konfus. Ich hatte den ganzen Nachmittag zu tun. Schließlich strich ich alles, was mir im Wege war. Langer Ribbentrop-Text über Türkeiverhandlungen mußte dran glauben, desgleichen der dröge Rommel. Ich freue mich darüber, wenn ich Hildegard am Kamin sitzen sehe und «Echolot» lesen. Offenbar saugt es sie an.
Es kam heute per UPS die nächste Woche des Manuskripts, so daß ich flink weitermachen kann. Hoffentlich ist der 20. Februar nicht wieder so ein Brocken. Die Themen wechseln sich ab wie die Konstellation

* Komponist und Musiker.

der Gestirne, oder anders ausgedrückt: Auch damals gab es schon Medienblasen. Im Augenblick Totaler-Krieg-Aufruf, Weiße Rose, Tunesien, Arbeitsverpflichtungen. Man denkt beim Lesen des «Echolot»: Stalingrad? Was soll denn nun noch groß kommen?
Und das wird die Leser weiterziehen, teilnehmen lassen. Die Collage mußte ganz behutsam angelegt werden. Mit allzuviel Manipulieren/Anrichten würden wir bei Rolf Dieter Brinkmann landen.

Aus Benjamins «Passagen»: «Was uns zur Betrachtung der Vergangenheit treibt, ist die Ähnlichkeit des Gewesenen mit unserem Leben, welche ein Irgendwie-eins-Sein ist. Durch Erfassung dieser Identität können wir uns selbst in die reinste Region, den Tod, versetzen.» (Hugo v. Hofmannsthal: «Buch der Freunde», Leipzig 1929, p. 111)

Ich stelle mir vor, wie gräßlich es hätte sein müssen, wenn ich schon in Bautzen, *inmitten* des Geraunes, die Idee zum «Echolot» gehabt hätte. Ich hätte im Wasserfall verdursten können.
Idee «Sprechspur» war schon richtig, aber es fehlte der Antrieb, über den Inhalt nachzudenken – vielleicht aus der Befürchtung heraus, daß *dann* das Buch wirklich niemand lesen würde.
Die Mottos zu Beginn jeden Tages, das ist eine Substanz, die sich zur «Sprechspur» hätte entwickeln lassen. Bezeichnend ist es, daß mir Herrnhuter Losungen und Schlagzeilen erst ganz zuletzt einfielen.
Wie gut, daß vom «Echo» noch Varianten möglich und vorgesehen sind.

20. 2. 1993
Am Vormittag ging's mir nicht so gut, ich wachte schon müde auf. Dann berappelte ich mich und ordnete den 20. Februar, bin also tageskonform. Jetzt kommt eine gewisse Länge zum Vorschein. Ich kürze nach Kräften. Das Persönliche, Private langweilt nie. Es ermöglicht Identifikation.
Ich dachte nochmals über die Bebilderung nach. Ich wollte nicht aufgeben, vielleicht hier und da besonders kostbare Einzelstücke ... – Ich kann mich ja mit niemandem beraten. Der Lektor fällt da völlig aus, der hat alle Hände voll zu tun. Aber was hab ich davon, wenn mir einer sagt: So und nicht anders wird's gemacht, und dann gehe ich eines Tages

doch wieder «dran» und mache es doch so, wie ich wollte. – Auslöser meiner Überlegungen war die Notiz des Herausgebers in den «Passagen», daß Benjamin selbst bereits Fotos gesammelt habe. Der Unterschied ist nur, er wollte von Sachverhalten sprechen, die (nur) durch Fotos hätten verdeutlicht werden können. Bei mir stören Fotos eigentlich, weil sie das innere Bild belästigen. – Beim Spaziergang (eine Stunde) stritt ich mich mit einem imaginären Layouter, der mir die Erkennungsfotos in den Text schräg wie in einem Fotoalbum einmontiert hatte.

Gestern in Kiel, wir fanden das Theater nicht, dachten, es wäre neben dem «Schloß» gelegen, davor Ballett und Karneval, in dem danebenliegenden Konzerthaus war zwar Licht, aber alle Türen verschlossen. Platzregen, und wir mit einem im Hansa-Hotel geliehenen kaputten Schirm, der seine Gräten in den Himmel reckte, das herabtriefende Wasser direkt an meiner Bügelfalte. Der Wind raste in uns hinein, und ich lief hinter meiner Mütze her und das 5 Minuten vor halb. Schließlich kamen wir mit Taxe zum Schauspielhaus, wo wir ums Haus rumliefen, bis wir den Eingang fanden zur Studiobühne, in der uns alsbald Stille umfing. Ich saß direkt neben dem Monitor und sah und hörte mir die Ereignisse von vor 50 Jahren in TV an, via Bildschirm. Der Text wirkte auf mich sehr stark, leider starrte ich auf den Minutenanzeiger des Monitors und dachte: Gott sei Dank schon 15 Minuten rum, ob sie's weiter aushalten? Am Kulminationspunkt, der Verurteilung der Scholls, dachte ich, jetzt machen sie Schluß, aber nein, es kam noch allerhand hinterher, und das war auch richtig, denn das Wichtigste am «Echolot» ist ja gerade das Dahinlaufen der Geschehnisse über Gut und Böse, Höhepunkte im Sinne von Medienblasen kommen und gehen, treiben dahin als stetige Menge. Im übrigen empfand ich die stillen Stellen, eben gerade die, als Höhepunkte. Das ging auch Hildegard so, die besonders aufgerührt wurde von Julien Green und seinem Vogel, der nur einen Takt singt. Und die Kreuder, die den Weggang von Benno von Wiese bedauert, ja beweint. An mir strömte der Text vorüber wie auf dem Sekundenlaufwerk die Ziffern, und ich dachte an die jahrelange, jahrzehntelange Mühsal des Sammelns, diese endlose Tippzeit, die schon in Göttingen mit dem Einsammeln der Familienstorys begann.

Das alles war doch auch schon «Echolot». Erst jetzt zeigt sich, wie unsinnig es war, das «Fremdarchiv» von meinem Manuskript-Archiv trennen zu wollen und womöglich auch räumlich auseinanderzureißen. «Echolot» und «Deutsche Chronik» sind nicht zu trennen. Die Lamentatio, man sollte sie ganz und gar lesen, von Anfang bis zu Ende, vorlesen meine ich, und ständig ablaufen lassen, auch wenn niemand zuhört. Nach der Lesung, die übrigens ohne jeden interpretatorischen Versuch verlief, stand plötzlich eine der Sprecherinnen auf und sagte, sie habe da zwei Briefe einer Schauspielerin vorgelesen (Erdmann), also, *sie* wäre auch im Fronteinsatz gewesen, und sie müsse sagen, daß diese beiden Briefe *in keiner Weise* repräsentativ seien, *sie* hätten damals immer alle ihre Pflicht getan, und sie betrachte es als notwendig, dies hier sagen zu dürfen usw. usw.
Ich dachte den Satz: «Das durften Sie nicht tun, meine Dame», derweil die Wörter aus ihr herausströmten und -flossen, da war kein Ende. Im Grunde wußte sie gar nicht, was sie sagen wollte. Im Unterbewußtsein hatte sie vielleicht gemerkt, daß sie nicht dazugehörte, und das ertrug sie nicht. Hinterher erfuhr ich, daß es schon bei den Proben Diskussionen gegeben hatte.
Ich sprang auf, mit offenem Jackett und regenwirren Haaren, und aus mir floß es gegen sie an. Ich angelte mir die Flossen der anderen Sprecher und sagte: «Ich bin der Kempowski.» – Kempowski? Sie wußten gar nicht, was ich von ihnen will .... «Das durften Sie nicht tun ...», sagte ich, und die Zuschauer nickten.
Hinterher Hollender: «Ich trinke jetzt erst mal ein *so* großes Bier» (zeigte es mit zwei Händen).
Wir ins Auto und nach Hamburg ins Hotel, wo ich dann mehr schlecht als recht schlief. Eine kleine Britten-Melodie ging mir quälend im Kopf herum, und ich sagte im Traum: «Mein Herr, jeder hat das Recht auf seine ganz persönlichen Sensationszahlen.»

Auf der Fahrt Nartum – Kiel, in unserem schwammigen neuen Audi – ein lahmes Vieh, «auf Bequemlichkeit ausgelegt», wie Woodrich sagt, das 160 fährt, und man denkt: kommt er denn nicht? kommt er denn nicht? –, las Hildegard mir aus den Tischgesprächen mit Hitler die Schilderung der Wolfsschanze vor. Mir wurde sofort klar, daß wir sie als

Gegenstück zu Eitel Langes Beschreibung von Karinhall als Zwischentext dem «Echo» beigeben müssen.

> *Simone:* Ich schufte – wie nicht anders in den letzten Wochen – wie eine Irre bis spät in die Nacht am «Echolot». Jetzt, wo nur noch eine Woche Zeit bleibt, wird ganz deutlich, daß es nicht zu schaffen ist. Walters permanente Extrawünsche verzögern die Arbeit immer wieder entscheidend. Vor allen Dingen gehen sie an die Nerven, greifen nach der letzten Substanz.
> Dazu die Rückmeldungen der einzelnen Autoren – sie fordern Streichungen, Schwärzungen und und und …

23.2.1993

«Er erkannte die Bedeutung der Briefe sofort.» Eben habe ich mit Frau Müller-Osten telefoniert, der Tochter von Moering*. Ich werde die Briefe auf alle Fälle mit aufnehmen, vielleicht ist das was für den «Zopf». Alle Briefe von Moering liegen in Nürnberg. Davon wurde mir damals dort kein Wort gesagt, ich habe die Akten durchgesehen, Verzeichnisse, meine ich. Freundlich waren sie dort, aber auf Moering kamen sie nicht. Rätselhaft. Kennen denn Archivare ihre Bestände nicht?
Simone meint, Bittel hat abgestellt. In der Tat, Konstruktives ist von ihm nicht mehr zu erwarten. Punktuelles Angstmachen, das ist das einzige.
Mal sehen, was beim «Echolot» alles schiefgeht.
Die ersten Februartage sind in einem schrecklichen Zustand. Simone: «Ich will dir ja nicht zu nahe treten, aber die hast du damals kurz vor deinem Schlaganfall zusammengestellt.»
Kann ja sein.
Regisseur Rössner aus Neubrandenburg erzählte, daß die «Echo»-Vorstellung ein Erfolg gewesen sei. Das Publikum habe selbst gelesen, er habe die Texte verteilt. Das Ganze sei mit Video aufgenommen worden. Zwei gutaussehende Damen hätten sofort das Theater verlassen

* Klaus-Andreas Moering 1915–1945. Maler und Lehrer, 1942 Einberufung zur Artillerie, schrieb fast täglich an seine Frau; in Schlesien gefallen.

und seien zur Polizei gegangen, Persönlichkeitsrechte, Datenschutz oder so was. – Alle hätten gefragt, warum ich denn nicht da bin.
Die beiden Buben haben jetzt die dritte Woche bereits in Arbeit, sie kommen besser voran, als zu erwarten war. Vielleicht gelingt es, bis Sonnabend vier Wochen herzustellen.

Simone: Bis zum Ende der Woche stellen Monika und ich das Januar-Ms. fertig. Das heißt: Wenn wir am 1.3. aufhören, hat der Verlag statt einer Lieferung schon zwei bekommen. Die dritte (erste Hälfte Februar 1943) braucht er dann Anfang Mai. Irgendwie wird es schon klappen, es wäre ja nicht das erste Mal, daß in Nartum ein Wunder geschieht ...
Walter will die letzten Angleichungen der «Köpfe» und die Einsenderkorrekturen jetzt mit Hildegard allein erledigen. Ich solle dann nur einmal kommen, um alles auf ASCII* abzuspeichern.
Die Vorstellung, daß Walter und Hildegard allein da oben sitzen ...
Mit dieser Arbeit!!!
Furchtbar!
Monika meinte, nach einer Stunde würden sie sich vielleicht anschreien und schubsen. Ja, das könnte passieren – selbst so ruhige Gemüter wie wir verloren zeitweise die Geduld ...
Ganz sicher werde ich – aufgrund der immensen Textumstellungen und Walters unglaublichen Einschübewünschen (dabei heißt es schon seit zwei Wochen: «In den nächsten Ms.-Tagen ist gar nichts mehr zu machen!») – nicht bis Anfang März fertig. Das bedeutet, daß ich sowieso über den 1.3. hinaus am «Echolot» sitzen werde ...
Gestern: «Talk im Turm» mit Walter. Es war ein ziemlich verunglückter Auftritt. Er meinte heute selbst: Totale Katastrophe! Hildegard flüsterte mir immer zu: «Du mußt ihn loben!»
Walter später dann doch wieder ganz souverän: «Aber es war eine gute PR!» Und da hat er wohl recht, denn immerhin gab es als Reaktion mehrere Anrufe von Unbekannten und sogar von der BILD-Zeitung. Der Streich ist ihm also geglückt.

* American Standard Code for Information Interchange, ein Code zum Datenaustausch unterschiedlicher Systeme.

Zu arbeiten hatten wir heute nicht genug – Walter hatte nichts vorbereitet, er hatte ja getalkt ... Leider!

Simone: Walters Talk-Show-Auftritt zieht weitere Kreise. Mein Vater heute abend am Telefon: Sein Chef habe die Sendung auch gesehen. Er sei ganz schockiert gewesen: «Sag mal, bei wem arbeitet deine Tochter denn da?! Die Arme!»

24.2.1993
Ich schwanke, ob ich den Foto-Zeitsprung bringen soll oder nicht, und es gibt niemanden auf der weiten Welt, der mich berät. Die Frage ist nämlich, ob das nicht doch zu lehrhaft ist. Und außerdem läßt es sich irgendwie nur sehr schwer «machen».
Ich kann mir nicht vorstellen, wie das Aufeinandertreffen der beiden Bildebenen auf den Leser wirkt, ob es eine heilsame oder peinliche Störung ist. Bin schon so weit, darauf zu verzichten und den leichteren, bequemeren Weg zu gehen. Erschwert wird die Entscheidung dadurch, daß sie endgültig ist.
Ich glaube, ich lasse die Foto-Zeitsprung-Sache, allein die Aussicht, das Prinzip allen Menschen erklären zu müssen ... Es gibt Einfälle, die leichter in der Hand liegen.

22.00 Uhr. Ich lese im «Echolot», Reinschrift. Die Buben haben heute lange gearbeitet, bis eben, sie schlafen hier, um morgen früh rechtzeitig anfangen zu können. Ich werde Simone eine Reise nach London schenken und ihrem Macker. Ja, ich hätte ohne sie das Projekt nie zu Ende geführt. Die ganze Namens- und Rechtefrage ist mir absolut nebulös. Eigentlich kann das gar nicht gutgehen. Ohne ihren Fleiß wär's nicht gegangen, und ohne meine Sturheit auch nicht. Eine freundliche Beharrlichkeit, die ich an mir habe, seit ich kapiert habe, daß der Kohlenkeller voll ist.
Simone denkt sich sonderbare Pseudonyme aus: Susanne Schnauder und Dietrich Mekel. Die armen Leute! Mal sehen, was sie sich sonst noch hat einfallen lassen.

25. 2. 1993
23.00 Uhr. Heute hat sich allerhand ereignet. Die beiden Buben rasten, um morgen fertig zu werden, sie haben noch zwei Januarwochen vor sich. *Ich* muß morgen noch die letzten beiden Februartage ordnen. Heute ging es sehr schnell. Leider entdeckte ich noch einige Texte, die auf dem Tisch lagen, Texte, die ich mir zurechtgelegt hatte und dann vergessen. Gottlob Februartexte. Ein größeres Malheur entdeckte ich heute abend: Ich habe aus einem mir unverständlichen Mißverständnis heraus die Januartexte von Ernst Jünger nicht aufgenommen, was nun eigentlich nicht mehr geht. Ich muß versuchen, noch eine Lösung zu finden. Ich muß die Texte schnellstens besorgen, sie fotokopieren und dann den Setzer bitten, sie zwischen die einzelnen, automatischen Texte per Hand zu setzen. Peinlich, peinlich!
Andere Schwierigkeiten haben sich von selbst erledigt, in Luft aufgelöst. Ich hatte geglaubt, es würden 100 von den 200 Einsendern Geld verlangen – dann wäre das Projekt überhaupt nicht zu realisieren gewesen. Tatsache ist, daß bisher nur zweimal Geld gefordert wurde.
Sonst war die Stimmung heute gut. Hildegard informiert sich, denn im April müssen wir allein arbeiten. Im März macht Monika das Register.
Morgen werden die Januartage auf ASCII umgebaut, ein spannender Augenblick, und Sonnabend kann dann der Januar wieder einmal weggehen.

26. 2. 1993
10.30 Uhr. Eben habe ich Frau Koblischka angerufen und binnen Minuten eine Lösung serviert bekommen. Ich brauch die Jünger-Texte nur zu markieren im Text und auf eine Diskette zu schreiben, dann geht das ohne weiteres.

22.30 Uhr. Endlich im Bett. Simone hat heute den ganzen Januar erledigt, d. h. das Manuskript hergestellt, an dem noch allerhand zu tun war. Sie hat auch die Disketten für den Satz vorbereitet. So können wir also den ganzen Januar am Montag wegschicken. Ich muß noch die restlichen Bildseiten bestimmen, bis zum 13. 1. '43 bin ich vorgedrungen. Morgen früh werde ich auch den Rest hinter mich bringen.
Hildegard hat heute einen Anruf von Stölzl dazu benutzt, ihn auf das

Vorwort festzunageln. Eigentlich wollte er mich für einen Festvortrag gewinnen.
Das Manuskript sieht jetzt sehr schön aus, es befriedigt mich absolut. Den Jünger habe ich heute im Laufe des Tages größtenteils eingearbeitet. Hildegard brachte aus Rotenburg Disketten und Papier mit. Leider entdeckten wir erst heute abend, daß Farbstoff für den Kopierer fehlt. Nun muß sie morgen noch einmal los. Normalerweise bestelle ich so was immer sofort, wenn ich eine Patrone auswechsle. Das tun die Buben jedoch nicht. Ich hab das schon hundertmal gesagt, aber das läßt sich nicht durchsetzen in einem Hausstand, in dem lauter verschiedene Menschen das Gerät bedienen. Einer verläßt sich auf den andern.
Die Jünger-Texte sind natürlich Kleinodien. Ein ganz großer Autor, *der* Autor.
Ich habe übrigens den Eindruck, daß sich das Manuskript trotz aller Zusätze «verschlankt» hat. Ich bin neugierig, auf welche Seitenzahl wir kommen.
Mich freut die zielgerichtete Organisation des «Echo», die ganz genau, auf den Tag, sich konzentriert. Interessant auch in mir, mein Wille, es so durchzusetzen, wie ich mir's gedacht hatte. Karten und Übersichten wollen wir nicht. Wie heißt es? Wir lassen die Seele sprechen.

27. 2. 1993

Der geschärfte Blick hat heute früh bei Knäckebrot und Ei entdeckt, daß gerade ein Buch über den jüdischen Frauenprotest Februar/März '43 erschienen ist. Außerdem die Briefe und Aufzeichnungen der Angehörigen der Weißen Rose. Habe sofort bei Delvendahl* angerufen. Wie's aussieht, wird das gesamte «Echolot» Ende des Jahrhunderts fertig. So was nennt man Timing. Wahr ist, daß zum «Echolot» nicht nur der spezielle Sarkasmus, die originelle Kempowski-Sichtweise gehört, sondern auch ein gewisses Organisationstalent. Letzteres haben auch andere, aber der ankotzende Bierernst unserer Professoren verhindert ein Konkurrenzunternehmen.
Mit Schippmann in Rostock telefoniert: Er soll sich mal den Apple-

* Buchhandlung in Rotenburg/Wümme.

Computer ansehen. Er arbeitet sich jetzt durch die bis zur Wende in der DDR verbotene Ostpreußenliteratur durch. Sein Vater ist dort gefallen. Dessen alte Brieftasche war alles, was die Familie zurückbekommen hat.

28. 2. 1993

5.00 Uhr. Schlaflos. Ich glaube, ich muß die gesamte Bebilderung fallenlassen. Es geht nicht. Der Zeitsprung geht schon gar nicht. Wenn ich ein Foto pro Tag verwende, könnte das eine sehr schöne, brauchbare Sache sein. Dann Schluß. Schon der Automatismus, mit dem ich gestern die Bildblätter einlegte, hätte mir das zeigen müssen. Es ist aus, weg damit!

14.00 Uhr. Hildegard hat mir heute früh Ernst Jünger diktiert und eben noch Briefe von einem Unbekannten. Es ist eigenartig, wieviel besser die letzteren in der Hand liegen, das rasselt man so runter, wogegen ich mich bei Jünger in jeder Zeile vertippe.
Nach dem Mittagsschlaf nochmals den ganzen Januar durchgeblättert und nun zwei Bildseiten pro Tag vorgesehen. Die zweite ist für alle Fälle, vielleicht eben auch für Zeitsprünge in die Vergangenheit.

22.00 Uhr. Am Nachmittag erledigte ich allerletzte Arbeiten am Januar-«Echo». Nun wird erst einmal eine Woche Pause gemacht. Im Hinblick auf die schick verpackte Sendung genehmigte ich mir 1 × «Weißer Traum».*
Selten habe ich mich im «Kreise der Familie» so wohl gefühlt. KF ist jetzt ausgeglichen und selbstbewußt, Renate genießt es, daß sie mit Paul zusammen ist, die liebe Mutter dazu; ein großes Werk beendet. Und außerdem fühle ich mich ausgesprochen wohl, die linke Seite ist annähernd wieder normal. Eine Woche Urlaub in Sicht. Danach beginne ich den Dorfroman (mit drei Monaten Verspätung). Schlußredaktion des Februar-«Echo» wird nebenbei gemacht, der Text ist ja schon beisammen, er braucht nur noch egalisiert zu werden. 1500 Seiten sind's

* «Der weiße Traum», Film von 1943 mit Oskar Sima, Olly Holzmann, Wolf Albach-Retty; Regie: Géza von Cziffra.

wohl. Der Schluß muß noch beschwert werden. Da kommt mir das Weiße-Rose-Buch jetzt gerade recht (Briefe der Angehörigen). Ich werde sehen, ob ich den Februar nicht noch etwas «anfetten» kann, wie Robert sagen würde.

1.3.1993

Heute wollte ich mich eigentlich ausruhen und fuhr, um häuslichen Konflikten auszuweichen, nach Bremen und ließ mich in einer speziellen Firma über Macintosh-Computer informieren. «Sind Sie Fachmann?» fragte ich das Fräulein an der Theke. – «Ich bin Fachfrau! Sie sehen doch, ich bin weiblichen Geschlechts!» Ich besänftigte meine cholerische Aufbrausung und ließ mich vollquatschen. Sie machte es so unpädagogisch wie nur möglich, bis ich präzise Fragen stellte. Das System scheint tatsächlich große Vorzüge zu haben. Am dollsten ist ja der Scanner, der mir gute Dienste leisten könnte. Der Anprall des Neuen machte mich wanken, aber ich will es probieren, denn für unsere nächsten Vorhaben lohnt es sich, hier noch einmal letzte Reserven der Aufnahmefähigkeit zu mobilisieren.
«Kann man denn das Handbuch verstehen?»
«Ja, das ist nicht vom Koreanischen ins Französische übersetzt und von dort ins Englische, das ist von Deutschen geschrieben.»
Witzig, beim Zusammenrechnen, daß ich ein bestimmtes Kabel gesondert bezahlen mußte: 34,80 DM.
Die Entwicklung seit 1988 ist ja rasant gewesen. Wann habe ich den Olivetti-PC gekauft? 1988? Von der Draisine zum Montainbike, so ungefähr, und das innerhalb von fünf Jahren!
Bei dieser Gelegenheit erfuhr ich dann auch, daß man *natürlich* die Texte aus dem Olivetti leicht rauskriegt, keinesfalls ist es unmöglich, wie mir hier immer wieder eingeredet wurde. Wir retten also ohne weiteres unsere ganzen bisherigen «Echo»-Aufzeichnungen.
Auch für E 44 und vor allem E 45 liegt ja schon eine Menge vor. Ich werde nächste Woche mit der Arbeit beginnen.

Bittel hat Drews gefragt, ob er das Vorwort schreibt. Nein, vor so ein Buch gehöre kein Vorwort. Recht hat er. – Ich schlug Faltblatt vor, in dem die Hintergründe erläutert werden.

4.3.1993
Las heute früh den Vertrag über «Echolot», den ich erst jetzt bekam, obwohl mir der erste Vorschuß schon am 1. Juli 1989 zuging.
10000 Exemplare müssen sie verkaufen, damit ich meinen Vorschuß abgedient habe bei 7%, ich hatte aber 8,5 abgemacht.
Bei 8,5% sind es 8000 Exemplare, dazu kämen noch die Taschenbuchrechte.
Falls der Verlag mich tatsächlich bescheißen will, was ich immer noch nicht glauben kann, dann kämen wir gerade noch so eben mit abgeklemmten Hacken davon.

6.3.1993
Ich habe Alan Keele gefragt, ob ich ihm das «Echo» widmen darf.
An Bittel die Anfrage, ob wir uns nicht treffen können wegen des Konflikts, der sich zwischen uns anbahnt.

8.3.1993
Ich habe keine Ahnung, wie das mit den «Köpfen»* klappen soll. Ich hatte gedacht, da gibt es irgendeine Kartei oder eine alphabetische Mappe, nach der wir uns richten können. Dies ist offenbar nicht der Fall.

9.3.1993
Buggert schreibt, «Stalingrad» sei zum Hörspiel des Monats erklärt worden. In den Zeitungen steht's nicht, nirgends.
Hildegard hat heute damit begonnen, die «Tage» des Februars einzeln nach Fehlern (in den «Köpfen») zu durchsuchen. Und sie hat gleich eine ganz wichtige Entdeckung gemacht: die Susanne, von deren Briefen ich meinte, ich hätte sie bei einem Trödler gekauft ... – sie hat mir die Briefe 1981 geschickt! Morgen muß ich das überprüfen, das heißt da hinschreiben oder telefonieren. Man stelle sich vor, ich hätte das übersehen!
Die beiden Buben haben heute den Februar gebracht, er ist nun auch komplett. Ich muß nun mit Hildegard noch die restlichen Köpfe machen. Jeden Tag einen Tag werden wir vielleicht schaffen.

* Namens- und Ortsangaben über den «Echolot»-Texten.

Die Kraft, mit der ich aufs «Echolot» losmarschiert bin. Also schon 1980 planmäßig, mit der Gründung des Archivs.
Wir schrieben heute das Münchner Konzertprogramm vom Februar 1943 ab. Was damals alles noch los war! – Man kann nicht sagen, daß sich das Bühnenrepertoire seither sehr geändert hätte.
Es ist ja so, daß ich seit 10 Jahren an nichts anderes gedacht. Alles habe ich auf das «Echolot» bezogen. Deshalb gehören die Fotos auch dazu, mit denen ging es ja praktisch los, damals, 1980.

Wieso beschäftigt es mich nicht mehr/häufiger, daß Vater absolut atomisiert wurde? Ich sehe die helle Explosionskugel, «gleißend» – er wird nicht völlig zerrissen. Mit einem Fuß bleibt er auf der Erde.*

> *Simone:* Heute hab ich es (fürs erste?) geschafft: Die Arbeit am «Echolot» ist zu Ende – für mich jedenfalls!

10.3.1993

Frau Frohriep hat das Register schon fast fertig. Sonderbare Eintragungen, so steht da z.B.: «A.» und weiter nix. Bei Benn: «dt. Schriftsteller – sympathisierte mit den Nazis». Wenn ich das nun nicht entdeckt hätte!
Thema P. ist erledigt. Ich habe mit ihr telefoniert und ihr schließlich 800 Mark (privat) zahlen müssen, da ich sonst ihre wunderbaren Texte nicht bekommen hätte.
Auch mit Bittel habe ich kurz telefoniert. Laue Luft.

Die Dimensionen sind nicht zu begreifen. Ich hab's gar nicht so gemerkt. Aber ich war eben auch jeden Tag «dran», hab nicht aufgesteckt. Die Zähigkeit kommt mir selbst komisch vor, das Zielstrebige hat sicher mit dem Verlust zu tun. Aber vor dem Verlust stand Liebe.
Am Abend sahen wir den Hanseblick-Film des NDR über mich, in Nartum und Rostock. Ich war hinterher ganz erledigt, so hat mich das

* Karl Georg Kempowski wurde am 26.4.1945 auf der Frischen Nehrung von einer sowjetischen Bombe getötet.

aufgeregt. Ein kleines Meisterwerk, die verschiedenen Partien, wie sie ihr Thema einkreisten und auflösten – das war schon zauberhaft. Voll Stimmung und nichts, was mich ärgerte. Ansagerin: «Der Autor Kempowski, der harsche Kritik einstecken mußte, ist wieder ganz obenauf: wie Sie gleich sehen werden.» Es hat mir gefallen, in meinem Bilde das Alter lustig sich verfestigen zu sehen.

11. 3. 1993

Ich bekam einen sehr lieben Brief von Frau Wagener. All diese freundlichen Lieferanten werden möglicherweise vor den Kopf gestoßen, wenn die Kritik zu zitieren anfängt und Häme oder Zynismus bei meinen Dialogisierungen zu entdecken meint.

Kauf des neuen Computers, mir wird ein bißchen bange bei der Sache, aber es muß sein, jetzt oder nie. Der alte klappert schon richtig. 6000 Mark! Ich werde mich tagelang mit dem Ding beschäftigen müssen. Notfalls Simone anklingeln. Mir ist ein wenig zumute wie am Spieltisch der Orgel von St. Marien. Die 10 Finger an den Tasten der 10 Milliarden Möglichkeiten. Und das wirkt zurück auf eine Vorstellung von den Möglichkeiten, den Potenzen unseres Gehirns. Unser «Echolot» ist ja eine Stümperei angesichts dessen, was mit diesem Projekt *möglich* ist, welche Räume hätten aufgetan werden können.

Daß E45 nicht ausgeführt werden wird [?], ermöglicht es mir, meine Vorstellungen nach allen Richtungen hin zu verwirklichen. Und dazu gehört natürlich auch der Ton und das Bild. Vielleicht sollte es zum E 45 eine Lesefassung geben. Wir haben Zeit. Ich kann mir nicht vorstellen, daß nach dem Dorfroman noch eine Prosaarbeit kommt. «Alkor» ja und «Zoom»* – das werden Spaziergänge sein, gemessen an E45. Das E44 kann gänzlich außer acht gelassen werden.

Weil die «Kauffrau», die «Fachfrau», mich hinsichtlich ihres Geschlechts belehrt hat, am Anfang unseres Verhandelns, durfte sie mir heute die unhandlichen Pakete in den Wagen tragen. Hätte sie sich wie ein Mensch benommen, einem älteren Herrn freundlich gegenüber, dann hätte *ich ihr* geholfen.

Bei E45 die Bebilderung sofort vornehmen. Zehn Jahre bleiben mir

* Tagebuchprojekt.

vielleicht noch? Oder? – Wenn der Ansatz sichtbar würde, wäre schon viel gewonnen.
Wenn ich an E45 denke, sehe ich den noch provisorischen Kanaltunnel vor mir, d. h., wie sie gerade anfangen zu bohren, einen Kilometer haben sie schon, von der Decke hängen Lampen herunter, an den Tunnelwänden Versorgungsleitungen.
Ich stell mir das E45 so ähnlich illustriert vor wie dieses Tagebuch.*

13.3.1993
Ich setzte gestern Anaïs Nin vor Fallada. Ihr unkontrolliertes Plappern, und dann das: «Hecke geschoren», der lakonische Eintrag Falladas. Ich gestehe, daß er meine Sympathie hat.
Beim Spaziergang gestern abend schwanden mir plötzlich die Sinne, ich hatte meine Gedanken nicht im Griff: Übersicht verloren, total. Das «Echolot»-Monstrum (Hochhaus) mit Tiefgarage. Wie immer in solchen Fällen ging ich pragmatisch vor, ging ins Haus und gab die Nin ein, und da war ich wieder drin.

Das 2. Quartett von Schumann.
Gegenüber E45 fahre ich mit E43 auf einer Schmalspurbahn, immer geradeaus.
Das Prinzip der Collage geht über «da nach links, da nach rechts!» nicht hinaus. Die Unfähigkeit, die «Sprechspur» durchzusetzen: damit ist das Werk mißglückt – oder (und das wäre die Rettung) man dreht es später durch die «Zöpfe» und E45 «um». Die Ebene, die man durchmißt, um sich der Stadt zu nähern.
E45 in Beziehung setzen zu anderem «fliehen». Nicht nur Bosnien und Somalia, sondern die Flucht der Deutschen dreimal im Jahr nach Mallorca. Auch sie fliehen vor ihrem Schicksal, doch, anders als 1945, sie können ihm nicht entrinnen.

Am Vormittag diktierte mir Hildegard die verschrobenen Texte der verschrobenen Frau Nin. – Ich verlor wieder einmal den Durchblick.

* Kempowskis Tagebücher sind illustriert durch vorher eingeklebte Fotografien aus dem «Spiegel» und anderen Zeitschriften.

Erst durch konkretes Tun (Ordnen!) konnte ich mir wieder Durchblick verschaffen.

14. 3. 1993, Frankfurt

In der Nacht las ich den 1. Februar durch – schreckliche Angst, ob das überhaupt konsumierbar ist, ob alle Arbeit vergeblich!
Es war ein schöner, warmer Sonntag. Ich saß mit Ladenthin* in Frankfurt an der Wache, draußen, wir ließen uns von der Sonne bescheinen. Gespräch über E 43 + E 45. Er rät dringend ab von Versuchen, das Wort zu ergänzen durch Bilder und eventuell eine CD, er bezeichnet das als kunstgewerblich. Da hat er recht; wenn man es so machen würde, wie Journalisten es machen.
Die Lesung wurde veranstaltet von einer Galerie und von der «Frankfurter Rundschau». Die Zeitung hatte einen jungen Mann in Schwarz geschickt, der von nichts eine Ahnung hatte. Offenbar auch das Buch nicht gelesen. Desgleichen die «Moderatorin», die würdig das Medium Fernsehen vertrat. 17 Vorsteckringe an den Fingern, schwarzgefärbtes Haar und ein tulagewürfeltes Jackett. Als ich die Inkompetenz bemerkte, wurde ich wieder mal wütend. Ich kann es nicht mehr ertragen! Ladenthin, mit festen Wanderschuhen angetan und einer Joppe, brachte Niveau in die Diskussion, und auch Scheible**, ein Germanist von der Universität, der offenbar privat erschienen war mit Mutter und Frau.
Nach der Lesung meldete sich Frau Riedl/Erdmann, ich freute mich darüber, jung und frisch noch, dabei 70 Jahre alt. Nette Menschen – mein Publikum überhaupt, das ist der Trost meiner Tage. Ein Herr fragte nach einer «Sirius»-Fortsetzung. Sie wollen immer wissen, wie's weitergeht.
Ehepaar Marx aus Rostock (Café Herbst) und verschiedene Seminarteilnehmer.
Alles freundliche Leute.

* Dr. Volker Ladenthin, Erziehungswissenschaftler an der Universität Münster.
** Prof. Dr. Hartmut Scheible.

15.3.1993
Ich sah am Abend die 45er Texte für das nächste «Echolot» durch. Wenn hier auf offizielle Texte verzichtet wird, könnte eine starke Wirkung erzielt werden. E43 wirkte dann wie eine Heerschau, E48/49 könnte dann mit vorwiegend offiziellen Texten den Zyklus abschließen. Ja, so könnte es gehen. Notfalls könnten in E45 mehrere Solostücke erscheinen, ähnlich den Zwischentexten, deren Funktion in E43 ja noch reichlich unklar ist. E44, reduziert auf zwei Wochen – noch unklar. Auch Material noch nicht gesichert.

16.3.1993
«Echolot»: Zufall spielt Rolle, mit dem zielgerichteten Interesse im sogenannten Hinterkopf blättert man irgendwo was durch, und bums! findet man auch etwas. Wenn ich denke, was ich alles *nicht* gefunden habe – wird mir ganz schwach. Oft ahnt man eine wichtige Quelle, aber die Trägheit des Herzens ... So Kempner*, die Festgabe an die jüdische Gemeinde 1970**. Man schreibt hin, erwartet wunder was, und dann kommt eben nur das eine Statement, das man schon hat. Oder (schlimmer?) 150 Seiten, von denen eigentlich nichts ausgelassen werden kann.
Als ich gestern die Lebensdaten der Nin nachschlug, entdeckte ich, daß Rowohlt den Briefwechsel Miller/Nin herausgegeben hat, schon 1969! Da ist wohl nichts mehr zu machen. Ich versuche es trotzdem. Die erst vor vier Wochen entdeckten Tagebücher von ihr geben nicht viel her, etwas Farbe vielleicht. Und was mir alles noch zugeschickt werden wird, nach dem Erscheinen des Echos!
Das «Echolot» reißt mich hin und her. Mal denke ich: Was soll's, eine Anthologie, weiter nichts. Dann sehe ich das feine Gespinst, die Fülle, den Reichtum. Jedes Mehr an Gestaltung wäre im Kunstgewerbe gelandet. Aber die «Sprechspur». Der Gegentext! Drews hatte schon recht: Wirst du da Stoff genug zusammenbringen?

* Robert Kempner, Ankläger in den Nürnberger Prozessen.
** «Festgabe für die jüdische Gemeinde zu Berlin». 25 Jahre nach dem Neubeginn. Hg. von Herbert A. Strauß und Kurt R. Graßmann. Heidelberg 1970.

17.3.1993
Durch die Anonymisierung wird dem «Echolot» schwerer Schaden zugefügt. Ich müßte jeden einzelnen Einsender anflehen, doch bitte den Originalnamen zu lassen. «Frau L. in H.» ...
Wieder mal bis zum 8. Februar vorgedrungen. Hildegard liest unentwegt, was mir schmeichelt. Vielleicht finden wir ja doch ein paar Leser?

19.3.1993
Hildegard wundert sich, daß Bormann kein eigenes Haus besessen hat. Ihn gab es nicht als Lineolfigur. Ein vierschrötiger Halberstädter mit X-Beinen. Schade, daß in den USA nicht an die Briefe heranzukommen ist. Das wäre eine Sensation geworden. Aber wir wollen ja keine Sensationen. Die drei oder vier Briefe, die wir haben, reichen aus, das Bild zu sättigen. – Natürlich ist es eine Gefahr, die Nazis ganz naiv als quasi gleichberechtigt zu behandeln im «Echolot». Ein allgemeines Verstehen wird die Folge sein, das Anstoß zu Verzeihungen geben kann. So mancher alte Herr wird mit nassen Augen zu seiner Frau eilen und sagen: Siehst du?
Das «Echolot» ist das eine, meine WV-Befragungen* ergänzen es. Ich müßte herumreisen und den Leuten diese kleinen Statements abverlangen.

Ich rief gegen Mittag Frau Koblischka an, was der Setzer sagt, ob das schön flutscht mit unsern Disketten. Da sagt sie: Wir haben noch gar nicht angefangen! – Das Manuskript liegt jetzt also schon seit drei Wochen im Verlag herum. Mal sehen, ob uns diese Zeit nicht im Herbst fehlt! Bis zum 12. Februar 1943 mal wieder alles fertig.

20.3.1993
Im Nachwort des «Echolot»: Ich danke den Archiven, die mich unterstützt haben, und verzeihe denen, die es nicht taten.

> *Simone:* Gestern Walter: Der Verlag habe noch gar nicht angefangen mit der Arbeit am Ms. Wenn das stimmt, ist es nicht zu entschuldigen!

* Befragungen zur Wiedervereinigung seit 1989.

22.3.1993
Die verschiedenen Texte im «Echo» sind so vieldeutig, daß der Leser auch bei krassester Fehlplazierung immer noch meine sortierende Hand vermuten wird.

23.3.1993
Susanne Meyer hat geschrieben, natürlich könnten wir ihren Namen verwenden, ihr Mann wär sicher stolz. Und: Ihr Name ist überall geändert worden in «Schnaudel» (Simone). Schrecklicher Gedanke, dies hätte nicht mehr rückgängig gemacht werden können.
Andere Telefonate, u.a. Frau Koblischka wegen einiger Einzelheiten von «Echolot». Sie haben noch immer nicht angefangen. Sie fragte, ob sie bei «Dein Hans» den «Hans» kursiv setzen sollte.
Gespräche mit Frau Koblischka sind immer angenehm, weil sachbezogen. Früher hatte sie einmal vorgeschlagen, die Namenszeile blau zu machen. Sie will mir ein paar Seiten setzen lassen.

25.3.1993
Mit Hildegard habe ich öfter «Echolot»-Gespräche, über die einzelnen Autoren. Sympathien und Antipathien. Bei den Späteinsendern versagt mein Gedächtnis. Die kann ich nicht auseinanderhalten: Neureither, Jenssen, Wieschenberg usw.

26.3.1993
Hildegard ist deprimiert von der «Echolot»-Lektüre.
Hildegard: «Ich glaube nicht, daß je ein Mensch das Ding zu Ende liest, da ist man mürbe bis dahinaus. Nur Masochisten.»
Sie stellt jetzt die Lektüre ein (22. Februar). Ich kann ihr das nicht verdenken.
Ich denke wohl auch, daß das «Echolot» um ein Drittel zu lang ist. Dies ist kein «Echolot» mehr, es ist ein Echo*netz*. Will ich denn Eindruck schinden durch den Umfang? Mein Gott, ich hätte es leicht doppelt so lang haben können. Masse ist auch ein Kriterium der Struktur. Das «Echolot» '43 wird erst durch das Gesamtvorhaben auf das richtige Maß zurückschrumpfen. – Texte streichen, das hieße: Menschen streichen.

27.3.1993
Natürlich könnte ich das «Echolot» «ausholzen», etwa ein Drittel herausstreichen, aber darunter würde das Geflecht leiden. Man muß das Echolot mehr als Enzyklopädie sehen. Wenn's keiner ganz liest, das ist doch nicht schlimm. Beim gelegentlichen Hineinschauen wird immer das Ganze sichtbar, eben der «Teppich». Ausdünnen geht nicht. Grade das scheinbar Entbehrliche gibt dem Ganzen die Fasson.
Ich kann mir schon jetzt denken, wie die Kritiker damit umgehen, sie werden die Bonbons zitieren.
In der Post fand ich noch ein äußerst pingeliges Tagebuch einer Frau Johansen, die jeden Fliegerangriff verzeichnet, 1943 ganz vorhanden. Ich hab mit der Einsenderin telefoniert, die mir den Abdruck ohne weiteres gestattete. «Die Frau Johansen wäre doch stolz!» Leider hat sie alles andere vernichtet: Fotoalben und weitere Tagebücher. Schrecklich.
Ein einsames Streichquartett in der Nacht. So intensiv müßten auch Menschen miteinander reden können. Vielleicht hat Hage recht? – Die nichtssagenden Texte sind die aussagekräftigsten. Das Nichts aussagend.

28.3.1993
1.00 Ich bin einigermaßen fröhlich gestimmt: Es gelang mir, den neuen Computer in Gang zu setzen. Allerdings hab ich noch nichts eintippen können. 61 Mio. Bites stehen zu Diensten. Ich muß zuerst das Schwierigste zuwege bringen, das Hinüberretten der Olivetti-Schätze: insbesondere die 70 Seiten Dorfroman.

30.3.1993
Sie können auf die Idee kommen, es sei ein Sakrileg, die Stimmen der Opfer und Täter unter einem Dach zu versammeln.
Im «Spiegel» steht, daß Rabenalt gestorben ist. Zeit seines Lebens wurde er für einen Nazifilm-Regisseur gehalten, obwohl er nur den Film «Reitet für Deutschland» gemacht hat, der wohl nationalistisch, aber doch nicht faschistisch ist. – Um ein Haar wäre auch ich ungeprüft in den Abfalleimer geworfen worden. Ein bißchen bin ich drin. – Ich ärgere mich heute darüber, daß ich Rabenalt ebenfalls für einen Nazi gehalten habe.

Bittel rief an, ihm sei es *heute* gelungen, den Titel «Echolot» zu kriegen.*

31. 3. 1993

Bittel rief an, Titel ist nun: «DAS ECHOLOT. Ein kollektives Tagebuch – Frühjahr 1943».
Kürzungen werden in der Regel nicht kenntlich gemacht, um den Lesefluß nicht zu stören. Stehen die Ortsbezeichnungen in Klammern, dann ist der Entstehungstag oder -ort der Texte nicht exakt festzustellen.

1. 4. 1993

Am Nachmittag verfranste ich mich in dem neuen Computer. Wenn's dem Esel zu wohl geht ... Im Text arbeiten kann ich nun, aber z. B. so einfache Sachen wie Silbentrennung oder das Einrichten eines neuen Formats sind mir noch nicht geläufig. Auch verstehe ich nicht: obwohl ich einen Farbcomputer habe, ist die Leinwand immer nur s/w, außer dem Apple-Zeichen; an dem Apfel sind sogar grüne Blätter.
Mit dem Echo geht's dem Ende zu, 24. Februar hab ich nun. Bleiben noch 5 Tage.
Wie gut, daß der Fernsehapparat nicht so schwierig zu bedienen ist wie der neue Apple-Computer. – Vielleicht gibt es später einmal TVs, in die man «hineingehen» kann wie etwa in eine Bibliothek. Jetzt sieht es eher so aus, als wäre die Entwicklung bald zu Ende. Alle Programme gleichen sich, auf allen gibt es dasselbe zu sehen. Von einem «Abendprogramm» kann keine Rede sein.

2. 4. 1993

Die Sensibilität, der wir alles verdanken, im täglichen Einerlei ist sie nicht gelitten. – Wer das eine will, muß das andere mögen.
Bittel wünschte ich ein schönes Wochenende: «Wo denken Sie hin, ich muß übers Wochenende ein Buch lektorieren, 150 Seiten ...»
Ich: «Mit dem ‹Echolot› haben Sie ja bisher wenig zu tun gehabt, das muß Sie doch eigentlich freuen.»

* Es gab schon ein Buch unter diesem Titel: Friedrich Kabermann: «Echolot». Tage und Jahre 1975–1985. Gernsbach 1991.

Da hat er rasch abgelenkt.
Er fragt, was die runden Klammern bedeuten, die um die Ortsbezeichnung. Diese Klammern existieren seit anderthalb Jahren, und ich hab es ihm schon sechsmal erklärt. Heute wollte er wissen, wo jeweils das erste Foto hin soll. Auch das hatte ich mit ihm besprochen. Sie werden sagen: Der Kempowski weiß nicht mehr, was er gesagt hat. Doch! Ich weiß es alles ganz genau. Nur, die sich jetzt einstellende Abschlaffung fällt leider nicht zusammen mit der Beendigung der Arbeit.

3. 4. 1993
Alles letzte Tage. Ich schliff und feilte am Schluß und veränderte noch einiges. Langer Mittagsschlaf, dann nochmals am «Echo» gesessen und noch einiges aus dem März und für den März erwogen.

4. 4. 1993
Während des Essens ließ ich mal wieder ein Gesamttextverzeichnis ausdrucken. Daraus geht hervor, daß ich mit dem «Echolot» im Mai 1988 begonnen habe. Somit wären es also doch fünf Jahre reine Schreibtätigkeit. Von der Sammelarbeit gar nicht zu reden, die setzt ja schon lange vor 1980 ein.
Noch Ausputzarbeit am «Echolot». Kleinigkeiten, die noch gefunden werden. Vielleicht morgen noch etwas kürzen.

Mitternacht. Den Tag beendet mit eingezogener, melancholischer Stimmung. Trauer über was? Im Bett bis eben noch in dem Bormann-Buch gelesen.* Es wäre vielleicht gut, als Zwischentexte noch Beschreibungen des Privatlebens von Himmler und Bormann zu geben. Wahr ist es, daß ich noch längst nicht alle erreichbaren Quellen kenne. Immer wieder stoße ich auf etwas, so jetzt auf das Notizbuch von Bormann.
Das Fragmentarische wird vielleicht zur Tugend erklärt, wenn sie sehen, *was* ich da alles angeschleppt habe.

* Jochen von Lang: «Der Sekretär. Martin Bormann». Der Mann, der Hitler beherrschte. Frankfurt a. M./Berlin 1990.

5.4.1993
22.00. Am Nachmittag sah ich mich noch nach Texten um: Über Himmlers Privatleben fehlt mir noch was. Dafür habe ich aber über Bormann, den «Haustyrann», eingegeben. Von Hitler werde ich vielleicht den Text über die Bunker verwenden oder seine Speisekarte.

7.4.1993
Ich beschäftigte mich heute früh mit den Zwischentexten. Der Januar ist soweit in Ordnung. Der Offizierstext fehlte, den haben wir so lange hin und her geschoben, bis er weg war. Nun habe ich ihn aufgefunden und zwischen Januar und Februar gesetzt (wegen seiner Länge). Im Februar muß noch einiges geschehen, schließen werde ich mit dem Interview des schlagflüssigen Bomberpiloten in Provo, das Keele, Renate und ich rekonstruierten, weil das Tonband damals versagt hatte. Ein unfreundlicher Patron übrigens. Görings Karinhall, die Bunker Hitlers und das Inventarverzeichnis Goebbels' sind wertvolle Säulen. Ich freue mich! Nun fehlt mir nur noch etwas über Himmler. Die Sache rundet sich.
Schönste Gefühle. Die Ebene ist erreicht.
Nach Ostern noch die Fotos. Das wird keine große Sache mehr.
Zwei Hitler-Darstellungen gegeneinander abgewogen und mich entschieden für Schenck gegen Picker.* Schenck ist zwar umständlich und sprachlich unerfreulich, aber naturwissenschaftlich geschult, ohne Kommentar. Wogegen letzterer alles doch recht rosig ansieht.
Goebbels' Antiquitätenliste doch nicht so wahnsinnig interessant. Aber immerhin.
Morgen werde ich die Suche nach Zwischentexten beenden. – Bittel rief an: Frau Koblischka möchte gern wissen ... Ich sagte: «Der Marine-Anstandsbrief muß noch gekürzt werden.» – «Und wer soll das machen?» – «Nun, ich dachte, daß Sie als der Lektor mit mir zusammen vielleicht ...»
Seine Fragen beweisen eindeutig, daß er das «Echo» noch nicht einmal

* Ernst Günther Schenck: «Patient Hitler». Eine medizinische Biographie. Düsseldorf 1989; Henry Picker: «Hitlers Tischgespräche im Führerhauptquartier». Stuttgart 1951.

durchgeblättert hat. Daß jede Woche ein Veranstaltungskalender, hat er noch nicht mitgekriegt.

8.4.1993
Heute früh beschäftigte ich mich mit Zwischentexten, kürzte die Offiziersanweisungen. Heute nachmittag muß ich weitermachen. Fuchs gedankt, Keele wegen des Bomberpiloten angeschrieben.

9.4.1993
14.00 Den Vormittag mit Himmlers Kalender hingebracht. Ekelhafte Puzzlearbeit. Aber ergiebig für's Ganze. Schwer zu entziffern. In Dachau hat er sich die Haare schneiden lassen. Es war wohl billig dort. Ob er einen Häftling an sich ranließ?

13.4.1993
Bittel meint, ich hätte die Himmler-Notizen mit affenartiger Geschwindigkeit beigebracht. Er war heute sehr guter Laune, man merkte es sofort. Von der Herstellung nur Gutes.
Frau Koblischka ist auf Seite 800, die Dimensionen belustigen mich. Ich erledigte allerhand noch für den Januar; morgen, wenn ich Zeit dafür finde, Reste vom Februar. Nun ist das Ende deutlich sichtbar.

19.4.1993
Ich hatte einen ruhigen Tag bei abgestelltem Telefon, pusselte an den Februarzwischentexten herum, «rettete» die Kolesnyk*-Memoiren, rief sie auch an und besorgte mir die Zustimmung. Ich habe nichts ähnliches im Archiv: die Memoiren einer «Fremdarbeiterin»?

20.4.1993
Heute früh schrieb ich das Vorwort der «Briefe aus Litzmannstadt»** ab, das sich fotokopiert in dem Kasten für die Zwischentexte fand.

* Kolesnyk, Sonja, geb. 1927. Polnische Zwangsarbeiterin auf einem Bauernhof in Bayern.

** «Briefe aus Litzmannstadt». Die Bergung des Dokuments. Hg. von Janusz Gumkowski u. a. Übers. von Peter Lachmann u. Arnfried Astel. Köln 1967.

Leider hatte ich mir den Verfasser nicht notiert, nähere Angaben waren über den Buchhandel nicht zu bekommen. Das Buch ist natürlich längst vergriffen. Alles Gerede über das ewige Gedenken an die Toten in Auschwitz erweist sich hier als «leer». Niemand kennt die Briefe übrigens, die damals von den letzten Juden unter Lebensgefahr versteckt wurden.
Es müßte eine kanonisierte, stets lieferbare Bibliothek geben, vom Staat subventioniert, in der all die Verbrechen verzeichnet sind. Eine solche Bibliothek gehörte in jedes öffentliche Gebäude, jede Schule usw. Aber *was* sollte man kanonisieren? Wo soll man aufhören? Die Menschen von Sachalin gehören doch auch dazu!
Jetzt müßte die eigentliche Arbeit am «Echolot» erst losgehen.

«Das Echolot» – ein Schlußbericht.
Erster Ansatz war das Sammeln von Quellen zum «Sisyphos», von Göttingen aus, das Vervollständigen unserer «Ahnentafel», das Einholen von Erinnerungen, das Sammeln von Familienfotos und Aufnehmen von Interviews, z. B. Mutter ganz allgemein, aber auch zu «Aus großer Zeit» und «Ein Kapitel für sich». Sie müßten alle mal abgetippt werden, auf PC.
Dann ging es weiter mit den Fotoalben vom Trödler, etwa 1971/72. Ein anderes Gebiet wurde erschlossen, das «fremde», nicht zum «Sisyphos» gehörige. Vorläufer waren «Haben Sie Hitler gesehen?», «Schule. Immer so durchgemogelt» und «Haben Sie davon gewußt?»
Erst 1980 kann von Grundsteinlegung des Archivs gesprochen werden, und ziemlich sofort setzen Publikationsversuche ein: im «Monat»*, dann die drei Biographien und Sophia (später)**. Das wäre auch ein Weg gewesen. Wenn man bedenkt, daß Enzensberger in seiner «Bibliothek» gerade eben den 100. Band herausgebracht hat!
Die dritte Qualität war dann 1988 die Anschaffung des PC, in den ziemlich sofort die Fremdtexte eingegeben wurden. Dies ist die Geburtsstunde des «Echolot».

* «Deutsche Schule». Walter Kempowski öffnet sein Archiv. In: Der Monat 2/1980; «Deutsche Familienfeste». Walter Kempowski öffnet sein Archiv (Teil II). In: Der Monat 1/1981.

** «Im Träumen war ich immer wach». Das Leben des Dienstmädchens Sophia von ihr selbst erzählt. Hg. von Gunilla-Friederike Budde. Bonn 1989.

Die «vierte Qualität» hat sich leider nicht verwirklichen lassen, die «Sprechspur», eine Parallele zum Text durch meine eigenen Tagebücher. Wahrscheinlich wäre die Lösung am besten gewesen, die «Deutsche Chronik» von einem Computer sätzeweise (von Punkt zu Punkt) zu zerschlagen und zu vermischen und die dann nebenher laufen zu lassen.* Aber: Warum einfach, wenn es auch schwierig geht?
Eine wichtige qualitative Verbesserung war die Dreingabe der Zwischentexte, keine Ahnung, wie ich darauf kam. Wahrscheinlich vom sonst nicht verwendeten Material provoziert.
Daß ich mich auf wenige Fotos beschränkte, ist ein Vorzug gewesen; daß ich mich noch immer nicht entschließen konnte, ob Zeitsprung oder nicht, ist kurios.

Den Tag über beschäftigte ich mich zuerst mit dem Vorwort zu den «Briefen aus Litzmannstadt». Mich wundert, daß so viele KZ-Dokumente absolut unbekannt sind. Im Buch steht, mehrere Zyklonbüchsen mit Tagebüchern wurden vergraben, dann ist nur noch von einem Kochgeschirr die Rede mit Texten einiger weniger Juden. Vorher wurden aber Texte «im ganzen Lager gesammelt und hinausgeschafft». Kein Wort davon, wo sie geblieben sind, ob aufgetaucht oder nicht.
Daß Räuberbanden das verlassene KZ nach Judenschätzen durchwühlt haben. Warum nicht das lange Interview veröffentlichen, das der Finder gegeben?
Ich hätte nach Auschwitz fahren sollen. Andererseits, Haulot + Mannheimer + Czech + Himmler, das müßte eigentlich reichen. Dazu dann die lakonischen Weißensee-Eintragungen.
Was übrigens fehlt: U-Boot-Berichte. Aber man hat mich da ja ziemlich abgewimmelt, wo war es noch? Über den Pförtner bin ich nicht hinausgekommen.

* Neuerdings mit einem neuen Projekt «Allzeit» wieder aufgegriffen; es handelt sich um die computergestützte Neuanordnung von Sätzen aus den Romanen der «Deutschen Chronik» nach dem Zufallsprinzip.

21.4.1993
Heute Zwischentexte abschließen, morgen mit Fotos anfangen.
Am Abend hab ich mich nochmals mit «Sprechspur» befaßt. Mir kam die Idee, die Konkordanz zur «Deutschen Chronik» abzuschreiben. Bisher ist sie noch nie «gelesen» worden. Aus den jeweiligen Zeilen, aufeinanderfolgend, sind leicht Sätze oder besser, Aussagen, zu formulieren. Da die Konkordanz den Büchern folgt, gibt das den Abschriften eine deutliche Struktur einer historischen Abfolge. Was entsteht, ist ein Konzentrat der «Chronik», also gerade das, was ich haben wollte. Gefängniszeit mischt sich mit Kaiserzeit, Krieg und Nachkrieg.
Ich las Hildegard ein Stück vor, und sie sagte: «Das hört sich an wie ein Gedicht.»
Ich werde diesen Text morgen probeweise neben einige Seiten des «Echolot» stellen. Linke Spalte dann den Zeitungsfotos von heute vorbehalten.
Es wird nicht klappen.
Am Nachmittag übertrug ich unter ständiger Verwirrung die ersten drei Tage ins ASCII-Format. Anstrengend! Angst, daß ich was vergesse.
Warum schreib ich das alles auf? Weil es keinen Menschen interessiert.

22.4.1993
Allerhand Konfusitäten. Bis zum 17.2.1943 habe ich die Umformung auf ASCII für den Setzer nun fertig, aber irgendwie sind irgendwelche Texte verschwunden. Das wird morgen zu untersuchen sein. Ein Wunder, daß es bisher geklappt hat. Notfalls muß ich die fehlenden Texte schriftlich mitgeben, die müssen dort eben neu gesetzt werden. Kann's auch nicht ändern. Mir dröhnt der Kopf, habe gestern wohl zu lange vor dem Schirm gesessen. Spaziergang bringt keine Erholung, weil überall auf den Äckern brummende Maschinen.

23.4.1993
Trotz Kopfwehs bis zum 22. Februar vorgedrungen. Ich will es jetzt endlich hinter mich bringen. Danach mag «was will und kann geschehen».
Lust, die «Sprechspur» einzugeben, nur für mich. Ich glaube, das wäre etwas Wunderbares.

Mit der Post kamen die ersten 20 Seiten vom «Echo», wunderschön gesetzt. Aber es müßten vielleicht doch mehr Fotos sein? Alle 30/40 Seiten eine Fotoseite. Trotz des enormen Umfangs ist hier etwas Kleinzelliges, Miniaturhaftes entstanden, es ist ein Weltall voll belebter Sterne auf schwarzem Hintergrund.

24.4.1993

Spätnachmittags schob ich die letzten Tage auf Disketten. Nun fehlt nur noch der «Kriegie»*, den müßte ich noch eintippen, was ich aber lasse, das kann ja auch der Setzer machen.
Dann muß ich für das ganze «Echo» die Bildseiten auswählen. Vorauswahl ist schon vorhanden. Und ich muß im Februarmanuskript noch die richtigen Zwischentexte einschieben, damit der Setzer weiß, wo er ist. Nächste Woche ist alles vorüber.

26.4.1993

Ich sprach kurz mit Simone, fragte sie, ob wir nicht die Geräte tauschen wollen, denn mein Apple ist ja viel zu kompliziert. Offenbar haben diese Leute, wie bei IBM, «den Endverbraucher aus dem Gesicht verloren»? Sie will mir das einfachere Programm besorgen. Sie hat 1500 Mark für das Gerät und 700 Mark für den Drucker bezahlt, also 2500 Mark mit allem Drum und Dran. Mir haben sie 6000 Mark abgeknöpft, allerdings mit dem Programm, das 1500 Mark kostete, und gutem Drucker. Schrecklich.
Ich sei immer so hastig, sagt Hildegard. Trost, daß ich von dem Geld noch Steuer abziehen kann. Mit dem Apparat kann ich eine Großfabrik betreiben. Am störendsten, ja geradezu idiotisch ist es, daß auf dem Bildschirm ständig die Symbole zur Bedienung sichtbar sind, einschließlich des Müllkübels rechts unten in der Ecke. Wenn ich an meinem schönen Roman schreibe, habe ich dauernd die Symbole auf dem Schirm. Ekelhaft.
Frau Koblischka klagte, während ihres Urlaubs habe der Verlag im Layout eigenmächtig etwas geändert. Nun, ich sprang ihr zur Seite. Wir gingen verschiedenes durch. Sie erzählte, daß der Setzer in fünf Arbeits-

* Slangausdruck der amerikanischen Soldaten für «Kriegsgefangener».

tagen etwa 300 Seiten schafft. Demgemäß müßte er also mit allem in 60 Arbeitstagen durch sein. Sie meint, ganz bestimmt bis zur Messe alles fertig zu haben.
Titulatur.
Ich muß jetzt nur noch die Bildseiten festlegen. Und Himmler eingeben. Dann heißt es auf die Korrekturen warten.
Ich bin froh, daß ich das «Echo» nun hinter mir habe. Es ist mir ganz unbegreiflich, daß ich das durchgehalten habe. Ohne die «Buben» wär's nicht gegangen.

27.4.1993
Dede hat mir einen freundlichen Brief geschrieben. Offenbar haben sich die Vertreter positiv über das «Echo» ausgesprochen. Sie sähen durchaus Chancen.
Gegen Abend rief Bittel an. Ich hatte ja schon Dedes Brief gelesen, in dem er so freundlich war, dem «Echolot» gute Chancen einzuräumen. Und nun Bittel ähnlich. «Zum großen Erstaunen» seien die Vertreter alle guten Mutes gewesen. Zuerst sei das ganze Haus dagegen gewesen, und nun eine gewisse Begeisterung.
Schon nächste Woche kommt der erste Korrekturschwung. Es sind dafür extra zwei Korrektoren eingestellt worden. Es soll auch einen Prospekt geben, und der WDR will eine 3-Stunden-Sendung darüber machen, die Absicht sei ganz ernst geäußert worden. Man muß durchhalten, wenn man's kann.

29.4.1993
Frau Schellenberg teilte mit, daß die Disketten angekommen sind! Das wär's dann wohl. Nun fehlen noch die Fotos, ich denke, das wird nicht allzu lange dauern. Nächste Woche sollen die ersten 500 Seiten kommen. Ich hätte den Schwung eigentlich lieber erst bekommen, wenn ich mit den Bildseiten fertig bin.
Im allgemeinen scheint es, daß die Fotos von '43 einsilbiger ausfallen, der Zeitsprung geschwätziger. Ich will die 43er Seiten allmählich ausdünnen auf die Fotos der Autoren, d. h., ich schmuggle sie allmählich ein. Da ich die andern Fotos nach Möglichkeit betexte, so ein Text vorhanden ist, wird das gar nicht auffallen. Der Leser wird's erst mitkrie-

gen, wenn er Sympathie gefaßt hat. Vielleicht sogar ganzseitig: Soldat mit Kind.
Interessante Aufgaben.
Auch Dede schrieb sehr freundlich und schickte klingendes Telegramm: Hoch soll er leben! Meine Beschwerde bei Wössner hat er offenbar verdaut. Das habe ihn damals kalt erwischt, sagt Bittel.
Weiter voran, nicht verzagen!

1.5.1993
Eben packte ich den Februar ein. Weg damit! Nun muß ich noch Himmler eingeben und die Bildseiten. Letztere werde ich stark reduzieren. Ein bis höchstens drei Fotos auf eine Seite.

23.00 Schluß. Las etwas über Napoleon. Die Fummeleien mit dem Zeitsprung haben gezeigt, daß es so nicht geht. Ich kann nur «aus der Zeit» dokumentieren. Allenfalls kurz mal in die unmittelbare Vorkriegszeit. Aber auch das wird nicht gehen.

2.5.1993
Zeitsprung ist gestorben. Nicht zuletzt wegen der unfreiwilligen Komik der Fotos.

6.5.1993, München
Dede happy, auch Bittel («vom Eise befreit»), desgleichen Wössner («in Treue fest»). Offenbar wird mein Durchhaltevermögen bewundert/anerkannt. So was imponiert. Die CD könnte ich auch nachträglich produzieren (vielleicht mit KF?). Im Bundesarchiv in Koblenz gibt es Filmmusiken.
Preis der Kassette immerhin 298 Mark, wodurch sich die Chance erhöht, doch noch etwas daran zu verdienen.

«So etwas hat es noch nie gegeben!», auf diesen Satz kaprizieren sich Lektorat und Vertretertruppe.
Die Demonstrationskassette heute früh überzeugte nicht. Die Bände sind zu groß und zu schwer. Auch das knallige Rot ist nicht gut, wird sowieso geändert, heißt es. Ein aus der Luft gegriffenes Diffusbild soll

der ganzen Sache dienen, von meinem Aachenvorschlag keine Rede, Genovés*, unter ihm habe ich die Sache von Anfang an gesehen. Werde nun vorschlagen, die «Echo»-Gesamtskizze zu verwenden. Das realisierte «Echo '43», blau eingekastelt. Mit dieser Skizze werde ich mich Sonntag beschäftigen.
Echolot: Im Physikbuch nachsehen
Natürlich ist die Zeitsprunglösung für die Fotos die beste. Ich habe keine Gesamtvorstellung, da «Echo» zu lang.
Sie ahnen nichts. Bei ein bißchen Unterstützung hätte ich das Wunder vollbracht.
«Allzeit» wird nicht vergessen. *Das* ist die «Sprechspur», von der ich immer geträumt habe. Eventuell könnte ich sie als Zeitsprungkonstruktion im nächsten «Echolot» verwirklichen. Das würde heißen, daß ich auf jeden Fall den Zeitsprung verwirkliche.
Ganzseitige Fotos, bis an den Rand, gehen technisch nicht. Die Erkennungsfotos haben sich erledigt. Wer will wissen, wie H. K. aussieht? Und außerdem: das würde die Anonymisierung lüften/überflüssig machen. Ich stehe jetzt auf dem Sprungbrett, wie Lilienthal auf dem Denkmal in Steglitz sehe ich aus; es ist keine große Sache mehr: zu Tal zu schweben. Ich fürchte, sie sind von dem «Echo» so beeindruckt wie von einem Marathonlauf oder wenn einer 2,42 hoch springt, sehen das also eher als sportliche Durchhalteleistung.

9.5.1993
Ich konnte es nicht lassen, ging noch an den neuen Computer und beschäftigte mich mit «Allzeit». Später dann noch etwas Korrekturen gemacht – ich glaube, der Rat von Heinold bringt die Lösung: Zeitsprung ja, aber nur ab 1933. Ältere Fotos wirken unangemessen, grotesk.

10.5.1993
12.00 stärkste Kopfschmerzen. Mit Schneider telefoniert wegen der drei Brüderbilder, allerhand Erschütterndes erfahren. Horn geneh-

* Als Titelvignette wurde schließlich ein Ausschnitt aus dem Gemälde «Postimagenes» von Juan Genovés verwendet.

migt. Laub: Petersburg. Auch Ditzen hat genehmigt. Er wollte ganz genau wissen, in welcher Umgebung sein Vater aufgeführt wird, in welcher Nachbarschaft. Es ist die allerbeste, also Max Beckmann, Wilhelm Lehmann, Gerhart Hauptmann und so weiter. Er hat auch verschiedenes ergänzt und richtiggestellt, was dem «Echo» sehr gut bekommt.
Ich habe den ganzen Tag schon Kopfschmerzen, bin vom «Echo» ganz erschöpft. Diese Druckfahnenstöße erschlagen mich. Auch die Foto-Frage ist noch immer nicht geklärt. Wahrscheinlich die strenge Schneider-Sache.
Bittel schickte eine Vorankündigung. Preis nun 348 Mark, recht happig. Da wird nicht viel zu gewinnen sein. Aber Zettels Traum hat auch über 300 Mark gekostet. Ich werde in den nächsten Tagen etwas ruhen müssen – so geht es jedenfalls nicht weiter.

23.00 im Bett. Kopfschmerz hat nachgelassen. Hab mir den Enescu ganz leise gestellt. Das Autorauschen der Autobahn anstelle von Waldesrauschen, nun fliegt ein einsames Flugzeug quer über die Nacht. Morgen muß ich die Fotofrage lösen. Mich ekelt das «Echo» an, habe es satt. Zwischendurch tue ich dann doch noch einen neugierigen Blick ins Manuskript, eine gewisse Altneugier, und es hält immer. Bittel schwimmt auf hoher Woge. In dem Maße, wie ich mich vereinzelte, wurde meine Gegenwelt mannigfaltiger. Es ist nun schon so, daß ich die Projekte nicht mehr umfassen kann.

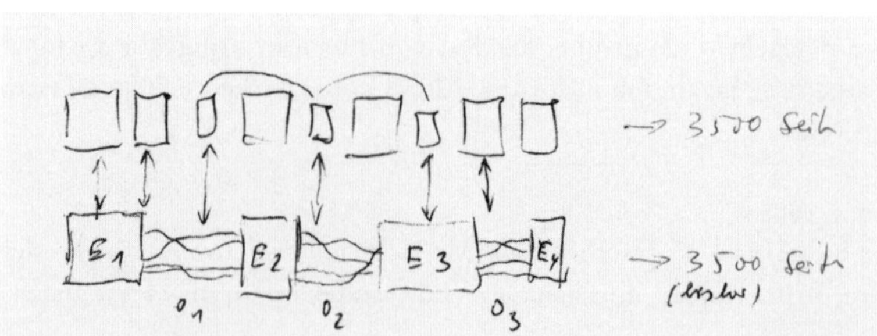

«Echolot» und «Deutsche Chronik» müssen immer nebeneinander gesehen werden. «Kempowskis Ästhetik», wie der NDR-Mann sagte. Merkwürdig, daß sie fast denselben Umfang haben. Ich möchte so gerne, daß das mal einer nachvollzieht. Es ist traurig, daß noch niemand sich dafür interessiert hat.

11.5.1993

Ich sah mir gestern die allerersten, frühen «Echolot»-Entwürfe an. Das wäre ein ganz anderes Buch geworden. Aber es fehlte jegliche Ermutigung. Heute weiß ich: wahrscheinlich hätte ich ohne die Widerstände nicht durchgehalten.

Gestern wurde mir die Vorankündigung durchgefaxt, wohltuende Worte, aber vielleicht doch etwas hochgegriffen, so was geht leicht daneben. So was gehörte in einen Nachruf. Ich bin ja noch nicht tot.
Eine Frau aus Sankelmark meinte, ich hätte das Material wohl bloß sortiert? – Sie werden die Hände auf den Rücken nehmen und zum Wolkenkratzer hinaufgucken – dann werden sie weitergehen. Vielleicht kann ich E45 so machen, wie ich es will.
Es tröstet mich, daß Walter Benjamin seine Fotoidee auch nicht hat durchsetzen können. Aber – das waren andere Zeiten, damals gab es noch nicht die Bilderschwemme (um wieviel wirkungsvoller wäre das «Passagen»-Buch gewesen!), und auch in Drucktechnik noch schwerfällig. Aber was hat mir die Technik genützt? Es hieß immer wieder: Das geht nicht.
Sie sind immer in der Überzahl. Wenn der Lektor schon sagt: «Ortslinien»? Um Gottes willen! – Dann die Koblischka: Das geht nicht. Und schließlich Dede: Erst ja, dann: wer soll's bezahlen? Von den Buchhändlern gar nicht zu reden.

Graphiken entworfen über den Zusammenhang Chronik – Echo, vielleicht für den Prospekt zu verwenden, oder Einband (Schuber!).

13.5.1993

Hildegard meint, ich hätte die Gigantomanie. Da ist was dran. Aber, selbst wenn es so wäre, so ist es doch keine gemeingefährliche Sache, die ich vertrete. Und dann muß ich sagen, daß mir die Bodenhaftung nie abhanden gekommen ist. Als ich anfing, habe ich aus Angst immer alles in Mikroorganismen dargestellt, die dann zu Großformen zusammengesetzt wurden. Dann vergrößerte ich die Monaden und setzte daraus die «Chronik» zusammen. Daß mir nicht so ganz wohl bei der Sache war, ist zu sehen an den Befragungsbänden, sie verhinderten es, daß «Sisyphos» zur Nabelschau wurde. Von daher gesehen ist das «Echolot» ja eine ganz logische Entwicklung, ich taste mit den Füßen auf den Grund. «Chronik» und «Echo» sind angedockt, die Versorgungsleitungen funktionieren. Erst jetzt, nachdem «alles» fertig ist, habe ich die Idee, in der «Allzeit» eine absurde Eindickung zu brauen. Logisch wäre es, die jeweils ungraden Nummern dieses Gebildes aus einer Eindickung der «Chronik» vorzunehmen. Damit wäre dann die Harmonie hergestellt. Ich werde von Timmer nach der Wahrscheinlichkeitsrechnung Seiten festlegen lassen aus dem «Echo», aus denen ich dann mit dem Würfel Zeilen auswähle. Nicht Wahrscheinlichkeit, sondern dieses Kontrollprinzip, das an Werkstoren praktiziert wird. Vielleicht ist das alles auch nur der Schulmeister, der seinen Tafeltext überwischt.

14. 5. 1993

Den Abend suchte ich noch Fotos heraus für das «Echo». Nun scheint es zu funktionieren, ich mache den gemäßigten Zeitsprung. Dabei bleibt es nun wohl.
Frau Koblischka rief heute an, sie hat entdeckt, daß der Text von Kranich zweimal vorkommt im «Echo»! Ich hab's mehrfach durchgearbeitet, Hildegard und die beiden «Buben», auch der Setzer, und keinem ist es aufgefallen! Sie hat es gemerkt, weil Kranich einen französischen Text bringt, den er übersetzt, einen Spottvers. Frau Koblischka hat es offenbar nicht gern, wenn Witze zweimal erzählt werden.
Den Satz besorgt Herr Schröter selbst, er ist Tag und Nacht dabei, seine Frau hilft ihm. Natürlich hat er sich zahlreiche technische Hilfen ausgedacht. Der Januar ist fertig. Ich hab den Rest aber noch nicht.

15. 5. 1993

Koblischka: «Wenn man sich auf das Werk einläßt, ist man gefangen.»

16. 5. 1993
Der Nachbar, der unsern vierten Malheur-Ahorn zu heilen versuchte, war zehn Jahre in russischer Gefangenschaft. Er habe 4000 Mark dafür gekriegt, sagt er. Erich, nebenan, kam seiner Mutter bei der Flucht abhanden, sie haben sich erst Jahre später wiedergefunden. Einer wohnt hier in Nartum, von dem wird erzählt, daß er Juden erschossen hat, im Nachbarort wurde ein Jude auf dem Dachboden versteckt, und meine acht Jahre – und da sollte es keinen Anlaß geben, das «Echolot» zu schreiben?

1.00 Uhr. Nach intensiven und glücklich verlaufenen Fotoseiten-Versuchen ein Gurkenbrot gegessen.
Das Heraussuchen der Fotos hat mich *sehr* angestrengt. Heute mittag schlief ich zwei volle Stunden fest. Und auch jetzt noch bin ich ganz erschöpft. Aber ich packe es.

17. 5. 1993
Der Nachbarkollege meinte, er werde das «Echolot» «eben mal durchblättern».
Vielleicht geht's uns wie den Leuten mit dem Shell-Atlas. Da hat auch niemand gedacht, daß den jemand kaufen wird, weil er so groß und unhandlich ist.
Das Bildersortieren nimmt meine ganze Kraft in Anspruch. Ich bin völlig erledigt und bin doch erst mit den ersten drei Wochen fertig.

19. 5. 1993
Mitternacht. Einen ziemlich ekelhaften Tag hab ich hinter mich gebracht. Morgens nach erbetener Ruhe habe ich noch ein wenig Bilder geklebt. Dann gewartet auf die Verlagsleute bis ½ 1 Uhr. Ein paar Käsebrote und allgemeines Gerede, dann nach drüben gegangen und dort Einzelfragen geklärt, wobei Simone gute Dienste leistete, Fragen also kompetent. Dann wurden die Farben für den Einband begutachtet, und ich entschied mich für ein Bordeauxrot. So sah ich das Echolot immer. Dann zeigte ich meine fabelhafte Gesamtformel und erklärte sie nochmals, was auf absolute Ablehnung stieß. Ein abstoßender Widerwille gegen die Graphik war zu bemerken, der mich sehr aufbrachte, er quoll

in mir wieder auf, der alte Groll. Daß Bittel weder die vier Manuskripte des «Obergaden», die im Verlag liegen, angesehen hat, noch die «Deutsche Chronik» gelesen. Was soll man dazu sagen?
Ich möchte das nicht alles wiederholen, aber es wurde mir wieder einmal bewußt, wie allein ich bin. Leider tutete diesmal auch Simone in das Horn der Verlagsleute, ich ließ mir nicht anmerken, wie sehr mich das traf. Ich stand am Rand.
Ich werde mich absolut zurückziehen von allen und nur noch meiner Arbeit leben und sie so einrichten, daß ich alles allein machen kann. Einen Schritt vor den andern setzen. Erst mal das «Echo» weg, was per 1. Juni möglich sein sollte, dann den Dorfroman und «Alkor». Nebenher, wie ich es mit «Sirius» und dem «Echolot» machte, den «Zopf» (Bittel: «Um Gottes willen!») vorbereiten. Und keinerlei Außendienste mehr bis auf einzelne Lesungen.
Habe mich noch nie so verlassen gefühlt. Und was mich ärgert – die gesunde Wut in mir kommt gleich wieder hoch, daß der Verlag niemals einen Vergleich zwischen dem, was ich bisher zustande gebracht habe, und meinen Plänen zieht, infolgedessen die Wahrscheinlichkeit einer Vollendung einräumt. Daß ich das «Echo» zustande bringe, daran hat doch keiner geglaubt. Niemand hat es mir zugetraut, selbst jetzt nicht, wo es fertig ist. Ihr Erstaunen, als sie heute die Fotos sahen, war beleidigend. Sie behandeln mich vor jedem Buch wie einen Debütanten. Wie Knaus immer sagte: Meinen Sie, daß das gut ist?

20. 5. 1993
Den ganzen Tag über habe ich mich mit Fotos beschäftigt, die Fotos «aus der Zeit» habe ich nun beisammen. Den Zeitsprung werde ich harmonikaartig raffen und mit den 50ern aufhören: 1953.
1933 – 1943 – 1953. Dann will ich noch je eine Seite anhängen mit: die Väter, die Mütter «und wir» (eventuell ein Staubild von der Autobahn). So rüttelt sich die Form zurecht, und die Studienräte werden alles finden, wenn sie denn überhaupt suchen.
Wichtig ist es, daß ich jeden direkten Zeitbezug vermieden habe. Dadurch fällt das Lehrerhafte fort, es ist verschlagen lehrerhaft. Die Botschaft ist nicht «verzweckt».

Mitternacht. Morgen werde ich vielleicht mit dem Zeitsprung fertig. Das wär's dann gewesen. Ich hab Hildegard gebeten, nächste Woche nach München zu fliegen und die Fotos hinzubringen.
In der Nacht las ich noch ein wenig im «Echo» (30. Januar). Das ist eine erstaunlich reichhaltige Sammlung, etwas ungeschlacht, man hätte es eleganter machen können, aber das zu tun widerstrebte mir. Die Schicksale der Menschen sind nicht elegant.
Die Göring-Rede zum 30. Januar. – Du lieber Gott!
Die Themen der einzelnen Tage wechseln unmerklich, das dreht sich wie die Weltkugel.

21. 5. 1993
Nun lege ich schweren Herzens die 1943er Fotos fort, einmal muß Schluß sein.
Ich entscheide über Tod und ewiges Leben.

23.00. Im Bett. Am Abend kam ich dann doch noch etwas weiter mit den Fotos, aber das Prinzip erschöpft sich. Entweder hebt sich beim Ansehen der Fotos der Zeigefinger: «Siehst du! Hättest du damals die Zeichen richtig gedeutet», oder: «Erinnerst du dich, wie schön es damals war? 1936, am Strand?» Oder umgekehrt: «Hättest du geahnt, 1938, als du mit der ‹Gustloff› nach Norwegen ...?» Auch die Schattierungen der Texte sind einander ähnlich: das Grauenhafte, das Idyllische, Verblasene, Naive. Aber in der Collage entfalten sie eben doch, kombiniert mit den Möglichkeiten meiner Fotozugaben, ein geheimnisvolles Leben, eine Farbigkeit, die uns mit einnimmt, angreift. Das Gesamtbild überträgt sich. Durch die Vielfältigkeit ergibt sich im Leser eine Aussage, er produziert sie, sie heißt möglicherweise: Mitleid.

Mitternacht. Schon seit Stunden regnet es. Ich lese noch ein bißchen im «Echolot». Die Fülle ist grandios.
Schade, daß es nicht gelang, von Adenauer, Präsident Bush, Kennedy Briefe zu bekommen, auch Brandt war nicht zu knacken. Auch fehlen U-Boot-Leute. Vielleicht wäre von General Paulus noch etwas zu beschaffen gewesen. Aber was macht es?
Adenauer ärgert mich, weil ich mich sehr bemüht habe und an der

Indolenz des Archivs gescheitert bin. Daß allerhand fehlt, ist eine gute Sache für Rezensenten, sie können sich dadurch profilieren.

22. 5. 1993
Hildegard sortiert die «Echo»-Fotos nach Adressen, damit wir die Leute anschreiben können, wegen der Genehmigung. Die meisten Fotos bekam ich schon 1980.
Es fehlen natürlich Bilder von KZ-Häftlingen, ich habe einzelne Judenbilder aus Polen, das ist aber auch alles. So was wurde damals nicht fotografiert. Das wird in Archiven gebunkert.
Ich drang heute mit den Fotoseiten bis 1940 vor, fand zunächst nur wenig Fotos, eben aber, auf den letzten Drücker, doch eine ganze Menge (Fischer). So kann ich morgen aus dem vollen schöpfen.
Obligate Telefonate mit der Koblischka, die wissen wollte u. a., wann der Bruder der Kardorff gefallen sei: sie kannte die K. noch aus München, was ich irgendwie bemerkenswert fand. Dann habe ich auch Bittel angerufen und mich mit ihm versöhnt.
Die grotesken Manuskriptmassen. Das ist schon wundervoll. Den ganzen Januar habe ich nun zum x-ten Male durch. Frau Koblischka freute sich über den Fahrplan von Berlin. «Darüber habe ich mich sehr gefreut.»
Sie und Frau Schellenberg scheinen dem armen Bittel auch sehr zugesetzt zu haben.

23. 5. 1993
Als ich gestern die ersten Takte des «Tadellöser»-Films sah, mußte ich plötzlich daran denken, daß die Dreharbeiten jetzt 20 Jahre zurückliegen. Damals unterrichtete ich an der Quabben-Schule. Und am Morgen nach der Sendung hörte ich die Kinder auf dem Schulhof «Rotzlöffel!» schreien. Einer fragte mich, ob die Männer damals tatsächlich so oft den Hut gezogen haben.
Vormittags das übliche Suchen. Wie durch Zauberhand sind wichtige Fotos unauffindbar: Einmarsch der Deutschen in die Ukraine (Begrüßungstore), Massengrabfotos, ich habe alles durchgesehen, es ist nichts zu machen. Widerlich. Mit pumpendem Gehirn auf dem Bett liegend, versuche ich mich zu fassen.

Anordnung der Bildthemen für den Zeitsprung:
1941 Rußland: Hitzebilder
1942 Juden/Luftangriffe Rostock/Lübeck
1943 Kempowski-Ähnliches
1944 zerstörte Städte
1945 Treckfotos und Rußlandheimkehrer?
1946 Rußland-Heimkehrer

Wie's scheint, bin ich mit dem «Echo» nun fertig. Das heißt, *es* ist fertig. Die Bebilderung «steht». Als hauchfeine Verbindung zur Chronik habe ich am 24. Februar (hinten!) ein Foto von mir von 1943 kommentarlos eingesetzt, also genau an dem Tag, an dem der Zeitsprung das «Echolot»-Jahr 1943 erreicht hat. Ob sie's rauskriegen? Ich hätte auch das große Familienfoto nehmen können, aber das steht im Querformat, da wäre kaum etwas zu erkennen.
Ich wollte anfänglich ein Foto von Hanne Rüther* nehmen, als kleines Memorial, dann von Hanne und den beiden Saß-Mädchen. Ich sah das Foto an und dachte: Ich stehe daneben, im Dunkel, wie ein Geist – schade, daß ich nicht wirklich danebenstehe. Dann dachte ich, vielleicht werden sie sich das verbitten, hier abgebildet zu werden? Dann erst dachte ich an das Foto von mir. Ich bin dann zu Hildegard gegangen, was sie dazu sagt. Sie stimmte zu, daß es ohne Untertext, ohne Hinweis darauf, daß ich das bin, geht. Sogar «lustig» sei.
Je länger ich darüber nachdenke, desto besser gefällt mir die Sache.

Für «Rußland» hab ich mir ausgedacht: öde, staubige Landstraßen, ohne Menschen, ins Nichts führen sie.
Ich glaube, das ist alles gut geworden. Ich habe mit den Fotos die noch fehlende Dimension dem «Echo» beigegeben, die «Einnordung», um im Nautischen zu bleiben. Fahr hin! mein Freund. Auf dein Schicksal bin ich gespannt. «Fleißarbeit», werden sie sagen. Fleiß war nötig, aber auch Interesse, Glück und eine ziemliche Geschicklichkeit in der Gegenüberstellung der Fakten. Ich würde gern noch eine CD fabrizieren, die

* Jugendfreund.

die einzelnen Tage mit zweckdienlichen Musikausschnitten begleiten könnte. Aber das wäre dann Schulfunk.

Ein Glücksschauer, daß ich es geschafft habe. Klug wäre es, jetzt sofort heimlich, still und leise mit E45 zu beginnen, ehe sie aufmerken. Zu E44 hab ich keine Lust. – Zunächst einmal gehe ich an den Dorfroman. Morgen mal bei Dos Passos nachsehen, ob ich die Film-/Foto-Einblendungen *so* nehmen oder machen kann. Ohne daß ich ihn studiert hätte, hab ich doch allerhand von ihm gelernt.
Zwischentexte + Fotoseiten = ohne sie ginge es nicht.
«Sprechspur» wäre schön gewesen: erst jetzt weiß ich, wie sie aussehen müßte.

24. 5. 1993
Interviewer heute, nachdem ich ihm das ganze «Echolot» erklärt hatte: «Und wann schreiben Sie mal wieder was Eigenes?»
Das wird dann wohl der Tenor der Kritik sein, den wir zu erwarten haben.
Auch mit Bittel ein Punkt-/Komma-Gespräch. Da kam mir die Idee, dem letzten Tag, dem März, zwei Schlagzeilen als Motto mitzugeben.

Warum hast du mir so weh getan?
Und was fang' ich ohne dich an?*

Das kann sich auf die Ratlosigkeit der Menschen beziehen, aber auch auf meine nun beendete Arbeit. Vielleicht kommen die Leute ja auch auf die Idee, ich hätte Hitler gemeint.

25. 5. 1993
Bild herausgesucht von mir fürs «Echo», 1943. Es gibt ein «unvorteilhaftes», das tatsächlich von 1943 stammt, und ein lustiges von 1944. Hab mich nun doch entschlossen, der Wahrheit zu dienen. Ich schreibe darunter: mit Vaters Schlips im dänischen Anzug.
Ich las dann, im Garten, ohne mich zu bewegen, damit die hier brütende Amsel nicht erschrickt, den 3. Februar, erstmalig, mit den foto-

* Zeile aus dem Schlager «Bei dir war es immer so schön».

kopierten Bildseiten konfrontiert. Der Eindruck ist stark, die regennasse Straße mit Reichskanzlei in Berlin am Stalingradtag. Die zweite Bildseite würde ein paar Seiten später besser passen, SS, eine Fahne aufziehend. Vorm Zwischentext über die Wolfsschanze wär's besser. Vielleicht läßt sich das ja noch machen. Nach meinem praktischen Verstand müßte es gehen. Hier rächt es sich, daß ich die Fotos so spät erst festlegte. Aber es ging nicht anders.
Auch machte ich mal wieder einen Versuch mit der «Sprechspur». Stellte sie neben den «Echo»-Text. Ist aber doch unbefriedigend. Es ginge – wenn die «Sprechspur» immer wieder abrisse. Dadurch die Möglichkeit, die Lesespur nach rechts und wieder nach links zu leiten.

25. 5. 1993

Das war wieder ein grauenhafter Tag. Schwanke immer zwischen Gefühlen der Befriedigung und größten Zweifeln. Das Monstrum ist zu unförmig, man kann es nicht als Ganzes fassen.
Ich habe draußen zwei Tage gelesen und war zunächst hingerissen von der Fülle und der Farbigkeit sowie der Dramatik, dieser langsam sich drehende Geschehensglobus. Die (schlecht) kopierten Bilder befriedigten mich nicht ganz. Ich hatte sie erstmalig zwischen den Seiten liegen, um unversehens drauf zu stoßen. Die «Vorne»-Bilder sind nicht das Problem. Schwierig wird's mit «hinten». Da wird manche Bildseite noch etwas verschoben werden müssen. Hoffentlich geht das noch. – Ich sah im Fernsehen einen Bericht über Channel 4, die Sensibilität dieser Leute – was ist dagegen mein Monstrum? Immerhin: ich habe das Belehrende völlig vermieden. Das Didaktische wird erst sichtbar, wenn man *alles* gelesen hat, es ist in der Summe enthalten. Es wird noch etwas zu machen sein durch Vereinzelung der Bilder, also noch karger werden. Und durch Verschieben.
Der andere Weg wäre gewesen, ich hätte in die Texte Fotos eingeklinkt, und zwar so, wie ich es in meinem Tagebuch mache, also Fotos, die nicht direkt mit Januar/Februar 1943 zu tun haben. Eher mit heute. Ein Zeitsprung gegen den Strich. Ob das Gegenläufige sehr intelligent ist, das ist eben auch noch sehr die Frage. Ich hätte die Jahre auch mixen können, einfach sagen: Zeitsprung. Aber: die Einführung der Nabelschnur am 24. Februar durch das Foto von mir – das ist auch nötig. An dieser

Stelle wird die «Chronik» mit dem «Echo» verbunden. Ob der Leser «angeknipst» wird, ist nicht so wichtig, er steht unter Strom jedenfalls. Die Versuche mit der «Sprechspur» zeigten heute, daß auch das funktioniert hätte, aber es wäre ein unmenschliches Werk geworden. Man hätte Kempowski kennengelernt dadurch, nicht den Geist der Zeit. Oder?
Es muß auch die Zeitökonomie gesehen werden, meine beginnende Erlahmung. «Sprechspur» erfand ich auch erst im letzten Vierteljahr. Es stand mir vorher nicht zur Verfügung. D. h., der Weg, den ich eingeschlagen hatte, war falsch. Die «Chronik» in durchgekautem Zustand – das ist es. Da läuft einer neben dem Radfahrer her und ruft ihm was zu.

Man kann nicht behaupten, ich hätte nicht Kurs gehalten. Ich weiß bloß nicht so recht, warum ich das alles so gemacht habe. Es hat sich halt so ergeben. Ich habe das Material gefunden, gesucht und gefunden, es lag wie Koks, Eierbriketts und Steinkohle nebeneinander. Ich hab's gemischt. Aber hab ich es auch entzündet?
Tut das nicht der Leser?
In den Sand, der aus Millionen Körnchen besteht, sind Zeichen geritzt. Die See wäscht sie fort.

26. 5. 1993
Mit Frau Koblischka telefoniert, daß das Verschieben der Bildseiten noch geht. Gott sei Dank! Dann werde ich das Wochenende damit zubringen, die Abstimmung der Fotos auf den Text zu verbessern. Andere hätten gesagt: Das geht nicht.

27. 5. 1993
Bittel hat plötzlich Bedenken wegen der Textkürzungen im «Echo», daß die nicht gekennzeichnet sind. Ein bißchen spät, würd' ich sagen, seit anderthalb Jahren liegt das Manuskript auf seinem Tisch.
Hildegard kam aus München zurück, brachte allerlei Unkereien mit. Nun wollen sie mir die Einholung der Bildrechte anhängen. Und damit auch die Verantwortung.
Man weiß nicht mehr aus noch ein.

29. 5. 1993
Ich habe in meinen letzten Tagebüchern nachgesehen: Das «Echo» liegt tatsächlich schon seit Mai 1992 in München. Und erst jetzt fällt es Bittel auf die Seele, daß ich Texte gekürzt habe, ohne sie zu kennzeichnen.
Das «Echolot» steht genau zwischen dem 24. und 25. Kapitel des «Tadellöser». Noch nie sei die Zukunft so dunkel gewesen, sagt die Mutter dort auf S. 280. Kurz vorher wird das Gefängnis in der Schwaanschen Straße erwähnt.
Hier entspringt die Nabelschnur zum «Echolot», sie endet am 24. 2. 1943, da, wo mein Bild von 1943 abgedruckt ist. Interessiert niemanden, aber so ist es.

Tag war nicht gut, zerrissen durch Aufgeregtheiten, die von mir ausgingen wegen der Fotos, deren Herkunft wegen des unsinnigen Datenschutzes genau ermittelt werden muß. Im Fotoarchiv herrscht mittleres Chaos, da ich lange nicht darin gearbeitet habe.

1. 6. 1993
5.00 Uhr. Aufgewacht wegen der Sucherei nach Fotos, die Namen der Einsender, und um Gottes willen die Leute fragen, sonst muß man womöglich 500 000 Mark Strafe zahlen. Man lebt hier in Deutschland wie auf dem Raster eines Rechenheftes. Rien ne va plus!
Alpdruck wegen der fehlenden Kennzeichnung der Streichungen. Keine Ahnung, was ich machen soll.

Ich kann mich nur noch mit Mühe Fragen zuwenden, die das «Echolot» betreffen.
Wurde ja verschiedentlich gewarnt: Der sorglose Umgang mit Quellen – dafür ist Kempowski ja bekannt …
Vom Verlag ist keine Hilfe zu erwarten. Einzig Punkt+Komma-Ratschläge erreichen mich. Ich manövrierte wie mit Auto ohne Licht im Dunkeln. Die werden mich schon zusammenschlagen – da ist mir nicht bange.
Die Streichungen folgten oft dem Gebot des Tages. Wenn am 7. April besonders viel zu tippen war, strich man eben. Auch wechselte die Auf-

merksamkeit. Bei Großlieferanten war man eher geneigt, einen Absatz hinauszuwerfen als beispielsweise bei Adenauer, von dem man mir nur zwei Briefe zuteilte.

Das war ein ziemlich gewalttätiger Tag. Ich wachte zu früh auf, wir gingen ins Bildarchiv und suchten die Adressen der Bildlieferanten heraus, Fummelei. Dann fuhren wir nach Rotenburg.
Ich: «Ich kann das nun nicht mehr aushalten!»
Hildegard: «Wer kann das schon aushalten?»

2.6.1993
Es ist ja keine Anthologie, da wären Streichungen bedenkenswert, es ist eine Inszenierung, ohne Eingriff des Regisseurs nicht zu verwirklichen.
Unterschied zur Anthologie: Die Autoren kommen ja immer wieder vor, und ich streiche ja nicht nur bei den Prominenten. Syberberg in seinem Hitlerfilm, der hat's doch auch von überallher genommen, ohne jedesmal eine Quelle anzugeben.
Ich machte heute früh Bittel den Unterschied zwischen Anthologie und «Echo» klar.
Das «Echolot» – man möchte doch auch mal gelobt werden.

2.00 Uhr. Nachdem Hildegard gestern beim Augenarzt anrief wegen eines Termins für mich und abgeschmettert worden war, hab ich's heute noch mal mit süßer Stimme versucht, denn heute früh entdeckte ich, daß ich links auch mit Lupe nichts mehr lesen kann. Farbhalluzinationen.
Fuhren also sofort hin und der Arzt stellte fest, daß ich vor etwa 14 Tagen wieder einen Schlaganfall gehabt habe, im Auge, und das linke Auge ist nun blind!
14 Tage? Das müssen die Tage um den Bittel-Besuch herum gewesen sein.

3.6.1993
Bittel: Die beiden Korrektorinnen hätten zuerst gedacht: Um Gottes Willen, seien aber jetzt sehr eingenommen.

Schippus* erzählt, daß in der kleinen Buchhandlung in Glücksstadt schon sechs Vorbestellungen für «Echolot» vorliegen. Das kann ich mir gar nicht vorstellen.

5.6.1993
Gestern fiel mir ein, wir könnten ja anstelle des leider weggefallenen Hundeführers Tornow den Elastolin-Spielzeugkatalog von 1940 abdrucken, jedenfalls teilweise. Leider habe ich nur eine schlechte Fotokopie usw. Ich habe Bittel gebeten, im Nationalmuseum nachzuforschen, wo das Original liegt. «Toter Soldat, 30 Pfg.» – das ist schon ungeheuerlich.

Korrektur des 16. Februar. Der Text von Sonja Kolesnyk ist sehr stark, ein Juwel! Wenn man dagegen jetzt die Windgebilde aus der sogenannten Kreuzberger Szene liest! Ekelhaft. Es ist so viel Mist hochgespült worden, daß einen wahrhaftig ekeln kann.

6.6.1993
Bittel sagt, daß die beiden schwarzen Medaillons von Genovés, die ich für den Umschlag herausgesucht hatte, doch farbig seien.
Heute nachmittag muß ich ein Schlußbild suchen.

7.6.1993
Bittel rief an, daß er wahrscheinlich die Elastolin-Bilder bekommt.

8.6.1993
Da ich nicht der Größte werden kann, will ich das Größte machen. Und deshalb werden und müssen «Echolot» und «Zopf» fertiggestellt werden.
Dorfroman gearbeitet, ein bißchen «Zopf». Wenn ich nur wüßte, wo ich russische Briefsammlungen oder Tagebücher herkriege. Engländer werden noch am leichtesten zu beschaffen sein. «Zopf» mehr international, wenig oder *keine* Prominenz.

* Karl Friedrich Schippmann.

9.6.1993
Ich bekam heute früh ein Bücherpaket von Delvendahl, Carossas Tagebuch, Majdanek, «Der Juwelier». Da fand ich ziemlich sofort noch eine schreckliche «Echo»-Geschichte, die ich an den Verlag faxte. Offenbar wird sie noch aufgenommen.
Gestern kam ein Paket mit Fotoalben aus Berlin (Fischer). Sehr wertvoll: die Geschichte einer kleinen Familie. Das wär was für den «Zopf».

Bittel haßt den Hedin. Jeder hat so seine Lieblinge. Natürlich gefällt es ihm, daß ich jetzt noch zwei KZ-Texte hineingebe. Sie werden nicht wegen ihres Wertes als (geformte) Überlieferungen geschätzt, sondern sie gelten nun als Ausweis für die rechte Gesinnung.
Natürlich genügt mir die Danuta Czech allein nicht, aber wenn ich hier mehr gegraben hätte, Prozeßakten usw., dann hätten die grellen Farben das Gleichmaß gestört. Weißensee ist in dieser Hinsicht unentbehrlich.

10.6.1993
Bittel schickte Fax, daß die Majdanek-Sache noch reingenommen wird. Auch hat er den Spielzeugkatalog besorgt. Wunderbar!

> *Simone:* Im Verlag rotieren sie wegen der nicht kenntlich gemachten Auslassungen in verschiedensten Texten. Ich habe mich breitschlagen lassen: Sie schicken mir jetzt auf jeden Fall die Textausschnitte von Heinrich Himmler und Bertolt Brecht – und ich werde die fehlenden eckigen Klammern mit Punkten (Auslassungszeichen) einfügen. – Irgendwie nimmt es kein Ende.

11.6.1993
Bittel kriegt jetzt gute Laune. Er rief heute an, begreift nun das Besondere, Wunderbare dieses Buches. Hausenstein, den er früher für einen gebildeten Bürger gehalten hat, findet er «immer unerträglicher». So wie Hildegard, die wollte ihn ja sogar eliminieren.
Heute saß ich am Rest der Korrekturen des Band IV. Band III ist fertig, sagt Koblischka. Sie will nun erst eine Pause machen und die Bilder erledigen, und dann geht's in die letzte Runde.

Ich sitze im Garten und beende die Korrektur des «Echo». Warum ich es geschrieben habe: um die Quellen zu sichern und verfügbar zu machen, um der Gerechtigkeit willen, um der gestalterischen Herausforderung willen. Wegen der Tränen.
Der Vormittag war ganz hübsch, beschäftigte mich mit Mrongovius, Hildegard half. Dessen merkwürdige Zeichensetzung. Die Anschaulichkeit, Erlebnisreichtum, originelle Reflexion. Dazu dann nachmittags Teich, das Kind: Auch sehr gut erzählt.

13.6.1993
«Sisyphos» ist der Oberbegriff, «Chronik» und «Echo» sind damit gemeint.
Eine Frau rief an, ich hätte gesagt, das «Echolot» sei so wahnsinnig deprimierend – ob ich denn glaubte, wenn ich so was sag, daß sie das Buch dann kauft?

16.6.1993
Jetzt wollen sie, daß ich das Register überarbeite – dafür hatte ich ja schließlich Frau Frohriep engagiert.

A. unbekannter Soldat
A., E. unbekannter Soldat
B., P. unbekannte Frau

So in diesem Stil geht das weiter. Und dann Baethge – Professor. Ja was für einer? Soll *ich* das raussuchen? Nach zwei Seiten denk ich, mir platzt der Kopf.

17.6.1993
Angst überzieht mich vor dem fertiggestellten «Echo».
Acht Mann kümmern sich jetzt ums Register – nun ist endgültig alles durcheinander, als ich mit Simone allein arbeitete, klappte es.
Kleinen Goebbels-Text noch gefunden für 1. März.
Mrongovius weiter abgetippt.
Keine Ruhe, keine Freundlichkeit.

18.6.1993
Irre Rückfragen Bittels nach Sachen, die längst geklärt sind. Bringt uns ganz durcheinander.

21.6.1993
Bittel ruft an: «Wir stoßen *immer wieder* auf die erschütterndsten Dinge ...» Auf Fehler also, die ich gemacht habe. Und dann sagte er, daß Moran einen viel längeren Namen hat. Das war alles. Und Liddell Hart wird natürlich mit Doppel-L geschrieben ...
Fühle mich schlecht, das Blut pulst – rasch-rasch – durch den Kopf. Dumpf alles. Ekel vor der Arbeit. Bittel auch, er muß nun endlich Urlaub machen, sagt er. Wär er damals mit seinem englischen Freund nicht 14 Tage durch Österreich gefahren ... Lange genug lag das Manuskript im Verlag.
Kümmerlich. Außerdem kann er sich doch darüber freuen, daß er Fehler findet, deshalb sucht er doch.
Kann nicht mehr aushalten, dieses Kleine, Enge. Kein Wort über die einzelnen Autoren, von niemandem, über eine Begeisterung, die *uns* doch alle mitriß, als wir am «Echo» arbeiteten. Die Sehstörung hat sich mittlerweile behoben, schiele etwas, wenn ich lese. Wenn ich das rechte Auge zuhalte, geht's.

24.6.1993
Raddatz will das «Echolot» besprechen, aber er weiß nicht, ob die Leiterin der Literaturabteilung in der «Zeit» ihm das gestattet.

Mit Frau Koblischka telefoniert. Ich: «Bittel hat gesagt, Sie sind der einzige Mensch, der noch den Durchblick hat.» Sie: «Stimmt!» Sie schlägt vor, wenn die ersten Exemplare fertig sind, sich in München zu treffen. Die ganze Mannschaft. Finde ich gut. Aber teuer! Und: wozu eigentlich?

27.6.1993
Gestern rief ich Schippmann an wegen der Briefmarken für «Echo». Ich gab ihm die Werte an, die er meinem Album entnehmen und nach München schicken soll. Einige Werte muß ich dann kaufen. Was ich mit

den teuren mache (7000 Mark etc.), weiß ich noch nicht. Vielleicht helfen mir die Philatelisten weiter. Oder die Michel-Redaktion.
Ich muß «Zopf» und «Echo '45» rasch möglichst weit vortreiben, ehe die Kritik an «Echolot» einsetzt. Ich werde das Werk ja nie fertigstellen, aber die Grundrisse werden sichtbar gemacht werden können.

2.7.1993
Nächste Woche fängt Simone wieder an, Gott sei Dank!
Ein weiteres «Echolot» kann ich ihr wohl nicht mehr zumuten. Mach ich's halt selbst.
Frau Koblischka mit Fragen über das Register. Um meine englische Tante zu zitieren: Ich habe mit alle diese nichts zu tun. – Das verantwortet Frau Frohriep.
Ein Herr Kraft aus Berlin am Telefon, ich hatte ihm einen Brief geschrieben zu einer Einsendung. Stellte sich heraus, daß er großer Philatelist ist. Na, ich ihm gleich die Liste hingefaxt für das «Echolot». Weiß übrigens nicht, ob Briefmarken sehr aussagekräftig sind für mein Vorhaben – hatte mir mehr versprochen davon.

4.7.1993
«Alkor»: Zu den westdeutschen Schlagzeilen die ostdeutschen, das ist klar.

5.7.1993
Herr Horn rief an, er benutzte den Ausdruck «Echolot». Er ist der erste fremde Mensch, der das tut.

6.7.1993
Die Fotoseiten für Band II kamen, ich bin gerührt und begeistert. Ohne sie, besonders ohne den Zeitsprung, wäre das Buch nur halb soviel wert. Es sind «echte Kempowskis», wie sie hier sagen.
Heute telefonierte ich lange mit Frau Müller-Osten, die darüber erfreut war, daß ich die Briefe ihres Vaters Moering aufnehmen will. Nettes, breites Entgegenkommen, wo einst nur Skepsis.

7.7.1993
Als Zwischentexte für «Echo '45» wären auch Texte aus deutscher Geschichte möglich, z. B. 70/71. Die Füsilierung eines französischen Bauern, der auf die Deutschen geschossen hat.
Es gibt Passagen in Autobiographien unseres Archivs, die ich nie vergessen habe, seit zehn Jahren. Hier müßte ich mich fragen: Gibt es dafür nicht einen Grund? So die Geschichte von dem Bauern da, oder dem Offizier, der auf einem Kirchturm haust, um die Feinde zu beobachten.
Der Haken ist nur, daß es für '45 eigentlich keine Parallele gibt. Oder? Gibt es nicht doch einzelne Vorkommnisse, die sich vergleichen lassen? Der Dreißigjährige Krieg? Napoleon? Ein Vor-zurück-Vergleich mit ruckartig verstelltem Fernrohr.
Ich werde auch hier wieder pragmatisch vorgehen, also einzelne Texte, die mir auffallen, speichern. Da kann ich mich später immer noch entscheiden.

23.00 Uhr. Heute kamen Simone und Sigurd. Simone hatte gestern ihre Magisterarbeit in Münster abgegeben.* Nun glücklich. Sprachen über das E45. Ob der Verlag denn schon zugestimmt habe, fragte sie süßerweise.

8.7.1993
Als ich gestern vor dem gefüllten Computer saß und damit begann, die einzelnen Posten rüberzuschieben in meine «Echolot»-Käfterchen, wurde ich mir der Wucht bewußt, die diese Masse auslöst, wenn man sie losläßt: Die Datenflut als herbeigewünschte Goldstücke, die ihren Mann erschlagen.
Hildegard diktierte mir einen Text aus dem vorigen Jahrhundert über eine Elbeflut. Sehr anschaulich. Den könnten wir analog zur Flucht '45 setzen. Die im E44 angelegte Collage wird in E45 erfüllt, breit ausgebaut.
Beim Überspielen der E-Texte über ASCII alte Bekannte wiederent-

* Simone Neteler: «Die Bedeutung publizistischer Ethik für die Berichterstattung von ‹Stern› und ‹Spiegel› zum ‹Fall Kempowski›». Univ. Münster 1993.

deckt, die ich schon ganz vergessen hatte. Das ganze Projekt E 45 entfaltet sich jetzt, ich denke unaufhörlich daran.

9.7.1993
Paul Kersten will für NDR «Echo»-Bericht machen.

«Echo '44»
I. Hamburgangriff
II. Invasion und 20. Juli

Frau Koblischka hat in Verbindung mit ihrer Arbeit am «Echolot» 12 500 Seiten kontrolliert, sagt sie.

10.7.1993
23.00 Uhr. Viel getan habe ich heute am E 45. Ganzer Februar erledigt. Viel Material, und z.T. ganz ausgezeichnetes. Die Sache läßt sich gut an.

14.7.1993
Bittel rief an, sind alle happy. Nun, ich bin es auch. Wie sich die Nebel lichten! – Wie die Blätter hochschnellen nach den Tropfentreffern.

> *Simone:* Examensarbeit ist abgegeben!
> Von Bittel «konspirative Grüße!» Daß wir auch weiterhin zusammenhalten müßten ... Im Verlag seien mittlerweile alle sehr glücklich mit dem «Echolot».

15.7.1993
Ich las noch im «Spiegel» über den Abzug der Sowjets aus Neustrelitz und der Amis aus Zweibrücken. Das eignet sich sehr gut fürs «Echo '45». Einen Schriftgrad kleiner usw. Habe sowieso schon Texte in Hülle und Fülle (Brill).

Den ganzen Vormittag hatte ich mit meiner Verwirrung zu tun. Hildegard rettete mich durch Nachtschaltung des Telefons, worauf ich vorm Computer in Ruhestellung sackte.

Weitere Fotos herausgesucht für die vier Bände, Eingangsfotos. Ich nehme die zwei Pflichtjahrmädchen, den Juden mit Freundin sowie Weiten und Sohn, der kurz drauf fällt. Schlußfoto könnte Ordensverleihung sein, der «Stalingrad-Herr» in Band 1 bleibt natürlich. Schwierig ist es, Hochkantbilder zu finden. Quer sind häufiger.
Bittel legt Wert auf die Feststellung, daß er jeden Nachmittag bis halb 7 Uhr im Büro sitzt. Jetzt geht's um die editorische Notiz und wer alles genannt werden soll.
Bildseiten für den 3. Band kamen auch, nicht ganz so dicht wie die ersten beiden Bände. An der Geschichte der drei Brüder konnten noch Verbesserungen vorgenommen werden.

Simone: Walter rief heute an. Ich hatte ihm per Brief meine Fulltime-Mitarbeit nach dem Examen angeboten. Er war ganz begeistert. Zig Projekte könnte ich betreuen, und dafür wolle er selbstverständlich auch bezahlen: «Nicht weniger als andere, aber natürlich auch nicht mehr!»

16. 7. 1993
Suhrkamp hat sich erst jetzt geäußert zu den Rechten. Im Verlag sei ziemlich die Hölle los, da die Rechtetante von Suhrkamp verlangt habe, jede Kürzung durch Pünktchen kenntlich zu machen! Also, ich habe mich jetzt erst mal aufs Bett gelegt und eine Pille genommen. Vor den geschlossenen Augenlidern schwimmende weiße Pünktchen.
Heut früh mit der Frau des gefallenen Bildhauers Weiten gesprochen, sie erinnerte sich nicht an unsere Korrespondenz, gab jedoch die Genehmigung zur Veröffentlichung der Fotos.

17. 7. 1993
Zur Lebenskunst gehört nicht nur das rechte Einordnen der Vorkommnisse, sondern auch das Kurshalten auf das Ende hin. Wenn es erst in zehn Jahren kommt, wie ich wünsche, dann würden das Ende der mir vorgegebenen Arbeit und das Auslaufen des Lebens zusammenfallen. Lebe ich noch länger und hab meine Sinne noch beisammen, dann ist da noch eine Menge Arbeit übrig, die aber auch notfalls andere machen könnten. Schlimm wäre es, wenn das Ende in fünf Jah-

ren käme oder vorher. Für diesen Fall muß ich den Dorfroman jetzt schnellstens auf den Weg bringen. Das «Echo '45» kann Fragment bleiben, es ist auch im nicht vollendeten Zustand interessant, vielleicht interessanter sogar. Also:
«Dorf» und «Echo» müßten noch zu schaffen sein.
Danach, wenn Zeit bleibt, möchte ich mich mit Tagebüchern beschäftigen. «Echo 48/49» entfällt. Desgleichen «Echo '44».
Es ist fast sicher, daß ich «Echo '45» nicht mehr vollende. Dies muß schon jetzt einkalkuliert werden. Es sollte der Collage-Charakter deutlicher werden als bei E43. Die ganze Geschichte kann breiter angelegt werden, mit Zwischentexten, aber ohne den Zeitsprung. Dafür ist die Wand aus Heutigem aufzurichten, an die die Bälle von damals knallen. Also an Illustrationen kein «Griff in die Geschichte»*, sondern eher ein Kommentar durch Objekte von heute.
Schlimm wäre es, wenn nun ein dritter Schlaganfall käme und mir Siechtum bringt. Das wäre dann in eine andere Lebenslogik zu bringen: Es würde die Bautzenzeit noch einmal aufgenommen werden. Sie könnte mit der «Lähmung» einen Rahmen bilden. Was die Sehstörung betrifft: Ich helfe mir jetzt mit permanentem Zukneifen des rechten Auges.

18.7.1993
Nachmittags rief Frau Koblischka an und bat um ein richtiges Vorwort, das vermisse sie. Schrieb ich also zwei Stunden und sank erschöpft in mich zusammen.

19.7.1993
Heute vorm Frühstück schrieb ich das Vorwort um, der Elan entzündete sich. Nach zwei Stunden war es geschafft, und ich faxte es Herrn Bittel durch, der sagte, er müsse leider sagen, daß er es gut fände. Nun sei er Frau Koblischka dankbar, daß sie es durchgedrückt hätte gegen meinen Widerstand. Er bat nur, das Wort «Luxus» zu ersetzen durch «Verschwendung». – Ich werde es mir in der Fahne noch einmal ansehen. Vielleicht taugt es ja doch was.

* Rubrik in der «Welt» von Walter Görlitz.

21.7.1993
Am Vormittag langes Telefongespräch mit Birgit Marquart für «Focus», die etwas über das «Echo» bringen wollen. Zu lang, mir ging die Luft aus.
Per Eilpost kam die Titulatur des «Echo».
Bittel rief an, wegen der Titulatur.
Ich im Überschwang: Herrlich! Das wär's also!
Er: Wir sind noch lange nicht fertig (streng). – Soll bedeuten: Was ich mich Ihretwegen schinde …
Es hat keinen Zweck, das Abschreiben von Texten in diesem Stadium zu delegieren. Ich muß ein sinnliches Verhältnis zu ihnen (und den Autoren!) entwickeln, damit ich ganz «drin» bin.

22.7.1993
E45: Gegen Schluß sollte man dann Siegesbriefe der Engländer und Franzosen dem Chaos in Deutschland entgegensetzen.
«Echo '45» schließt am 23. Mai den Chorus und tröpfelt dann aus.

23.7.1993
Großer plötzlicher Katzenjammer im Verlag: Wir werden nicht fertig! Auslassungen müssen gekennzeichnet werden. Ich laß das an mir vorbeifliegen. Bisher hat es noch mit jedem Buch Pannen erster Ordnung gegeben, ich kann es auch nicht ändern. Klar ist, daß der Verlag viel zu spät damit angefangen hat, die Rechtefragen zu klären. Ein Teil wichtiger Autoren wurde, so kommt es mir jetzt vor, überhaupt noch nicht angeschrieben!
Ich habe nun vorgeschlagen, den 1. Band mit Hochdruck fertigzustellen, damit er zur Buchmesse präsentiert werden kann. Was spricht dagegen, überhaupt die Bände einzeln folgen zu lassen? Bittel ist in höchsten Nöten, er bittet um Solidarität.

24.7.1993
«Echo '45» erst mal einstellen, das ist jetzt so weit vorangetrieben, daß ich jederzeit weitermachen kann.
Beim Spaziergang gestern abend sagte ich zu Hildegard, wir könnten ja auch die Bände nacheinander herausgeben, den ersten zu Weihnachten, den zweiten im Frühjahr, den dritten usw.

Nee! sagte sie da, wer den ersten gelesen hat, kauft die andern nicht. Das hat mir weh getan. Aber sie meinte wohl, wegen der Bedrängung tue das keiner. So werden wir älter.

25.7.1993
E45-Manuskript müßte wie eine Partitur gearbeitet werden, bei E43 hatte ich schon damit begonnen, da war ich noch zu unsicher, wußte nicht, wo's hinauslaufen sollte.
Verlag will 50 Sätze Fahnen an Presseleute verschicken! Donnerwetter. Wie weit liegt das alles schon wieder zurück. Es interessiert mich heute kaum noch.
Daß Bittel meine Gesamtplanung nicht zur Kenntnis nehmen will, beleidigt mich nicht – ich verstehe es nicht. Bedeutet das: Es wird ja doch nichts? Oder: Um Gottes willen, was kommt da für Arbeit auf mich zu? Oder ist es überhaupt «ungehörig», so ausgreifend zu planen? Mir kommt es fast so vor, als halte er es für hybrid.

26.7.1993
Im «Spiegel» lese ich von Judenerschießungen durch deutsche Ordnungspolizisten. Plötzlich kommt mir die Angst, im «Echolot» nicht objektiv gewesen zu sein. Es fehlen bis auf zwei Ausnahmen Bilder von Juden. In den Texten allerdings werde ich der Sachlage gerecht, ein Teil jedes Tages, in der Regel der Schluß, ist nur den Morden vorbehalten. Es ist ja eben gerade die Absicht, durch die vielen «normalen» Aussagen von Normalen das Schreckliche desto deutlicher hervortreten zu lassen.
Vielleicht sollte ich noch Paßbilder von ermordeten Juden besorgen.
Die Frage ist doch: Wie bringe ich die Bürger dazu, dieses Werk zu lesen?
Die Auschwitz-Statistik am Schluß eines jeden Tages behält das jeweils letzte Wort.

27.7.1993
Bittel wieder mit Fragen. Mir klopft das Herz im Halse.
Der Inhaber der Goebbels-Rechte will 3500 Mark haben.

29.7.1993
Hildegard ist nach Hamburg gefahren, um Simone Bücher zu bringen für die Korrektur von «Echolot». Sie soll die Pünktchen einarbeiten in die Texte.
Der «Echo»-Umschlag und die Kassette wurden uns heute vorgeführt. Das Rot des Einbandes gefiel uns allen sofort. Die Kassette ist uninspiriert gemacht. Ich setzte es schließlich durch, daß es nur noch heißt: DAS ECHOLOT und aller anderer Mumpitz wegbleibt. Wie bei Ernst Jünger, da steht auch bloß «Siebzig verweht II» auf dem Umschlag. Daß es sich dabei um ein Tagebuch handelt, weiß doch jeder Mensch, der sich für Jünger interessiert. Und vom «Echolot» wird so viel geredet werden, daß wir uns das «kollektive Tagebuch» sparen können.
Ob es in Moskau auch solchen Jubel-Trubel gegeben hat am 8. Mai, auf den Straßen, wie in London, Paris oder New York? Kann man sich gar nicht vorstellen. Das wird im «Echo '45» darzustellen sein: Das Jubeln und das Heulen zu gleicher Zeit.

30.7.1993
Nachmittags «Echo '45», die Zerstörung von Paderborn und die Erinnerungen eines Theologie-Professors an seine Zeit im Gefangenenlager von Bad Kreuznach.
Wenn ich genügend Hilfskräfte hätte, wäre der alte Plan mit vier «Echo»-Blöcken ohne weiteres zu realisieren.
Simone sagt, sie glaubt, im Verlag habe mir das keiner zugetraut, hätten wohl gedacht: Laß ihn man ein bißchen wursteln.

4.8.1993
Bittel: Es seien über 800 verschiedene Autoren! Er sitzt bei 40° in seinem Büro, weil die Sonne draufknallt.

5.8.1993
Ein Herr Wallmann will in Münster eine szenische Lesung aus «Echo '43» machen. Ich empfahl ihm den 10. Jahrestag der sogenannten Machtergreifung.

6. 8. 1993
Vielleicht sollte ich an die Stelle meines Porträts doch besser das Hochzeitsbild vom Mai 1943 setzen. Mir ist nicht ganz wohl dabei, auch eine Anmaßung, mich selbst an so exponierter Stelle zu plazieren.
Das einzige, was Dierks zum «Echo» gesagt hat: Aber 300 Mark? Wer soll das kaufen? Bibliotheksauflage in Deutschland ist 800 Stück.

Die Familie Kempowski; Rostock im Mai 1943

8. 8. 1993
Vom Verlag erreichen uns jetzt täglich Faxe, in denen Bittel uns bittet, die Quelle für den «Soldat B.» offenzulegen oder: «B. R.», woher? Es ist zum Auswachsen. Der Prinz Heinrich geistert auch noch durch die Gegend und dann natürlich «U. T.», was ist das? Danach wurde *ich* aber schon dreimal gefragt. Ein Kino in Dresden!!
Hildegard saß noch in der Nacht an den unsinnigsten Fragen, die Bittel ihr aufgeknackt hat. Ich fühle mich dadurch gekränkt, das sieht so aus, als ob ich geschludert hätte.

9.8.1993
Hildegard hat gestern von der Frohriep gehört, daß sie dem Verlag schon einen Großteil der Auskünfte gegeben hat, die Bittel jetzt haben will. Wutanfall.
Endlich vom Verlag einmal ein Stimmungsbericht, sie seien alle begeistert (Schellenberg), es sei ein großes Werk, und alle Leute, die um Rechte angegangen werden, schrieben freundlich zurück. So wurden Jünger und Haulot namentlich genannt. Vorbestellung läge bereits über 1000.
Es sei ein großes Werk, darüber seien sich alle einig. Raddatz teilt mit, daß er rezensieren «darf».

11.8.1993
Wieder aufgewacht, d. h. von Herzweh dazu gebracht, wieder das Licht anzuknipsen. Setzte mich im Bett auf und guckte in die Gegend.
Bittel ruft täglich mehrmals an, dies noch, das noch. Meistens sind die Auskünfte bereits erteilt, wie Hildegard sagt. Es passiert niemals, daß er anruft, um mir mitzuteilen, wie gut er einzelne Passagen des «Echo» findet.

12.8.1993
Das Horizontale: Wiederkehr eingeführter Personen
Das Vertikale: die dialogische Anordnung
Die Klammer: Hitler und Auschwitz
Die Zwischentexte als überlappende, zusammenfassende oder erläuternde Geschehnisse
Die beiden Illustrationsprinzipien
Hildegard sagt, am besten gefallen ihr noch die Presserichtlinien: «Um was die sich alles gekümmert haben!»

13.8.1993
Bittel hat jetzt nur noch acht Anfragen, wie er sagt. Hildegard regt sich auf, daß das «Echo» nicht zur Buchmesse erscheint. Mich läßt das jetzt kalt, da mir das bei diesem Verlag mit andern Büchern schon öfter passiert ist und weil die Messe eigentlich gar nichts bedeutet, wenn Presse und Werbung funktionieren.

Wie sagt der Volksmund?: Es wird schon schiefgehen.
Im übrigen zeigt sich, wie gut es war, zu Bertelsmann zu gehen. Kein anderer Verlag hätte mich in dieser Situation halten können.

14.8.1993
Einzig das E45 interessiert mich. Und weshalb dann jetzt daran nicht weiterarbeiten? Die Widerstände lähmen mich, die schon jetzt im Verlag sich regen. «Diese unselige Idee», sagen sie.

15.8.1993
Argwohn, daß das «Echolot» nur deshalb Beachtung finden wird, weil «große Leute» darin vorkommen und vor allem Ausländer. Das hat Konsequenzen für «Echo '45».

16.8.1993
Bittel freudestrahlend, *jetzt* habe Marbach die Adressen der Rechteinhaber geschickt! *Jetzt*. Für den Fall, daß beispielsweise Grimm rausgenommen werden muß, nehmen wir Fotos hinein, die Paßfotos der Auschwitzopfer. Das müßte sofort angeleiert werden. Kostet sicher Geld.

19.8.1993
Ein Platz bei den Salzburger Festspielen kostet 560 Mark! Plus Hotel usw. Da sind die 398 Mark fürs «Echolot» doch gar nichts. Bittel hat zu Hildegard gesagt, die Fotonotlösung «geht nicht». Welche dann?
Längeres Gespräch mit Bittel, er sagt, es seien schon 1500 «Echo» vorbestellt, sie rechneten mit 3500 Stück. Sie wollen vielleicht eine Auflage von 10000 machen.
Allgemein werde es nicht als Dokumentation verstanden, sondern eben als Collage.
Im Verlag sei die Stimmung gut.
Blunck-Erben hätten *doch* Schwierigkeiten gemacht, aber jetzt sei alles klar. Jetzt haben sie es mit der Lehmann-Tochter zu tun, die sei schwierig.

Ich las in den schrecklichen Briefen von Arno Holz. Der Herausgeber schreibt: «Diese Überfülle erzeugt die Kunst des höchsten Subjektivismus, die nach Goethes Terminologie nicht Stil, sondern Manier ist. Aus dieser subjektiven Eigenwilligkeit heraus ist der ‹Phantasus› zu einer Sammlung von 1345 Seiten angeschwollen.»

Nun – woran denk ich wohl?
Eine Dokumentation …

Eine *Dokumentation* würde ganz anders aussehen, die könnte ohne Graphiken, Zahlenkolonnen und Übersichten nicht auskommen.

25. 8. 1993
Schirrmacher* rief eben an: Er sei ganz außer sich, er habe gerade von «Echo» den ersten Band auf den Schreibtisch bekommen, das sei ja irrsinnig! Das wollt er mir nur eben schnell sagen, für einen einzigen Band würden Professoren ein ganzes Leben lang bezahlt und machten es dann doch nicht. Das sei wie eine stille Halle, die man betritt, und plötzlich fängt es an zu sprechen. Er habe noch nie einen Autor angerufen, das wollte er mir nur sagen, und sie machten natürlich eine große Rezension darüber.
Er sieht es auch als Collage, nicht als Dokumentation, Seibt** sei auch seiner Meinung.
Na. So ist denn jetzt die lange Zeit der Isolation vorüber – was für ein herrlicher Ausblick.
Besonders hob er hervor die Notizbücher von Himmler.
Ob ich auch Benn drin hätte. Und: Warum keine Wetterberichte? (Waren damals geheim.)
Natürlich kennen gewisse Leute André Gides Tagebuch und die Erinnerungen Rommels, aber die einen kennen nicht das andere, von den unbekannten Quellen ganz zu schweigen. Sven Hedin, Blunck, Léautaud, Lehmann, Hauptmann usw. D. h., jeder wird sich immer wieder umstellt sehen von ihm bekannten und ganz unbekannten,

* Frank Schirrmacher, Mitherausgeber der «Frankfurter Allgemeinen Zeitung».
** Gustav Seibt, Literaturredakteur bei der «Frankfurter Allgemeinen Zeitung».

bedeutenden und unbedeutenden Menschen. Das macht den Reiz aus.
Industrie und Marine ist zuwenig. Darauf werden sie kommen.

26. 8. 1993

Bittel berichtete Wohltuendes von der Presse, vielleicht haben wir diesmal das Glück, daß unsere Arbeit ihrem Wert entsprechend gewürdigt wird. Simone, der ich davon berichtete, meinte mich berufen zu müssen, weil ich von «Hilfskräften» gesprochen habe. Daß ich damit die Disketten-Studenten gemeint habe, dürfte ja schon daraus hervorgehen, daß ich sie gesondert und exponiert im Vorspann des Buches erwähne. Das ist offenbar schwer auf die Reihe zu kriegen. – Knaus rief an, daß man ihm noch keine Fahnen geschickt hat, das ist eine grobe Unhöflichkeit. Und daß die meinungsmachenden Journalisten den ersten Band der Fahnen bekamen ohne die dazugehörenden Fotos, ist auch wieder so ein Ding. – In dem Schwung, in dem wir uns jetzt befinden, war vom E 45 zu reden, ohne daß mir der Mund verboten wurde. – Heute nachmittag arbeitete ich ein wenig daran, am Januar.
Schirrmacher hatte das «Echolot» für spleenig gehalten, dann aber doch überzeugt.

31. 8. 1993

Am Nachmittag entwarf ich meinen Vortrag über das «Echolot» für Weimar.

1. die stetige Menge unermeßlich
2. Auswahl zeitlich, eben 43–43/44–45, drei Komplexe
3. Auswahl geeigneter Zeitzeugen, also
   a) bekannte, Prominente
   b) unbekannte, Anonyme
4. Beschaffung der Fehlstellen: Sven Hedin, Leibarzt von Churchill, Jüdischer Friedhof
5. Zurechtlegen der biographischen Stränge (horizontal) und das Dialogmaterial (vertikal), wozu sich kurze Statements am besten eignen

a) horizontal: Blunck / Ditzen / 1 Kriegerbraut / 1 Luftangriffschreiber ...
b) vertikal
6. Die großen Zeitthemen als Klammern über das ganze «Echo» hinweg
Die Tagesklammern
Mottos / Hitler / KZ
7. Die überlappenden Klammern, Zwischentexte, Beispiele
8. Die Foto»beine« als Stabilisierung
a) Physiognomierung der 1943er-Gegenwart
b) historische Vertiefung wegen Ursache – Wirkung
Wer Wind sät, wird Sturm ernten!
9. Die Beweger:
Horizontale Stränge / Zeitthemen
10. Der Leser, nur wenige werden bisher das gesamte Spektrum gekannt haben: Der Militärhistoriker wird Lord Alanbrooke*, Rommel, de Gaulle kennen; der Literaturinteressent: André Gide, Jünger, Thomas Mann; selten wird jemand die gesamte Bandbreite kennen. Von den Archiv-Stücken der Unbekannten nicht zu reden.
11. Vertiefung: KZ, Kriegstote – Gegengewicht: die täglichen Geburten
12. Mängel: Wenig Industrie + Marine
13. Keine Dokumentation, die hätte mich nicht interessiert
¾ unbekannte Texte, 99 % unbekannte Fotos
14. Editionserfahrungen: *Großcollage* war leichter anzulegen. Sie ergab sich aus den großen Themen. Kleincollage war sehr schwierig, zeitaufwendig und nervenzerreibend: die Übergänge, die Kontraste, die Rhythmisierung, das einsaugende Element: Der Leser soll ja weiterlesen, er soll gelockt, verführt werden.
Weniger Demaskierung schwebte mir vor, eher Richtigstellung. Ich wollte die Leute in ihrem Selbstverständnis darstellen, ihnen auch Gerechtigkeit widerfahren lassen. Die Nuancen haben mich beschäftigt, nicht so sehr die Tendenz. Dieses «Echolot» ist ein Antikriegsbuch. Ich habe eine Sonde angelegt wie ein Fernrohr, durch das man hören kann in eine längst vergangene, heute jedoch nach

* Lord Alanbrooke, britischer Feldmarschall.

wie vor wirksame Gesellschaft/Zeit hinein. Durch Klopfen und Schütteln die Partikel über das Raster gegeben, bis das Muster sichtbar wurde, das uns allen bekannt ist, das wir aber vergessen haben.

15. Der Umfang: Jede Unternehmung hat ihr Maß – das «Echolot» war in Kurzform nicht zu haben: «Die Amerikaner bombardierten Köln», mit einem solchen Satz kann ich nichts anfangen. Wenn wir jedoch lesen, daß ein (einbeiniger) Mann, der in unserem «Echolot» vorkommt, buchstäblich jeden Tag fünf- bis sechsmal zum Bunker gerannt, ja «gehüpft» ist, dann gewinnt das, was wir «Luftterror» haben nennen hören, eine geradezu fleischliche Übertragungsqualität. Im Dialog dann dazu, wie Fallada die ganze Zeit über Tag für Tag sich mit seinen Bienen beschäftigt und Thomas Mann day by day spazierengeht und allerdings dann eben auch, ganz nebenbei, die Joseph-Romane beendet. Das alles ist auf 60 Seiten nicht zu haben, ich brauchte 3500 Seiten dazu.

Wie geht es weiter?
Anfänglich hatte ich vor –
Nun ist nur noch ein zweites «Echo» geplant, die Vergegenwärtigung des gurgelnden Chaos: 1945.
Zwischen «Echo '43» und «Echo '45» ausgespannt wie eine Lianenbrücke, dünn und schwankend, die zusammengeflochtenen Lebenslinien von sieben Menschen, «Zopf» genannt, von Menschen, die aus dem E 43 kommen und im E 45 aufgehen oder verschwinden, deren Spur sich verliert. Und in diesem Zopf aus vielen Strängen wie die Noppen eines Schafwollteppichs einzelne Verdickungen, die großen drei Themen: Hamburg 1943, Invasion 1944 und der 20. Juli; darüber hin, gleichmütig die sieben «Flechten» des Zopfes.

2.9.1993
Frau Schönberger* und Bittel waren da, sowie die diesmal etwas stille Simone. Wir sprachen E 43 durch, letzte Informationen, Presse kommt in Gang, viele Anfragen usw. Offenbar an Sensationelles grenzend. Ich hätte mein Hauptwerk auf einem ganz andern Gebiet plötzlich ge-

* Margit Schönberger, Pressechefin der Verlagsgruppe Bertelsmann.

Karl Heinz Bittel sitzt ganz entspannt auf unbedrucktem Papier.

schrieben, unerwartet. Das würde viele neue Leser bringen. Die jüngeren Kritiker z. B., die sich bisher nicht für mich interessiert hätten, denen meine Bücher nicht gelegen hätten.
Die Österreicher hätten gefragt: Kommt auch was von Österreich drin vor?
Die «Neue Zürcher Zeitung» wolle ein illustriertes Wochenblatt darüber machen.

Frau Schönberger meinte, am meisten Ähnlichkeit habe das «Echolot» noch mit Johnsons «Jahrestagen». Das kann ich nun nicht finden. Das «Echo» sei absolut solitär.
Schirrmacher schwärme jetzt natürlich aus und erzähle es überall.
Sie glauben, daß das «Echo» etwas ganz Außerordentliches sei. Es gebe nichts Vergleichbares. Mir war das während der Arbeit gar nicht bewußt. Der Rundfunkmann in Hannover war eigentlich der erste, der es ausgesprochen hat.
Ich kam mir so winzig vor.

Mitternacht, in meinem Kopf das Kugellager, von den Windmühlenflügeln umeinander gedreht. – Demut ist hier nötig.
Der Verlag sei erst aus den roten Zahlen, wenn 28 000 verkauft.
Und ich beginne zu verdienen ab 6000 Stück – stimmt's?
Frau Schönberger war bemüht, Bittels Verdienste herauszustellen. Er hat sie ohne Zweifel, das hat nichts zu tun mit dem monatelangen Zögern. Ja, ohne Bittel wär's nicht zu machen gewesen. Er war ein guter Kamerad in all den Jahren. Im Tagebuch hält man leider immer gern Beanstandungen und Fehler fest.

3.9.1993
Ich freue mich darüber, daß ich Keele das «Echo» gewidmet habe.

6.9.1993
Bewegung durch das Fortschreiten der Kleinbiographien (die Horizontale).
Die Fragen der Kürzungen.

7.9.1993
Allmählich wird mir klar, was ich da gemacht habe, das «Echolot». Die Konstruktion hat von Anfang an gehalten. Die komplizierteren Verstrebungen haben sich erst ziemlich zum Schluß ergeben. Der Einfall mit den Zwischentexten und die mich immer noch nicht überzeugenden Zeitsprung-Bilderseiten. Aus der Not geboren. Das wäre eleganter zu lösen gewesen. Aber das Einklinken von Bildern in den Text

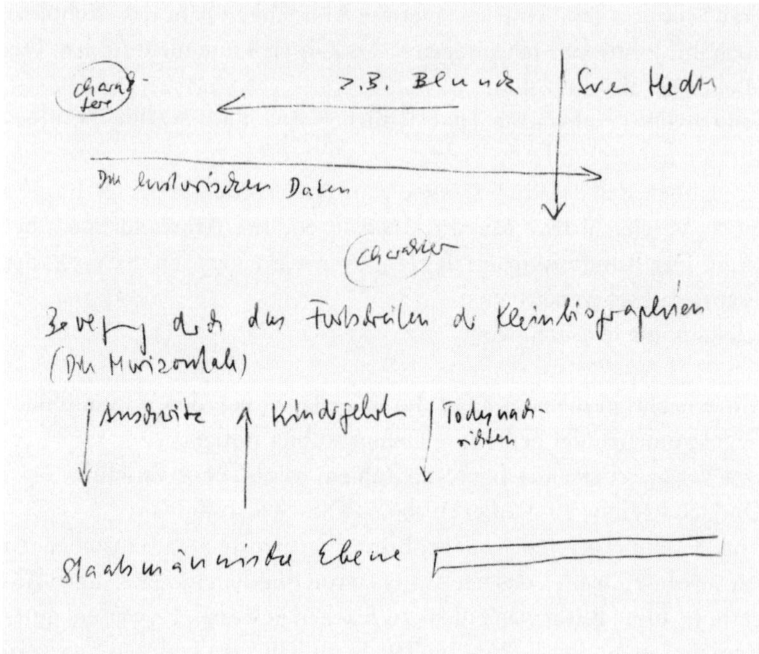

Skizze zum 6. 9. 1993

hätte zu hohe Kosten verursacht und damit vielleicht das ganze Projekt gekippt.
Bittel sagte gestern, die «Süddeutsche» wolle vier Seiten drucken, Verlag läßt 1000 Exemplare dieser Einlage für Werbezwecke drucken.
Es hat ja auch Gottesgeschenke gegeben, so das Geburtenbuch aus Mecklenburg, das Klassenbuch, das allerdings «transponiert» werden mußte (und damit den Collage-Charakter des Ganzen bestätigt). Wie lange hat das Dings hier herumgelegen. Morell, die Czech. So mancher hätte es machen können. Heinrich Breloer, Guido Knopp. Sie sind Gott sei Dank nicht draufgekommen.
Das Fehlen von Heinrich-Mann-Zeugnissen. Aber, warum hat er kein Tagebuch geführt? An die Briefe kam ich nicht ran. Die ganzen Ostleute fehlen, Industrie. Man hätte nachbohren müssen. Irgendwo hat da meine Energie nicht ausgereicht.

Das Weglassen der chronikalen Daten war *richtig*, aber was für eine Entscheidung!
Wie lange haben die Goebbels-Presseanweisungen hier herumgelegen! Immer wieder hin und her gewendet und ihren Wert, ihren Unterhaltungswert sofort erkannt, aber erst ganz spät draufgekommen.
Die Qualen mit dem Foto-Zeitsprung. Wie oft habe ich all die Fotos in der Hand gehabt, ehe ich kapierte, wozu ich sie sammelte. Das waren lebendige Menschen.
Das kommt wie ein Algenteppich angeschwommen.
Bittel verhandelt heute mit der Tochter von Lehmann. Das ist die letzte Klippe. Durch die vielen Korrekturen, die man hätte vermeiden können, wenn man sich früher für das Manuskript interessiert hätte, sind nochmals Kosten in Höhe von 20 000 Mark entstanden. An so einem Werk wäre ein kleinerer Verlag pleite gegangen.
Die Sache mit den Mottos. «Wo sind denn nun die Schlagzeilen aus dem ‹Rostocker Anzeiger›, die ich dir besorgt habe?» fragt Schippmann. Ich tippte mit dem Zeigefinger «leichthin» darauf. – «Ach so.» Ja. Die Kinoanzeigen, die Seite mit den Spielsoldaten, die Zugverbindungen von Berlin.
Die Notizbücher Himmlers! Die Energie hat nicht gereicht, sie vollends zu entziffern. Extrapublikation ist bisher niemandem lohnend erschienen.*
Eitel Lange! Die Hermann-Göring-Einblicke. Gott, was für Texte. Der Rundgang durch Karinhall. Und ich habe das Buch damals Irving für seine Göring-Biographie empfohlen, und der hat nicht einmal reagiert. Knaus, dem ich es zum Nachdruck empfahl, schickte es mir eines Tages kommentarlos wieder.
Hauptmann – im Ergebnis dürftig, aber immerhin.
Halbe, den rechne ich mir als Verdienst an. Da mußte auch mehrmals nachgebohrt werden.
BLUNCK! Das war ein Fund. Auf ihn bin ich durch das Archivlexikon

* Erst Jahre später erschien: «Der Dienstkalender Heinrich Himmlers 1941/42». Im Auftr. der Forschungsstelle für Zeitgeschichte in Hamburg bearb., kommentiert und eingel. von Peter Witte. Hamburg 1999. (Hamburger Beiträge zur Sozial- und Zeitgeschichte. Quellen 3).

gekommen. Der Erbe hat freundlich reagiert: Wenn es der historischen Wahrheit dient, dürfe ich das Tagebuch veröffentlichen
Sie meinen, ich stieße mit dem «Echolot» in eine publizistische Dürrezeit.

8.9.1993
Las mich in '45 ein. Gestern fand ich zwei Notizen von Richard Strauss. Ich las auch in den Kriegstagebüchern von Alanbrooke: Fundgrube erster Güte. Die «Fest»platte füllt sich allmählich.
Genehmigung von Lehmann ist eingetroffen, Tochter will mit Lektor die englischen Bücher und Zeitschriftentitel entziffern, damit ihr Vater nicht nur als Naturmensch dasteht.
Ein Konsistorialrat hat einen kleinen Vers zurückgezogen, den er in der Haft geschrieben hat. Schade! Das war dem Herrn wohl nicht würdig genug.
Bittel ist sichtlich erleichtert, scherzt und lacht. «Gehabte Schmerzen hab ich gern.»
Fröhliches Telefongespräch. Ich nenne ihn jetzt «Kamerad». Der Mann hat viel leiden müssen. Ich hatte ihn im Schwitzkasten.

Ich gab heute einige Seiten der Tagebücher von Käthe Kollwitz ein, die Muttergöttin.
Martin Ebel von der «Badischen Zeitung» kam, sehr gut vorbereitet. Ich war gut «drauf», weil ich volle zwei Stunden zu Mittag geschlafen hatte. Wohl wegen des anstrengenden Vormittags.
Ich fühle mich allgemein viel besser. Habe offenbar den zweiten Schlag überwunden. Nur das rechte Auge ist problematisch, ich halte es mir zu, wenn ich lese.
Das erste, was Ebel sagte: «Viele Wiederholungen?»
Wiederholungen? Keine einzige. Eine Wiederholung im musikalischen Sinne :|| gibt's nicht im «Echolot». Wer hier Wiederholungen findet, dem fehlt das rechte Organ für die so wichtigen Abweichungen, die erst Wirklichkeit erfaßbar machen.
Variationen gibt es. So wie der Schütze erst rechts vorbei, dann links vorbei und dann trifft. Das Treffen ergibt sich von selber. Das «Eingabeln», wie die Artilleristen sagen.

Ich bot ihm Zwieback und Tee an.
Zwei Stunden konzentriert. Er hob «Bocky» hervor, die immer wiederkehrende Grußformel: «Es grüßt herzlichst Dein Bocky. Grüße Ilse u. Mutter.»
Ebel ist der Meinung, niemand könne das «Echolot» durchlesen. Das ist natürlich deprimierend.

Dede ist die Besessenheit aufgefallen – oder hat er «Fanatismus» gesagt? –, mit der ich das «Echolot» vorangetrieben habe.

9.9.1993
Ebel wollte wissen, ob ich *alles* Material verwendet habe. Irgendwas kommt ihm spanisch vor.
Die Tochter von Wilhelm Lehmann ist extra nach Marbach gefahren, um die Texte ihres Vaters für das «Echolot» zu überprüfen. Sie soll ganz entrüstet gewesen sein: Immer wenn's schwierig wurde, haben sie alles weggelassen! Zu Bittel: «Haben Sie das mal Herrn Kempowski gesagt? Was hat er gesagt?» – Bittel: «Sie müssen bedenken, daß in der Endphase eine Menge Leute mit dem ‹Echo› befaßt waren, und da kann so was schon vorkommen.»
Immer noch steht zur Debatte, ob wir nicht auch noch das Hochzeitsbild der Kempowskis vom Mai 1943 ins «Echolot» aufnehmen. Ich müßte Ulla anrufen und fragen, ob Ib* es gestattet. Ich hatte gestern schon den Hörer in der Hand. Eine unüberwindliche Abneigung. Ich werde das Bild nicht mit aufnehmen.**

11.9.1993
Eben noch mal ein kleines Spielchen. Wenn «Echolot» herauskommt, habe ich insgesamt 9300 Buchseiten publiziert. Seit 1965 etwa schrieb ich am «Block», das sind dann 28 Jahre lang jeden Tag etwas mehr als eine Seite. Bis heute! Das nennt man Mitteilungsbedürfnis. Man hatte allerhand auf dem Herzen.

* Ehemann der Schwester Ursula.
** Das geschah dann doch, anstelle des Kempowski-Porträts, am 24.2.1943.

13.9.1993
Nach dem Abendessen arbeitete ich an E45. Offenbar werde ich mich hierbei auf Deutschland konzentrieren.
Erst heute hatte ich das Gefühl, daß ich mich in das Nazi-Chaos hineingearbeitet habe. Die Arbeit ist rasend interessant. Kleine Bonhoeffer-Notiz – Canaris' Tagebücher, existieren sie noch?

14.9.1993
Ich gab allerhand ins «Echo '45» ein, heute aus dem zweibändigen Werk über die Schicksale von Bauwerken im Zweiten Weltkrieg. Leider nur DDR. Anstrengend, da ich jedesmal neu formulieren muß.
Im Frühjahr '45 ging Tag für Tag ein Abschnitt deutscher Kultur in Flammen auf. Es wird so sein, daß ich für jeden Tag etliche Katastrophen finde, auch Gemälde z. B., die vielleicht in anderen Publikationen stecken. Um diese traurigen Mitteilungen ihre Wirkung entfalten zu lassen, müssen sie in umfangreichen Text eingebettet werden. Wer soll bloß alles eingeben? Ich habe noch gar nicht angefangen. Den Mai '45 werde ich dann wie die Abschiedssymphonie «auslaufen» lassen. Die Frau Rieger jetzt z.B. könnte ich Pfingsten verstummen lassen (obwohl noch mehr Text da ist). Wir knipsen sie aus? Mitten im Text.
Ärgerlich die Kürzungen, die andere den Texten der Zeugen verpassen. Eine Wedding-Geschichts-Werkstatt hält den Leuten dauernd das Maul zu. Vielleicht kriege ich die Originale.
Bin schon auf dem richtigen Weg, alle Erfahrung schießt jetzt ins E45. Das, was ich jetzt mache, hat noch nie ein Mensch vor mir unternommen.
Es gäbe auch einen Weg über E45 hinaus. Die Sohle wird durcheilt, der Flieger hebt ab. Das gurgelnde Chaos weiterschreiben ins heutige Irreale.
Wie nennt man die Schere, mit der der Friseur das Haar ausdünnt? So werde ich es mit dem Ende des Mai im E 45 machen.

15.9.1993
Gutzen meinte, mit Johnson, mit den «Jahrestagen» also sei das «Echo» noch am ehesten zu vergleichen. Es sei interessant für ihn, von Jahr zu Jahr das Wachsen dieses Projekts zu verfolgen.

Kamerad Bittel berichtete, daß nun auch der Anhang fertig sei. Ihn schüttelte eine fast manisch zu nennende gute Laune. Ich sagte zu ihm, er solle heut mal etwas im Englischen Garten spazierengehen. Nein, aber heute abend gehe er in eine Bar. – In einer Bar war ich noch nie.

Mit Ulrich Schacht und Heimo Schwilk im Garten

16. 9. 1993

E45: Die neue Maschine ist so leistungsfähig, daß ich vieles allein tun kann. Da brauche ich dann keine «Hilfskräfte». Aber ganze Tagebücher wie Käthe von Normann selbst abzuschreiben, dazu ist mir meine Zeit zu schade. Ich dränge mich in einen von Unterholz durchwucherten Stangenwald, ich dränge mich in ihn hinein. Ich brauche mindestens drei Mitarbeiter für E45, einer müßte auf die Suche gehen. Aber es läuft mir niemand über den Weg.

17. 9. 1993

Vom Verlag war zu hören, daß mittlerweile 2000 Stück vorbestellt sind: Montag wollen Heimo Schwilk und Ulrich Schacht von der «Welt»

kommen, wegen «Echo». Ich hätte bei den Kritikern wohl bisher als Lachnummer gegolten, meint Schacht, jetzt müßten sie umdenken. Er fährt mit den anderen Amtsschriftstellern nach Petersburg. «Schade, daß du nicht dabei bist ...»
Ach, bin ich froh!

20.9.1993
Zwischendurch Bittel, der mir bestellt, daß Ina-Seidel-Brief über Bohnenkaffee nicht abgedruckt werden darf, und bibliographische Anfragen. Ich verwies ihn auf das von mir gemachte 85-Seiten-Verzeichnis aller Quellen. Da sagt er: Das kennt er überhaupt nicht! Schickt wegen jedes Buches einen zur Staatsbibliothek, nachgucken. Und ich habe schon vor einem Jahr ein alphabetisches Verzeichnis abgeliefert! Na, also, was soll man da sagen? Abgesehen davon, daß ich mir eine ziemliche Mühe gemacht habe damit, von Anfang an, ihnen die Arbeit zu erleichtern.
Alles für die Hose.
Das gehört zu den Anekdoten über das wunderliche Werk.

Mit 4 1/2 Stunden Verspätung kamen Schwilk und Schacht! Ich war zumindest zermürbt. Schwilk war vorher in Rostock gewesen!
Interesse an «Echolot» sei groß. Vielleicht erreicht es meine Leser ja doch.

22.9.1993
Das Register ist gekommen, ein gewaltiges Ding. Hat Bittel sehr schön gemacht.
Bittel noch mal: Man empfände das «Echolot» allgemein als sensationell.

23.9.1993
Ich denke gerade an die Anblödung, die ich mir von Wolf Jobst Siedler gefallen lassen mußte, als ich ihm das «Echo»-Projekt erklärte und anbot. Wie viele Jahre ist das her? Fünf? – Nein, das kann er nicht machen, hat er gesagt.

25.9.1993

Wenn ich so weitermache, lande ich mit «Echo '45» rasch beim doppelten Umfang von «Echo '43». Ich stellte mir eigentlich vor, daß die Tage eher schlanker werden müßten. Hauptthema wird das Hin- und Herschwappen der Menschenmassen sein, vom Osten ins Reich. Die Roten nach Westen, die Anglo-Amerikaner von West nach Osten – treiben vor sich her die Soldaten. Dazwischen die Menschenzoos.
Es wird schwierig sein, aber wenn man mir grobe Arbeit abnimmt, müßte es eigentlich gehen.
Ich war beschämt von dem wunderbaren «Echolot»-Prospekt, der heute kam. Als ich ihn ansah, fiel denn doch die Schwere der Jahre auf mich. Ein bißchen Stolz? Freude? Daß dies nun anerkannt wird, das ist es.

26.9.1993

«Rheinischer Merkur» nennt das «Echo» eine *Dokumentation*. Der Sache selbst können sie nichts anhaben, mit dem Ausdruck «Dokumentation» schieben sie sie auf ein Abstellgleis.
Nein, es ist schon alles gut. Nun muß ich die Bertelsmänner schön loben, das haben sie verdient. Allen voran Kamerad Bittel. Er hat viel aushalten müssen. Aber ich auch!
Daß sie im Prospekt, gleich ganz oben, den «Rheinischen Merkur» verkünden lassen, ich hätte eine Dokumentation vorgelegt, zeugt nicht gerade von Durchblick.
Die Historiker werden jetzt sagen: «Echolot»? Das ist eine Sache für die Germanisten.
Und die Germanisten: Das betrifft die Historiker. So werden wir hin- und hergeschoben, bis sich die Sache von selbst erledigt.

Den Vormittag damit verbracht, im «Echo '45» den 20. April zu durchstöbern, der als einziger Tag fast komplett vorliegt. Ich war nun doch beruhigt, meine Ängste gestern rührten von der Gesamtbetrachtung her, die sich nicht mehr auf einzelnes stützen konnte. Das muß den Menschen ja auch irritieren. – Also: Weiter im Text.

30.9.1993

Hier kam um 10.00 Uhr eine Professorin aus Eugene/Oregon. Die übliche Trampelei. Das müßte ich schon verstehen, daß sie mein «Echo» nicht lesen wird. Es lag auf dem Fußboden, sie hat (Germanistik!) nicht einmal darum gebeten, einen Blick hineinwerfen zu dürfen.

1.10.1993

Die Stille macht mich nervös. Daß sich wegen «Echo» so gar nichts rührt. Bisher erst vier Interviews, zwei TV-Sendungen. Eigenartig. Der Vertriebschef hatte damals gemeint, wir verkauften nur 700 Stück, und nun haben wir schon 2 1/2 tausend Vorbestellungen.

2.10.1993

Das große Jahr 1977, damals wurde meine 2. Raketenstufe gezündet. Mit «Hitler» veränderte sich die Richtung, «Hitler» und «Schule». Das Befragungsbuch Uta v. Witzlebens «Geständnisse der Ersten Liebe» brachte mich darauf, die Zeitgenossen nach Hitler zu fragen. 1973 erschien es und kurz darauf «Schule». Ich hatte gleich den Gedanken, dies könnte die «Chronik» ergänzen.
Das Wechseln der Erzählperspektive brachte neue Kraft, *ermöglichte* das «Kapitel».
Bis heute nicht klar, wieso ich den Hanser Verlag verließ. Die «Liste» von Verfehlungen des Verlags, die ich damals zusammenstellte, ist wohl nur vorgeschoben. Die Distanzierung ging eher aus von den Hanser-Leuten, meine Liste diente dazu, die Initiative zu gewinnen und meine Selbstachtung. – Knaus, das bedeutete damals: neuer Verlag, neue Vertreter. Keine Kempowski-Müdigkeit.
Mit «Herzlich willkommen» hat die «Chronik» ihr Ende gefunden. 1984 war Schluß. «Hundstage», «Sirius», «Mark und Bein» bilden nur scheinbar eine Kolonie für sich. Mit «Sirius» verstärke ich die mit «Hitler» und «KZ» begonnenen Möglichkeiten, die dann zum «Echo» führten. Um die Chronik zu tragen, muß das «Echo» doppelten Umfang haben. Mit dem «Echo» habe ich das Mantelfutter nach außen gekehrt.
Mit dem «Block» habe ich die äußere Struktur von «Hitler» usw. gewählt. Ich war mein eigener Interviewpartner. Im «Echo» machen

sich die Fremden selbständig. Ich wäre dann einer von ihnen (wenn es gelänge, mich auch als Erzähler zu ihnen zu gesellen). Und da wäre die «Sprechspur» das rechte Mittel gewesen. Wir dürfen die Versuche nicht aufgeben, die Konkordanz der Romane nebenherlaufen lassen. Wenn das gelänge!
Es wird mir ewig ein Rätsel bleiben, wieso niemand mit mir über diese strukturellen Fragen sprechen will. Sie benehmen sich so, als sei es ungehörig von mir, so etwas zu planen. Oder sie *glauben* es mir nicht. Der Kempowski will da irgend etwas konstruieren, denken sie.
Wirklich: Ich würde gern mit jemandem darüber sprechen.

4. 10. 1993
Ich schrieb noch etwas am «Echo '45», rotarmistische Künstlernaturen in Berlin. Ich druckte zwei Tage probeweise aus, jeweils bereits 16 Seiten. O Gott! Kopf runter, weitermachen.

5. 10. 1993
Eingenommener Kopf, benommen. Ob das wirklich richtig war, das «Echo» für Besprechungen bis Mitte November zu sperren, wird sich herausstellen. Tatsache ist, daß wir zwei volle Monate verloren haben. Das kann teuerst werden.

6. 10. 1993
Trüber Tag, trübe Stimmung.
Die Ahnung, daß sie bei diesem Buch in der Präsentation wieder so ziemlich alles falsch machen, was falsch zu machen ist. Wieder eine Buchmesse ohne mich, wie schon bei «Sirius» und M/B.

7. 10. 1993
7.00 Uhr. Der Verlag setzt auf Flüsterpropaganda: wenn das man funktioniert.
«Altarfaltung», ein Prospekt in Altarfaltung geht um die Welt.

8. 10. 1993
In keiner Zeitung auch nur der winzigste Hinweis auf das «Echolot». Wenn die Kritiker das «Echolot» tatsächlich erst im November krie-

gen bzw. besprechen dürfen, dann ist das Buch bereits tot, es wird tot geboren.

9. 10. 1993

Das Malheur mit «Echolot» zerfrißt mich. Ich kann kaum an etwas anderes denken, geschweige denn irgend etwas tun.

11. 10. 1993

Am Nachmittag machte ich mit dem «Echo '45» weiter, arbeitete einen Zeitungsartikel von Ernst Klee* über den Kommandanten von Treblinka ein. Rief ihn an. Er kannte mich offenbar nicht.
Dann rief Paul Kersten an, Dieter Zilligen habe ihn reingerufen in sein Büro, und der habe ihm eröffnet, sie wollten eine 45-Minuten-«Profile»-Sendung mit mir machen, die dann am 24. Dezember ausgestrahlt werden soll, als mein «Vermächtnis». Sehr erfreuliche Nachricht. «Spiegel»-Interview hat da wohl was ausgelöst. KF rief an, daß heute abend über ORF 45-Minuten-Film übers «Echo» komme. Ich konnte mich gar nicht mehr an die Dreharbeiten erinnern. Hildegard wußte es noch. KF will Kassette schicken. Bin neugierig, ob sich auch das ZDF noch meldet. «Aspekte» war doch sonst immer ganz rege (bis 1984 jedenfalls).

Gestern nacht las ich bei Erich Mende Passagen, aus denen ging hervor, daß sein Weg sich 1945 mit dem meines Vaters gekreuzt hat.**
Ich stehe jetzt wieder mit der Gießkanne am leeren Schwimmbecken. Daß ich das «Echo '45» vollenden werde, steht außer Zweifel. Alles muß jetzt darauf konzentriert werden.
Es ist auch eine Versöhnung der Oral History mit der sogenannten «offiziellen» oder «wissenschaftlichen» Geschichte.

12. 10. 1993

Fast täglich finden sich in den Zeitungen Bezüge zu 1945. Heute wurde die Uraufführung eines Filmes von der klugen Freya Klier angezeigt,

* Journalist, Historiker, Filmemacher.

** Erich Mende: «Das verdammte Gewissen». Zeuge der Zeit 1921–1945. München 1982.

über die Vergewaltigung und Verschleppung deutscher Frauen. Außerdem wurde ein Bildband von Matz besprochen, der KZs fotografiert hat, wie sie jetzt aussehen. Im «Spiegel» über Wiederaufbau der Frauenkirche.
Verlag hat das Bild der Flüchtenden im Prospekt seitenverkehrt abgedruckt. Bei Kösel wird jetzt bereits gedruckt. Am 3. November liefert die Druckerei an die VVA.* Ich habe gebeten, mir drei Exemplare ab Druckerei zuzusenden. Sie haben Fadenheftung bestellt! Luxuriös. Koblischka berichtete von furchtbaren Pannen. Sind aber behoben.

16. 10. 1993

Paul Kersten schickte ein Fax mit einem schönen Satz: «Ich stecke seit Tagen in der Lektüre. Dir ist mit diesen vier Bänden etwas ganz Großartiges gelungen. Die Stimmen all dieser Toten, die Du zum Leben erweckst, lösen Entsetzen, Lachen, Mitleid und Trauer aus. Ich bin sehr bewegt.»
Es kam auch der Aufsatz von Martin Ebel in der «Badischen Zeitung», etwas «frisch» im ganzen, aber doch mit einem interessanten Satz: «Hier lehnt sich einer auf, der die Welt seiner Eltern – lieber, aber etwas naiver Deutschnationaler – und seine eigene Kindheit nicht im Bausch und Bogen abgetan sehen will.»**
«Die Tagebücher und das ‹Echolot›, die ‹Chronik› und die Befragungsbücher und die Arabesken und Nebenwerke: All das fügt sich in Kempowskis Augen zum Lebenswerk zusammen, zu einem Bau von der architektonischen Logik einer Kathedrale. – Es ist seine Art, über die Beschädigungen des Lebens zu triumphieren, die gestohlene Jugend, die mangelnde Anerkennung als Schriftsteller, die vielen kleinen Vermeintlichkeiten und wirklichen Verletzungen und Kränkungen. Von der ‹Chronik› bis zum ‹Echolot› hat er mit einzigartiger Besessenheit an dem einen unmöglichen Projekt gearbeitet: das Vergangene zurückzuholen, die Opfer zu entschädigen, die Toten aufzuwecken. Kurz – die Verheerungen der Geschichte aufzuheben in je-

* Vereinigte Verlags-Auslieferung.
** Martin Ebel: «Der Archivar». Walter Kempowski – der Deutschen liebster Chronist. In: «Badische Zeitung», 8./9. 10. 1993.

nem berühmten dreifachen Sinne der Dialektik: bewahren, überwinden und erhöhen.»

17. 10. 1993

Gestern war eine Frau da, deren Mutter-Kriegsbriefe im «Echolot» aufgenommen wurden. Sie brachte mir nun auch die Briefe ihres Vaters aus der gleichen Zeit, die sehr brauchbar gewesen wären. Aus, vorbei. Zu spät. Vielleicht etwas für den «Zopf», aber sie hat Angst, was die Nachbarn sagen. Ihr Bruder sei ein bekannter Chirurg, und wenn die Krankenschwestern dann vielleicht im «Echolot» lesen, daß er als Säugling in die Windeln gemacht hat, das dürfte dem wohl nicht recht sein.
Beim E-Vorbereiten für die Lesung morgen wurde ich ganz mutlos. Mir kam's plötzlich zu lang vor, alles. Hildegard bereitete einen anderen Tag vor (ich: 1. 1. '43), sie tröstete mich. Das Ganze ist zu ungefügt, klotzig. Kürzen wär keine Lösung gewesen, das hatten wir ja nun schon. Die Häppchenkultur oder das Zitieren bloßer Zitate, dazu brauchte ich das «Echolot» nicht zu schreiben. Die Ausführlichkeit eben war es, die mir wichtig war. 1001 Nacht eben. Sonst hätten wir es auch lassen können. Aber – ein wenig kürzen ...? Das hab ich ja gemacht, und eine zweite Kürzungsaktion hätte eine dritte nach sich gezogen usw. Bis nichts mehr übrigbleibt. Wie Adamson es mit den Tischbeinen gemacht hat. – Bei den Fotos nachzugeben, war *falsch*. Aber ich mußte es tun, weil der Verlag das gesamte Projekt sonst aufgegeben hätte. Es hing am seidenen Faden. Bei E 45 werden wir in die vollen gehen, da werden auch Farben nötig sein. – Ich denke an mehrere Farbseiten.
Alles hängt davon ab, wie E 43 aufgenommen wird. Mir platzt der Kopf.

18. 10. 1993

Bin bedrückt, das «Echolot» hätte ich besser machen können und müssen.
Ich denke eben: Sie haben die Widmung an Keele vergessen! Das wäre typisch.
½ 7 Uhr nach Bremerhaven, Bibliothek schwer zu finden. Erste Lesung aus «Echolot», Publikum war perplex. Langer Beifall – nach Schreckminute.

Zehn Vorbestellungen. Hildegard fuhr mich. Mir war recht unbehaglich, den ganzen Tag schon. Muß wieder runterschalten.
«Bremerhavener Zeitung» hat sich geweigert, meine Lesung anzukündigen (SPD).
Schnell nach Hause.
Freundliches Publikum. Einer wunderte sich, wieso die einzelnen Beiträge immer ungefähr gleich lang sind.
Große Angst, das «Echolot» in den Sand gesetzt zu haben. Ich hätte allerhand herausstreichen sollen. Ein unbeweglicher Koloß.

19. 10. 1993
Mitternacht. Lange Fahrt nach Cadenberge, «Echolot»-Lesung, angedonnert-verdattertes Publikum: «Wann gibt es das ‹Echolot› als Paperback?», drei Taschenbücher signiert und ein M/B. Dann wieder lange Fahrt zurück, wobei die Stimme des unangenehm wirkenden Jurek Becker im Radio.

21. 10. 1993
Mit Bittel, Vorbestellungen 2300, na ja, soviel hab ich mit dem «Block» nicht erreicht, da blieb es bei 800 stehen, und dann verweigerte mir die Sekretärin weitere Auskünfte.
Kamerad Bittel hat heute mit Schirrmacher telefoniert, der bleibt nach wie vor bei seiner Ansicht.
Bittel ißt heute mit Drews. Anzeigen wollen sie doch machen, aber sehr doll wird's wohl nicht werden.
Ich schiebe nun ganz allmählich das E 45 nach vorne, es scheint so, als hätten sie sich mit dem Gedanken angefreundet, er beginnt ihnen zu schmecken.
Der neue Computer ist doch eine sehr große Hilfe. Auch die Druckmaschine, es sieht alles so lecker aus.
Morgen werde ich mich mal wieder mit dem Dorfroman beschäftigen.

Ich hörte Schuberts letztes Streichquartett. Das ist die Musik, die ich mir für E45 vorstelle.
Unglaublich schäbige Besprechung meiner Lesung in Bremerhaven. Warum?

24. 10. 1993
Ängste durchwellen mich, daß ich vielleicht im «Echo» irgend etwas übersehen habe, jemanden nicht gefragt oder so. Was werden die Kritiker schreiben? Zu lang, zuviel Nebensächliches, keine «Erklärungen». Politisch? Hätte eine Strichliste führen müssen wegen der Ausgewogenheit. Die eben hat sich durch den Umfang ergeben. Der große Umfang macht alles gut.

25. 10. 1993
Tiefster Mittagsschlaf, dann erneuter Lebensversuch. Unter Hunde- und Katzengeschrei mit Paul Kersten telefoniert, der das «Echolot» begeistert liest, er will immer aufhören, aber schafft das nicht, sagt er, zwei Bände hat er schon durch.

26. 10. 1993
Nachmittags lange am «Echo '45».

Die Flüchtlinge *aus* dem Osten.
Die Kriegsgefangenenmassen *in* den Osten
Die sowjetischen Kriegsgefangenen *in* den Osten
Die Ost- und Westheere, die Alliierten von Ost und West
Die Fremdarbeiter *in* den Osten
Die westlichen Fremdarbeiter wieder in die Heimat
Die KZ-Häftlinge. Die demoralisierten Armeen

Das alles spielt sich über dem zermahlenen Grund der deutschen Städte ab.
Fabriken kaputt, Währungen ruiniert, Verkehr.
Da ist ein Zyklon, der erst allmählich, in den letzten 40ern, zur Ruhe kommt.
Die Vertriebenen, die deutschen Kriegsgefangenen.

27. 10. 1993
Im Hinblick auf Paul Kersten viel Nachdenken über E45, was ganz falsch ist, da ich ja über E43 sprechen muß: Das ist schon wieder so weit weg. Gut, daß ich mir eine Systematik gemacht habe. Ich müßte

doch wissen, daß das «Echolot» was taugt. Das weiß ich ja. Eben nicht. Es ist zu ausgebreitet und zu widersprüchlich, erst in Cadenberge und Bremerhaven hab ich bemerkt, daß es auch Leser dafür geben wird. In Bremen vielleicht zwei halbe Tage? Alles zusammendrängen, gut vorbereiten. Aber an sich unehrlich, solche Texte zuzurichten für eine Lesung.

28. 10. 1993

Es war sicher ein Fehler, in E 43 keine Vergleichs- oder Kontratexte von 1933 gebracht zu haben. Aber: private aus dieser Zeit habe ich sehr wenig. Die wichtigsten habe ich schon im «Sirius» verbraten. «Sirius» leitet die «Echos» ein.

«Alkor» muß mit 1939 gemischt werden. Wie ein Schachbrett.

4. 11. 1993

Taktlos und unangenehm ist es, bei jeder Gelegenheit auf Preis und Umfang des «Echos» hingewiesen zu werden.

Kamerad Bittel sagte, er hat das erste, handgebundene Exemplar.

Es ist so, daß ich die Kraft zusammennehme, als ob die Taube ihre Flügel andrückt vorm Absprung. Die Arbeit an «Alkor» muß erst mal unterbrochen werden. Ich kümmere mich nur um das erste Jahr.

7. 11. 1993

Es war ein guter Tag; Höhepunkt: der Anruf von Paul Kersten. Bis auf 200 Seiten habe er alles gelesen. Seit Tagen lese er nichts anderes, beschäftige sich damit, lege es manchmal beiseite, aber nehme es immer wieder vor.

Je mehr sie davon reden, desto weniger weiß ich, was ich eigentlich gemacht habe. Ich möchte hier nicht die Einschätzungen Kerstens wiedergeben. Die *ganze* Komposition sehe ich immer deutlicher vor mir, und die vielen Überlegungen werden sichtbar in sie eingehen – wie ich entsprechende Überlegungen zu E 43 hatte, die ich natürlich nicht mehr parat habe. Es waren die Großentscheidungen und die täglichen Kleinentscheidungen.

8. 11. 1993

Mit der Post kamen Suchplakate des Roten Kreuzes. Für E45 bestens geeignet. Aber wie machen wir's mit der Reproduktion? Irgendwo hab ich noch welche, die ich mir vor Jahren mal schicken ließ. Alles sehr wichtig, alles sehr schwierig. Bin mal neugierig, ob das Museum von Auschwitz mir Fotos schickt.

Vom Verlag nichts. Ich warte schon nicht mehr auf mein Buch. Es ist wieder so, daß der Autor als letzter sein Buch zu sehen kriegt.

9. 11. 1993

Gestern nachmittag, als gerade zwei Damen von der Hamburger «Morgenpost» vorfuhren, öffneten wir das bleischwere Paket mit den vier Exemplaren des «Echolot», in Popcorn eingebettet, das die Hunde sofort probierten, aber bald davon abließen. Auch die Hühner – herbeigeeilt – verzichteten nach einer Kostprobe.

Wir saßen im Pavillon bei Tee und begutachteten das Werk, dessen Gestaltung 100prozentig ist. Natürlich sind die Bände etwas groß, aber das Leinen faßt sich angenehm an, Papier gut, Fotos in Ordnung – Herz, was begehrst du mehr?

Ich beendete den Nachmittag in stiller Einkehr. Ein Felle-Wegschwimmen war das, aufgehoben durch das herrliche Gefühl, mit dem nächsten «Echolot» schon auf dem Weg zu sein.

Beschreibung eines Kampfes

Über die Entstehung von Walter Kempowskis «Echolot»

Audiatur et altera pars – auch die Gegenpartei soll gehört werden, so lautet eine lateinische, juristische Verfahrensregel. Nur so nämlich, wenn beide Kontrahenten zu Wort kämen, sei es möglich, sich ein gerechtes Urteil zu bilden. Menschen, die etwas gemeinsam erlebt haben, wissen über das Erlebte oft ganz verschiedene Geschichten zu erzählen, jeder mit subjektivem Recht. Paare etwa, die versuchen, den Punkt dingfest zu machen, von dem ausgehend ihre Zweisamkeit in die Brüche gegangen ist, und sich in der unlösbaren Frage verheddern: Wer ist schuld an dem Konflikt, an unserem tiefgreifenden Zerwürfnis?

Von einem Zerwürfnis ist auch in diesem Text die Rede, einem zeitweiligen Dissens, den der Autor Walter Kempowski und sein Lektor, also ich, als höchst gegensätzliche Erfahrung verbucht haben. Beide Versionen dieser Erfahrung sind in dem vorliegenden Tagebuch und dem ihm folgenden Nachwort jetzt nachzulesen, und vielleicht ergeben sie erst zusammengenommen eine in sich stimmige Geschichte. Die literarischen Zeugnisse für Konflikte zwischen Autoren und ihren Lektoren respektive Verlegern sind Legion. Zu unterschiedlich sind die wechselseitigen Interessen, zu ungleich verteilt sind Macht und Ohnmacht, als daß das Zweckbündnis zwischen Autor und Verlag zu allen Zeiten von Harmonie erfüllt sein könnte. Jean-Paul Sartre erzählt in seinen Erinnerungen, wie sich dem Kind ein Satz des Großvaters unvergeßlich einprägte: «Mein Verleger bestiehlt mich wie ein Straßenräuber», sagte Charles Schweitzer mit dumpfer Stimme, als er eine Verlagsabrechnung zu Gesicht bekam. An diesem Beispiel sei ihm, Sartre, zum ersten Mal «die Ausbeutung des Menschen durch den Menschen» aufgegangen. Das mag nach Hysterie und Paranoia klingen, ein Körnchen Wahrheit steckt doch darin. Verlage sind mächtige Institutionen, zumindest aus der Perspektive des einsamen Autors in seiner Schreibstube, der sich gegenüber dem gewaltigen Tanker Verlag oft genug wie ein «Einhandsegler» (Walter Kempowski) vorkommt und sich – von Gott und allen guten Geistern verlassen – gänzlich allein den Unbilden der Witterung ausgesetzt fühlt. Kann man es ihm da verdenken, daß er sich nichts sehnlicher wünscht, als in seinem Lektor einen guten Geist und einen verläßlichen Kameraden an der Seite zu haben? Und umgekehrt: Womit hat ein Lektor, der beharrlich versucht, die Interessen von Verlag und Autor unter einen Hut zu bringen, die zornigen Unmutsäußerungen und die Zweifel an seiner Integrität verdient, die ihm aus der Dichterklause entgegenschallen? Seine Rolle ist hoch ambivalent, er ist dem Autor und dem Verlag in gleicher Weise zur Loyalität verpflichtet. Deren Interessen scheinen allenfalls dem oberflächlichen Betrachter identisch. Sie sind es nicht: Auf der einen Seite regiert der literarische Eigensinn, auf der anderen Seite herrscht das ökonomische Kalkül. Die standardisierten Abläufe der Verlagsproduktion kollidieren nur allzu leicht mit der künstlerischen Emphase und der ihr innewohnenden Maßlosigkeit auf seiten des Autors. Mit sicherem Gespür hat Adorno in solchem Zusammenhang von einem «Gefühl des Windschiefen, der Unvereinbarkeit von Kultur und Verwaltung» gesprochen. Auch Verlage, zumal dann, wenn sie Teil von Konzernen sind, gehören fraglos und unweigerlich der verwalteten Welt an.

Wie lernten Autor und Lektor sich kennen? An einem Abend im Spätherbst 1988 erwartete ich Walter Kempowski zu einer Lesung in einer Münchner Buchhandlung. Er erwartete mich nicht, wir kannten uns erst flüchtig. Sein Roman «Hundstage» war zur Buchmesse erschienen, ich war als – zumindest an Berufserfahrung – junger Lektor seit wenigen Monaten für den Knaus Verlag tätig. Der Veranstaltungsraum war gut gefüllt. Sogar aus Salzburg waren Besucher gekommen. Vom Autor keine Spur. Wie sich schließlich herausstellte, war die Adresse der Buchhandlung falsch notiert worden, so daß Kempowski nach einer langen Taxifahrt über eine Dreiviertelstunde zu spät kam. Der Buchhändler, völlig außer sich, zürnte mit hochrotem Kopf gegen Verlag und Autor, erklärte die Veranstaltung für beendet. Das werde er, sagte er drohend, aber dem Bereichsvorstand des Verlags, mit dem er regelmäßig Tennis spiele, erzählen. Kempowskis Kommentar: *Ich kann*

ja auch nichts dafür. Aber so ist es immer, und dann heißt es, Kempowski gilt als schwierig. Unser erster gemeinsamer Abend stand nicht unter dem Stern guten Gelingens.
Zu später Stunde, beim Wein in einem Münchner Hotel, erzählte mir Kempowski von seinen kommenden Projekten und Plänen, darunter ein Werk mit dem Titel «Echolot». Es sollte ein Stück deutscher Geschichte rekonstruieren, von der Schlacht um Stalingrad als dem Wendepunkt des Zweiten Weltkriegs über das Kriegsende bis zur Währungsreform, also den Niedergang des Nazireichs und die Vorgeschichte der Bundesrepublik vermessen – auf eine vollkommen neue Weise. Kempowskis Idee war es, in einer monumentalen Collage die Lebens- und Sterbenszeugnisse selbst zum Sprechen zu bringen, die Stimmen zu einem gewaltigen Chor zu versammeln, den der Autor – gleichsam als Dirigent – arrangierte. Seit Jahren schon hatte Kempowski autobiographische Zeugnisse – Briefe, Tagebücher, Lebensberichte, Fotografien – gesammelt, auf Flohmärkten und in Antiquariaten, mittels Suchanzeigen in Zeitungen. Das anschwellende Material in seinem Archiv geordnet, katalogisiert, aufbereitet. Bei den Urhebern dieser Dokumente handelte es sich nahezu ausschließlich um Unbekannte, um Stimmen, die wohl für alle Zeit stumm geblieben wären, hätte sich nicht Kempowski ihrer angenommen. Mir erschien die Idee, all diese Texte, Bruchstücke, Meldungen, Bilder zu einer Collage zusammenzufügen, als ein ebenso kühnes wie auch nie dagewesenes Vorhaben. Einzig Walter Benjamins «Passagen», nur als Fragment überliefert, schien mir von der Ambition her damit vergleichbar. Ich war begeistert von der Aussicht, einem solchen Werk in die Öffentlichkeit zu verhelfen. Die mannigfachen Schwierigkeiten, mit denen ein solches Projekt verbunden sein würde, sah ich damals nicht.
Es wunderte mich, als in den folgenden Tagen meine Begeisterung über das «Echolot» im Verlag nicht den entsprechenden Widerhall fand, sondern auf bedenkliche Mienen und Kopfschütteln stieß. «Wie viele tausend Seiten?» wurde gefragt, und viel war von Kalkulationen und Deckungsbeiträgen die Rede. Was ist ein Deckungsbeitrag? Das wußte der frischgebackene Lektor nicht, und es interessierte ihn auch nicht sonderlich. «Und keine Zeile von Kempowski? Nur Zitate? Wer soll das kaufen?» Nachdem ein Erscheinen dieses Werkes aber binnen Jah-

resfrist keineswegs in Sicht war, wurde diese Diskussion fürs erste nicht vertieft und das Projekt gewissermaßen ad acta gelegt. Ein Vertrag mit dem Autor kam immerhin zustande. Man wollte den prominenten Schriftsteller nicht verärgern. Oder vielmehr – sich keinen Ärger mit ihm einhandeln. Er galt als reizbar. Die aufgetretene Skepsis aber hat das erste «Echolot» bis zu seinem Erscheinen begleitet. In Kempowskis Tagebüchern hatte das Projekt schon im Jahr 1987 begonnen, Gestalt anzunehmen. Der erste Computer kam ins Haus. Am 1. Mai notierte der Autor: *Er ist etwas störrisch, oder vielleicht bin ich auch etwas begriffsstutzig?* Im Oktober 1988 tauchte zum ersten Mal der Titel auf: «Echolot. Ein kollektives Tagebuch». Und einen Monat später ein erster Anflug von Kleinmut: *Zweifel bleiben bestehen, ob das Unternehmen überhaupt realisierbar ist. Dies wird sich erst herausstellen, wenn mehr «Masse» verfügbar ist. Auf verbindende Texte muß unter allen Umständen verzichtet werden.* Kempowskis Zweifel hängen vor allem mit der Größenordnung seines Vorhabens zusammen: *Ich habe errechnet, daß das von mir geplante Tagebuchvorhaben etwa fünftausend Seiten umfassen müßte, also gar nicht zu realisieren ist. Allein die Korrekturvorgänge würden unlösbare Probleme aufwerfen.* Aber der Autor, der als Kind – befragt nach seinem Berufswunsch – einmal geantwortet hatte, er wolle *Archiv* werden, konnte trotz aller Bedenklichkeiten von seinem Vorhaben nicht lassen. Oder war es vielmehr so, daß das wahnwitzige Unterfangen sich seinen Autor gesucht und ganz und gar von ihm Besitz ergriffen hatte? Jedenfalls begann es schon im Frühjahr 1989 Konturen anzunehmen, als Kempowski erstmals den Aufbau des Werkes in einer Skizze festhielt:

Es wird in fünf Teile gegliedert:
1. Talfahrt 1943/44
Stalingrad / Militärisches / KZ / Bomben / Invasion / Die Weiße Rose / 20. Juli / Allerhand gerettete Idyllen / Jugendzeit / Urlaub.

2. Chaos 1945/1
Flucht / Bomben

3. Chaos 1945/2
Besinnung, man findet sich wieder.

4. Leiden / Aufstieg / Buße 1946/47
Hunger / Gefangenschaft

5. Plateau 1948
Währungsreform / Blockade / Schluß: Gründung der beiden Republiken.

Zentrum des «Echolot» muß sein das Jahr 1945, der Schlund des Trichters, auf den alles zudringt.

Während der Autor diese Pläne schmiedete, in seinem Archiv in Nartum handschriftliche Tagebücher und Briefe entzifferte und versuchte die Stoffmassen irgendwie in den Griff zu bekommen, ahnte man im Verlag noch wenig von seinem Glück. Kempowski galt als Romancier, dessen Romane «Tadellöser & Wolff» und folgende ihn berühmt gemacht hatten und sich im übrigen glänzend verkauften. Erfolgreiche Autoren bekommen ein Etikett verpaßt und werden in eine Schublade gesteckt, das erleichtert die Vermarktung. Deshalb wird es in Verlagen nicht sonderlich gern gesehen, wenn ein Schriftsteller plötzlich das Sujet oder das Genre wechselt. Ein Risiko, das als schwer kalkulierbar erscheint. Und eine Sorge, die gelegentlich auch den einsamen Autor in Nartum befällt: *Das Monstrum hat nur Aussicht auf Erfolg, wenn es gestützt wird auf allerhand Nebenunternehmungen: Lesungen, Hörspiele, Vorabdrucke. Seine Wirkung wird in der Ausführlichkeit liegen.*
In der Ausführlichkeit – das klingt schön: Thomas Mann könnte so etwas gesagt haben. Aber was heißt das konkret? Auch darüber macht sich Kempowski seine Gedanken: *Heute habe ich errechnet, daß pro Jahr mindestens 1800 Eintragungen zu erwarten sind. Das sind sicher 1000 Seiten. Wie soll ich die unter Kontrolle bringen? Ich mach' erst mal weiter.*
Er machte weiter und häufte Dokument auf Dokument. Am 10. März 1989 notiert er: *Das «Echolot» macht Fortschritte. Wenn ich was Schönes gefunden habe im Archiv, irgendein tolles Tagebuch oder einen Brief, laufe ich herum und reibe mir die Hände. Lustgewinn durch Sammeln*. Aber schon zwei Tage später heißt es skeptisch: *Zweifel, ob meine Arbeitskraft ausreicht fürs «Echolot». Als ob ich mit der Gießkanne ein Schwimmbad fülle.*

Im Verlag hatte inzwischen wieder einmal der oberste Verleger gewechselt. Die «Halbwertzeit» wird immer kürzer, hieß es unter den Kollegen, und man rätselte über die Konsequenzen. Mein Job schien kurzfristig zu wackeln, aber dann versicherte mir der neue Manager, daß er mich gerade «meiner unkonventionellen Art» wegen schätze. Was immer das bedeuten mochte. Er machte sich kundig über die Verlagsprogramme, das «Echolot» betrachtete er mit Vorbehalten. «Wer soll das lesen?» fragte er.
Schon bald reiste er zu einem Antrittsbesuch nach Nartum. Einen Tag nach seiner Rückkunft fand ich eine Aktennotiz auf meinem Schreibtisch, Kempowski betreffend. Das Projekt laufe erst mal weiter, ließ der oberste Verleger verlauten, aber im übrigen habe er dem Autor deutlich gemacht, daß der Verlag von ihm Romane erwarte und nicht irgendwelche Lexika oder Lieferungswerke. Ich las es als impliziten Vorwurf, die Interessen des Verlags gegenüber dem Autor nicht ausreichend vertreten zu haben, und so war es wohl auch gemeint. Der Verlag kam mir inzwischen vor wie Kafkas «Schloß». Kempowski aber schien von der Vorstellung des obersten Kastellans wenig beeindruckt zu sein, er verstärkte seine Anstrengungen. Er präparierte den 20. April 1945 (Führers Geburtstag) aus dem Gesamtkomplex heraus, um etwas Präsentables in der Hand zu haben und unter Umständen Sponsoren zu gewinnen. Auf der Deckseite war eine Röntgenaufnahme von Hitlers Schädel abgebildet. Der oberste Kastellan nahm das Dossier mit spitzen Fingern von mir entgegen und legte es kommentarlos auf den linken Stapel auf seinem Schreibtisch. Er kam nie wieder darauf zurück.
Es war Kempowski nicht verborgen geblieben, daß sein schönes Projekt über das Kostenargument zu Fall gebracht werden könnte. Bei unseren Telefonaten schnitt er immer wieder die Frage von Sponsoren an, obwohl ich ihm gleich beim ersten Mal versichert hatte, daß ich das Engagement von öffentlichen oder privaten Geldgebern für höchst unwahrscheinlich hielte. Das Echo in Kempowskis Tagebuch: *Bittel sagt, Geld aufzutreiben von irgendwelchen Stiftungen sei unmöglich, alle sagten: Was Bertelsmann? Die haben doch Geld wie Heu!*
Eigentlich ein einleuchtendes Argument, dachte ich, Kempowski kam dennoch immer wieder auf diese Frage zurück. Von ihm habe ich gelernt, was Beharrlichkeit bedeutet.

Im Winter 1989 kristallisierte sich allmählich heraus, das «Echolot» erst einmal auf den Januar und Februar 1943 zu beschränken. Die beiden Monate komplett – *day by day*, wie Kempowski gerne sagte – abzubilden. Mit dem Fokus auf der Schlacht um Stalingrad, dem Widerstand der Weißen Rose, auf Goebbels' berüchtigter Rede im Berliner Sportpalast und der Konferenz von Casablanca. Schon zuvor hatte sich Kempowski dafür entschieden, nicht nur unveröffentlichte Zeugnisse aufzunehmen, sondern auch die Stimmen prominenter Zeitgenossen im *Echolot* zu versammeln – Thomas Mann etwa, Ernst Jünger und Hermann Hesse, André Gide und Paul Valéry. Der Generaldirektor des Deutschen Historischen Museums hatte ihm dazu geraten: *Stölzl war hier, sehr erfreuliches Gespräch über «Echolot». (...) Er meint, ich sollte auch Thomas Mann und Benn und andere Quellen mit ins «Echolot» aufnehmen.* Und wenige Tage danach: *«Echolot» wächst. Ich fange an, Thomas Mann und Hesse usw. einzugeben.*

Ich war über diese Entwicklung nicht besonders erfreut. Immer hatte ich das Projekt im Zusammenhang einer «Geschichte von unten» gesehen oder der Oral History, auch wenn es hier nicht um mündlich tradierte, sondern geschriebene Quellen ging, jedenfalls in dem Sinn, daß vor allem die Verschollenen und Namenlosen zu Wort kommen sollten. Außerdem war klar, daß dadurch der Umfang förmlich explodieren würde und auf den Verlag erhebliche Kosten für die Abdruckrechte der prominenten Autoren zukommen würden. Mit dem obersten Verleger hatte sich Kempowski in einem geschickten Schachzug dahin gehend geeinigt, daß die Kosten für diese Abdruckrechte vom Verlag zu tragen seien. Und daß darüber hinaus die Einholung der gesamten Rechte, was eine höchst umfangreiche Korrespondenz bedeutete, ebenfalls vom Verlag zu leisten sei. Eine folgenreiche Entscheidung.

Längst war klar, daß die Lasten dieses Mammutprojekts auf mehrere Schultern verteilt werden mußten. Der Verlag stellte dem Autor einen gesonderten Etat für Hilfskräfte zur Verfügung, für Schreib-, Register- und Übersetzungsarbeiten. Kempowski beschäftigte außerdem eine Redakteurin, die in der Phase der Recherche die diversen Archive nach brauchbarem Material abklapperte. Die Stoffmassen wuchsen. Und mit ihnen die Sorgen des Autors: *Viel herangeschafft in den letzten Tagen*, notierte Kempowski einmal, *und doch bin ich zeitweise verzagt, es sind doch nur Tropfen. Ein Faß ohne Boden.* Mir war klar, daß in Nartum eine Lawine ausgelöst worden war, die gewaltig anwachsen und irgendwann über mich hereinbrechen würde und den kleinen Knaus Verlag unter sich zu begraben drohte. Tatsächlich handelte es sich um einen *kleinen* Verlag, der im wesentlichen von einem Lektor und einer Sekretärin betrieben wurde. Mit der Konsequenz, daß ich dem Projekt in dieser Zeit nicht die Aufmerksamkeit entgegenbringen konnte, die es verdient hatte, und dem Autor sicherlich kein besonders aufmerksamer Gesprächspartner war.

Kempowski beschäftigte sich mit anderen Fragen. Vor allem: Wie wäre das überbordende Material in eine Form zu bringen? Lange Zeit – im Grunde bis zum Redaktionsschluß im Winter 1992 – experimentierte er mit verschiedenen Arrangements der Texte und Dokumente. Er erwog eine zweite Spalte, die sogenannte *Sprechspur*, mit eigenen Tagebucheintagungen aus der Gegenwart als Kontrastebene. Er ließ diesen Gedanken wieder fallen. Das Zauberwort hieß *Collage*, das «Echolot» war schließlich von Anbeginn an größer gedacht als eine bloße Anthologie oder Quellensammlung. Aus dem Tagebuch: *Man müßte, wenn alles fertig ist, die ganze Geschichte durch eine Art Reißwolf jagen, der nach ständig wechselnden Prinzipien die einzelnen Sätze austauschen würde. Das Ganze wäre dann zwar unlesbar, käme jedoch dem, was ich beabsichtige, näher.* Zum Glück – zumindest aus der Sicht des Verlags – verwarf er diesen Gedanken wieder, vielleicht beeinflußt durch den Rat eines Literaturkritikers, der an dem Projekt regen Anteil nahm: *Drews riet ab, über Gebühr zu collagieren. Das sei kunstgewerblich.* Damit zusammen hing die Frage, wie Walter Kempowski auf dem Titel firmieren würde – als Herausgeber oder als Autor. Ich plädierte für letzteres, weil ich den Standpunkt vertrat, daß seine schöpferische Leistung weniger im Sammeln der Dokumente lag als in deren Aufbereitung, in ihrer Dramaturgie, in ihrem Arrangement. Und weil ich die Collage als eine künstlerische Form der Gegenwartsliteratur begriff, die neben den traditionellen Hervorbringungen von Autoren längst ihre eigene Berechtigung hatte. Mein Kronzeuge war – einmal mehr – Walter Benjamin, in dessen Passagenwerk ich das passende Leitmotiv entdeckte: *Methode dieser Arbeit: literarische Montage. Ich habe nichts zu sagen. Nur zu zeigen.*

Es gab Abhaltungen, Zäsuren, die den steten Fluß dieses *Work in Progress* vorübergehend hemmten, aber nicht aufhielten. Im Januar 1990 bezichtigte ein Journalist im «Stern» Kempowski des Plagiats und diffamierte den Autor als *Abschreiber*. Im Herbst desselben Jahres erschien Walter Kempowskis «Sirius. Eine Art Tagebuch», ein über 600 Seiten starker Band, der die Entstehung von «Hundstage» dokumentierte, und zugleich das Kempowski-Familienalbum ein Stück weit aufblätterte. Im Herbst 1991 der kleine Roman «Mark und Bein», die Geschichte einer Reise nach Ostpreußen und eine Erinnerung an den Tod des Vaters. Kurz vor Weihnachten erlitt er einen Schlaganfall, der glücklicherweise glimpflich verlief. *Überarbeitet war ich ja eigentlich nicht, ich hatte gerade einen schonenden Arbeitsrhythmus gefunden … In Wahrheit wohl die Angst vor den Folgearbeiten des «Echolot». Diese dreitausend Seiten.* Mitte Januar saß er wieder an seinem Schreibtisch in Nartum und ist mit dem Februar 1943 beschäftigt. *Ich kann mich nur noch dunkel an das Frühjahr 1943 erinnern. Daß ich die «Berliner Illustrirte» las, auf dem Fußboden liegend, bei Tisch fiel das Wort «Stalingrad, die armen Jungen …»*
Im Verlag, im *Schloß*, hatte sich das Personalkarussell wieder einmal gedreht. Der Oberkastellan hatte einen Unterkastellan, sprich einen Cheflektor eingestellt. Ein neuer Vorgesetzter. Wir verstanden uns leidlich, und er schien dem *Monstrum* ganz wohlgesinnt zu sein. Bei Kempowski liest es sich so: *Beim Verlag hat man sich entschlossen, das «Echolot» jetzt absolut zu unterstützen. Bis dahin (Februar '92) sah man eher scheel auf das anschwellende Konvolut. Sie wissen, daß es ein finanzielles Fiasko gibt, machen trotzdem weiter und schalten auf «edel» statt auf «billig». Dies ist ein kleines Wunder, und es wird hoffentlich nicht zu Verfluchungen führen, wenn die Leser es nicht annehmen.* Edel oder billig, das bezog sich auf die Ausstattung der Bände und auf ihre Anzahl, das Manuskript war inzwischen auf 3500 Seiten angewachsen.
Ende Mai 1992 war es soweit. Kempowskis Mitarbeiterin, die tapfere Simone Neteler, sollte nach München fliegen. Mit schwerem Gepäck. Begleitet von düsteren Befürchtungen des Autors: *Ausgerechnet heute, wo Simone das «Echolot» nach München bringen will, wird der Hamburger Flughafen bestreikt. Meine Panik gaukelt mir nun vor, daß sie den bleischweren Koffer (vier pralle Ordner) womöglich aufgegeben hat*

und ihn nicht zurückkriegt. Im zweiten Anlauf gelang es, die Fracht kam heil bei mir an. Das Manuskript lag auf meinem Schreibtisch. Es türmte sich einen halben Meter hoch. Meine Besorgnis bei Betrachtung dieses Stapels war, daß sich das Werk über die Stalingradzeit zu meinem persönlichen Stalingrad auswachsen könnte.
Im Sommer reiste ich mit dem Cheflektor – er war inzwischen zum Verleger avanciert – nach Nartum, um mit dem Autor über die Erscheinungsweise der Bände zu beraten. Ich war baß erstaunt, als der Verleger bei dieser Gelegenheit ein geradezu visionäres Konzept entwickelte. Warum nicht acht Bände, meinte er launig, kleines Format, in Leinen, mit flexiblem Umschlag, feines Papier, Lesebändchen, eine Sache, die man bequem auch im Bett lesen kann. Kempowski war hocherfreut. Im Tagebuch notierte er, das sei wohl das erste wirkliche Verlegergespräch gewesen, das er hatte, aber auch, daß der Verleger einen «hellgrünen Anzug mit lila Hemd» getragen habe.
Die Ernüchterung ließ nicht lange auf sich warten. Die Münchner Herstellungsleitung kalkulierte die hochfliegenden Pläne und kam zu dem Ergebnis, daß die ganze Angelegenheit nur in einer finanziellen Katastrophe enden könne. Der Verleger knickte ein. Ich wurde beauftragt, dem Autor ein über 1200 Seiten starkes Buch als Muster zu schicken, ein wahrer Ziegelstein. Das Ganze sollte in zwei solcher Bände gepackt werden, das müsse dem Autor doch beizubiegen sein. Augen zu und durch, so hieß jetzt die Parole, begleitet von den üblichen Fragen: «Wer soll das eigentlich lesen? – Wenn es gut geht, 1000 Leute und vielleicht ein paar hundert Exemplare an die Bibliotheken.» Verständlicherweise war Kempowski wenig erfreut über die neuerliche Wendung der Dinge: *Vom Verlag kamen zwei Blindbände, Buch-Mauersteine, gewaltige Dinger. So stellen sie sich «Echolot» vor. (...) Warum haben wir eigentlich neulich Stunde um Stunde konferiert?*
Der Autor Walter K. mag sich zu diesem Zeitpunkt wie der Landvermesser Josef K. in Kafkas Roman vorgekommen sein, der sich auf die kryptischen Botschaften aus dem Schloß kaum mehr einen Reim zu machen wußte. Es begann ein schier endloses Gefeilsche um die Zahl der Bände und den voraussichtlichen Ladenpreis. Ob der Schloßherr, der Vorstand, vielleicht einen Zuschuß gibt zu dem wahnwitzigen Projekt? Mit 150 000 DM wären wir halbwegs aus dem Schneider. Das Geld

wurde am Ende bewilligt, die Bandzahl auf vier festgelegt, der Subskriptionspreis auf 298 DM, danach 328 DM. Erscheinen sollte das Werk zur Buchmesse 1993. Jetzt war ich am Zug. Augen zu und durch.

Wie sich bald herausstellte, kamen noch Nachträge aus Nartum, zusätzliche Texte zum Manuskript. Bevor aber das Manuskript nicht vollständig und definitiv abgeschlossen war, wollte ich mit der Einholung der Rechte nicht beginnen lassen. Jenseits davon galt es editorische Probleme zu bewältigen, deren voller Umfang noch gar nicht abzusehen war. Ich spürte, wie mir die Zeit davonzulaufen begann und schlug Kempowski am Telefon vor, den Erscheinungstermin um ein Jahr zu verschieben. Ich biß auf Granit: *Bittel will verschieben, ein Jahr, ich hab' gesagt, das ist keine Lösung. In dem Projekt steckten Anfälligkeiten. Ich habe ihn gewarnt, und daß es mir leid täte, wenn sich da jetzt wieder soviel ansammelt, und daß wir uns in die Haare kriegten. Bittel denkt, daß sich alle Schwierigkeiten, die er mit dem «Echolot» hat, erledigen, wenn er das Erscheinen um ein Jahr verschiebt. Sie werden größer werden, denn die Rechtefragen werden komplizierter, wenn man genauer hinsieht. Der Koloß muß jetzt verschwinden.*

Der Ton zwischen Nartum und München wurde zunehmend gereizter, dann wiederum sank die Temperatur unserer Kommunikation gegen den Gefrierpunkt. Mir war nicht klar, daß Kempowski von mir erwartete, daß ich das ganze Konvolut *jetzt* lesen würde, von der ersten bis zur letzten Seite, daß ich es mir vollständig zu eigen machte, gerade als handelte es sich um einen Roman, um eigene Prosa. Ich verstand nicht, daß er jetzt einen Enthusiasmus von mir erwartete, den ich zu diesem Zeitpunkt nicht aufbringen konnte. Außerdem war ich unterwegs, mit dem englischen Autor Lawrence Norfolk, um dessen Debütroman «Lemprière's Wörterbuch» der Öffentlichkeit vorzustellen. *Vom Verlag ist nichts zu vernehmen. Bittel reist in der Gegend herum, Rechtebriefe werden nicht abgeschickt, mit dem «Spiegel» ist nicht gesprochen worden, Verträge werden nicht geschickt. «Echolot» wird auf die lange Bank geschoben. Bin ganz erledigt von all diesen Halbsachen, vermisse Tatkraft und Ideen.*

Im Januar ein Hoffnungsschimmer: Der Literaturredakteur des «Spiegel», Volker Hage, veranstaltete einen mehrseitigen Vorabdruck in dem Wochenmagazin. Im Vorspann lieferte er auch einen zitablen Satz:

«Vielleicht wird sich das ‹Echolot› als eines der letzten großen literarischen Wagnisse diese Jahrhunderts erweisen.» Um diese Zeit jährte sich die Schlacht um Stalingrad zum fünfzigsten Mal. Jahresdaten wie dieses lassen sich als Marketing-Argumente, verlagsintern die «zehn Punkte» genannt, verwenden. Warum es ausgerechnet zehn Punkte sein mußten, die den Verkauf anstacheln sollten, wußte niemand, und Marketing-Argumente hießen sie vermutlich deshalb, weil sie niemals von der Marketing-Abteilung, sondern immer von den Lektoren ersonnen werden mußten. Auf einer Programmsitzung im Verlag, auf der ich das Projekt zum wiederholten Mal vorstellte, fragte mich der Vertriebschef recht verwundert und mit bedenklicher Miene: «Das ist also gar kein richtiger Roman? Keine Zeile von Kempowski? Wer soll denn das kaufen?» An ein Werk, das enorme Kosten verursachte und voraussichtlich nichts einbringen würde, wollte niemand glauben. Außer dem Autor und – vielleicht in abgeschwächter Form – der Lektor.

Jetzt erst begannen die Mühen der Ebene: *Bittel hat in München einen Arbeitsstab «Echolot» gebildet. Das wird allmählich Zeit, nicht wahr? Was die da wohl besprechen?* Tatsächlich hatte ich mich mit Hilfskräften umgeben, die sich um die rapide anschwellende Korrespondenz mit Privatleuten und Verlagen kümmerten, Rückfragen beantworteten, Texte überprüften, sich um die Genauigkeit des Registers und des Quellenverzeichnisses kümmerten. Verschiedentlich galt es, überzogene Honorarforderungen abzuwehren, gelegentlich wurde uns auch ein Abdruck verweigert, und Ersatz mußte beschafft werden. Meldungen aus den «Münchner Neuesten Nachrichten» boten sich an und wurden aus der Staatsbibliothek besorgt.

Gerne hätte ich Katalogseiten der Firma Hauser mit einschlägigen Elastolinfiguren abgebildet: Hitler, Goebbels und Göring waren darunter, aber auch: «Toter Soldat – 30 Pfennig». Den Katalog hatte ich mir aus dem Münchner Stadtmuseum besorgt. Der Seniorchef der Firma weigerte sich nach zähen Verhandlungen, die Genehmigung zu erteilen, obwohl ich ihm ausführlich erklärt hatte, daß unser Projekt keine denunziatorischen Absichten verfolge. Er fürchtete wohl um die Familienehre. Außerdem hielt er die ganze Sache geschäftlich für völlig verfehlt, wie er mir ungefragt mitteilte. Da war er allerdings nicht der einzige.

Kempowski hatte wenig Verständnis für die jetzt auftauchenden Probleme, er war der Meinung, daß man viel früher mit der Arbeit hätte beginnen können. Ich wiederum war erbost, wenn Kempowski immer noch mit Texten aufwartete, die nachträglich eingebaut werden mußten. Der Autor, zerknirscht: *Ich habe aus einem mir unverständlichen Mißverständnis heraus die Januartexte von Ernst Jünger nicht aufgenommen, was nun eigentlich nicht mehr geht. Ich muß versuchen, noch eine Lösung zu finden. Ich muß mir die Texte schnellstens besorgen, sie fotokopieren und den Setzer dann bitten, sie zwischen die einzelnen Texte per Hand zu setzen. Peinlich, peinlich!* Wir stritten uns, redeten manchmal tagelang nicht miteinander, versöhnten uns wieder.

Ich wollte ein Vorwort haben. Kempowski wollte es nicht schreiben. Eine Hängepartie. Ohne das sanfte, aber insistierende Drängen meiner Herstellerin wäre es wohl nicht zustande gekommen. Doch – ihr Name muß hier genannt werden: Hanne Koblischka. Aus ihrer Schwabinger Klause lenkte und dirigierte sie das ganze Unternehmen, wachte mit Argusaugen über die Termine, entdeckte Schwachstellen, erahnte Pannen. Büchermachen ist Teamwork, in einem weit stärkeren Maß, als es in der Öffentlichkeit wahrgenommen wird. Das Vorwort kam schließlich per Fax.

So begann es: *An einem Winterabend des Jahres 1950 wurde ich in Bautzen über den Gefängnishof geführt, und da hörte ich ein eigenartiges Summen. Der Polizist sagte: «Das sind ihre Kameraden, die erzählen sich was.» Ich begriff in diesem Augenblick, daß aus dem Gefängnis nun schon seit Jahren ein babylonischer Chor ausgesendet wurde, ohne daß ihn jemand wahrgenommen oder entschlüsselt hätte …* Ich las es nicht ohne Rührung und mit einem Anflug von Schuldbewußtsein. Ich hatte den «subjektiven Faktor» unterschätzt, hatte nicht wahrgenommen, daß «Echolot» aus dem innersten Zentrum von Kempowskis literarischem Schaffen kam, daß es ihm ebenso am Herzen lag wie die eigene Prosa, etwa der mit «Tadellöser & Wolff» einsetzende Romanzyklus, mit dem es in vielfältiger Weise korrespondierte. Die Geschichte einer Familie, die Geschichte einer Nation. Nach dem Mikrokosmos nun der Makrokosmos.

Die Maschinerie war jetzt am Laufen, die Drucktermine standen fest. Wir würden das «Echolot» zur Buchmesse präsentieren können. Aber

dann stellte sich heraus, daß der Autor Auslassungen innerhalb geschlossener Texte nicht wie üblich kenntlich gemacht hatte. Er berief sich auf das Prinzip der Collage. Ich bestand auf dokumentarischer Genauigkeit. Er: *In Kempowski-Büchern gibt es keine eckigen Klammern mit Pünktchen.* Aber eben dies verlangten auch die rechtegebenden Verlage. Die Konsequenz: Die entsprechenden Texte wurden noch mal überprüft, und der Erscheinungstermin mußte um vier Wochen verschoben werden. Genauigkeit geht vor Schnelligkeit. Die Reaktion in Nartum: *Großer plötzlicher Katzenjammer im Verlag: Wir werden nicht fertig! Auslassungen müssen gekennzeichnet werden. Ich laß das an mir vorbeifliegen. Bisher hat es noch mit jedem Buch Pannen erster Ordnung gegeben. Ich kann es auch nicht ändern. Klar ist, daß der Verlag viel zu spät damit angefangen hat, die Rechtefragen zu klären.*
Wie würde das Werk in der Öffentlichkeit aufgenommen werden? Würde es ausreichende Beachtung in den Feuilletons finden? Die Pressestelle des Verlags verschickte 40 Fahnenexemplare an die wichtigsten Redaktionen. Ob das Monstrum von den vielbeschäftigten Journalisten gelesen würde? Irgendwann im Oktober hatte ich Frank Schirrmacher, einen der Herausgeber der FAZ, am Telefon. «Das ist ja irre», sagte er immer wieder. Und daß er etwas zu «Echolot» machen werde, das es *so* in dieser Zeitung noch nie gegeben habe. Pünktlich zum Erscheinen kam dann der erhoffte Fanfarenstoß aus Frankfurt. Die ganze Titelseite der «Bilder und Zeiten», der Samstagsbeilage der FAZ. Überschrift: «In der Nacht des Jahrhunderts. Das Ereignis eines Buches: Walter Kempowskis «Echolot». Am Ende seiner Rezension stand Schirrmachers später vielzitierter Satz: «Wenn die Welt noch Augen hat, zu sehen, wird sie in diesem Werk eine der größten Leistungen der Literatur unseres Jahrhunderts erblicken.» Es war die Initialzündung einer begeisterten Rezeption in allen Medien.
Am 8. November 1993 notierte Kempowski in seinem Tagebuch: *Vom Verlag nichts. Ich warte schon nicht mehr. Es ist wieder so, daß der Autor als letzter sein Buch zu sehen kriegt.* Aber am Nachmittag war es dann soweit: *Wir öffneten das bleischwere Paket mit den vier Exemplaren des «Echolot», in Popcorn eingebettet, das die Hunde sofort probierten, aber bald davon abließen. Auch die Hühner – herbeigeeilt –*

verzichteten nach einer Kostprobe. Wir saßen im Pavillon bei Tee und begutachteten dann das Werk, dessen Gestaltung 100prozentig ist. Natürlich sind die Bände etwas groß, aber das Leinen faßt sich angenehm an, Papier gut, Fotos in Ordnung – Herz, was begehrst du mehr?
Jetzt herrschte Feierlaune auf allen Etagen. Auch im Schloß. Der Stimmungsumschlag fand seinen Niederschlag in Kempowskis Tagebuch: *Mit Bittel telefoniert, der mir sagte, der ganze Verlag habe auf den Schirrmacher-Artikel hin vor Freude geheult.* Der Erfolg hat bekanntermaßen viele Väter. Und das Erstaunlichste: Das *Monstrum* verkaufte sich – trotz des hohen Preises. Bis Weihnachten über 25 000mal. Nachdem das Werk schon bald nach Erscheinen zu einem der spektakulärsten Erfolge in der Geschichte des Knaus Verlags geworden war, erging ein Vorstandsbeschluß, die miniaturisierten vier roten Leinenbände, eingebettet in einen Acrylwürfel, als dekorativen Briefbeschwerer fertigen zu lassen. Das Objekt wurde an sämtliche Vorstandsmitglieder verteilt. Auf verschlungenen Wegen gelangte eines dieser Stücke auch auf meinen Schreibtisch. Der Acryl gewordene Beweis, daß man es hier mit einem Klassiker zu tun hat. Ich schenkte das schöne Stück an den Autor weiter.

Postskriptum: Vielleicht stand hinter der Acryl-Aktion des Vorstands der unterschwellige Wunsch, den einmaligen Erfolg zu konservieren, das monströse Werk zu bannen, es – Weiterungen fürchtend – ein für allemal zu versiegeln. Aber längst hatte der Autor in Nartum ein zweites Monumentalwerk in Vorbereitung. Er zielte mit seinem zweiten «Echolot» auf das Frühjahr 1945, einsetzend am 12. Januar 1945 mit der Großoffensive der Roten Armee an der Weichselfront, und endend mit der Konferenz von Jalta Mitte Februar 1945. «Fuga furiosa» nannte der Autor dieses Werk, welches das erste «Echolot» an Umfang noch übertreffen sollte. Die Rekonstruktion der knapp fünf Wochen umfaßte Ereignisse wie die Zerstörung Königsbergs, dokumentierte den Untergang der «Wilhelm Gustloff» mit mehreren tausend Flüchtlingen, die «Todesmärsche» aus den KZs, die Vertreibung der Deutschen aus den Ostgebieten und – eine Art schauriger Höhepunkt – die Bombardierung Dresdens am 13. und 14. Februar 1945. Über diese traumatischen

Erfahrungen wurde in der deutschen Literatur der Nachkriegszeit wenig gesprochen. Und im Zuge der Entspannungspolitik blieb diese Seite des Kriegsgeschehens – der Blickwinkel, daß die Deutschen nicht nur Täter, sondern auch Opfer waren – aus Gründen politischer Opportunität weitgehend ausgeblendet. Doch die Befürchtung, der Autor könnte mit dem Vorwurf des Revisionismus konfrontiert werden, erwies sich als weitgehend unbegründet. Die Rezensionen in den Feuilletons waren mit gebührlichem Respekt geschrieben, die Kritiker hatten offenbar das einmal für gut Befundene inzwischen als Markenzeichen akzeptiert und verzichteten in den meisten Fällen darauf, das Besondere und möglicherweise Skandalöse an der «Fuga» herauszuarbeiten. Doch, es gab auch einige kritische Stimmen: In der «Süddeutschen Zeitung» sorgte sich der Rezensent als Vormund um die Urteilsfähigkeit des Mündels, der jungen Generation: «Wie aber, wenn jüngere, unbedarfte Leser das Material in die Hände bekommen und meinen, hier habe man die Zeugnisse einer ganz normalen Epoche vor Augen?» Und in der «Frankfurter Rundschau» monierte ein Kritiker im Sinne (linker) «Political Correctness», daß Kempowski mit «neudeutscher Unbekümmertheit ... auch kurzerhand allen Opfern die demokratische Segnung völliger Gleichheit zuteil werden lasse(n), als sei zwischen dem Holocaust, den Gewalttaten der Roten Armee und dem britischen «area bombing» inzwischen keinerlei Unterschied mehr zu sehen». (Fritz J. Raddatz in der «Zeit» dagegen: «Die Waage von Kempowskis Justitia ist nicht gezinkt.») Aber erst als Günter Grass mit seiner Novelle «Im Krebsgang» (2002) sich des «Gustloff»-Themas bemächtigte, und als Jörg Friedrich im selben Jahr mit seinem Sachbuch «Der Brand» die Vernichtung deutscher Städte durch alliierte Flächenbombardements dramatisch thematisierte, erhob sich mit großem Getöse eine jener in den deutschen Feuilletons so beliebten Debatten. Zum Mißvergnügen Walter Kempowskis, der vernehmlich damit haderte, daß Günter Grass nun als der große «Tabubrecher» gefeiert (oder kritisiert) wurde. Es ist seine Dünnhäutigkeit, seine immer wieder reflexhaft zum Vorschein kommende, tiefsitzende Befürchtung, in der Öffentlichkeit nicht ausreichend beachtet, «boykottiert», ja «totgeschwiegen» zu werden, die ihn offenbar zu solchen Reaktionen provoziert, selbst wenn diese Befürchtungen einer objektiven Grundlage entbehren.

Objektiv verbessert hat sich über die Jahre hinweg das Verhältnis zwischen Autor und Lektor. Über der gemeinsamen Arbeit ist das wechselseitige Vertrauen gewachsen. Vielleicht hängt die neue Gelassenheit ein Stück weit auch mit dem Umstand zusammen, daß der Lektor seit 1999 nicht mehr Verlagsangestellter ist, sondern als sogenannter «freier» Lektor seine Rolle in größerer Unabhängigkeit spielen kann. Auseinandersetzungen um Fragen von Gestaltung und Arrangement gibt es immer noch, aber mittlerweile haben beide Seiten gelernt, sie so behutsam zu führen, daß kein Porzellan zerschlagen wird.

Auch im Verlag hat man sich längst an die inzwischen fast reibungslose Abfolge der «Echolot»-Projekte «gewöhnt». Immerhin zeugt es von verlegerischem Verantwortungsbewußtsein und einigem Stehvermögen, daß ein Projekt dieser Größenordnung trotz der damit verbundenen ökonomischen Risiken zu einem guten Ende gebracht werden konnte.

Im Jahr 2002 erschien «Barbarossa '41», ein diesmal «nur» 735 Seiten starker Band, der Hitlers Überfall auf die Sowjetunion rekonstruiert, wobei Kempowski auf viele unbekannte Zeugnisse der sowjetischen Seite zurückgreifen konnte, und die Blockade von Leningrad, die im Winter 1941 viele tausend Menschen das Leben kostete.

Zum Zeitpunkt der Abfassung dieses Nachworts liegt das Manuskript von «Abgesang '45», das abschließende «Echolot», auf meinem Schreibtisch. Es dokumentiert die letzten Tage der Naziherrschaft und erscheint zeitgleich mit diesem Tagebuch im Frühjahr 2005. Seit dem Erscheinen des ersten «Echolot» im Jahr 1993 hat sich die öffentliche Wahrnehmung im Hinblick auf die Zeit des Nationalsozialismus spürbar verändert. Fünfzig Jahre nach Kriegsende scheint ein Tabu gefallen zu sein: Hitler und seine Komplizen werden zu Akteuren aufwendiger Spielfilme und Dokusoaps. Der inszenierte «Untergang» kann einen erstaunlichen kommerziellen Erfolg verzeichnen. Wer sich aber die historische Katastrophe der Deutschen in all ihren Facetten vergegenwärtigen will, der wird auch weiterhin zu Büchern greifen, nicht zuletzt zu den zehn Bänden von Walter Kempowskis «Echolot». Gut, daß wir es haben. Es ist aller Mühen wert.

Karl Heinz Bittel November 2004

Register

Hildegard Kempowski und Simone Neteler wurden nicht aufgenommen, da sie im Tagebuch sehr häufig erwähnt sind.

Bildnachweis

S. 27: Barbara Klemm
S. 56: Brigitte Müller-Fehn
S. 81: Isolde Ohlbaum
S. 151: Siegfried Wittenburg
S. 159: Thomas Kohnle
S. 172, 219: Hanns-Jörg Anders
S. 248: Christoph Keller/Gröninger

Alle anderen Fotografien und Abbildungen stammen aus dem Kempowski Archiv, Nartum.

Der Verlag konnte leider nicht alle Rechte an den abgedruckten Fotografien ermitteln. Wir bitten darum, dem Albrecht Knaus Verlag bestehende Ansprüche mitzuteilen.